CARLA CASSIDY

Un protecteur très séduisant

Tr... de
CHRIS... ZZOLINO

BLACK ROSE

HARLEQUIN

Collection : BLACK ROSE

Titre original :
STALKER IN THE SHADOWS

HARPERCOLLINS FRANCE
83-85, boulevard Vincent-Auriol, 75646 PARIS CEDEX 13
Service Lectrices — Tél. : 01 45 82 47 47 - www.harlequin.fr
ISBN 978-2-2804-6518-2 — ISSN 1950-2753

Composé et édité par HarperCollins France.
Imprimé en décembre 2021 par CPI Black Print (Barcelone)
en utilisant 100% d'électricité renouvelable.
Dépôt légal : janvier 2022.

FSC
www.fsc.org
MIXTE
Papier issu de sources responsables
FSC® C159065

Pour limiter l'empreinte environnementale de ses livres, HarperCollins France s'engage à n'utiliser que du papier fabriqué à partir de bois provenant de forêts gérées durablement et de manière responsable.

1

— Ainsley, c'est prêt ! lança Eddie Burwell, alias Big Ed, à travers le passe-plat du Dusty Gulch Café.

Ainsley Meadows s'empressa d'aller récupérer la commande.

— Miam ! Ça a l'air drôlement bon, dit-elle en découvrant le plat du jour, de belles tranches de rosbif accompagnées d'une salade de chou.

Flatté, Big Ed la gratifia d'un grand sourire édenté. Il prétendait qu'il s'était fait arracher les dents pour pouvoir mieux goûter les plats qu'il cuisinait, mais le bruit courait qu'il les avait perdues en se bagarrant dans un bar, à l'époque de sa tumultueuse jeunesse.

Elle apporta l'assiette à Jim Nelson, un habitué. Jim était un charmant sexagénaire, qui avait toujours un mot gentil.

— Voilà pour vous, monsieur Nelson, dit-elle en posant l'assiette devant lui. Souhaitez-vous un peu plus de café ?

— Pas maintenant, je vous remercie. Vous me gâtez, Ainsley. Vous êtes toujours si aimable, si prévenante avec les clients.

— Je fais de mon mieux, répondit-elle avec un sourire.

Son travail de serveuse au Dusty Gulch Café lui plaisait. Elle espérait pouvoir s'établir définitivement dans cette petite ville du Kansas où elle avait débarqué avec sa fille de huit ans deux mois et demi plus tôt.

Lorsque Big Ed l'avait engagée comme serveuse, et découvert que sa voiture était tombée en panne et qu'elle n'avait nulle part où aller, il avait proposé de l'héberger dans le petit trois-pièces qu'occupait sa fille avant de quitter le Kansas.

Ainsley avait accepté avec joie. La chance semblait enfin lui sourire. Elle avait un travail, un logement à l'arrière du Café, et pour la première fois depuis bien longtemps, elle se sentait en sécurité.

Juste après le coup de feu du déjeuner, Lana Kincaid, une de ses collègues, la rejoignit à la machine à café avec des airs de conspiratrice.

— Ne regarde pas, mais ton chéri vient d'entrer.

Ainsley jeta un rapide coup d'œil par-dessus son épaule en direction de la porte, que venait de pousser le shérif adjoint Hunter Churchill.

Puis elle se retourna vers Lana.

— Ce n'est pas mon chéri, protesta-t-elle.

Il n'en demeurait pas moins que dès qu'elle le voyait son cœur s'emballait.

— Il en pince pour toi, affirma Lana d'un ton péremptoire. Et crois-moi, je sais de quoi je parle. J'ai été mariée quatre fois. Ce type a le béguin pour toi ; ça se voit comme le nez au milieu de la figure.

— Arrête ! Les vapeurs de café ont dû te monter à la tête, plaisanta Ainsley.

Mais Lana ne délirait pas complètement : même si elle ne voulait pas l'avouer, Ainsley avait un faible pour le séduisant shérif adjoint.

Lorsqu'elle se retourna et vit qu'il avait pris place

dans l'un des box de son secteur, elle ne put s'empêcher de rougir.

Sortant son calepin de la poche de son tablier, elle s'approcha du box.

— Bonjour, monsieur Churchill, dit-elle.

— Bonjour, Ainsley. Comment va ma serveuse préférée, aujourd'hui ? demanda-t-il en souriant.

Ses yeux vert émeraude pétillaient de malice.

— Je n'en sais rien. Il n'y a que Lana qui puisse vous répondre, rétorqua Ainsley du tac au tac.

Il se mit à rire.

— Par pitié, ne me livrez pas à cette croqueuse d'hommes. Je ne tiens pas à être son cinquième mari.

— Je ferai de mon mieux pour vous éviter de tomber dans ses rets, promit Ainsley avec un sourire.

Le shérif adjoint avait de beaux cheveux bruns coupés court et des traits réguliers. Il était grand et mince, d'allure athlétique, et dans son uniforme kaki, il en imposait. L'autorité qui émanait de sa personne ajoutait encore à son charme irrésistible.

Il la draguait depuis le premier jour où elle l'avait servi. Ainsley avait mis du temps à se laisser apprivoiser. Elle ne s'autorisait à plaisanter avec lui que depuis quelques jours seulement.

— Qu'est-ce que je vous sers ? s'enquit-elle en baissant les yeux sur son calepin.

Malgré les odeurs de cuisine – d'oignons frits, de viandes grillées et de café – qui saturaient l'air, elle sentait les fragrances enivrantes délicatement épicées et boisées de son eau de toilette.

— Le plat du jour est bon ? demanda-t-il.

— Personne ne s'en est plaint jusque-là, répondit Ainsley.

— Il n'a empoisonné personne, autrement dit.

Il lui décocha un sourire qui eut pour effet de faire grimper en flèche la température de la pièce.

— Vous avez tout compris, répliqua-t-elle en riant.

— Allons-y pour le plat du jour. Et avec ça, je prendrai un soda.

— Je reviens avec le soda.

Elle s'empressa d'aller passer la commande puis se dirigea vers le distributeur de boissons. Tandis qu'elle remplissait son verre, elle exhala un grand soupir.

N'eût été Hunter, elle aurait presque oublié qu'elle n'avait que vingt-neuf ans, était célibataire et seule depuis trop longtemps.

Est-ce prudent ? La question lui vint une fois de plus à l'esprit. Depuis un peu plus de trois ans, il ne se passait pas un seul jour sans qu'elle se la pose. Elle espérait ne pas prendre de risques en s'installant à Dusty Gulch.

Melinda avait grand besoin qu'elles posent enfin leurs valises, s'établissent quelque part et réapprennent à vivre normalement. Ainsley doutait cependant que ce soit possible.

Réprimant ses sombres pensées, elle apporta le soda à Hunter.

— Voilà pour vous, dit-elle en posant le verre sur la table.

— Merci. Votre journée se passe bien ?

— Oui, très bien. Et la vôtre ? Avez-vous arrêté beaucoup de malfaiteurs ?

— Oh ! vous savez, en ce moment, les malfaiteurs se tiennent tranquilles. On n'a pas trop à se plaindre.

— Tant mieux. Euh…, je vais voir si votre commande est prête.

— Ainsley, juste un instant. Dites-moi, vous arrivet-il de sortir le soir après le travail, ou quand vous êtes de congé ?

— Depuis que je suis ici, je n'en ai encore jamais eu l'occasion, indiqua-t-elle, le cœur battant la chamade.

— Si on vous le proposait, accepteriez-vous ?

— Tout dépend de qui le propose, répondit-elle d'un ton badin.

— Et si c'est moi, vous en pensez quoi ? Que diriez-vous de dîner avec moi un soir où vous n'êtes pas de service ? Votre fille est la bienvenue, cela va sans dire.

Est-ce prudent ? Oh ! allons, il s'agit juste d'un dîner au restaurant. Tiraillée entre ses sempiternelles craintes et son envie d'accepter, Ainsley hésitait. Après tout ce temps, le risque n'était probablement pas bien grand.

— Oui, volontiers. Mais sans Melinda, déclara-t-elle en rougissant malgré elle.

Pas question de traîner Melinda à ce rendez-vous. Ainsley n'avait rien contre le fait de dîner avec Hunter – bien au contraire –, mais force était d'admettre qu'elle le connaissait à peine.

— Comme vous voudrez, dit-il en souriant. Quand êtes-vous libre ?

Ce type avait un sourire extraordinairement chaleureux qui mobilisait non seulement ses lèvres mais aussi tous les muscles de son visage.

— Ainsley ?

— Ainsley, c'est prêt ! beugla Big Ed.

Elle rougit de plus belle, consciente d'être restée trop longtemps à fixer Hunter sans rien dire.

— Jeudi, répondit-elle précipitamment. Le jeudi soir, je ne travaille pas.

— Vous aimez la cuisine chinoise ?

— Oui, je l'adore.

— Alors voilà ce que je vous propose : je passe vous prendre jeudi vers 17 heures et je vous emmène dîner au Red Wok. Nous aurons toute la soirée pour apprendre à mieux nous connaître.

— Ainsley ! cria à nouveau Big Ed.

— Ça me va. Mais, si je ne vais pas chercher votre commande tout de suite, Big Ed risque de nous faire une crise cardiaque.

Hunter partit d'un grand éclat de rire qui la mit de bonne humeur pour le reste de la journée.

Pendant tout son service, elle ne cessa de penser à l'invitation à dîner du bel adjoint. Les deux jours qui la séparaient de ce moment allaient sans doute lui paraître longs.

Autant qu'elle ait pu en juger au travers des clients qu'elle servait au Café, les habitants de Dusty Gulch étaient pour la plupart sympathiques et communicatifs. Elle avait souvent plaisir à discuter avec eux. Mais jusque-là elle ne s'était pas fait d'amis et n'était encore sortie avec personne.

Elle ne s'attendait donc pas à ce qu'un séduisant shérif adjoint l'invite à dîner.

À vrai dire, un représentant des forces de l'ordre était bien la dernière personne à laquelle elle aurait pensé pour nouer une relation. Parce que quand on enfreignait la loi, mieux valait se tenir à prudente distance de la police.

Mais comment résister au charme de Hunter Churchill ? Outre qu'elle le trouvait craquant, il y avait quelque chose au fond de ses yeux verts qui l'intriguait et l'incitait à faire plus ample connaissance avec lui.

Hunter avait souffert – cela transparaissait dans son regard. Ainsley n'ignorait rien de la souffrance, aussi bien physique que psychologique. Pour ne plus souffrir, elle n'avait eu d'autre choix que de prendre des décisions terribles qui avaient radicalement changé le cours de sa vie.

La perspective de ce dîner en tête à tête avec Hunter la remplissait de joie car elle était très impatiente de mieux le connaître. En même temps, elle était désolée d'avoir à lui mentir. Elle savait qu'elle ne pourrait lui dire ni qui elle était ni d'où elle venait.

Tout en elle était faux, aussi bien la couleur de ses cheveux que ses nom et prénom.

Hunter se carra dans son fauteuil, au poste de police. Quatorze adjoints se partageaient les cinq postes de travail que comptait la pièce. Tout au fond, derrière une porte en verre, se trouvait le bureau du shérif Wayne Black.

Lanie Byrant était à l'accueil. Quiconque franchissait le seuil du poste de police tombait sur Lanie, jolie petite brune aux yeux bleus. Elle écoutait les doléances des plaignants et servait d'interface entre le public et les adjoints.

Hunter la trouvait mignonne, mais il n'avait jamais éprouvé d'attirance pour elle. Il la voyait plus comme une petite sœur.

Voilà, en tout et pour tout, en quoi consistaient les effectifs de la police de Dusty Gulch. Au cours des deux derniers mois, le meurtre d'un vieil homme pendant son sommeil et une sordide histoire d'intimidation et de tentative d'assassinat au sein de la riche et influente famille Albright avaient mobilisé l'ensemble des forces de l'ordre.

Mais heureusement le poste avait retrouvé depuis son petit train-train habituel et son lot quotidien d'infractions mineures : excès de vitesse, vols, ivresse sur la voie publique. Comme si les vents de septembre avaient emporté le mal qui s'était emparé de certains des habitants de la ville au mois d'août.

Hunter leva les yeux du rapport qu'il était en train de rédiger lorsque l'adjoint Nick Marshall arriva.

— Salut, Hunter, dit Nick en s'asseyant en face de lui. Quoi de neuf ?

Comme lui, Nick était célibataire. Tous deux originaires du coin, ils se connaissaient depuis l'enfance. Nick avait trente-quatre ans, deux ans de plus que Hunter.

— Je finis un rapport sur Ben Wilkins qui, sous l'emprise de l'alcool, s'est livré à des troubles à l'ordre public, hier soir devant la supérette.

— Je croyais qu'il avait déménagé à Makenville, dit Nick.

— Oui, mais il est revenu. Il s'est installé au motel et serait soi-disant en recherche d'emploi.

Nick secoua la tête.

— M'est avis que cet ivrogne n'est pas près de trouver du boulot. Et sinon, rien d'autre ?

Hunter se pencha en avant.

— Si, répondit-il en marquant une pause pour faire durer le suspense. Jeudi, j'ai rendez-vous avec Ainsley, confia-t-il avec un sourire.

— Ah, quel petit veinard ! Je ne te cache pas que je l'aurais bien invitée, mais quelque chose me disait qu'elle m'enverrait balader.

Le sourire de Hunter s'évanouit.

— Je suis désolé, mon vieux. Je ne savais pas que tu t'intéressais à elle.

Nick se mit à rire.

— Quand une jolie femme débarque à Dusty Gulch,

je suppose que tous les célibataires alentour ont envie de tenter leur chance. Tu es l'heureux élu. J'espère que tu n'as pas prévu de l'inviter à dîner au Café ?

Hunter rit à son tour.

— Ce serait sacrément maladroit de ma part. En fait, j'ai l'intention de l'emmener au Red Wok.

— Jeudi soir, je penserai à toi, déclara Nick. Et je croiserai les doigts pour que tout se passe bien.

— Moi aussi.

Les deux hommes bavardèrent pendant encore quelques minutes puis chacun d'eux retourna à ses occupations.

Hunter ne vit pas passer le reste de la journée. Il rentra chez lui tranquillement, pas vraiment pressé de se retrouver seul dans ce bungalow de quatre pièces acheté huit ans plus tôt, à une époque où tout semblait lui sourire : il avait décroché le job de ses rêves et épousé la plus merveilleuse des femmes.

Son bonheur n'avait duré que quatre ans. Quand il s'était retrouvé seul, malheureux comme les pierres, il avait fait le vide autour de lui.

Le temps avait passé et, il y a un an, il s'était brusquement rendu compte qu'il était encore jeune et qu'il n'était pas trop tard pour refaire sa vie.

Ainsley était la première femme à susciter en lui un émoi qu'il n'avait pas ressenti depuis très longtemps. Était-elle faite pour lui ? Il n'en savait rien, mais pour l'instant il avait juste envie de mieux la connaître.

Physiquement, il la trouvait très attirante avec ses longs cheveux bruns et ses magnifiques yeux bleus. Quand elle souriait, un trouble étrange l'envahissait. Son sourire semblait si sincère et son regard si franc…

Elle s'appelait Ainsley Meadows et elle avait une fille de huit ans, mais c'était à peu près tout ce qu'il savait d'elle. À sa connaissance, aucun commérage à son sujet ne circulait en ville.

Il avait hâte d'être à jeudi car il sentait confusément qu'il y avait une chance qu'entre elle et lui une relation harmonieuse et durable se noue. Le moment était venu pour lui d'aller de l'avant. Il ne voulait pas cependant tirer des plans sur la comète. Leur rendez-vous pouvait aussi être un fiasco total ; Ainsley et lui n'avaient peut-être rien en commun.

Lorsqu'il pénétra dans la salle de séjour, Zeus, son schnauzer nain, adorable petite boule de poils noirs, lui fit longuement la fête avant de foncer vers le fauteuil inclinable dans lequel Hunter aimait se détendre après le travail.

— D'accord, j'arrive, dit Hunter en riant.

Dès qu'il se fut assis, Zeus sauta sur ses genoux pour se faire caresser. Au bout de quelques minutes, Hunter se leva et ouvrit la porte donnant sur le jardin. Zeus se rua à l'extérieur.

Le chien avait été abandonné par un couple de vagabonds un an plus tôt. Hunter, qui ne supportait plus la solitude, l'avait aussitôt adopté.

Il était très attaché à Zeus, qui lui tenait compagnie et lui témoignait beaucoup d'affection, mais un vide demeurait en lui. Il lui manquait quelqu'un à qui parler et avec qui partager ses espoirs et ses rêves.

Bien que conscient de se faire du mal inutilement, il prit le couloir et ouvrit la porte de la chambre d'enfant, désespérément vide.

Du petit garçon qui avait passé là les deux années de sa courte vie, il ne subsistait qu'un lit à barreaux, un ours en peluche assis dans un fauteuil à bascule et une photo encadrée accrochée au mur.

Danny. En pensant à son fils, Hunter sentit son cœur se serrer douloureusement. L'enfant était mort d'une leucémie quatre ans plus tôt.

Il prit l'ours en peluche et se laissa tomber dans le fauteuil, accablé par un sentiment de perte irréparable. Il avait surmonté le mal que lui avait fait sa femme en le trompant, mais, de la mort de son fils, il n'arrivait pas se remettre.

Il avait fait son deuil seul, sa femme, Emily, l'ayant quitté après lui avoir porté le coup de grâce.

D'instinct, il enfouit son nez dans la peluche, reniflant l'ours dans l'espoir de retrouver dans ses poils l'odeur du petit garçon.

Au bout de plusieurs minutes, il se leva et reposa l'ours en peluche dans le fauteuil. Avant de sortir de la chambre, il contempla la photo encadrée sur le mur.

On y voyait Hunter avec Danny, alors âgé d'un an. Ils riaient tous deux aux éclats. Malgré la maladie, Danny était un enfant enjoué, qui ne se plaignait jamais.

Et ce trait de caractère chez son fils était précisément ce dont Hunter voulait à présent s'inspirer. Danny n'aurait pas aimé le voir triste et malheureux. Fort de cette pensée, il mit son chagrin de côté lorsqu'il quitta la pièce en refermant la porte derrière lui.

Puis il fit rentrer Zeus, qui était fou de joie de le retrouver.

L'adoption du schnauzer nain avait été pour Hunter la première étape d'un long et difficile retour à la normalité. Zeus l'avait sorti de sa solitude. Hunter aspirait maintenant à davantage. Il avait envie de tomber amoureux, de se marier et de fonder une famille.

Il ne lui restait plus qu'à trouver la femme avec qui concrétiser ses projets. Le nouvel amour de sa vie, il l'avait peut-être trouvé en la personne d'Ainsley Meadows, la jolie serveuse du Dusty Gulch Café.

2

Ainsley apporta la touche finale à sa toilette en vaporisant son parfum préféré sur ses cheveux et ses vêtements. Hunter serait là dans moins de quinze minutes. La perspective de dîner avec lui la mettait dans tous ses états.

Le Red Wok n'était pas un restaurant huppé, aussi avait-elle opté pour un jean slim noir et une blouse rose qui mettait discrètement en valeur sa poitrine.

Quelques minutes plus tôt, elle avait confié Melinda à Juanita Burwell, la femme de Big Ed. Parmi les cinq enfants du couple, il y avait une fillette de huit ans, Bonnie, que Melinda considérait comme sa meilleure amie. Juanita avait assuré à Ainsley que sa fille était toujours la bienvenue dans son foyer, ce qui incitait encore plus Ainsley à s'installer durablement à Dusty Gulch.

Fin prête, Ainsley alla attendre Hunter au salon. Bien qu'impatiente de sortir avec lui ce soir, elle avait changé d'avis une demi-douzaine de fois au cours de ces deux derniers jours.

En y réfléchissant, elle trouvait idiot de nouer une relation alors qu'elle risquait à tout moment de devoir faire ses valises et partir en vitesse. Mais, d'un autre côté, il ne s'agissait que d'un dîner , rien de plus.

À 17 heures tapantes, on frappa à la porte. Le cœur battant à tout rompre, elle s'empressa d'aller ouvrir.

— Salut, dit Hunter.

Il portait un jean bien coupé et un polo noir très près du corps, qui soulignait admirablement sa musculature avantageuse, son ventre plat et ses hanches étroites. Ainsley, qui ne l'avait jamais vu qu'en uniforme, en resta bouche bée.

Un peu décontenancé par son silence, il demanda :

— Vous êtes prête ?

— Euh, oui, je... euh, prends mon sac et j'arrive tout de suite.

Quelle idiote elle faisait ! Qu'allait-il penser d'elle si elle continuait de le regarder avec des yeux énamourés ?

Elle alla récupérer son sac sur le canapé et le rejoignit.

— On peut y aller, déclara-t-elle d'un ton faussement désinvolte en verrouillant la porte derrière elle.

Hunter avait troqué sa voiture de patrouille contre un pick-up à cabine allongée flambant neuf. L'habitacle fleurait bon le cuir et l'eau de toilette.

— Vous avez faim, j'espère ? dit-il après avoir démarré.

— Oui, et vous ?

Autant elle était à l'aise avec lui quand elle le servait au Café, autant, là, elle se sentait gourde et empruntée, incapable d'aligner plus de trois mots d'affilée.

Il lui décocha un petit sourire.

— Oh ! moi, quand il s'agit de manger, je suis toujours partant ! Qu'avez-vous fait, aujourd'hui, puisque vous ne travailliez pas ?

— La grasse matinée. Cela me change des jours où je dois me lever aux aurores pour ouvrir le Café.

— Et quoi d'autre ?

— Rien de passionnant : la lessive et le ménage,

essentiellement. Il n'y a pas grand-chose à en dire, alors si vous cherchiez un sujet de conversation, c'est raté !

Il sourit à nouveau.

— Les tâches ménagères ne manquent pas d'intérêt.

— Et vous ? Qu'avez-vous fait de beau, aujourd'hui ?

— Rien de passionnant, répliqua-t-il du tac au tac.

Ils éclatèrent de rire.

Ils furent au Red Wok en un rien de temps. Une serveuse ravissante les conduisit à une table pour deux. La salle était agréable, et une délicieuse odeur d'épices et de plats en sauce flottait dans l'air.

La serveuse leur remit une carte à chacun, leur demanda ce qu'ils voulaient boire et disparut.

— J'adore leur crabe Rangoon, déclara Hunter, la mine gourmande.

Avec l'éclairage tamisé du restaurant et la lumière vacillante de la bougie posée sur leur table, ses yeux verts brillaient d'un éclat presque surnaturel.

— Moi aussi, répondit Ainsley. J'ai un faible pour tout ce qui est gras et crémeux.

— Allons-y pour le crabe Rangoon en entrée. Et après, de quoi avez-vous envie ?

Elle referma la carte et la posa sur la table.

— Le poulet à l'aigre-douce me tenterait bien.

— Et pour moi, ce sera du porc au caramel.

La serveuse leur apporta les boissons et prit la commande.

Elle revint presque aussitôt avec deux bols de soupe, servis d'office à tous les clients pour les faire patienter.

Ils commencèrent à manger. Ainsley se détendit un peu lorsqu'ils se mirent à parler de leurs plats préférés et de leurs talents culinaires.

— Je vous avouerai que j'utilise beaucoup le four

à micro-ondes, dit Hunter. Mais ma spécialité, c'est l'entrecôte à la plancha.

— Je vois, dit Ainsley en riant. Vous n'êtes pas du genre à passer des heures aux fourneaux.

— En effet. Vous, en revanche, je parie que vous aimez cuisiner. Je me trompe ?

— Je ne prétends pas rivaliser avec un chef étoilé, mais je me débrouille pas mal. Pour tout vous dire, le plus souvent, je cède à la facilité en mangeant au Café, d'autant plus que Big Ed nous offre le couvert, à Melinda et moi. J'apprécie surtout de ne pas avoir à faire la vaisselle.

— Vous aimez cuisiner, mais pas faire la vaisselle, tandis que moi, ça ne me dérange pas de faire la vaisselle, mais je suis nul en cuisine. Il semblerait que nous soyons faits pour nous entendre, déclara Hunter en lui décochant son plus beau sourire.

Une fois de plus, Ainsley se retrouva à le contempler, bouche bée, fascinée par son incroyable charisme. Mais, par chance, le retour de la serveuse avec leurs entrées la tira d'embarras.

— Parlez-moi un peu d'Ainsley Meadows, dit Hunter lorsqu'ils furent à nouveau seuls.

— Que voulez-vous savoir ? demanda-t-elle.

Pour se donner une contenance, elle piqua du bout de sa fourchette un morceau de poivron qu'elle se fourra dans la bouche. Le terrain devenait glissant ; elle allait devoir faire très attention.

— Dusty Gulch est un trou perdu au fin fond du Kansas. Qu'est-ce qui vous a amenée ici ?

— Un pneu crevé, répondit-elle en riant. Après mon divorce, il y a trois ans, j'ai eu envie de changer de décor, alors ma fille et moi avons pris la route, à la recherche d'un nouvel endroit où vivre. En traversant Dusty Gulch, j'ai crevé un pneu. Je suis allée au garage pour le faire changer mais Mike a dû le commander, ce qui nous a obligées à rester deux jours sur place. C'est comme ça que j'ai découvert que Dusty Gulch était une bourgade tout à fait charmante. Et que nous sommes restées, du coup.

— Les pneus crevés sont parfois une bénédiction, fit remarquer Hunter. D'où veniez-vous ?

Mentir. Elle n'avait pas le choix.

— D'une petite ville du Nevada.

En vrai, elle était originaire de Portland, dans le Maine.

— Et votre mari vous a laissée partir avec sa fille sans broncher ?

— Il n'était pas très impliqué dans l'éducation de Melinda et se moquait pas mal de savoir où nous allions. Je ne sais même pas ce qu'il est devenu.

Encore un mensonge.

Elle refoula bien vite toute pensée relative à Peter, son ex-mari. Pas question qu'il lui gâche la soirée.

— C'est triste, dit Hunter. Je donnerais n'importe quoi pour avoir à nouveau une femme et un enfant.

Elle le dévisagea d'un air perplexe.

— *À nouveau* ? répéta-t-elle. Vous avez donc été marié et vous avez eu des enfants ?

— Non, je n'ai pas d'enfants, mais j'ai été marié pendant quelques années. J'ai divorcé il y a quatre ans.

Il prit une bouchée de crabe et demanda :

— Souhaitez-vous avoir d'autres enfants ?

Sa question sans détour la fit rire.

— À vrai dire, je n'y ai pas vraiment réfléchi. Je suppose que si je me remarie un jour, j'envisagerai peut-être d'en avoir d'autres. Cela dépendra.

— Bon, maintenant que vous avez répondu aux questions éliminatoires, vous pourriez me dire quel genre de programme vous aimez regarder à la télévision, suggéra Hunter.

La conversation prit un tour plus léger et permit à Ainsley de savourer pleinement son repas. Quand il s'agissait de parler de ses séries préférées, de cinéma et de musique, elle pouvait se montrer très loquace. Lorsque le porc au caramel et le poulet à l'aigre-douce arrivèrent, ils n'avaient pas encore épuisé le sujet.

Elle espérait que Hunter ne lui poserait pas d'autres questions qui l'obligeraient à mentir. Elle l'appréciait et avait des scrupules à lui raconter des bobards. Mais elle ne pouvait pas lui dire la vérité – personne ne devait savoir d'où elle venait, ce qu'elle avait vécu et ce qu'elle avait fait pour s'en sortir.

Si Hunter apprenait la vérité, s'il savait qu'elle avait commis une dizaine d'infractions, il serait obligé de l'arrêter. Mais ce n'était pas le pire qui puisse lui arriver. Elle réprima un long frisson en songeant à ce qui se passerait si par malheur son ex-mari la retrouvait.

— Vous avez encore un peu de place pour le dessert ? lança Hunter.

— Je crains que non. Je suis pleine comme un œuf.

Dieu sait pourtant qu'elle aurait aimé prolonger ce repas.

— Et si on faisait un petit tour dans Main Street, histoire de digérer un peu avant d'aller s'offrir une glace ?

— C'est une excellente idée.

Hunter n'avait pas l'air pressé de se séparer d'elle. Ce constat fit un bien fou à son estime de soi, qui avait été si longtemps malmenée.

Ils quittèrent le Red Wok et reprirent le pick-up pour se rendre dans Main Street, où ils se garèrent.

Ils commencèrent à se balader, côte à côte, mais il ne s'écoula pas plus de cinq minutes avant que Hunter ne prenne la main d'Ainsley dans la sienne.

Il avait une grande main solide et rassurante. Elle se sentait en sécurité. Et confiante en l'avenir, qui lui paraissait soudain prometteur.

Si Hunter souhaitait la revoir, s'il voulait construire quelque chose avec elle, comment réagirait-elle ? Elle en avait terriblement envie, bien sûr, mais tout au fond d'elle-même, elle savait que continuer à le voir serait une erreur.

Une erreur qu'elle risquait de payer très cher.

C'était une belle soirée de septembre. Il faisait encore doux. Les rues commençaient à se vider car il n'était pas loin de 20 heures. Les gens qu'ils croisaient saluaient Hunter et souriaient gentiment à Ainsley.

Leurs pas finirent par les amener chez le glacier.

— Que diriez-vous d'une glace ? demanda Hunter.

— D'accord, mais juste une boule.

Ils entrèrent et prirent place autour d'une des tables hautes. Elle opta pour un cône au chocolat et Hunter pour une pêche Melba.

— J'adore les glaces, confia-t-il, l'air coupable.

Ainsley lui sourit.

— Melinda aussi. Depuis notre arrivée, nous sommes déjà venues ici au moins cinq ou six fois.

— Un jour, il faudra qu'on vienne tous les trois.

— Oui, pourquoi pas ?

Sortir à trois, avec sa fille et lui, était très tentant. Elle avait hâte de présenter Hunter à Melinda. Il lui plaisait vraiment beaucoup, et elle était certaine que Melinda l'apprécierait aussi.

Il était drôle et gentil, et quand il la regardait, elle voyait luire au fond de ses yeux une petite flamme qui la faisait se sentir belle et désirable. Et qui le rendait absolument irrésistible.

— Merci pour cette agréable soirée, dit-elle lorsqu'il l'eut ramenée jusqu'à sa porte.

— J'ai passé un excellent moment en votre compagnie, déclara-t-il en faisant un pas vers elle. J'aimerais beaucoup vous revoir.

— Moi aussi, répondit-elle dans un souffle, troublée de le sentir si proche.

Il sourit.

— J'aimerais aussi vous embrasser. Vous m'y autorisez ?

Elle fut agréablement surprise de l'entendre lui demander la permission, qu'elle lui donna sans l'ombre d'une hésitation.

Son baiser fut bref, bien trop bref. Ce qu'elle trouva un peu frustrant car il avait les lèvres délicieusement douces et chaudes. Il ne l'attira pas contre lui et ne la prit pas dans ses bras. Il l'embrassa et s'écarta.

— Quand nous revoyons-nous ? Quand êtes-vous libre ?

— Je ne travaille pas le dimanche, mais ce jour-là je me consacre entièrement à ma fille. Sinon, jeudi prochain.

— Vous aimez les pizzas ? demanda-t-il.

— Oui, beaucoup.

— Si ça vous dit, jeudi prochain, je vous emmène chez Antonio. Je passe vous prendre à 17 heures ?

— Oui, c'est parfait.

— Entre-temps, je vous verrai au Café.

Elle acquiesça d'un hochement de tête.

— Bonne nuit, Hunter.

Il lui souhaita une bonne nuit et remonta dans son pick-up. Elle le regarda s'éloigner, puis elle rentra et s'adossa contre la porte, troublée jusqu'au vertige par ce baiser pourtant si anodin.

Hunter produisait sur elle un effet dévastateur. Elle avait vaguement espéré que leur soirée en tête à tête serait un fiasco. Mais ce n'était pas du tout le cas.

Lorsqu'elle ressortit pour aller chercher Melinda chez les Burwell, Ainsley avait l'impression de flotter sur un petit nuage. C'était presque trop beau pour être vrai.

Était-ce une si mauvaise idée que ça de vouloir nouer une relation amoureuse ? Après l'échec cuisant de son mariage, elle hésitait à faire à nouveau confiance à un homme.

Mais Hunter était très différent de son ex-mari. Il était temps pour elle de tirer un trait sur son passé. Elle n'avait probablement plus rien à craindre. Depuis un peu plus d'un an, Peter la laissait tranquille.

Devait-elle pour autant baisser sa garde ? Si jamais il la retrouvait, elle savait qu'il la tuerait sans merci.

— Eh bien, George, qu'est-ce qui t'arrive ?

Hunter jeta un rapide coup d'œil au shérif Wayne Black, qui avait dégainé son pistolet et se tenait un peu en retrait, visiblement dépassé par la situation, se contentant de regarder l'homme qui menaçait de se trancher la gorge avec un couteau de boucher.

George Calvert souffrait de dépression chronique. Quand il prenait ses médicaments, il allait plutôt bien, mais Hunter arrivait généralement à deviner depuis combien de temps il ne les avait pas pris juste en voyant l'état de saleté dans lequel il se trouvait, et le nombre de taches qui maculaient ses vêtements.

Ils étaient dans le jardin de George, dont la maison était proche de celle de Hunter.

À en juger par l'aspect graisseux des cheveux du maniaco-dépressif et par son T-shirt crasseux, Hunter estima que George ne prenait plus ses médicaments depuis au moins une semaine. En plus de cela, il était soûl.

— Je me sens tellement seul, geignit George, les joues baignées de larmes.

— Allez, George, pose ce couteau. On va discuter, toi et moi, dit Hunter.

Il avait un rapport privilégié avec George et savait gré au shérif de ne pas chercher à intervenir.

— Non, pas question que je le pose. Tire-moi dessus.

George s'approcha de Hunter d'un pas chancelant en brandissant le couteau dans sa direction.

— Tire ou je te le plante dans le bide.

Inquiet pour la sécurité de son adjoint, le shérif s'avança.

— Voyons, George, tu sais bien que je ne vais pas tirer, dit Hunter très calmement. Je t'aime bien ; je n'ai aucune raison de te faire du mal.

George porta de nouveau le couteau à sa gorge.

— Je veux mourir, gémit-il.

— Marybeth n'est pas passée te voir ? demanda Hunter, qui savait que George recevait régulièrement la visite de sa fille.

— Elle est partie. Elle a emmené les petits voir leurs grands-parents paternels, à Kansas City.

George semblait vraiment être au trente-sixième dessous. Sa main droite tremblait tellement que Hunter craignait qu'à tout moment il ne se blesse avec le couteau. George ne se trancherait pas la gorge, il le savait. Mais un accident était si vite arrivé…

— Quand rentre-t-elle ? s'enquit-il.

George prit un air concentré.

— Demain, je crois bien.

— Bon, alors écoute-moi. Que dira Marybeth quand elle te verra dans cet état ? Si tu poses ce couteau, nous entrerons et, pendant que tu te laveras et te changeras, je te préparerai un bon café pour te faire dessoûler.

À son grand soulagement, George obtempéra. Hunter le rejoignit en deux enjambées et envoya valdinguer le couteau à plusieurs mètres pour que George ne puisse pas le reprendre.

Au cours des quarante-cinq minutes suivantes, Hunter aida George à se doucher et à s'habiller. Il lui fit prendre ses médicaments et jurer de bien suivre son traitement, puis il but un café avec lui et l'obligea à s'étendre sur le canapé pour faire un somme. Lorsque George se mit à ronfler, Hunter put enfin le laisser.

La dépression était une vraie saloperie, songea-t-il en regagnant le poste de police. Il en avait lui-même souffert à la mort de son fils, mais, grâce à quelques séances de psychothérapie, il avait réussi à remonter la pente.

Il attendait sa pause déjeuner avec impatience car il avait hâte de revoir Ainsley. Depuis leur rendez-vous, la veille au soir, il était sous le charme.

Il aimait son naturel et sa spontanéité. Elle était drôle et intelligente, tout à fait le genre de femme avec qui il pourrait envisager une relation durable.

Il était évidemment trop tôt pour tirer des plans sur la comète, mais, pour la première fois depuis son divorce, il se réjouissait d'avoir peut-être rencontré une femme susceptible de compter.

Voulant éviter toute précipitation, il s'était abstenu de la prendre dans ses bras et de l'embrasser fougueusement. Ce n'était pourtant pas l'envie qui lui avait manqué. Ainsley avait les lèvres si douces et si charnues…

Il était un peu plus de 13 heures lorsqu'il entra dans le Café. Cherchant des yeux Ainsley, il la vit en train de prendre la commande d'une tablée de quatre personnes. Il prit place à une table voisine et attendit qu'elle le remarque.

Dès qu'elle l'aperçut, son visage se fendit d'un grand sourire qui semblait ne s'adresser qu'à lui, et ses joues prirent une ravissante coloration rosée. Dieu qu'elle était belle.

Son tablier rouge et noir était très mignon, mais il ne lui allait pas aussi bien que la blouse rose joliment décolletée et le jean moulant qu'elle portait la veille pour aller au restaurant.

Sa commande passée, elle vint s'occuper de lui.

— Il paraît que ce matin vous avez ramené à la raison un homme suicidaire armé d'un couteau.

Il la regarda d'un air surpris.

— Comment le savez-vous ?

— Le shérif Black est venu tout à l'heure. Il a fait l'éloge de votre patience et de votre dévouement.

Hunter se sentit rougir.

— Je n'ai fait que mon travail.

— C'est possible mais, d'après le shérif, vous vous êtes surpassé, aujourd'hui. En conséquence, je vous offre votre repas.

— Il n'en est pas question. Il n'y a aucune raison, voyons.

— Acceptez, Hunter, je vous en prie. C'est le moins que je puisse faire pour remercier un représentant des forces de l'ordre qui prend son travail à cœur. Que puis-je vous servir ?

Bien qu'un peu gêné de se faire inviter, Hunter se garda bien de discuter. Il ne voulait pas la froisser.

— Je vais prendre le fameux cheeseburger de Big Ed. Avec des frites.

— Et en boisson ?

— Juste du café. Une longue soirée m'attend au poste. Je remplace un collègue malade.

— C'est sympa de votre part.

Les yeux bleus d'Ainsley brillaient comme des saphirs. Il avait envie de plonger dans leur profondeur cristalline.

— Il faut savoir rendre service, mais c'est surtout pour Zeus que ça m'embête. Il risque de trouver le temps long.

— Zeus ?

— Mon chien, dit Hunter.

Elle se mit à rire.

— Je ne comprenais pas ce que le dieu du Tonnerre venait faire là-dedans. Je reviens avec le café dans moins d'une minute.

Ainsley venait encore une fois de lui prouver qu'elle était cultivée. S'il demandait aux passants dans la rue qui était Zeus, il y avait fort à parier que bien peu sauraient répondre.

Cela lui donnait d'autant plus envie de mieux la connaître. Il se rendit compte rétrospectivement qu'elle s'était très peu livrée, hier soir au restaurant. Il n'avait pas appris grand-chose sur elle.

Tout ce qu'il savait, c'était qu'elle venait du Nevada, qu'elle était divorcée d'un homme qui avait été un mauvais mari et un mauvais père, et qu'elle aimait les films policiers et les vieux tubes de rock.

Ils n'avaient pas encore abordé ce qui touchait directement à leurs vies privées, mais cela viendrait. Chaque chose en son temps. Il sourit lorsqu'elle revint avec le café.

— Et vous, qu'avez-vous fait ce matin, pendant que je parlementais avec ce pauvre George ? s'enquit-il.

— Le service du petit déjeuner, puis celui du déjeuner, et pour tout vous dire, j'en ai plein les pattes et j'attends ma pause avec impatience.

Elle lui décocha un sourire.

— Rien de folichon, conclut-elle. La routine habituelle.

— Vous avez toujours été serveuse ?

— J'ai été mère au foyer jusqu'à mon divorce et après j'ai décidé de travailler comme serveuse parce que je sais comment obtenir un bon pourboire et que je peux plus ou moins choisir mes horaires.

— C'est pour me soutirer un bon pourboire que vous vous êtes toujours montrée aussi aimable avec moi ? lança Hunter sur le ton de la plaisanterie.

Elle plaqua une main sur sa bouche comme si elle venait de faire une bourde.

— Zut ! Je n'étais pas censée vous le dire.

Il éclata de rire puis soutint son regard un bon moment.

— Vous savez que vous êtes très séduisante ?

— Taisez-vous donc, vous allez me faire rougir.

Ses joues rosirent à nouveau, la rendant encore plus attirante.

— J'aime vous voir rougir.

— Ainsley ? beugla Big Ed à travers le passe-plat.

— Je crois que votre burger est prêt, dit Ainsley en filant vers le fond de la salle.

Lorsqu'elle revint avec le burger, quelques instants plus tard, elle était écarlate.

— Je me suis fait tancer par Big Ed, lui confia-t-elle en évitant ses yeux. Il dit qu'au lieu de me laisser conter fleurette, je ferais mieux de m'occuper des autres clients.

— Il veut que nous brûlions les étapes, si je comprends bien.

— Big Ed n'est pas romantique pour deux sous. Sur ce, je vous laisse. Bon appétit !

Il la contempla se faufiler jusqu'à une autre table, fasciné par le balancement de ses hanches. Puis il jeta un coup d'œil du côté du passe-plat. Big Ed lui adressa un sourire et secoua la tête.

Comme promis, Ainsley régla l'addition, aussi laissa-t-il sur la table un pourboire extrêmement généreux.

Lorsqu'il sortit du Café, il était encore plus impatient d'être à jeudi prochain. Quelque chose lui disait qu'Ainsley Meadows pourrait bien être celle qui l'aiderait à tourner la page et à tout recommencer.

Bingo.

Peter Waverly referma son ordinateur et se carra dans son fauteuil. Il avait réussi. Le sentiment de toute-puissance qu'il éprouvait, assis dans son immense bureau, chez lui, à Portland, dans le Maine, le comblait plus que ne le faisait la bouteille de vin à mille dollars qu'il avait ouverte pour fêter son succès.

Il venait d'avoir la preuve que l'argent pouvait presque tout acheter. Cela lui avait coûté une petite fortune, mais il avait trouvé sur le *dark web* tous les renseignements dont il avait besoin.

S'il était sur le point de toucher au but, c'était en

grande partie grâce à la mort de son père, survenue dix-huit mois plus tôt. Jeffrey Waverly avait fort bien réussi dans les affaires, si bien qu'à sa mort Peter était devenu extrêmement riche.

Peter but une petite gorgée de vin et se leva. Sortant de son bureau, il se dirigea vers la salle de bains et s'examina dans le miroir au-dessus du lavabo.

L'homme qu'il avait en face de lui ne lui ressemblait en rien. Blonds à l'origine, ses cheveux étaient maintenant aile de corbeau. Plus récemment, il s'était fait refaire le nez, les pommettes et le menton. Et, pour remplacer ses incisives qui se chevauchaient, il s'était fait poser des implants. Si ses parents avaient été encore en vie, ils ne l'auraient pas reconnu. Elle ne le reconnaîtrait pas non plus.

Il lui tomberait dessus par surprise. Demain, il prendrait des dispositions pour aller à Dusty Gulch, au Kansas. Il était plus que temps qu'il ait une explication avec Colette, son ex-femme.

Elle l'avait quitté, et il allait le lui faire payer. Cela risquait de lui coûter cher. D'autant plus cher qu'elle l'avait privé de sa fille pendant toutes ces années.

Il sourit à son reflet dans le miroir. Il se mit à penser à Colette, à l'amour fou qu'il avait éprouvé pour elle, à la passion dévorante qu'elle avait suscitée en lui. Lorsqu'elle lui avait donné une fille, il avait été le plus heureux des hommes.

C'est vrai que parfois il lui avait fallu sévir. Il avait dû la punir parce qu'elle avait enfreint telle ou telle règle, mais il ne manquait jamais de lui expliquer pourquoi il la châtiait.

Puis elle l'avait quitté.

Le soir qui avait précédé son départ, il reconnaissait

qu'il y était allé un peu fort. Elle l'avait tellement poussé à bout qu'il avait failli la tuer. Par chance, il avait des amis haut placés, ce qui lui avait permis d'échapper à une inculpation pour tentative de meurtre. Il n'était resté en garde en vue que vingt-quatre heures, mais Colette en avait profité pour s'enfuir.

Cette garce ! De rage, il donna un grand coup de poing dans le miroir, qui vola en éclats.

La prochaine fois, c'est sur Colette qu'il passerait sa colère. Il allait commencer par la harceler, par faire de sa vie un enfer. Puis il la tuerait. C'était tout ce qu'elle méritait.

3

— C'est quoi, ce soir ? Votre troisième rendez-vous ? lança Juanita, les yeux pétillants.

— C'est le troisième, en effet, mais comme on se voit tous les jours au Café, j'ai l'impression d'avoir passé avec lui bien plus de temps que ça, répondit Ainsley, qui était venue déposer Melinda.

Assises à la table de la cuisine, Juanita et elle entendaient rire les enfants, qui s'amusaient dans la salle de séjour.

— Tu l'apprécies, apparemment.

— Oui, beaucoup, affirma Aisnley. Ce soir, il m'invite chez lui. Il va faire des steaks à la plancha.

— Vous avez fait le tour des restaurants du coin, alors il n'a pas d'autre choix que de se mettre aux fourneaux.

— C'est exactement ce qu'il m'a dit.

L'air soudain grave, Juanita posa sa main sur celle d'Ainsley.

— Essaye de ne pas lui briser le cœur, dit-elle. Il a eu bien assez de misères comme ça. Hunter mérite d'être enfin heureux. Jusque-là, crois-moi, il n'a pas été gâté.

— Je sais qu'il a divorcé. Ce n'est jamais très marrant, mais y a-t-il autre chose ? demanda Ainsley.

Lorsqu'il lui avait parlé de son divorce, Hunter ne lui avait pas paru traumatisé.

— Oui, il y a autre chose, mais c'est à Hunter de te mettre au courant quand il jugera le moment venu. Et maintenant tu ferais mieux de filer si tu ne veux pas le faire attendre.

Ainsley se leva.

— Merci encore de garder Melinda. Sans toi, je ne sais pas comment je ferais. D'ailleurs, je devrais peut-être te payer…

— N'importe quoi ! Si je n'aimais pas les enfants, je n'en aurais pas eu cinq. Et puis, Melinda prend en charge les plus petits. C'est moi, en fait, qui devrais la payer pour son aide.

Ainsley reprit sa voiture pour rentrer chez elle. Elle pensa à sa mère et à sa sœur pendant tout le trajet de retour. Sa famille lui manquait terriblement. Son père était mort depuis plus de dix ans. Il n'avait jamais su ce qu'Ainsley avait subi pendant son mariage et c'était tant mieux.

Avec sa mère et sa sœur, elle n'avait malheureusement plus aucun contact. Peu après avoir quitté le domicile conjugal, elle avait couru le risque d'appeler sa mère. Cette erreur avait failli lui être fatale parce que l'appel avait été tracé. Son ex-mari avait été à deux doigts de la retrouver.

Elle avait compris qu'elle devrait désormais faire comme si sa mère et sa sœur étaient mortes. Cela lui avait beaucoup coûté et elle continuait de souffrir de ne plus les voir, mais il lui fallait à tout prix se protéger et, plus important encore, protéger sa fille.

Lorsqu'elle arriva chez elle, Ainsley constata qu'il

lui restait à peine trente minutes pour se préparer. Pas question de rêvasser.

En se maquillant, elle repensa à ce que Juanita lui avait dit au sujet de Hunter. Les paroles de son amie l'intriguaient d'autant plus qu'il lui avait semblé déceler un fond de mélancolie dans le regard de Hunter.

Essaye de ne pas lui briser le cœur. La recommandation de Juanita tournait en boucle dans son esprit. Ainsley n'avait aucunement l'intention de faire du mal à Hunter, mais comment savoir ce que l'avenir leur réservait ? Le seul moyen d'éviter à coup sûr de lui briser le cœur serait de cesser de le voir. Mais il tenait déjà une telle place dans sa vie qu'il lui était difficile de renoncer à lui.

Mieux valait laisser les choses suivre leur cours. Il n'y avait aucune raison pour que ça tourne mal entre eux. Sauf si elle devait faire ses valises et filer sans préavis. Mais elle espérait que cela n'arriverait pas.

Lorsque Hunter frappa à la porte, à 17 heures précises, Ainsley était fin prête et avait retrouvé son entrain. Attrapant son sac, elle s'empressa d'aller lui ouvrir.

— Salut, dit Hunter d'un ton jovial. Vous êtes prête ?

— Absolument.

Elle referma la porte derrière elle et le suivit jusqu'à son pick-up.

— Vous avez faim ? demanda-t-il en se glissant derrière le volant.

— Vous m'avez tellement vanté vos steaks à la plancha que j'en salive déjà.

— J'espère me montrer à la hauteur. En accompagnement, j'ai prévu des pommes de terre au four et de la salade.

— J'ai l'impression qu'on va se régaler, dit Ainsley, conquise par les effluves boisés de son eau de toilette.

Quelques minutes plus tard, ils se garèrent dans l'allée d'un joli bungalow peint en beige et marron foncé. Au milieu de la pelouse parfaitement entretenue, un magnifique érable déployait son feuillage d'automne d'un rouge flamboyant.

— Comme c'est charmant ! s'exclama Ainsley. Il y a longtemps que vous vivez ici ?

— À peu près huit ans.

— Vous étiez tout jeune quand vous avez acheté.

Sa remarque le fit rire. Il déverrouilla la porte et se tourna vers elle.

— Je vous préviens, dès que je vais ouvrir, une petite boule de poils va nous sauter dessus et nous faire la fête.

Entrant dans son jeu, elle carra les épaules et inspira à fond.

— Je crois que je suis prête.

À peine eurent-ils franchi le seuil qu'un petit chien noir se précipitait vers eux. Ignorant Hunter, il se mit à quémander les caresses d'Ainsley.

— Quel amour ! dit-elle en se penchant vers le chien.

Zeus sauta dans ses bras et se mit à lui lécher le cou, comme s'il la connaissait depuis toujours.

— Vous n'auriez peut-être pas dû, déclara Hunter.

— Pourquoi ? Il est tellement mignon.

— Maintenant qu'il sait que vous ne lui résistez pas, il ne va plus vous lâcher.

En riant, elle reposa le chien par terre. Pendant que Zeus faisait la fête à son maître, elle regarda autour d'elle. Le salon était spacieux. Le fauteuil inclinable et le canapé moelleux invitaient à la détente.

Un téléviseur à grand écran était accroché au mur,

au-dessus d'une cheminée en pierre. Sur les rayonnages de la bibliothèque, Ainsley repéra une photo de groupe sur laquelle Hunter posait au milieu de ses collègues de travail. Une autre photo le montrait en compagnie du shérif et de Jake Albright.

— Vous connaissez les Albright ? demanda-t-elle.

Riches et influents, d'après ce qu'elle avait entendu dire, les Albright possédaient la moitié de la ville. Elle savait aussi qu'il y avait eu un énorme scandale lorsque le frère de Jake Albright avait tenté de tuer Eva Martin, la femme que Jake aimait et avait épousée depuis.

— Pas très bien. Vous avez entendu parler de son frère, j'imagine ?

Elle acquiesça en souriant.

— Les langues vont bon train à Dusty Gulsh, dit-elle.

— C'est une histoire qui a fait jaser, ça c'est sûr. En tout cas, quand le calme est revenu, Jake a fait un don au poste de police pour acheter des caméras de surveillance et remplacer certains équipements qui étaient vétustes.

— C'est généreux de sa part.

— Je pense que c'est un chic type.

— Et si vous me faisiez visiter la maison ? suggéra Ainsley, curieuse de voir à quoi ressemblait sa chambre.

— Avec plaisir. Suivez-moi.

Il lui fit longer le couloir et lui désigna la première porte sur la gauche, qui était celle d'une salle de bains bleu roi.

— C'est très lumineux.

— La décoration n'étant pas trop mon truc, tout est simple et fonctionnel.

— Je n'ai rien contre le simple et le fonctionnel.

Il la gratifia d'un sourire puis il ouvrit une porte sur sa droite.

— Cette pièce me sert de bureau, expliqua-t-il.

Un ordinateur était posé sur sa table de travail, face à une étagère couverte de dossiers et de paperasses soigneusement empilées.

— Là, c'est juste une pièce vide, poursuivit-il en désignant une porte fermée.

Elle crut déceler dans sa voix un soupçon d'émotion, mais elle n'eut pas le temps d'y prêter vraiment attention car Hunter enchaîna en ouvrant la porte de la suite parentale.

Elle balaya la pièce d'un regard circulaire, remarquant le grand lit double recouvert d'une courtepointe grise, les deux tables de nuit supportant de jolies lampes de chevet, et les photos de paysages en noir et blanc accrochées au mur. La salle de bains était communicante.

Il lui montra le lit.

— C'est là que je rêve de vous, déclara-t-il tout à trac.

— Que faites-vous de la loi qui interdit toute tentative de séduction avant de passer à table ?

— J'avoue ne pas être au courant, répliqua-t-il en riant. J'espère m'en tirer cette fois-ci avec un simple avertissement. Mais, si je ne veux pas risquer à nouveau d'enfreindre la loi en question, mieux vaut filer tout de suite à la cuisine.

Il lui fit retraverser le salon et la fit entrer dans une cuisine spacieuse, élégante et contemporaine avec son îlot central, ses plans de travail en granite moucheté et sa table en verre fumé.

— Asseyez-vous, dit-il en l'invitant à prendre place autour de la table.

Une baie vitrée coulissante donnait sur la terrasse. Il l'ouvrit pour laisser sortir Zeus.

— Vous avez une très jolie maison, Hunter.

Il lui décocha un sourire.

— Ça a l'air de vous surprendre. Vous pensiez que je vivais dans une grotte ?

— Mais non, voyons ! Qu'allez-vous chercher ?

Il sortit une bouteille de rosé du réfrigérateur.

— Que diriez-vous d'un verre de vin ? À moins que vous ne préfériez une bière ?

— Le vin, c'est parfait. Que puis-je faire pour vous aider ?

— Rien. Je m'occupe de tout.

Il lui servit le rosé dans un verre à pied, qu'il posa devant elle. Puis il prit une bière dans le réfrigérateur.

— Les pommes de terre sont au four et la salade au frais. Il ne me reste plus qu'à cuire les steaks.

Il s'assit à la table, en face d'elle, sa bière à la main.

— Vous êtes très en beauté, ce soir, lança-t-il.

— Merci, c'est gentil.

Elle portait un jean et un petit pull couleur lavande qui mettait en valeur ses yeux bleus.

— Hier, au Café, il y avait tellement de monde que je n'ai pas pu vous consacrer beaucoup de temps. Tout s'est bien passé, au poste ? Pas de nouvel incident ? demanda-t-elle.

— Aujourd'hui, personne n'a menacé de se faire sauter le caisson. J'ai juste dû expliquer à Madge Renfro que ce n'était pas parce que sa chienne Pookie avait rendez-vous chez le toiletteur qu'elle était autorisée à rouler à soixante-dix kilomètres-heure dans une zone limitée à cinquante. Elle m'a raconté que Pookie s'était roulée dans une crotte et qu'elle puait atrocement. C'était tellement collant que Madge n'arrivait pas à la nettoyer et devait donc de toute urgence l'emmener chez le toiletteur.

Voilà le quotidien d'un policier dans une petite ville du Kansas, conclut Hunter en secouant la tête.

— Quelle histoire ! Vous lui avez mis une contravention ?

— Non, mais je lui ai vivement recommandé de ne pas recommencer.

— Ah, je le savais ! s'exclama Ainsley. Dans le fond, vous êtes un tendre.

— Ne vous y méprenez pas. Ma bonté a des limites, répliqua Hunter. Et je peux être impitoyable si on me cherche des noises ou si on s'en prend à mes proches.

Son regard s'était durci. On y lisait une grande détermination.

— Je crois qu'il est temps de faire cuire la viande, ajouta-t-il d'un ton plus léger.

Ainsley le contempla s'activer devant sa plancha. Il était le genre d'homme dont elle avait toujours rêvé : viril, sûr de soi et rassurant. Auprès de lui, elle se sentait en sécurité. Une sécurité toute relative car elle avait bien conscience que personne ne pouvait réellement la protéger de son ex-mari. Elle espérait juste que celui-ci n'aurait jamais l'idée de la chercher à Dusty Gulch.

Elle était la femme qu'il attendait. Hunter avait vraiment le béguin pour Ainsley. Tout au long du dîner, il lui parla de son travail, lui rapportant mille anecdotes qui la firent beaucoup rire.

Il adorait l'entendre rire et voir ses yeux pétiller. À tel point qu'il en vint à se creuser la cervelle pour trouver d'autres histoires cocasses à lui raconter.

Elle lui relata à son tour quelques faits amusants qui s'étaient déroulés au Café. Il était ravi de constater qu'elle et lui étaient sur la même longueur d'onde. C'était plutôt bon signe pour la suite de leur relation.

La conversation prit un tour plus sérieux lorsqu'ils se mirent à parler de leurs parents.

— Mes parents sont en maison de retraite à Kansas City depuis deux ans, expliqua Hunter. Je m'arrange pour leur rendre visite à peu près une fois par mois.

— Ah, c'est bien. Les miens sont morts dans un accident de voiture il y a cinq ans.

— Vous avez des frères et sœurs ?

Elle secoua la tête et baissa les yeux sur son assiette.

— Non, je suis fille unique. Et vous ? demanda-t-elle en relevant le nez.

— Je n'en ai pas non plus.

— Quand j'étais petite, je m'étais inventé une sœur. Elle s'appelait Lily et elle avait un an de plus que moi. Nous jouions ensemble. À l'adolescence, elle m'a donné des conseils vestimentaires et servi de confidente. Nous parlions jusqu'à tard dans la nuit et partagions de sacrés fous rires.

Il sourit.

— Vous en parlez comme si elle avait vraiment existé.

Elle baissa à nouveau les yeux.

— Pour moi, elle a vraiment existé à un certain moment.

Elle eut l'air un peu gêné.

— Vous devez me croire folle, non ?

— Pas du tout, assura-t-il. Vous avez manifestement souffert d'avoir été fille unique.

Elle haussa les épaules.

— C'est du passé. Mieux vaut ne plus y penser et aller de l'avant.

Le repas terminé, il insista pour qu'elle reste assise

pendant qu'il débarrassait la table. Puis il lui resservit un verre de vin et reprit une bière. Après qu'il eut fait rentrer Zeus, ils passèrent au salon.

Zeus sauta dans le fauteuil inclinable, comme à son habitude, attendant que son maître s'y assoie. Mais ce soir, manque de pot, Hunter préféra s'installer sur le canapé, à côté d'Ainsley.

Il était si près d'elle qu'il sentait la chaleur de son corps. Le désir qu'il éprouvait pour elle n'avait cessé de croître au cours des trois dernières semaines.

Il mourait d'envie de la prendre dans ses bras et de la serrer contre lui. Il brûlait de l'embrasser fougueusement. Mais il se contint.

Ils bavardèrent tranquillement. Résigné, Zeus finit par aller se coucher en boule dans son panier devant la cheminée.

— Parlez-moi de votre fille, dit Hunter lorsque la conversation retomba.

Le visage d'Ainsley s'illumina.

— Melinda est la meilleure chose qui me soit arrivée. Elle est drôle, vive, et elle a un cœur d'or. Mais je ne dois pas être très objective, évidemment.

— Les mères sont censées trouver leurs enfants formidables, dit-il en riant. Mais si elle vous ressemble, elle doit effectivement être drôle et vive, et avoir un cœur d'or. Je suis sûr qu'en plus elle est très jolie.

Ainsley rougit.

— Je vous vois venir avec vos flatteries. Vous essayez à nouveau de me séduire.

— C'est bien possible, répliqua Hunter, troublé, en soutenant son regard.

Elle se figea puis passa le bout de sa langue sur ses

lèvres sèches, qu'elle entrouvrit légèrement en levant son visage vers lui.

Le signal était clair, mais Hunter ne voulait commettre aucun impair.

— Puis-je vous embrasser ? murmura-t-il.

— Je vous en prie.

Il se pencha vers elle et posa ses lèvres sur les siennes. Son cœur se mit à battre comme un tambour lorsqu'elle noua les bras autour de son cou.

L'attirant contre lui, il approfondit son baiser, mêlant intimement sa langue à la sienne.

Ainsley était à la fois tendre et passionnée. Il aimait tout d'elle et n'aspirait qu'à mieux la connaître, aussi bien physiquement qu'émotionnellement. Il attendait beaucoup de cette relation et souhaitait ardemment qu'elle tienne la distance.

Lorsque leurs lèvres se séparèrent, il l'embrassa dans le cou, couvrant sa gorge de baisers fébriles. Elle l'agrippait aux épaules comme pour le retenir, ce qui l'excita encore plus. Il sentait contre son torse la pression de ses seins ronds. Il la désirait follement et ne voulait rien tant que l'extraire de ce canapé pour l'emmener dans sa chambre. Il la voulait nue contre lui.

Il s'empara une fois de plus de ses lèvres, mais cette fois Ainsley dénoua les bras de son cou et s'écarta de lui.

— Vous êtes un homme dangereux, adjoint Churchill, déclara-t-elle, le souffle court.

— Et vous, une femme dangereuse, rétorqua-t-il en caressant ses longs cheveux bruns. J'avoue que j'ai très envie de vous.

— Moi aussi, je vous désire. Mais je… pense qu'il vaut mieux y aller doucement.

— Comme vous voudrez, Ainsley. Je peux m'adapter. Quand vous serez prête à aller plus loin, dites-le-moi.

— Merci de vous montrer aussi compréhensif.

— Je suis impatient de rencontrer votre fille, mais je ne voudrais pas précipiter les choses. Qu'en pensez-vous ?

Elle fronça légèrement les sourcils puis sourit.

— Jeudi prochain, vous pourriez venir dîner à la maison, suggéra-t-elle.

— Avec joie.

Le fait qu'elle accepte de lui présenter sa fille le rassurait sur la suite de leur relation. Hunter avait l'impression de reprendre sa vie en main et se sentait confiant en l'avenir.

— Je ne m'ennuie pas, mais il faut que je rentre, dit-elle en se levant du canapé.

À regret, Hunter se leva aussi.

— Laissez-moi prendre mes clés et mon arme, et je vous raccompagne.

Quelques instants plus tard, ils sortaient de la maison.

— C'est une belle soirée, lança Ainsley.

Il allait lui répondre lorsque, du coin de l'œil, il vit bouger juste à côté du porche. Quelqu'un se cachait dans les fourrés. Dégainant son pistolet, il fit passer Ainsley derrière lui.

— Qui est là ? Montrez-vous et levez les mains en l'air !

Le cœur battant, il pointait son arme vers les fourrés, prêt à tirer. Il ne se connaissait pas d'ennemis, mais il avait bien conscience que son métier était susceptible de lui attirer des ennuis.

— Sortez de là ! Les mains en l'air ! ordonna-t-il à nouveau.

L'intrus obtempéra. Hunter baissa aussitôt son arme.

— Bon sang, George ! J'ai failli te tirer dessus. Qu'est-ce qu'il te prend de rôder autour de chez moi ?

— Je ne rôdais pas, protesta George en lui tendant un paquet de cookies. Je voulais juste vous remercier de vous être occupé de moi l'autre jour, quand Marybeth s'est absentée. Mais, quand je vous ai vu sortir de la maison en bonne compagnie, j'ai pensé que le moment était peut-être mal choisi.

— La prochaine fois, montre-toi, lui recommanda Hunter en rengainant son pistolet.

Puis il prit le paquet de cookies des mains de George et lui présenta Ainsley.

— Pour les cookies, ce n'était pas la peine, dit Hunter.

— Je tenais à vous témoigner ma reconnaissance, expliqua George avant de décocher un sourire timide à Ainsley. Sachez, mademoiselle, que votre ami est un type bien. Sur ce, je vous laisse. Bonne fin de soirée à vous deux.

Ils montèrent dans la voiture de Hunter tandis que George regagnait son bungalow à pied.

— C'est une gentille attention, déclara Ainsley.

— George est un chic type. Mais il a quelques problèmes.

— Je suppose que ce n'est pas évident d'être policier dans une ville où tout le monde sait où vous habitez.

— Il y a des jours où ce n'est effectivement pas très marrant. Il est arrivé qu'on balance des œufs sur ma voiture, mais la plupart du temps on me laisse tranquille. Je n'ai jamais vraiment eu d'ennuis.

— Tant mieux.

Ils bavardèrent pendant le reste du trajet jusque chez elle.

— Merci pour cette excellente soirée, dit Ainsley lorsqu'ils furent devant sa porte.

— J'attends le jeudi soir avec impatience, vous savez.

— Moi aussi, admit-elle avec un sourire.

Comme elle se penchait vers lui, il la prit dans ses bras.

— C'est peut-être prématuré, mais je nous vois très bien passer le reste de notre vie ensemble, dit-il comme on se jette à l'eau.

Il vit une ombre passer dans son regard. Très vite, cependant, Ainsley sembla se ressaisir et elle lui offrit son plus beau sourire.

— Moi aussi, confia-t-elle. En attendant, on peut s'embrasser.

Il ne se fit pas prier.

— À demain midi, dit-il après qu'ils eurent échangé un baiser très tendre.

— Oui, à demain.

En rentrant chez lui, Hunter repensa à cet instant très fugitif où il avait vu les yeux d'Ainsley s'assombrir comme si elle lui cachait quelque chose. Était-ce son imagination qui lui jouait des tours ? Ou peut-être juste un effet de la pénombre ?

Il l'espérait, parce qu'il n'avait aucune envie de partager la vie d'une femme qui traînerait des casseroles. Une fois lui avait suffi.

4

Ainsley s'assit sur le bord du lit de Melinda.

— Tout s'est bien passé avec Bonnie ? demanda-t-elle en enlevant une mèche de cheveux de devant les yeux de sa fille.

— Oui, on s'est bien amusées. On a joué à la reine et à la princesse. On voulait que Henry soit le roi alors on lui a fabriqué une couronne en papier, mais il a essayé de la manger.

Ainsley se mit à rire. Henry avait dix-huit mois. C'était le petit dernier de Juanita. Se penchant sur sa fille, elle l'embrassa sur la joue.

— Bonne nuit, mon ange. Fais de beaux rêves.

— D'accord. Tu sais quoi, maman ? Hier soir, papa m'a parlé.

Ainsley se figea.

— Voyons, Melinda, tu sais bien que ton papa est parti.

— Oui, mais il va revenir. C'est lui qui me l'a dit. Parce qu'il m'aime plus que tout au monde.

La fillette semblait on ne peut plus sérieuse.

— Tu as dû rêver, déclara Ainsley.

— Non. Je ne dormais pas quand il m'a parlé, je t'assure.

Ainsley se leva.

— S'il te parle à nouveau, préviens-moi. Il faut que tu dormes, maintenant. Il est tard, et demain tu as école.

— Bonne nuit, maman, dit Melinda avant de se tourner sur le côté.

Ainsley sortit de la chambre sur la pointe des pieds.

Lorsqu'elle fut dans la sienne, elle se demanda ce qu'il prenait à la fillette de raconter des histoires pareilles. Il y avait au moins un an qu'elle n'avait pas parlé de son père.

Ainsley avait failli lui faire croire que son père était mort. Finalement, elle lui avait dit qu'il avait été muté à l'étranger, très loin. Si loin qu'il ne reviendrait jamais.

Il ne faisait aucun doute dans son esprit que Melinda avait rêvé. Son père *ne pouvait pas* lui avoir parlé. S'il lui manquait, elle avait très bien pu *imaginer* qu'il lui parlait.

N'empêche que le fait de repenser à son ex-mari rappela à Ainsley de très mauvais souvenirs. Elle en fit des cauchemars presque toute la nuit et se réveilla plus tard que prévu le lendemain matin. Elle se prépara en vitesse, alla s'assurer que Melinda dormait paisiblement et fonça au Café pour tout mettre en place.

Quand Lana arriva, Ainsley put aller lever Melinda, l'habiller et la faire déjeuner. À cause de la mauvaise nuit qu'elle avait passée, Ainsley était un peu dans le cirage et fonctionnait au ralenti.

— Assieds-toi cinq minutes, je vais te faire un café, dit Lana. Il faut que tu te ressaisisses avant le coup de feu du petit déjeuner. C'est tout juste si tu tiens sur tes jambes. On dirait mon troisième mari juché sur mes talons aiguilles.

La comparaison fit rire Ainsley.

— Fais-moi grâce des détails, dit-elle en s'asseyant sur un tabouret, au bout du comptoir.

Lana posa un café devant elle.

— Qu'est-ce qu'il t'arrive, ce matin ? Tu n'as vraiment pas l'air dans ton assiette.

— J'ai fait plein de cauchemars et du coup, ce matin, je me suis levée très à la bourre. Depuis, j'ai l'impression de marcher à côté de mes pompes.

— Les cauchemars, c'est pénible. Dans le pire que j'ai fait, il y avait mon second mari ainsi qu'un poulet rose à moitié déplumé et un cheval coiffé d'un chapeau de paille.

Ainsley éclata de rire.

— Tu es impayable, Lana.

— Et dans les tiens de cauchemars, il y avait quoi ? demanda Lana en passant une main dans ses cheveux grisonnants.

— Un croque-mitaine qui essayait de m'attraper.

— Pas étonnant que tu sois dans cet état ! Bois ton café. Je m'occupe des clients.

— C'est prêt ! cria Big Ed.

Lana s'empressa d'aller chercher la commande. Ainsley s'accorda encore deux minutes de répit puis se lança à son tour dans l'arène car le coup de feu n'allait pas tarder.

Elle exhala un gros soupir lorsque Richard Adams entra et prit place à l'une de ses tables. Richard avait dans les soixante-cinq ans. C'était un grand costaud qui avait tout de l'ours mal léché. En plus d'être grincheux, il ne lui laissait jamais plus d'un dollar de pourboire – quand il en laissait un.

— Bonjour, Richard, dit-elle en l'accueillant avec le sourire.

— Je ne vois pas ce que cette journée aurait de bon, ronchonna-t-il.

— Le soleil brille, et Ben est en train de mitonner de bons petits plats pour ses clients. Alors, tout va bien. Qu'est-ce que je vous sers ?

— Je vais prendre le petit déjeuner complet, mais avec du fromage dans les œufs brouillés et un supplément d'oignons dans les galettes de pommes de terre. J'aime que le bacon soit bien grillé et le pain à peine toasté. Il me faut aussi du café et un grand verre de jus d'orange. Vous êtes capable de tout enregistrer ?

— Je l'espère. Je reviens tout de suite.

Elle passa la commande et fila chercher le café et le jus d'orange.

— Voici pour vous, dit-elle en posant les boissons sur la table.

— L'autre jour, le café avait un goût de brûlé et était imbuvable. J'espère qu'il sera meilleur cette fois-ci, pesta Richard.

Ainsley eut un peu de mal à ne pas se départir de son sourire.

— Il est tout frais, assura-t-elle. Il n'y a donc aucune raison pour que vous ne le trouviez pas bon.

Elle ne comprenait pas pourquoi Richard s'obstinait à se faire servir par elle alors que manifestement il ne l'aimait pas.

Tout sourire, elle s'approcha de la table voisine, occupée par Jimmy Miller, un garçon de ferme sympa qui travaillait chez Eva et Jake Albright.

— Salut, Jimmy. C'est rare que vous veniez le matin.

— Jake m'a donné ma matinée, alors j'en profite pour venir vous voir, dit-il d'un air malicieux. Votre joli sourire est l'assurance pour moi de bien commencer la journée.

Ainsley se mit à rire.

— Vous me flattez ! Je ne savais pas que mon sourire avait un tel pouvoir.

— Il l'a sur moi, en tout cas. Mais je suppose, poursuivit Jimmy d'un air sombre, que je ne fais pas le poids à côté de Hunter Churchill. Il a un insigne et un pistolet, lui…

— Et si vous commandiez ? suggéra Ainsley, gênée par le tour qu'avait pris la conversation.

Une heure plus tard, la salle s'était bien vidée. Les clients venus prendre le petit déjeuner étaient partis tandis que ceux du déjeuner n'étaient pas encore arrivés.

— J'espère que tu n'as pas laissé ce vieux grincheux de Richard te casser les pieds, déclara Lana lorsqu'elles se croisèrent devant le distributeur de boissons.

— J'avoue que parfois ses reproches font mouche, répliqua Ainsley. À l'entendre, je fais toujours tout de travers.

— Le petit Jimmy, lui, a l'air de te trouver à son goût. Il te regarde avec des yeux de crapaud mort d'amour.

Ainsley éclata de rire.

— Jimmy est un gentil garçon, mais…

— Mais tu lui préfères l'adjoint Churchill, dit Lana en lui décochant un clin d'œil.

La grosse voix d'Ed vint les interrompre.

— Hé, vous deux, là-bas ! Vous n'avez pas bientôt fini de papoter ?

— Oh ! ça va, rétorqua Lana. Tu ne vas pas nous faire un procès pour si peu. Tu as les meilleures serveuses de tout le Kansas.

Les deux femmes se séparèrent pour vaquer à leurs

occupations. Elles avaient toutes les tables à dresser avant le coup de feu de midi. Ainsley se réjouissait déjà de revoir Hunter, qui arrivait toujours vers 14 heures.

Elle frissonna en repensant aux baisers qu'ils avaient échangés la veille, enlacés sur son canapé. Il s'en était fallu de peu qu'elle ne finisse dans son lit. Mais, le jour où elle ferait l'amour avec lui, elle ne voulait pas être prise par le temps et devoir partir précipitamment pour aller récupérer Melinda.

Elle avait hâte de le présenter à sa fille. Il était impossible que Melinda ne l'aime pas. Et elle ne voyait pas pourquoi Hunter n'aimerait pas Melinda.

Pour la première fois depuis longtemps, l'espoir renaissait dans le cœur d'Ainsley. À un moment ou à un autre, elle savait qu'elle devrait se résoudre à lui dire la vérité. À s'expliquer sur les mensonges qu'elle lui avait racontés.

Elle avait menti sur des détails, pas sur l'essentiel. Hunter savait quelles étaient ses valeurs, ce en quoi elle croyait, quelle sorte de femme elle était. Avec un peu de chance, lorsqu'elle se déciderait à tout lui dire, il serait tellement amoureux d'elle que ses petits mensonges n'auraient plus d'importance.

Est-ce prudent ?

Pour la première fois depuis qu'elle avait quitté le domicile conjugal, fuyant un mari violent, elle pensait pouvoir répondre par l'affirmative. Mener une vie normale lui semblait enfin possible.

Et, cette vie, elle espérait ardemment la partager avec Hunter.

Cela faisait un mois aujourd'hui qu'Ainsley et lui sortaient ensemble. Depuis leur tout premier rendez-vous, ils avaient fait un sacré bout de chemin ! songea Hunter en finissant de s'habiller. Ce soir, il allait faire la connaissance de Melinda.

Pas question d'arriver les mains vides ! Il avait acheté une licorne en peluche rose pour la fillette et un gros bouquet de fleurs pour Ainsley.

Il savait qu'avec Melinda il n'avait pas droit à l'erreur. C'était d'elle que dépendrait la suite de sa relation avec Ainsley.

C'est donc un peu stressé qu'il se rendit chez elle à l'heure convenue. Il était curieux de voir où elle habitait. Il n'avait jamais eu l'occasion d'entrer dans ce trois-pièces, à l'arrière du Café, dans lequel elle avait élu domicile avec sa fille.

Il était parfaitement conscient d'être tombé amoureux d'Ainsley. Toutes les barrières qu'il avait érigées autour de lui après l'échec de son mariage s'étaient effondrées lorsqu'il l'avait rencontrée.

Il n'avait plus peur d'être à nouveau trahi et abandonné. Il avait recouvré sa capacité à aimer et à faire confiance. Et cela faisait une éternité qu'il ne s'était pas senti aussi bien.

Lorsqu'il s'arrêta devant chez elle, à l'arrière du Café, son stress avait diminué et il se réjouissait de passer la soirée avec Ainsley.

La licorne en peluche sous le bras, son bouquet de fleurs à la main, il s'avança vers la porte. Il n'eut pas le temps de frapper. La porte s'ouvrit sur Ainsley, souriante.

— Pile à l'heure, comme d'habitude, fit-elle remarquer.

— L'exactitude est la politesse des rois. Tenez, dit-il

en lui tendant les fleurs, ce bouquet est pour vous. Et la licorne est pour Melinda.

— Ah, c'est comme ça que vous séduisez les femmes ? En leur offrant des cadeaux ?

— Pas toujours, mais cela peut m'arriver.

— Entrez, dit Ainsley en ouvrant tout grand la porte. Melinda est dans sa chambre. Je vais l'appeler dans un instant.

— Je ne sais pas ce que vous avez préparé, mais ça sent diablement bon !

— J'ai fait des *enchiladas* à la viande et au fromage et en accompagnement des haricots rouges et du riz. Suivez-moi à la cuisine.

Il posa la licorne sur le canapé du salon, qui était grand comme un mouchoir de poche. La cuisine était minuscule aussi. Une table carrée, collée au mur, occupait presque tout l'espace. Ainsley lui désigna une des trois chaises. Le couvert était mis.

— C'est ce qui s'appelle vivre à l'étroit, déclara-t-elle. Je peux quasiment remuer le contenu de mes casseroles en restant assise à la table.

— Je trouve votre intérieur très mignon, affirma-t-il tandis qu'elle sortait un vase d'un placard.

— C'est provisoire. J'espère pouvoir un jour louer une maison. Big Ed me rend service en nous hébergeant ici, et je lui en suis reconnaissante, mais je ne veux pas que Melinda grandisse dans ce placard à balais.

Elle arrangea les fleurs dans le vase qu'elle posa au milieu de la table.

— Voilà qui fait tout de suite plus gai, dit-elle en contemplant le bouquet d'un air satisfait.

Puis elle jeta un coup d'œil dans le four.

— Ce sera prêt dans un petit quart d'heure. Que diriez-vous d'une bière, en attendant ?

Elle ouvrit le réfrigérateur et en sortit une bière de sa marque préférée.

— Ce n'est pas de refus.

Ils bavardèrent de choses et d'autres tandis qu'elle réchauffait sur la plaque de cuisson le riz et les haricots rouges. Malgré l'odeur des épices qui embaumaient l'air, il sentait son parfum, une essence florale qu'il trouvait très sexy.

Elle portait un jean noir et une blouse bleu roi qui rendait ses yeux encore plus lumineux. Il était bel et bien en train de tomber éperdument amoureux d'elle.

Après avoir à nouveau jeté un coup d'œil au plat qui mijotait dans le four, elle décréta que c'était prêt.

— Allons chercher Melinda ensemble, suggéra-t-elle. Comme ça, vous pourrez lui offrir la licorne.

— C'est une excellente idée.

Il avait hâte de rencontrer la fillette, qui allait sans aucun doute bientôt tenir une place importante dans sa vie et dans son cœur.

En repassant dans le salon, il attrapa la licorne en peluche et suivit Ainsley dans un petit couloir qui desservait les deux chambres et la salle de bains.

— Melinda, notre invité est arrivé et il a une surprise pour toi, annonça Ainsley.

— Une surprise ?

Melinda bondit hors de sa chambre. Blonde et toute menue, l'enfant avait hérité des magnifiques yeux bleus de sa mère.

— Salut, Melinda. Je m'appelle Hunter. Voilà pour toi, fit-il en lui tendant la licorne. Elle n'a pas encore de nom, mais je suis sûr que tu vas lui en trouver un très vite.

Melinda prit la peluche, mais elle était visiblement sur la défensive. Elle regarda sa mère puis se tourna à nouveau vers lui et le remercia du bout des lèvres.

— Va donc la poser sur le canapé. Tu réfléchiras à un nom en dînant, dit Ainsley.

Ils regagnèrent la cuisine. Melinda s'assit en face de lui. Ainsley sortit du four un grand plat à gratin, qu'elle posa sur la table, à la place du vase qui se retrouva à côté de l'évier.

— Voilà les *enchiladas*. Il y en a de deux sortes : viande et fromage, indiqua-t-elle.

Puis elle transféra le riz et les haricots dans des plats de service.

— Tu aimes la cuisine mexicaine, Melinda ? s'enquit Hunter, désireux d'engager la conversation avec la fillette, qui semblait éviter son regard.

— Je préfère la pizza, répondit-elle, les yeux rivés sur son assiette.

— J'adore la pizza, moi aussi. À quoi la préfères-tu ? Moi, j'ai un faible pour la pizza au pepperoni.

— Au fromage.

Lorsque tout fut sur la table, Ainsley s'assit à son tour.

— Allez-y, servez-vous, lança-t-elle.

— Je vais faire le service, proposa Hunter en prenant l'assiette de Melinda. Tu veux quoi ? Viande ou fromage ?

— Fromage.

— OK. Et avec ? Du riz ? Des haricots ? Ou les deux ?

— Des haricots.

Hunter garnit l'assiette de la fillette et la reposa devant elle.

— Je vais me servir, dit Ainsley. Mais après vous, je vous en prie.

Il prit une *enchilada* de chaque sorte, du riz et des haricots. Lorsque Ainsley eut fait son choix, ils commencèrent à manger.

— C'est délicieux, déclara-t-il. Ta maman cuisine-t-elle toujours aussi bien ? demanda-t-il à la fillette.

Elle haussa les épaules.

— La plupart du temps, on mange au Café.

— Le soir, je suis souvent si fatiguée que je n'ai pas le courage de préparer à manger, expliqua Ainsley.

Il ne la laisserait pas s'éreinter au travail plus longtemps. Lorsqu'ils seraient mariés, elle ne travaillerait que si elle en avait envie. Et elle ferait moins d'heures.

Pendant tout le repas, il essaya de nouer la conversation avec Melinda, mais il avait vraiment l'impression de la déranger. Elle lui répondait par monosyllabes et évitait soigneusement son regard. Ainsley semblait de plus en plus contrariée.

Dès qu'ils eurent fini de manger, Melinda sortit de table.

— Est-ce que je peux retourner dans ma chambre ?

— As-tu trouvé un nom pour la licorne ? questionna Hunter.

— Oui. Je vais l'appeler Ella. Mais ce n'est pas parce que vous m'avez offert une peluche que je vais vous aimer.

— Melinda ! s'exclama Ainsley, indignée.

— C'est vrai, quoi. Papa a dit qu'il fallait que je l'ignore, parce qu'il va bientôt venir me chercher et que monsieur Hunter cherche juste à te mettre dans son lit.

Hunter en eut le souffle coupé. Ainsley n'en revenait pas non plus.

— Melinda Marie, file dans ta chambre immédiatement !

— C'est papa qui l'a dit. Je ne fais que répéter, protesta la fillette, les larmes aux yeux.

— File ! ordonna Ainsley en lui montrant sa chambre.

Melinda laissa échapper un petit sanglot puis courut s'enfermer dans sa chambre, dont elle claqua la porte. Visiblement confuse, Ainsley se tourna vers Hunter.

— Je suis vraiment désolée. Je ne sais pas ce qu'il lui prend.

— Si vous voulez aller lui parler, ça ne me dérange pas d'attendre ici, dit Hunter.

Elle parut soulagée.

— Je reviens tout de suite.

Resté seul, Hunter se demanda où Melinda avait pu entendre des choses pareilles. Dans la bouche d'une enfant de son âge, les propos qu'elle avait tenus étaient très choquants.

Il ne s'était pas attendu à ce que Melinda lui saute au cou, mais il était très loin d'imaginer qu'elle lui montrerait une telle hostilité. Ainsley ne l'avait sûrement pas prévu non plus.

Lorsqu'elle revint, dix minutes plus tard, elle semblait soucieuse.

— Melinda m'inquiète, confia-t-elle en se laissant tomber sur sa chaise. Elle soutient mordicus que son père lui parle le soir. Elle ne le mentionnait quasiment plus, bien qu'elle ait été très attachée à lui, à une époque. Je ne sais pas si elle se fait un film, si elle rêve de lui, ou si elle a des troubles psychotiques entraînant des hallucinations auditives.

— À toutes fins utiles, il y a une psychologue en ville qui reçoit aussi bien les enfants que les adultes.

Son nom est June Atkins. Elle exerçait à Kansas City avant de venir ici pour prendre sa retraite, mais elle travaille encore à temps partiel.

Hunter avait consulté June pendant quelques mois après la mort de son fils et le départ de sa femme. La psychologue l'avait aidé à remonter la pente.

— Avez-vous ses coordonnées ? demanda Ainsley.

— Je vous les enverrai par texto. Mais là, tout de suite, je vais vous aider à faire la vaisselle.

— Certainement pas. Vous êtes invité et n'avez pas à faire quoi que ce soit. Je me charge de la vaisselle. Je n'en ai pas pour longtemps.

Elle se leva et commença à débarrasser la table.

— Le repas était vraiment succulent, dit-il.

— Merci. J'adore la cuisine mexicaine. C'est dommage qu'il n'y ait pas de restaurant mexicain à Dusty Gulch.

— Compte tenu de la taille de la ville, estimons-nous heureux d'avoir le Café, un restaurant chinois, une pizzeria et deux ou trois fast-foods.

— Oui, c'est vrai que c'est déjà pas mal, admit Ainsley, occupée à transférer les restes du dîner dans des tupperwares.

Hunter ne s'ennuyait pas et aurait volontiers passé le reste de la soirée avec elle, mais sans doute préférait-elle être seule.

— Et si nous retournions au salon ? proposa-t-elle, contre toute attente, lorsqu'elle eut terminé de ranger la cuisine.

— Et si je vous laissais ?

Il se leva et s'approcha d'elle. Il lui caressa doucement la joue.

— Je vous sens préoccupée. Il vaut mieux que je rentre. Nous bavarderons une autre fois.

Elle soupira mais ne chercha pas à le retenir.

— Merci, dit-elle en prenant sa main dans la sienne.

Elle le raccompagna jusqu'à la porte.

— Je vous envoie les coordonnées du Dr Atkins dès que j'arrive chez moi.

Elle acquiesça d'un hochement de tête et se blottit longuement contre lui. Lorsqu'elle s'écarta, il l'embrassa sur la joue.

— Si je peux faire quelque chose, n'hésitez pas, dit-il.

— Merci, Hunter. C'est très gentil, répondit-elle en lui décochant un sourire qui n'avait pas l'éclat habituel. On se voit demain midi, au Café.

— J'y serai, assura-t-il, avant de sortir.

Il broya du noir pendant tout le trajet de retour. Il sentait que sa relation avec Ainsley était sérieusement compromise. Tout cela à cause d'une gamine haute comme trois pommes qui ne voulait pas de lui dans sa vie.

5

Ainsley s'arrêta devant un bâtiment d'un étage à proximité immédiate de Main Street. Le cœur battant car elle appréhendait ce qui allait suivre, elle se gara et coupa le contact.

— Je ne sais pas pourquoi tu ne me crois pas, grommela Melinda, assise sur la banquette arrière. Ni ce qu'on vient faire ici. Ce n'est pas parce que papa me parle le soir que j'ai besoin de voir un médecin.

— Le Dr Atkins est très gentille, tu verras.

Ainsley avait pris son mercredi après-midi pour amener sa fille en consultation. Melinda n'arrêtait pas de parler de son père, qui allait soi-disant bientôt venir la chercher. Elle était de plus en plus odieuse avec Ainsley. Cela ne pouvait plus durer. Il était grand temps de faire quelque chose.

— Allez, viens ! dit-elle en ouvrant la portière. Le Dr Atkins nous attend.

— C'est n'importe quoi ! ronchonna Melinda en sortant de la voiture.

Bien que n'étant pas absolument convaincue de l'utilité de sa démarche, Ainsley tenait à consulter un spécialiste. June Atkins s'était montrée fort aimable au téléphone lorsqu'elle l'avait appelée et lui avait expliqué ce qui arrivait à sa fille. Au moment où elle avait pris rendez-vous, June Atkins lui avait donné des instructions : son cabinet se trouvait sur l'arrière de sa maison dans ce qui était à l'origine un garage.

Ainsley tapa à la porte. June Atkins ouvrit aussitôt. Elle n'avait pas loin de soixante-dix ans, à en juger par ses cheveux blancs. Une grande bienveillance se lisait dans ses yeux bleus.

Elle les fit entrer dans une petite salle d'attente accueillante avec ses murs peints en bleu pastel et son canapé à fleurs. Divers magazines, tant masculins que féminins, traînaient sur la table basse.

— Je vous en prie, asseyez-vous, dit-elle en désignant le canapé deux places.

Elle prit place dans la bergère assortie et leur sourit.

— Je suis ravie de vous rencontrer, toutes les deux, et très impatiente de faire plus ample connaissance avec toi, Melinda.

La fillette ne moufta pas.

Sans se départir de son sourire, le Dr Atkins se leva.

— Et si nous allions bavarder en tête à tête dans mon cabinet, toi et moi ? suggéra-t-elle.

Ainsley donna un coup de coude à Melinda pour la faire réagir.

— Je ne mords pas, assura le Dr Atkins avec humour.

Un léger sourire apparut sur les lèvres de la fillette.

— Je sais, marmonna-t-elle.

La psychologue fit entrer Melinda dans son cabinet, laissant Ainsley se ronger les sangs dans la salle d'attente. Qu'arrivait-il à sa petite fille chérie ? Elle ne la reconnaissait plus.

Était-ce parce qu'elle savait que sa mère fréquentait un homme qu'elle s'était éloignée d'elle ? C'était la première fois qu'Ainsley s'intéressait à quelqu'un d'autre que Melinda depuis leur fuite précipitée de Portland. Loin de Peter.

Si la santé mentale de Melinda l'exigeait, elle quitterait Hunter. Non sans regret. À la seule pensée de le sacrifier, elle sentait son cœur saigner.

En à peine quatre semaines, Hunter avait su gagner ses faveurs. Au moment où elle se disait qu'elle allait peut-être devoir rompre avec lui, elle se rendait compte à quel point elle tenait à lui.

Elle avait tant espéré avoir enfin rencontré le prince charmant. Mais sa fille passait avant son bonheur personnel.

Les minutes s'égrainaient avec une lenteur exaspérante. De quoi pouvaient-elles bien parler ? se demandait Ainsley en fixant la porte du cabinet de la psychologue. Pourvu que Melinda ne laisse pas échapper une information susceptible de compromettre la clandestinité dans laquelle elles vivaient depuis leur fuite…

Peter s'était toujours débrouillé pour que les gifles et les insultes qu'il réservait à Ainsley passent inaperçues aux yeux des autres, notamment à ceux de Melinda. De son côté, par amour pour sa fille, Ainsley avait souvent menti sur l'origine de ses coquards et de ses lèvres fendues. Elle ne voulait pas que Melinda sache quelle sorte d'homme était son père.

Peter n'avait jamais été un papa poule. À l'époque où ils vivaient tous les trois sous le même toit, il pouvait se passer plusieurs jours sans qu'il se préoccupe de sa fille. Il disait à Melinda qu'elle était sa fille chérie, mais en réalité il n'avait jamais été très proche d'elle.

Au cours des trois dernières années, Melinda avait eu l'air de s'accommoder de leur vie d'errance, qui prendrait fin le jour où elles trouveraient l'endroit idéal où s'installer définitivement.

Comme elle ne parlait que rarement de Peter, Ainsley en avait déduit que la fillette avait plus ou moins oublié son père et qu'il ne lui manquait pas du tout.

Jusqu'à ces… ces mystérieux troubles nocturnes qui perturbaient gravement Melinda, à présent convaincue que son père allait venir la chercher.

Les yeux rivés sur la porte du cabinet, Ainsley poussa un soupir. Elle ignorait combien de temps durait les séances mais elle en connaissait le prix, hélas bien au-dessus de ses moyens. Un souci de plus. Avec un peu de chance, si tout se passait bien au Café, elle espérait pouvoir bientôt se payer une mutuelle santé. Pour que Melinda puisse recevoir l'aide dont elle avait besoin, elle était prête à faire des heures supplémentaires et à vendre le peu qu'elle avait.

Enfin, la porte du cabinet s'ouvrit et Melinda reparut. Souriante.

— Melinda, il faut que je parle à ta maman. Peux-tu attendre ici deux minutes ?

Ainsley sortit son téléphone de son sac et le tendit à sa fille.

— Tu peux jouer à tes jeux préférés, pendant ce temps.

Melinda prit le téléphone et s'assit docilement sur le canapé, laissant le Dr Atkins emmener Ainsley dans son cabinet.

— Asseyez-vous, je vous en prie, dit la psychologue.

Ainsley s'installa dans l'énorme fauteuil en cuir qui faisait face au bureau de June Atkins.

— Vous avez une fille adorable et très intelligente, déclara celle-ci.

— Merci, répondit Ainsley.

— Mais elle soutient mordicus qu'elle parle à son père chaque soir. Je lui ai demandé de réfléchir à certaines choses, de manière qu'ultérieurement, si vous décidez de poursuivre la thérapie, nous arrivions à lui démontrer qu'elle se fait des idées.

— Vous pensez qu'elle a tout inventé ?

— Il est clair que son père lui manque.

— C'est possible, mais pourquoi maintenant ? Est-ce lié au fait que je fréquente quelqu'un ? Dois-je rompre avec cet homme ?

— Non, surtout pas. On ne va pas laisser une enfant de huit ans régenter votre vie. Il s'est peut-être passé quelque chose à l'école. Quoi qu'il en soit, je vous conseille de rester à l'écoute. Évitez, cependant, d'entrer en conflit avec elle. Je sais qu'elle finira par entendre raison.

Le Dr Atkins sourit.

— Tout devrait rapidement rentrer dans l'ordre, assura-t-elle. Si vous êtes d'accord, j'aimerais la revoir la semaine prochaine, même jour, même heure.

— Entendu. Je suis soulagée de vous avoir parlé. Vous pouvez compter sur nous, docteur Atkins.

Elle se leva, et la psychologue en fit autant.

— En deux ou trois séances, tout sera réglé, j'en suis sûre, affirma celle-ci.

Quelques instants plus tard, Ainsley et Melinda étaient de retour dans la voiture et rentraient chez elles.

— Comment as-tu trouvé le Dr Atkins ? lança Ainsley.

— Gentille. Elle ne m'a pas crue pour papa, mais elle est cool quand même.

— Comment sais-tu qu'elle ne t'a pas crue ?

— Si elle m'avait crue, elle ne m'aurait pas posé toutes ces questions. Mais je n'ai pas envie d'en parler. Et si on allait manger une glace ?

— C'est envisageable.

Ce soir-là, tout se passa très bien et, lorsque Melinda fut couchée, Ainsley prit une bonne douche chaude, enfila sa robe de chambre et se mit au lit tôt.

Après une courte hésitation, elle saisit son téléphone et composa le numéro de Hunter.

Il répondit à la première sonnerie.

— Je pensais à vous, justement, dit-il.

Le son de sa voix grave lui fit chaud au cœur.

— Ah oui ? Et vous vous disiez quoi ?

— Je me disais que comme je n'étais pas allé au Café, aujourd'hui, vous me manquiez sacrément. Et je me demandais si nous allions nous voir, demain soir.

— Demain soir ? Oui, bien sûr. On est jeudi.

— J'avais peur que vous vouliez qu'on arrête de se voir.

— J'y ai pensé, admit Ainsley sans détour. Mais nous avons eu notre premier rendez-vous avec le Dr Atkins, cet après-midi et, d'après elle, nous devons continuer à nous voir, que ça plaise ou non à Melinda.

— J'en suis ravi. J'espère qu'avec le temps, elle se laissera apprivoiser.

— Au retour, nous nous sommes arrêtées chez le glacier. Je lui ai conseillé de ne pas écouter tout ce que son père lui disait et de se fier à son propre jugement. Je lui ai dit que j'espérais qu'elle aurait à l'avenir un comportement correct avec vous.

— Elle s'est montrée réceptive ?

— Je pense que oui. Nous verrons bien. Et demain soir, alors, on fait quoi ? poursuivit Ainsley d'un ton enjoué en s'enfonçant sous sa couette.

— Ce que vous voulez. Tant que nous sommes ensemble, tout me va.

— Nous pourrions passer la soirée chez vous à

regarder la télévision en mangeant du pop-corn. Qu'en pensez-vous ?

— Cela me paraît être une excellente idée. Mais, avant de faire sauter le pop-corn, je commanderai une pizza.

— Je me charge de la pizza, si vous voulez.

— Ce n'est pas la peine, Ainsley.

— Il n'y a aucune raison pour que ce soit toujours vous qui payiez tout, fit-elle remarquer.

— Là-dessus, je suis un peu vieux jeu, admit Hunter. J'aime gâter la femme avec laquelle je sors. Le jour où cela posera un problème, je vous le dirai. D'accord ?

— Bon, d'accord, répondit-elle après une courte hésitation.

Ils bavardèrent encore quelques minutes puis raccrochèrent. Ainsley posa son téléphone sur son chargeur et se coucha, heureuse d'avoir parlé à Hunter.

Elle avait de plus en plus le béguin pour lui. Il incarnait à ses yeux l'homme idéal. Il était patient et bienveillant. Elle trouvait son sourire irrésistible et elle adorait l'entendre rire. Elle fondait aussi à chaque fois qu'il prononçait son nom.

Elle regrettait juste que ce ne fût pas son vrai nom.

Les mensonges qu'elle lui avait débités l'embêtaient d'autant plus que leur relation commençait à devenir sérieuse. Allait-elle devoir vivre éternellement sous une fausse identité ? Elle sombra dans le sommeil sans avoir pu répondre à cette question.

Peter n'avait pas chômé depuis qu'il avait découvert l'adresse de son ex-femme. Il avait fait l'acquisition d'une vieille ferme située à quinze minutes de Dusty Gulch. Elle ne comportait que trois chambres et n'avait rien de luxueux, mais elle était complètement isolée et adaptée à ce pour quoi il l'avait achetée.

Il se tenait devant la rangée de moniteurs qui affichaient des images du minuscule trois-pièces de Colette. Melinda et Colette dormaient, à présent. C'était fini pour ce soir.

Quand Colette s'était retirée dans sa chambre, il avait pu discuter tout à loisir avec sa fille. Il faisait ce qu'il voulait de Melinda. Tout ce qu'il lui disait était pour elle parole d'Évangile.

Faire poser des micros et des caméras dans l'appartement avait été un jeu d'enfant. Il avait juste fallu qu'il trouve quelqu'un qui lui permette d'accéder aux combles du Café.

Ce quelqu'un était Ted Johnson, le veilleur de nuit et agent d'entretien du Café. À soixante-trois ans, il travaillait dur pour gagner à peine plus que le minimum légal.

Lorsque Peter lui avait offert dix mille dollars à condition qu'il le laisse monter dans les combes et ne souffle mot à personne de leur accord, Ted n'avait pas eu l'ombre d'une hésitation.

En quelques heures, Peter avait posé le matériel de surveillance qui lui permettrait d'entendre et de voir tout ce qui se passait dans l'appartement juste en dessous.

Bras au-dessus de la tête, il s'étira longuement avant de quitter la pièce, dont il ferma la porte à clé. Puis il rejoignit sans entrain Sheila Turrel, qui l'attendait dans la chambre, vautrée en travers du lit.

Sheila était exactement celle dont il avait besoin en ce moment. Il l'avait ramassée dans un bar louche en périphérie de la ville. Maigre comme un clou, elle n'était pas jolie, mais elle buvait comme un trou et était accro à l'héroïne, ce qui était pour Peter un formidable atout.

En échange de sa came, elle lui servirait d'alibi si jamais il était soupçonné.

Elle était dans le cirage la plupart du temps et ne savait pas s'il était là ou non, mais elle jurerait qu'il était avec elle si la police l'interrogeait. Bien qu'il la jugeât abjecte et méprisable, il avait besoin d'elle pour se prémunir contre d'éventuels ennuis avec la justice.

Il longea le couloir jusqu'à la cuisine et alluma la lumière à l'extérieur avant d'ouvrir la porte de derrière et de sortir sur le porche.

La puanteur le prit aux narines. Une odeur répugnante de musc et d'immondices, d'urine et de fumier. Des grognements et des bruissements troublaient le silence de la nuit.

Il n'avait pas besoin de la voir pour savoir qu'il y avait là une porcherie. Lorsqu'il s'était porté acquéreur de la ferme, il avait racheté du même coup l'élevage de porcs à l'ancien propriétaire.

D'après ce qu'il avait lu, les porcs étaient trop nombreux pour un si petit enclos. Ils se marchaient presque dessus et Peter prenait bien soin de ne pas les nourrir.

Ce qu'il avait surtout retenu, c'était qu'il suffisait de seize cochons pour faire disparaître complètement un être humain en à peine huit minutes.

Il en possédait vingt-cinq. Vingt-cinq porcs affamés. Exactement ce qu'il lui fallait pour se débarrasser des encombrants qui étaient pour l'instant au nombre de deux – Ted et Sheila.

Le moment venu, son ex-femme finirait elle aussi dans les auges de la porcherie.

Colette avait souhaité disparaître de sa vie. Il allait maintenant tout mettre en œuvre pour qu'elle disparaisse pour de bon. Fort de cette pensée, Peter respira l'odeur des porcs.

Dans ces miasmes pestilentiels, il sentait la douce odeur de la vengeance.

— La pizza embaume, déclara Ainsley en entrant dans la cuisine de Hunter.

— Elle est au chorizo, aux champignons et aux poivrons. Avec un supplément de fromage, annonça-t-il en sortant deux assiettes et des serviettes en papier.

Ainsley s'assit à la table. Elle était touchée qu'il se soit souvenu de ce qu'elle aimait. Cela prouvait qu'elle comptait pour lui.

— Bière ou soda ? lança-t-il.

— Un soda, s'il vous plaît.

Quelques instants plus tard, ils faisaient tous deux honneur à la pizza.

— Aujourd'hui, au poste, ça a été très calme, dit Hunter entre deux bouchées. Mais je ne m'en plains pas. Bien au contraire.

— Ce matin, j'ai dû refuser de servir Ben Wilkins. Il était soûl comme un cochon. Quand j'ai vu qu'il commençait à faire du grabuge, je lui ai demandé de partir.

— Et alors ? Il est parti ? s'enquit Hunter en rivant sur elle ses yeux verts brusquement assombris.

— Il a vociféré et m'a copieusement insultée, mais Big Ed s'en est mêlé et l'a fichu dehors.

— Big Ed aurait dû m'appeler. Vous ne devriez pas avoir à subir ce genre de désagréments.

— Tout va bien. Je ne suis pas en sucre, dit Ainsley

en riant, mais elle était secrètement flattée de voir que Hunter pouvait se montrer aussi protecteur avec elle.

— Je ne laisserai personne vous manquer de respect, déclara-t-il d'un ton solennel.

Elle rit à nouveau.

— Tomber sur des clients mal embouchés fait partie des risques du métier.

— En ce cas, vous devriez percevoir une prime de risque.

Elle lui sourit. Il était beau comme un dieu, ce soir, en jean et pull vert sapin qui mettait en valeur la couleur de ses yeux.

Elle n'aurait jamais imaginé que la compagnie d'un homme puisse être aussi agréable. Ni qu'un jour elle rencontrerait quelqu'un comme Hunter, qui la faisait se sentir belle, intelligente et drôle. Et qui lui donnait l'impression d'être en sécurité.

Si seulement elle l'avait connu quelques années plus tôt… Elle regrettait tellement d'avoir rencontré Peter. Sauf que sans Peter, elle n'aurait pas eu Melinda et que pour rien au monde elle ne voudrait vivre sans sa fille chérie.

La pizza terminée, ils passèrent au salon pour regarder un DVD. Ils s'assirent sur le canapé, tendrement serrés l'un contre l'autre, comme deux amoureux.

Hunter mit le film qu'ils avaient choisi mais, troublée, Ainsley s'intéressait plus à lui qu'à ce qu'il se passait sur l'écran de la télévision. Nonchalamment, elle lui caressait la poitrine.

Très vite, elle le sentit se troubler à son tour. Elle perçut sous ses doigts les battements frénétiques de son cœur et remarqua qu'il respirait plus vite.

— Vous sentir si près de moi me met dans un drôle d'état, murmura-t-il dans le creux de son oreille.

— Et cela se traduit comment ? demanda-t-elle, pleine d'une audace dont elle ne se serait jamais crue capable.

— J'ai une furieuse envie de vous embrasser à vous en faire perdre haleine. De vous soulever dans mes bras et de vous emporter dans ma chambre pour vous faire l'amour pendant des heures.

Elle en eut presque le souffle coupé.

— Comme vous y allez, adjoint Churchill. Ne seriez-vous pas encore en train d'essayer de me séduire ?

— Absolument. Je m'en sors comment ?

Ses beaux yeux verts brillaient de désir.

— Pas mal du tout. Mais qu'attendez-vous pour donner libre cours à vos pulsions ?

Il s'empara aussitôt de sa bouche et l'embrassa fougueusement. Comme électrisée par ses baisers, Ainsley était prête à passer aux choses sérieuses.

Lorsqu'il s'écarta d'elle, elle le gratifia d'un sourire.

— Rien à dire jusque-là. J'attends la suite. Vous êtes maintenant censé me soulever dans vos bras et m'emporter dans votre chambre, non ?

Il fit des yeux comme des soucoupes. Des yeux dans lesquels le désir flamboyait. Il avait de toute évidence très envie d'elle.

Il se leva, la souleva dans ses bras et l'emporta. Devant la porte de sa chambre, il marqua une pause car Zeus semblait bien décidé à les accompagner.

— Désolé, mon vieux, mais on n'a pas besoin de toi.

Il entra et referma la porte au nez du chien. Puis il alla doucement déposer Ainsley sur le lit.

Reculant de quelques pas, il la contempla longuement.

— Il y a si longtemps que j'attends ce moment…

— Vous avez l'intention de me faire languir encore combien de temps ?

Il se jeta sur elle et l'embrassa pour la faire taire. Leurs langues entremêlées se lancèrent dans une valse grisante.

Elle sentait ses mains chaudes sur sa nuque, des mains qu'elle avait envie de sentir partout sur elle, sur sa peau nue.

Lorsque le baiser prit fin, elle se dégagea et s'assit pour se déshabiller. Hunter, qui s'était redressé aussi, la regarda faire, puis il l'imita, retirant son T-shirt en le faisant passer par-dessus sa tête. Il avait un torse magnifique, comme sculpté dans le marbre. Sa peau était lisse et ses muscles bien dessinés.

Ayant tous deux enlevé le haut, ils s'embrassèrent à nouveau. Quelques instants plus tard, le soutien-gorge en dentelle d'Ainsley atterrissait au pied du lit. Sans plus attendre, Hunter se débarrassa de ses chaussures et de ses chaussettes avant d'enlever son jean. En boxer noir, il était terriblement sexy.

Avec des gestes fébriles, il acheva de la dévêtir. En un tournemain, elle fut presque nue.

— Tu es si belle, murmura-t-il. Et j'ai tellement envie de toi.

— Prouve-le-moi, dit-elle d'une voix haletante.

Il l'attira contre lui et l'embrassa voracement. Puis il couvrit de baisers torrides son cou et sa gorge, et titilla entre ses lèvres les pointes durcies de ses seins.Éperdue de désir, elle l'agrippa aux épaules tandis que sa bouche experte s'attardait sur ses mamelons, lui arrachant des gémissements de plaisir.

Sentant ses doigts impatients sur son ventre, elle retint son souffle lorsqu'il glissa sa main dans sa culotte.

Elle se mit alors à le caresser à son tour, le touchant par-dessus son boxer, flattée de constater qu'elle lui faisait effectivement beaucoup d'effet.

Concentré sur sa tâche, Hunter explorait du bout des doigts le cœur même de son intimité. Très vite, au comble de l'excitation, elle frémit et gémit, puis elle jouit en criant son nom.

— Prends-moi, Hunter, dit-elle dans un souffle. Je te veux en moi. Maintenant.

Il ne se fit pas prier. Il enleva son boxer et sortit de sa table de nuit un préservatif qu'il enfila à toute vitesse. Puis il se positionna entre ses cuisses.

Ses yeux verts rivés dans ceux d'Ainsley, il la pénétra tout doucement, domptant visiblement l'impatience qu'elle lisait dans son regard brillant de désir, sombre et sauvage comme une forêt primale.

En cet instant, elle se sentit en communion totale avec lui, comme si leurs âmes elles-mêmes étaient unies.

Hunter se mit à bouger en elle, d'abord lentement puis de plus en plus vite. Leurs souffles s'accéléraient au même rythme.

Jamais elle n'avait éprouvé de telles sensations, un plaisir aussi intense. Hunter menait la danse, lui imposait sa cadence, mais il restait à l'écoute et se montrait attentionné.

Lorsqu'elle sentit qu'un nouvel orgasme était sur le point de la submerger, elle se cambra pour mieux accueillir ses coups de reins de plus en plus fougueux. Brusquement, il se tendit comme un arc, se figea et jouit en la serrant contre lui.Quelques instants plus tard, il se laissa tomber sur le côté, à bout de souffle.

Lorsqu'ils eurent l'un et l'autre un peu récupéré, il se souleva sur un coude et lui sourit tendrement.

— C'était encore mieux que dans mes rêves les plus fous.

— Pour moi aussi.

Tendant la main vers son abdomen, il toucha sa cicatrice.

— Comment t'es-tu fait ça ? demanda-t-il.

— Oh ! ça, c'est… euh… à cause d'une splénectomie consécutive à un accident de voiture.

Elle se haïssait pour ce mensonge. On ne lui avait pas enlevé la rate. Cette cicatrice, c'était celle d'un coup de couteau que lui avait donné Peter. Par chance, elle n'en avait pas d'autres. Les gifles qu'elle avait reçues, les fractures n'avaient laissé aucune trace.

Il caressa à nouveau la cicatrice.

— Je suis désolé pour toi.

— C'est du passé, dit-elle en soupirant. Dis donc, il va être l'heure que tu me reconduises chez moi, ajouta-t-elle après avoir jeté un coup d'œil au réveil, sur la table de chevet.

— Je croyais que les femmes aimaient faire durer le sentiment de bien-être post-coïtal, répliqua-t-il sur le ton de la plaisanterie.

Se penchant sur elle, il l'embrassa tendrement.

— Dommage que tu ne puisses pas rester. J'aimerais te garder toute la nuit dans mes bras et me réveiller demain matin avec toi à mes côtés.

— Moi aussi, Hunter. Mais il est temps de redescendre sur terre. Il faut y aller, hélas.

— Je te laisse la salle de bains. Je vais utiliser la salle d'eau qui est dans le couloir.

Il ramassa ses vêtements et sortit de la chambre.

Ainsley se leva et gagna la salle de bains attenante.

Une fois qu'elle se fut rafraîchie et rhabillée, elle examina son reflet dans le miroir.

Elle avait les joues roses et les yeux brillants, et cet air qu'ont les femmes qui viennent de faire l'amour. Hunter était un amant merveilleux. Cette soirée, cette expérience ne faisaient que confirmer ce qu'elle savait déjà : elle était raide dingue de Hunter Churchill.

Elle voulait croire en lui et elle fondait d'immenses espoirs dans leur relation. Elle se voyait déjà vivre avec lui – il fallait juste souhaiter que rien ne vienne compromettre leur bonheur.

6

— Adjoint Churchill, vous avez de la visite, annonça Lanie en passant la tête dans le bureau en open space.

Il lui jeta un regard interrogateur, mais il n'eut pas le temps de l'interroger qu'elle avait déjà disparu.

— Ainsley ? dit Nick, assis derrière son ordinateur.

Hunter haussa les épaules.

— Ce serait bien la première fois qu'elle viendrait me voir sur mon lieu de travail.

Après la nuit torride qu'ils avaient passée, peut-être lui manquait-il déjà… Lui, en tout cas, n'avait cessé de penser à elle tout au long de la matinée.

Bondissant, il se précipita vers la porte.

— Ne fais pas attendre ta chérie, lui lança Nick en riant.

Lorsqu'il déboula dans le hall d'accueil, Hunter fut déçu de tomber non pas sur Ainsley, mais sur Marybeth Wilson.

Inquiet qu'il ne soit arrivé quelque chose à George, il demanda sans préambule :

— Votre père a un problème, Marybeth ?

La jeune femme, qui était blonde et menue, avait à la main une assiette recouverte de papier d'aluminium.

— Il va très bien. Je regrette de ne pas l'avoir fait

avant, mais je voulais vous remercier d'être passé le voir pendant mon absence. Il m'a dit combien vous aviez été gentil avec lui.

Elle lui tendit l'assiette.

— Ce sont des cookies aux pépites de chocolat. Ils sortent tout juste du four.

— Voyons, il ne fallait pas, dit Hunter en prenant l'assiette.

Il décida de passer sous silence la visite de George à son domicile avec des cookies. Marybeth n'était visiblement pas au courant.

Elle sourit.

— Vous les méritez. Cela faisait un moment que je me promettais de vous montrer ma gratitude pour tout ce que vous avez fait pour mon père en de si nombreuses occasions.

— Merci, Marybeth, vos cookies sentent drôlement bon, mais ce n'était pas la peine : je n'ai fait que mon devoir.

—Vous avez fait bien plus et vous le savez aussi bien que moi. Quoi qu'il en soit, régalez-vous !

Après l'avoir gratifié à nouveau d'un sourire, elle tourna les talons et s'en alla.

— Vous feriez bien de m'en donner un avant que vos collègues ne fassent main basse dessus, dit Lanie en reluquant l'assiette de cookies d'un œil plein de convoitise.

Elle se rua sur l'assiette, déchira le papier d'aluminium et poussa un soupir extatique.

— Mmm, regardez-moi ça ! Tout chauds et tout moelleux.

Elle piqua deux cookies et regagna son bureau.

— C'est vraiment gentil de la part de Marybeth, fit remarquer Hunter.

— Tellement mieux que le gratin de chou-fleur que vous avait apporté Betty Simon, répliqua Lanie.

— Cela partait d'un bon sentiment, mais c'est vrai que cette pauvre Betty Simon n'est pas un cordon-bleu, dit-il en riant.

Dès que Nick vit les cookies, il se jeta dessus.

— Si c'est Ainsley qui les a faits, épouse-la sans y réfléchir à deux fois, dit-il, la bouche pleine.

— En fait, c'est Marybeth Wilson qui les a apportés pour me remercier de prendre soin de George quand il se laisse un peu aller. Mais pour ce qui est d'épouser Ainsley, j'y songe.

— Tu es sérieux ? s'exclama Nick, qui s'apprêtait à engouffrer un second cookie.

— On ne peut plus sérieux, répondit Hunter.

Il était follement amoureux d'Ainsley et ne pouvait désormais plus se passer d'elle. Leurs ébats passionnés de la veille au soir n'avaient fait que le conforter dans sa décision de l'épouser.

— Tu vas la demander en mariage, alors ?

Hunter se rembrunit.

— Pas tout de suite. Il y a un petit problème qu'il va tout d'abord nous falloir résoudre.

— Quel problème ?

— Sa fille me déteste.

Nick ouvrit de grands yeux.

— Quoi ? Elle déteste le shérif adjoint le plus apprécié de tout le comté ? Qu'est-ce que tu lui as fait ?

Hunter se mit à rire.

— Rien, justement. Je lui ai offert une licorne en peluche rose, histoire de briser la glace.

— Il faut croire que les licornes ne sont pas son truc, dit Nick.

— Elle n'a rien contre les licornes, mais elle a clairement une dent contre moi. J'espère qu'avec le temps, ça va s'arranger.

Nick mordit dans son cookie.

— Je te le souhaite, mon vieux.

Quelques instants plus tard, Hunter, qui patrouillait dans les rues, pensait encore à Ainsley et Melinda. Il comptait sur le Dr Atkins pour ramener la fillette à la raison. Si Melinda continuait de le rejeter, il savait qu'il n'avait aucune chance de partager un jour la vie d'Ainsley.

Depuis la veille, il avait pourtant la certitude que la jeune femme tenait vraiment à lui. Elle n'était pas du genre à coucher avec un homme pour qui elle n'aurait pas des sentiments. Cette conviction le rendait confiant en l'avenir.

Lorsque l'heure de sa pause arriva, et qu'il put enfin se rendre au Café, il avait le cœur gonflé à l'hélium. En entrant, il constata que le coup de feu était passé et que la salle s'était presque entièrement vidée.

Il repéra Ainsley, de dos, à côté du distributeur de boissons, et prit place à une des tables de son secteur. Lorsqu'elle se retourna et le vit, un grand sourire illumina son joli visage. Elle servit un soda à l'un de ses autres clients puis elle se dirigea vers lui.

— J'avais vraiment hâte de te voir, dit-elle.

— Moi aussi.

— Je voulais te remercier. Mais tu n'aurais pas dû, continua Ainsley, les yeux brillants.

— Me remercier de quoi ? demanda Hunter, perplexe.

— Eh bien, tu sais… pour les roses, répondit-elle en rougissant.

— Euh… Quelles roses ?

— Arrête de me faire marcher, répliqua-t-elle en lui donnant une bourrade sur l'épaule. On me les a livrées ce matin.

Il la fixa, l'air grave.

— Ainsley, je t'assure que je ne sais pas de quoi tu parles. Je ne t'ai pas fait livrer de roses. Peux-tu me dire exactement ce que tu as reçu ?

— Une douzaine de roses rouges dans un joli vase. Pas de carte. J'ai supposé qu'elles venaient de toi, à cause… d'hier soir, confia-t-elle d'une toute petite voix.

— J'aurais aimé t'envoyer des roses, Ainsley, mais je ne l'ai pas fait. J'en conclus donc que tu as un admirateur secret qui me fait de la concurrence, déclara Hunter avec un grand sourire.

Elle semblait soucieuse.

— Ce n'est pas drôle. J'ai horreur des secrets.

— Ne t'en fais pas, tu seras vite fixée. Celui qui t'a offert ces fleurs va forcément se faire connaître.

— Puisses-tu dire vrai, soupira-t-elle. Mais dis-moi, que veux-tu manger, aujourd'hui ?

Il passa commande, regrettant qu'elle ne puisse rester plus longtemps pour papoter avec lui. Il la regarda s'occuper des autres clients et, en repensant aux roses, il se sentit tout à coup beaucoup moins sûr de lui.

Qui pouvait bien être cet admirateur secret et risquait-il réellement de lui faire de l'ombre ?

Assise à la table de la cuisine, Ainsley contemplait d'un air dubitatif le bouquet de roses rouges qu'on lui avait livré au Café en tout début de matinée.

Quand elle avait compris que le bouquet était pour

elle, elle avait presque sauté de joie. Bien qu'il n'y eût pas de carte, elle était persuadée que les roses venaient de Hunter.

Lana l'avait longuement charriée et les autres serveuses, qu'elles soient mariées ou célibataires, l'avaient toutes regardée d'un air envieux. Ainsley s'était dépêchée de faire disparaître le bouquet. Elle l'avait posé sur sa table de cuisine et était vite retournée travailler.

Elle avait attendu Hunter encore plus impatiemment que d'habitude, mais, quand il lui avait dit ne pas être l'expéditeur du bouquet, une sourde inquiétude l'avait envahie.

Les surprises ne lui disaient décidément rien qui vaille. Elle en avait fait les frais quand elle était mariée à Peter. Elle ne savait jamais s'il allait lui caresser les cheveux ou les lui tirer, s'il allait lui sourire ou la gifler. Il s'imaginait tout un tas de choses qui le rendaient imprévisible et dangereux.

Secouant la tête, elle s'efforça de chasser Peter de son esprit. Ce n'était pas le moment de repenser à la brutalité et à la folie de son ex-mari.

En dehors de Hunter, qui avait bien pu lui envoyer ces roses ? Plus elle fixait ce bouquet et plus elle se sentait mal à l'aise. Ces roses rouge sang lui inspiraient une méfiance grandissante.

Qu'est-ce *qui te prend ?* songea Ainsley. Ces fleurs n'étaient peut-être qu'un témoignage de gratitude d'un client particulièrement satisfait ou l'hommage romantique d'un amoureux transi. Si seulement l'expéditeur avait joint une carte de visite…

Elle jeta un coup d'œil à la pendule. Il était un peu plus de 20 heures Le seul fleuriste de la ville était probablement encore ouvert. Avec un peu de chance, il pourrait peut-être la renseigner…

Elle chercha le numéro de téléphone du fleuriste et l'appela.

Une voix féminine au timbre agréable lui répondit.

— Megan à votre écoute, que puis-je faire pour vous ?

— Bonsoir, Megan. Je m'appelle Ainsley Meadows et je suis serveuse au Dusty Gulch Café. Ce matin, on m'a livré une douzaine de roses rouges. Je me demandais si vous pouviez me dire qui me les avait envoyées.

— Je l'aurais fait avec plaisir, mais hélas personne ne m'a acheté de roses rouges aujourd'hui.

Ainsley s'attendait si peu à cette réponse qu'elle en fut un instant déconcertée.

— Vous… en êtes bien certaine ? bredouilla-t-elle.

À l'autre bout de la ligne, un rire fusa.

— Mon chou, j'ai passé toute la journée à la boutique et je peux vous assurer que je n'ai pas vendu la moindre rose aujourd'hui. On m'en demande si rarement que quand ça arrive, je m'en souviens, croyez-moi.

— Tant pis. Merci quand même, dit Ainsley.

Elle raccrocha et fixa à nouveau le mystérieux bouquet. Elle avait à peine regardé le jeune homme qui le lui avait livré. Il portait un chapeau, aussi aurait-elle été incapable de dire s'il était blond ou brun.

S'extirpant de sa chaise, elle prit les roses et les jeta à la poubelle. Elle n'en voulait pas. Elle dut les tasser un peu pour les faire rentrer, puis elle noua les liens du sac en plastique qu'elle souleva pour aller le mettre dehors.

La benne à ordures du Café se trouvait juste derrière le bâtiment. Elle allait régulièrement y jeter sa poubelle, mais ce soir, sans qu'elle sache trop pourquoi, elle se sentait un peu nerveuse.

Tu peux aussi y aller demain, quand il fera jour, murmura une petite voix dans sa tête. *Ce n'est pas la première fois que tu sors ta poubelle à la nuit tombée,* lui fit remarquer une autre voix.

Furieuse contre elle-même, Ainsley déverrouilla la porte d'entrée, attrapa le sac d'une main et sortit. Il faisait un peu frisquet, aussi traversa-t-elle le parking au pas de course.

La nuit semblait plus dense… plus noire que d'habitude car le ciel était couvert. Le réverbère au coin de la rue était trop loin pour éclairer efficacement ce secteur.

Elle jeta son sac dans la benne et s'apprêtait à rebrousser chemin lorsqu'un bruissement, juste derrière le conteneur, la stoppa net. Y avait-il quelqu'un derrière la benne ? Caché là pour l'épier ? À l'affût, prêt à lui sauter dessus ?

Son cœur cognait comme un marteau dans sa poitrine lorsqu'elle recula prudemment sans quitter des yeux la benne. Et si son mystérieux admirateur ne se contentait pas de lui envoyer des roses ? Et s'il s'était mis à la suivre ?

Elle sursauta et partit d'un grand éclat de rire en voyant une souris détaler et traverser le parking à toutes pattes. Quelle idiote ! Elle avait frôlé la crise cardiaque pour une souris.

Encore mal remise de ses émotions, elle rentra en vitesse et s'affala sur le canapé du salon. Elle était en train de devenir paranoïaque. Tout ça à cause de ce maudit bouquet de roses dont elle ne connaissait pas l'expéditeur.

Mais, comme Hunter l'avait souligné, cette personne finirait par se dévoiler. Et tout deviendrait clair. Il n'y avait vraiment pas de quoi s'inquiéter.

Si elle réagissait aussi mal, c'était à cause de son passé. Peter lui offrait souvent des roses – pour s'excuser de l'avoir maltraitée ou parce qu'il savait qu'il allait la maltraiter.

Mais Peter n'était pas là. Et il ignorait où elle se trouvait.

Ces roses n'avaient rien à voir avec lui. Beaucoup d'hommes offraient des roses parce qu'ils s'imaginaient que c'était la fleur préférée des femmes.

Elle venait de se coucher lorsque son téléphone sonna. C'était Hunter. Elle s'empressa de répondre, le sourire aux lèvres.

— J'avais envie d'entendre ta voix avant de m'endormir, dit-il.

— J'ai toujours plaisir à entendre la tienne, affirma Ainsley.

— Je m'en suis tellement voulu pour les roses. C'est moi qui aurais dû te les envoyer après ces merveilleux moments que nous avons partagés hier soir.

— J'ai adoré faire l'amour avec toi, Hunter. Je n'ai pas besoin de roses ou de cadeaux. Je ne veux que toi.

— Tu me plais décidément beaucoup, répliqua-t-il.

Elle se mit à rire.

— C'est parce que je ne vais pas te coûter grand-chose que tu es aussi enthousiaste ?

— Il y a un peu de ça, c'est vrai, admit-il en riant. Bon, je vais peut-être te laisser dormir, maintenant. Fais de beaux rêves.

— Merci. Toi aussi. Bonne nuit, Hunter.

Elle souriait encore plusieurs minutes après avoir raccroché. Hunter s'était révélé un amant fabuleux, incroyablement doux, tendre et passionné.

Le lendemain matin, elle se réveilla en pleine forme.

Elle se sentait reposée et elle avait l'esprit plus clair. Au petit déjeuner, Melinda ne prétendit pas que son père lui avait parlé la veille au soir. Ainsley en conclut que le rendez-vous avec le Dr Atkins portait déjà ses fruits.

Comme on était samedi, la fillette s'installa à une table pour deux dans la salle de restaurant, avec le téléphone d'Ainsley pour jouer à des jeux, une boîte de crayons de couleur et des livres de coloriage. Quand elle n'allait pas à l'école, elle s'occupait toute seule et laissait Ainsley travailler.

Tout en s'activant autour de la machine à café, Ainsley repensa malgré elle au mystérieux expéditeur du bouquet de roses. Lorsqu'elle confia à Lana que ce n'était pas Hunter qui lui avait offert les roses et qu'elles n'avaient pas été commandées chez le fleuriste local, Lana se mit, elle aussi, à jouer au détective.

— Et si c'était Jim Nelson ? suggéra-t-elle. Cet homme est raide dingue de toi.

Il venait chaque matin à l'heure du petit déjeuner et se faisait systématiquement servir par Ainsley.

— Il est gentil, je te l'accorde, mais de là à me faire livrer des roses parce que je ne me trompe jamais dans sa commande… En outre, il ne roule pas sur l'or, à ce qu'il me semble. Une douzaine de roses, ça coûte cher. Sans doute trop cher pour sa bourse.

— Exact. Même un bouquet de marguerites, il ne pourrait probablement pas se le permettre. Cela dit, je ne connais pas beaucoup d'hommes qui offriraient des fleurs à une femme. Dans le coin, ils sont plutôt radins, déclara Lana en soupirant. Ah, mais j'y pense ! Et si c'était Jimmy Miller ? Ce gars-là gagne pas mal sa vie en travaillant pour les Albright, et il a vraiment l'air d'avoir le béguin pour toi.

— Lana, c'est prêt ! beugla Big Ed, ce qui mit fin à leur conciliabule.

Pourquoi pas Jimmy, en effet ? songea Ainsley. C'était un vrai dragueur et il s'asseyait toujours dans son secteur. Lana avait sûrement vu juste. Quand il avait su qu'elle sortait avec Hunter, Jimmy lui avait dit que la concurrence était rude. Avec ce bouquet de roses, espérait-il faire pencher la balance de son côté ? Quand il viendrait déjeuner, tout à l'heure, il avouerait sans doute que les roses venaient de lui.

Elle sourit lorsque George Calvert entra avec un autre homme qu'elle ne connaissait pas. En les voyant discuter, elle crut qu'ils étaient ensemble, mais George alla s'asseoir à une table de son secteur tandis que l'autre homme prenait place dans celui de Lana.

— Bonjour, George, dit-elle. J'ai cru un instant que vous étiez avec un ami.

— Non. J'ai juste échangé quelques mots avec le monsieur qui est entré en même temps que moi. Il est nouveau à Dusty Gulch. Il s'appelle Hank Bridges et il vient d'acheter la vieille ferme et la porcherie en périphérie de la ville.

— Cela fait plaisir de vous revoir, George. Vous avez l'air en pleine forme.

— Je pète le feu, ce matin. Un solide petit déjeuner s'impose. Je vais prendre le complet, celui qui combine salé et sucré.

— D'accord. En sucré, vous voulez des pancakes ou des tartines ?

— Je préfère les pancakes.

— Et avec ça, que voulez-vous boire ?

— Du café, ça ira très bien.

— Je vous l'apporte tout de suite.

Ainsley transmit la commande de George avant de retrouver une fois de plus Lana à la machine à café.

— Ne regarde pas, mais le nouvel arrivant ne te quitte pas des yeux, dit Lana. Avec tous ces soupirants, célibataires et plus beaux les uns que les autres, tu n'as que l'embarras du choix.

— J'ai déjà choisi, répondit Ainsley en riant.

— Oui, et tu n'as pas pris le moins bien. Hunter est la crème des hommes.

Cette remarque rappela à Ainsley quelque chose que Juanita lui avait dit au sujet du passé de Hunter. Mais elle n'arrivait pas à se souvenir de ce que c'était.

Il s'agissait de quelque chose dont Hunter ne lui avait pas encore parlé. Ils avaient pourtant beaucoup discuté au cours de leurs rendez-vous. Que pouvait-il bien lui cacher ? Et ce secret était-il susceptible de remettre en cause leur relation ?

Dire qu'elle s'inquiétait des secrets qu'il pouvait avoir alors qu'en matière de secrets elle était la championne ! Personne, dans le coin, n'en avait plus qu'elle. Comment pouvait-elle espérer que Hunter lui dise tout, alors que de son côté elle lui cachait tant de choses.

En apportant son café à George, elle reluqua discrètement le nouvel arrivant. Séduisant comme il l'était, il ne resterait probablement pas longtemps célibataire.

Il avait les cheveux noirs, aile de corbeau, très bien coupés, des pommettes hautes et un nez parfaitement droit. Lorsqu'il sourit à Lana, Ainsley put admirer sa dentition irréprochable d'une blancheur étincelante. Ce type était vraiment canon.

Il ne lui faisait cependant ni chaud ni froid. Un certain shérif adjoint prénommé Hunter colonisait son cœur et occupait toutes ses pensées.

Au coup de feu du petit déjeuner succéda celui du déjeuner, quasiment sans interruption entre les deux. Ainsley n'arrêtait pas de courir d'une table à l'autre. Il en allait de même pour Lana et pour les deux autres serveuses.

— Comment va la serveuse la plus jolie de tout le comté, aujourd'hui ? demanda Jimmy Miller en lui décochant son sourire de tombeur.

— Je vais bien, merci. Et vous ?

Si c'était lui qui lui avait fait livrer les roses, il allait sans aucun doute se dévoiler.

— Tout roule pour moi aussi, bien que le temps soit en train de changer. On nous annonce de fortes pluies pour la semaine prochaine.

— Le froid ne va pas tarder à arriver. Je déteste l'hiver, dit Ainsley.

— Moi aussi. À Dusty Gulch, il peut être rude.

— Qu'est-ce que je vous sers, Jimmy ?

Il la laissa repartir avec sa commande sans faire la moindre allusion au bouquet de roses. S'il en était l'expéditeur, il n'était apparemment pas décidé à l'avouer tout de suite. Et si ce n'était pas lui, *qui* était-ce ?

Ainsley profita d'un moment d'accalmie pour aller voir Melinda, qui n'avait pas bougé de sa table.

— Coucou, ma puce. Tu as faim ? Qu'est-ce qui te ferait plaisir ?

— Regarde le coloriage que je t'ai fait.

Melinda lui tendit son œuvre : une maison rose entourée de fleurs violettes au milieu d'une pelouse vert vif.

— C'est magnifique, ma chérie.

— Si on trouvait une maison rose où s'installer pour de bon, ce serait bien, non ? demanda la fillette.

— À défaut, on pourra planter devant la maison

toutes sortes de fleurs roses. En attendant, que veux-tu manger ?

— Un croque-monsieur avec des frites.

— Avec de la salade, ce serait plus équilibré.

— Bon, d'accord, concéda Melinda. Mais j'aurais préféré des frites.

— Tu en auras demain, répondit Ainsley. Pendant que je vais te chercher tout ça, je voudrais que tu réfléchisses à la possibilité d'accorder une seconde chance à Hunter, qui souhaiterait qu'un de ces soirs nous mangions des pizzas tous les trois. Nous en reparlerons plus tard.

Après le déjeuner, Melinda retourna à l'appartement pour regarder la télévision. Elle savait qu'elle devait fermer la porte à clé et n'ouvrir à personne.

Depuis qu'elles habitaient à Dusty Gulch, et qu'Ainsley travaillait le samedi, elles avaient leur petite routine.

Melinda passait la matinée au Café puis elle allait regarder la télévision jusqu'au retour d'Ainsley avant le service du soir. Dans l'après-midi, Ainsley passait voir de temps en temps si tout allait bien.

Comme tous les autres jours, Hunter vint déjeuner au Café.

— Avec un peu de chance, jeudi, nous pourrons manger des pizzas avec Melinda, lui annonça Ainsley lorsqu'elle vint prendre sa commande.

— Super ! s'exclama-t-il, visiblement ravi. J'espère que cette fois-ci j'arriverai à la dérider. Je devrais peut-être lui apporter un ours en peluche rose.

— Ne lui apporte rien, Hunter. Je ne veux pas que tu achètes son affection.

Elle serait bien restée à bavarder avec lui mais, avec le monde qu'il y avait, ce n'était pas possible.

Un peu plus tard, lorsque, enfin, Lana et elle purent

s'asseoir pour souffler, elles parlèrent de ce qu'elles feraient le dimanche.

— Je vais sûrement emmener Melinda faire un tour en voiture à la campagne, histoire de nous aérer un peu, dit Ainsley. Au retour, nous irons manger une glace. Et toi ?

— Je crois que je vais faire du tri dans mes placards. Il est temps de ranger les vêtements d'été et de sortir ceux d'hiver, répondit Lana. Mon dimanche s'annonce plutôt calme et barbant, autrement dit.

— Ne pas faire grand-chose, ça a parfois du bon. Surtout après une journée comme aujourd'hui, où on n'a pas arrêté une minute.

Rhonda Carlton, une des serveuses qui venait donner un coup de main le samedi, s'approcha des deux femmes, l'air catastrophé.

— Qu'est-ce qu'il t'arrive, Rhonda ? lui demanda Ainsley.

— Eh bien, je… euh, nettoyais la table du fond, vers les toilettes, et voilà ce que j'ai trouvé.

Rhonda tendit à Ainsley un bout de papier plié en quatre.

Ainsley hésita à le prendre. Il y avait quelque chose dans le regard de Rhonda qui lui disait qu'elle n'allait pas aimer ce qu'il y avait sur ce papier. Elle le prit à contrecœur et le déplia. Un cri d'effroi lui échappa lorsqu'elle lut ce qui était écrit dessus, en capitales d'imprimerie.

AINSLEY MEADOWS. TU ES UNE TRAINÉE ET LES TRAINÉES NE SONT PAS LES BIENVENUES DANS CETTE VILLE.

7

Hunter tenait le message calomnieux dans sa main gantée. Autour de lui, les rires des clients et le bruit des verres qui s'entrechoquaient donnaient l'impression que c'était un samedi soir normal au Café.

Sauf que ce message n'était absolument pas normal, qu'Ainsley était terrorisée et qu'il n'aimait pas du tout ça.

— Et si nous allions dans ton appartement, où nous serons plus au calme ? suggéra-t-il.

— D'accord, allons-y, répondit Ainsley.

Il s'adressa ensuite à Rhonda.

— Venez aussi. J'ai une ou deux questions à vous poser, mais cela ne devrait prendre que quelques minutes.

Rhonda lança un regard en direction de Big Ed.

— Il vaudrait mieux que vous me les posiez ici, dit-elle. Je dois m'occuper des clients. Vous avez vu le monde qu'il y a ?

— OK. Où avez-vous trouvé ce mot, exactement ?

Rhonda désigna une table de deux dans le fond de la salle.

— Il était posé sur la table. J'ai cru que c'était un vieux bout de papier mais, par acquit de conscience, je l'ai déplié. Je ne sais même pas qui était assis à cette table. Quand j'ai trouvé le mot, je venais juste de prendre mon service.

— Merci, dit Hunter. Je reviendrai vers vous si j'ai d'autres questions.

Rhonda opina du bonnet et fila s'occuper de son secteur.

Hunter se tourna vers Ainsley.

— Sortons d'ici.

Elle le fit passer par la porte de communication entre le Café et son petit trois-pièces.

— Melinda, va jouer dans ta chambre, s'il te plaît. Il faut que je parle à l'adjoint Churchill.

La fillette partie, Hunter fit signe à Ainsley de s'asseoir à la table de la salle à manger. Il glissa le papier dans un sac à scellés, qu'il posa sur la table.

— Qu'est-ce que c'est encore que cette histoire ? murmura Ainsley, pâle et soucieuse. Qui a bien pu écrire ce mot ?

— As-tu eu des démêlés avec un client, aujourd'hui ? demanda-t-il doucement.

Il détestait la voir comme ça.

— Non, aucunement. Tout s'est très bien passé. Mais je ne sais plus que penser. Hier, les roses, et aujourd'hui, ce mot. J'ai peur, Hunter. Que me veut-on, bon sang ?

— Je n'en sais rien, mais je vais enquêter.

Il retira ses gants et posa ses mains sur celles de la jeune femme. Elle avait les mains glacées. Il entreprit de les lui réchauffer – en pure perte puisque cela n'avait rien à voir avec la température de la pièce.

— Qui peut me tenir en si piètre estime ? Qu'est-ce que j'ai fait pour qu'on me traite de traînée ?

— Il ne faut pas que tu te tortures avec ça, dit Hunter. Ou que tu dramatises. Il ne s'agit aucunement de menaces, mais d'insultes purement gratuites. Je vais faire tout mon possible pour retrouver l'auteur de ce mot. Je te le promets.

Elle retira ses mains de dessous les siennes et croisa ses bras sur sa poitrine.

— Quand mon ex-mari était en colère contre moi, dit-elle d'une voix pleine de trémolos, il me… traitait de traînée.

— C'était vraiment un sale type, mais autant que je sache, tu n'as plus rien à craindre de lui. Ton ex-mari n'est pas ici. Est-ce que Ben Wilkins est venu manger, aujourd'hui ?

— Il est venu à midi. Il n'avait pas bu, apparemment. Il s'est assis dans le secteur de Lana.

— Il faudra que je lui parle. Te souviens-tu qui s'est assis à cette table, aujourd'hui ?

— Personne, il me semble. Comme elle est juste à côté des toilettes, nous évitons d'y installer les clients, à moins de ne pouvoir faire autrement.

— N'importe qui aurait donc pu laisser le mot sur la table en allant aux toilettes, dit Hunter.

Elle acquiesça.

— N'importe qui, en effet. Autrement dit, nous ne sommes pas près de démasquer le coupable. En plus, il ne s'agit même pas d'un délit, je parie.

— Non, ce n'est pas un délit. Aucune menace n'ayant été proférée, tu ne peux même pas engager de poursuites.

— Mais c'est de la diffamation caractérisée !

Hunter se mit à rire.

— Mon chou, ceux qui te connaissent savent que tu es une femme bien. Ce mot ne veut rien dire. Il a été écrit sous le coup de la colère par quelqu'un d'immature. Il me fait vraiment penser à Ben Wilkins.

Hunter se leva et prit Ainsley dans ses bras. Elle était

tendue, raide comme un piquet. Au bout de quelques secondes, elle exhala un grand soupir et posa sa tête sur sa poitrine.

Il lui caressa les cheveux et, quand elle leva les yeux vers lui, il l'embrassa tendrement.

— Je ne veux pas que tu t'en fasses pour ce mot, dit-il en soutenant son regard. Promets-moi que tu vas arrêter d'y penser.

Après une courte hésitation, elle hocha la tête.

— OK. Je te le promets.

Il la lâcha, et ils se dirigèrent vers la porte.

— Je vais te laisser, dit-il. Cependant, avant que je parte, j'aimerais que tu me fasses un grand sourire.

Elle obtempéra, mais son sourire était loin d'être convaincant.

— Tiens-moi au courant si tu trouves quelque chose. D'accord ?

— Bien sûr. Quoi qu'il en soit, je t'appelle ce soir.

— Super !

Cette fois, son sourire n'avait rien de forcé.

Hunter se rendit directement au poste de police pour parler au shérif Black. Il s'entendait bien avec lui, principalement parce que Wayne était un chef plutôt cool, qui n'était pas toujours sur le dos de ses adjoints. Il leur faisait toute confiance. Mais Wayne avait aussi une légère tendance à la paresse.

Hunter frappa à la porte du bureau de Wayne.

— Entrez ! Ah, tiens, Hunter. Mais qu'est-ce que tu fais encore là ? Tu ne rentres pas chez toi ?

— Il s'est passé quelque chose au Café, et je voulais vous en toucher un mot.

— D'accord. Assieds-toi. Je t'écoute.

Hunter prit place dans le fauteuil qui faisait face

au bureau de Wayne et lui raconta toute l'histoire, lui confiant même qu'il soupçonnait Ben Wilkins d'être l'auteur du mot.

— J'ai envie d'aller interroger Ben. Je tiens à démasquer le coupable. Ainsley est dans tous ses états, évidemment.

Wayne fronça les sourcils.

— Le problème, c'est que ce mot ne constitue pas un délit et ne justifie donc pas l'intervention de la police.

— J'en suis conscient, aussi n'ai-je aucunement l'intention de m'occuper de cette affaire pendant mes heures de travail. Je voulais juste vous informer que j'allais mener ma petite enquête à mes moments perdus.

Wayne se carra dans son fauteuil et se gratta la tête.

— Pourquoi Ben en voudrait-il à Ainsley ?

— Un matin, il est entré au Café ivre mort et il a commencé à faire du grabuge. Ainsley l'a fichu dehors.

— Quand Ben a quitté la ville, il y a quelques mois, j'espérais qu'il ne reviendrait pas.

— Je l'espérais aussi, dit Hunter.

— Je te donne carte blanche pour ton enquête, tant qu'elle n'empiète pas sur ton temps de travail. Bonne chance !

— Merci, Wayne.

Au volant de sa voiture de patrouille, Hunter se lança à la recherche de Ben Wilkins. Il s'arrêta tout d'abord au Dusty Gulch Motel, petit établissement minable de six chambres louées à la nuit ou au mois.

Il se gara devant la réception. Dès qu'il descendit de sa voiture, il fut assailli par une odeur de marijuana et d'ordures ménagères, de misère et de désespoir.

Le propriétaire du motel, Jeb Harness, était assis derrière son comptoir et lisait un magazine à scandale. Il salua Hunter d'un hochement de tête, sans se lever.

— Vous cherchez quelqu'un, je présume ?

— Ben Wilkins. Quel est le numéro de sa chambre ?

— Qu'a-t-il encore fait, cet ivrogne ? demanda Jeb.

— Comme d'habitude, répondit évasivement Hunter.

— Chambre 3.

Hunter frappa à la porte de la chambre et attendit. Personne ne répondit. Il frappa plus fort. Toujours rien. Il s'apprêtait à frapper une troisième fois lorsque la porte de la chambre voisine s'ouvrit. Jane Landers, portée elle aussi sur la boisson, sortit juste la tête et lança :

— Il n'est pas là. Il a pris sa bouteille et il a fichu le camp. Cet enfoiré n'a même pas voulu m'en filer une gorgée.

Au ton de sa voix, Hunter comprit qu'elle était soûle.

— Merci, Jane.

À la différence de Ben, elle restait dans sa chambre à cuver son vin et ne causait pas de problèmes.

Hunter remonta dans sa voiture et se dirigea vers Main Street. Il savait où Ben se tenait le plus souvent quand il avait une bouteille à boire. Mais il ne le trouva pas sur le banc en face du bureau de poste. Ni non plus dans l'entrée de la supérette.

Ben s'était posé dans le renfoncement en face du drugstore. Hunter se gara, descendit de sa voiture et s'approcha.

— Bonsoir, Ben.

— Adjoint Churchy, bredouilla Ben en le saluant d'un hochement de tête. J'espère que vous ne venez pas m'arrêter ?

— Vous avez quelque chose à vous reprocher ?

— Euh, non. Je suis assis là, tranquille dans mon coin. Je n'embête personne, que je sache.

— Tout va bien, alors. Mais j'ai une question à vous poser, Ben. Que pensez-vous d'Ainsley Meadows ?

Ben fronça les sourcils.

— Qui ?

— Ainsley, qui sert au Café. Vous la connaissez.

— Ah, celle-là ! C'est une garce. Elle ne m'aime pas et je le lui rends bien. Elle m'a fichu dehors parce que j'avais un peu bu et que je faisais du chahut.

— Est-ce que par hasard vous seriez passé au Café aujourd'hui et lui auriez laissé un mot injurieux sur un coin de table ? demanda Hunter.

Les yeux chassieux de Ben s'étrécirent.

— Un mot injurieux ? Qui disait quoi ?

— Si c'est vous qui l'avez laissé, vous devez bien savoir ce que vous avez écrit.

— Ce n'est pas moi ! protesta Ben en postillonnant.

— Vous en êtes sûr ?

— Sûr et certain. Où voudriez-vous que j'aille chercher un bout de papier et un stylo ?

Hunter le fixa longuement, sondant son regard. Ben était ivre, mais il disait probablement la vérité.

Ben ne dessoûlait quasiment jamais, aussi Hunter le voyait-il mal se mettre en quête d'un papier et d'un stylo pour se venger de l'affront que lui avait fait Ainsley la veille ou l'avant-veille. Il n'avait pas assez de suite dans les idées.

Mais si Ben était hors de cause, comme le pensait maintenant Hunter, le mot était un peu plus embêtant. Qui pouvait en vouloir à Ainsley pour l'insulter de la sorte ?

Était-ce juste de la méchanceté ? se demandait-il

légèrement inquiet car, tout au fond de lui, il craignait que l'auteur du mot n'en reste pas là et ne s'en prenne à Ainsley de manière beaucoup plus frontale.

Ainsley n'arrêtait pas de penser à ce mot calomnieux. Pour ne pas inquiéter Melinda, et leur gâcher la soirée, elle fit comme si de rien n'était, mais, dès que sa fille fut au lit, elle se mit à arpenter nerveusement le minuscule salon de leur trois-pièces.

Elle s'assura que portes et fenêtres étaient bien fermées. Elle s'en voulait un peu de prendre au sérieux ce mot débile, même pas signé, mais c'était plus fort qu'elle. Elle avait peur et craignait pour sa sécurité et celle de sa fille.Épuisée, elle finit par s'affaler sur le canapé, en proie à un maelström de pensées extrêmement perturbantes.

Qui avait écrit ce mot ? En dehors de Ben Wilkins, qui avait-elle bien pu froisser ? Alcoolique comme il l'était, ce pauvre Ben avait sans doute l'esprit trop embrumé pour songer à se venger d'elle.

Mais, s'il n'était pas l'auteur de ce mot, alors qui l'avait écrit ?

Et si c'était sa relation avec Hunter qui était à l'origine de ce mot ? Le secret auquel Juanita avait fait allusion concernait-il une autre femme ? Une femme qui pourrait être jalouse d'elle ?

Elle repensa aux soirées qu'elle avait passées en compagnie de Hunter. À leurs conversations. À ses réponses évasives dès qu'il s'agissait de sa vie privée. De son passé.

Lorsqu'il lui avait fait visiter sa maison, une porte était restée fermée. Les deux fois où elle était allée chez lui, elle s'était demandé ce qu'il cachait dans cette pièce qu'il prétendait vide. Pourquoi fermer la porte ?

Sentant qu'elle commençait vraiment à dérailler, Ainsley s'extirpa du canapé et fila au lit. Elle venait d'enfiler sa chemise de nuit lorsque son téléphone sonna.

— Salut, Hunter. J'espère que tu as de bonnes nouvelles à m'annoncer.

— J'aimerais bien, mais ce n'est pas le cas, malheureusement. J'ai réussi à mettre la main sur Ben Wilkins. Il était soûl, pour ne pas changer. Mais il affirme haut et fort qu'il n'a pas écrit ce mot. Il m'a paru sincère.

— Retour à la case départ, donc, dit Ainsley, déçue.

— Je vais continuer d'interroger les gens, mais il y a fort à parier que l'auteur de ce mot soit tout bonnement un client mécontent.

— J'ai pensé qu'il pouvait avoir été écrit par une de tes ex. Quelqu'un qui aurait encore des vues sur toi et n'apprécierait pas que je lui fasse de l'ombre. Quelqu'un dont tu ne m'aurais pas parlé…

Il y eut un grand silence.

— Il n'y a pas d'ex, déclara Hunter d'un ton grave. Il n'y a eu personne dans ma vie après mon divorce. Sinon, je te l'aurais dit.

— Si je me suis posé la question, c'est parce que Juanita a fait allusion à des événements te concernant que j'ignore et dont elle a refusé de me parler.

Hunter prit à nouveau son temps pour répondre.

— Il y a certaines choses que je ne t'ai pas encore dites, mais ce ne sont pas des choses dont on peut parler au téléphone. Si Juanita accepte de garder Melinda demain soir, tu pourrais venir et nous en discuterions. Qu'en penses-tu ?

— D'accord. Je devrais pouvoir me débrouiller.

À quelle heure seras-tu chez toi ? demanda Ainsley, très intriguée.

— Disons vers 18 h 30. Je serais sûr d'être rentré du travail.

— Entendu. Inutile de passer me chercher. Je viendrai en voiture.

Elle préférait avoir sa voiture et ne pas dépendre de lui, si jamais entre eux ça tournait au vinaigre.

— OK. À demain, alors.

Elle raccrocha, soucieuse. Elle ne savait pas ce que Hunter avait à lui dire, mais apparemment ce n'était pas quelque chose d'anodin.

Tout se passait si bien avec lui. Elle aurait dû se douter que cela ne durerait pas, qu'à un moment ou à un autre il y aurait un hic. Restait à savoir si ce hic était de nature à compromettre la poursuite de leur relation.

C'était trop beau, songea Ainsley, dépitée. Le sort semblait s'acharner contre elle. À se demander si elle finirait un jour par être heureuse…

Le lendemain, Melinda et elle s'offrirent une journée de détente, aussi Ainsley relégua-t-elle au fond de son esprit le message calomnieux, le mystérieux bouquet de roses et les choses que Hunter lui avait cachées.

Elles prirent la voiture pour explorer la campagne environnante, qu'elles ne connaissaient pas encore très bien. Il faisait très beau, mais le temps risquait de virer à la pluie en fin d'après-midi.

À midi, elles s'achetèrent des hamburgers dans l'un des deux fast-foods que comptait Dusty Gulch. Melinda était détendue. Depuis deux jours, elle ne parlait plus des contacts qu'elle prétendait avoir avec son père.

Ainsley n'avait aucunement l'intention de jeter de l'huile sur le feu en une aussi belle journée, mais, de Hunter, il n'avait pas encore été question.

— Hier, je t'ai suggéré de donner une seconde chance à Hunter, dit-elle. Y as-tu réfléchi ?

Melinda trempa une frite dans un monceau de ketchup et se la fourra dans la bouche. En mâchant, elle acquiesça d'un hochement de tête.

— Et tu es d'accord ? demanda Ainsley.

— Ouais. Je pense que je pourrais lui redonner une chance. Papa ne l'aime pas du tout, mais je sais qu'il te plaît, et en plus j'adore la licorne qu'il m'a offerte.

— Si nous allons manger des pizzas ensemble jeudi soir, tu lui feras bonne figure ?

— Sans problème, assura Melinda. Mais si papa vient me voir, je veux pouvoir passer un petit moment avec lui. Je vous rejoindrai un peu plus tard, en ce cas.

Ainsley se mordit la langue pour s'empêcher de répliquer. Pas question de se disputer avec Melinda aujourd'hui !

Ce que sa fille ne savait pas, c'était que si Peter retrouvait sa trace un jour, il ne la lâcherait plus.

Non pas tant parce que sa fille lui manquait que parce qu'il avait besoin d'elle pour manipuler Ainsley. Il n'avait pas supporté qu'elle le quitte et devait chercher à se venger. Jamais elle ne le laisserait s'approcher de Melinda. Dût-elle en mourir. Une douleur cuisante au niveau de la cicatrice qui lui barrait le ventre lui rappela que Peter avait déjà failli la tuer.

Après le repas, elles allèrent dans une boutique de vêtements pour faire quelques emplettes. Les magasins de Main Street restaient ouverts le dimanche. Melinda jeta son dévolu sur un jean et deux jolis hauts. Ainsley s'offrit un petit pull turquoise en vue de son rendez-vous avec Hunter, le soir même.

Elle s'était arrangée avec Juanita pour qu'elle garde Melinda une heure ou deux. Quand il s'agissait d'aller jouer avec sa copine, la fillette ne se faisait jamais prier.

Pour clore la journée en beauté, elles s'arrêtèrent chez le glacier sur le chemin du retour. Lorsqu'elles rentrèrent, il était plus de 17 heures, aussi Ainsley se prépara-t-elle avant d'aller chez Hunter.

Elle avait plus ou moins réussi à ne pas y penser jusque-là mais, maintenant que l'heure du rendez-vous approchait, son inquiétude revenait en force. Quel était ce secret que Hunter s'apprêtait si solennellement à lui révéler ? Aurait-il une répercussion sur leur relation ?

Après le mystérieux bouquet de roses et le message calomnieux, il ne manquait plus que ça ! En l'espace de quelques jours, cela faisait beaucoup.

Moins d'une heure plus tard, toujours plongée dans ses pensées, elle roulait en direction de chez Hunter lorsque, brusquement, comme frappée par une épiphanie, elle se rendit compte qu'elle l'aimait à la folie. Il était l'homme qu'elle attendait, gentil, respectueux, tendre et protecteur, l'homme dont elle avait toujours rêvé aussi loin qu'elle s'en souvienne.

Lorsqu'elle avait épousé Peter, elle croyait avoir rencontré l'homme de sa vie. Mais le prince charmant s'était révélé être un monstre, et la vie d'Ainsley était devenue un véritable cauchemar.

Elle espérait que cette fois elle était tombée sur le bon. Avec le recul, elle s'apercevait qu'avec Peter elle avait manqué de clairvoyance car il y avait eu de nombreux signaux qui auraient dû l'alerter. Chez Hunter, elle n'avait rien vu d'inquiétant. Maintenant qu'il faisait partie de sa vie et qu'elle tenait à lui, elle redoutait que quelque chose ne vienne tout gâcher.

Et ce quelque chose, qu'elle n'allait pas tarder à découvrir, risquait bien de mettre un terme à leur relation dès ce soir.

8

Hunter faisait les cent pas dans sa salle de séjour en attendant Ainsley. Il regrettait de ne pas lui avoir parlé de ce qui lui était arrivé, mais, jusque-là, la mort de son petit garçon était un sujet tabou qu'il n'évoquait jamais.

Non qu'il eût honte de son chagrin, mais il l'avait intériorisé. Le moment était venu de lever le voile sur cette terrible tragédie. Il devait à présent accepter de parler de son passé, même si cela l'obligeait à se mettre à nu, même si cela montrait à quel point il pouvait être naïf, parfois, avec les femmes.

Il ne pouvait plus tergiverser. Il voulait jouer franc jeu avec Ainsley. Ce soir, il allait mettre cartes sur table. Il lui raconterait toute l'histoire, en espérant ne pas passer à ses yeux pour un homme faible, qu'on mène par le bout du nez.

À 18 h 30 précises, la sonnette de sa porte d'entrée retentit. Il alla ouvrir à Ainsley qui, comme d'habitude, était resplendissante. Elle portait sur son jean un pull turquoise qui rendait ses yeux bleus encore plus lumineux.

— Entre, dit-il en s'effaçant pour la laisser passer. Tu peux t'asseoir sur le canapé, si tu veux.

— Merci.

— Tu veux boire quelque chose ?

— Non, merci. Je n'ai pas soif.

Elle prit place sur le canapé, et il s'assit à côté d'elle.

— Il pleut ? demanda-t-il.

Elle secoua la tête, ce qui fit onduler sa longue chevelure soyeuse.

— Le ciel se couvre de gros nuages noirs, mais pour l'instant il ne pleut pas. Mais je ne suis pas venue te parler de la météo, Hunter. Toute la journée, je me suis demandé ce que tu m'avais caché et si ce secret allait nous obliger à rompre. Je tiens beaucoup à toi, tu sais.

— Je n'ai pas de secret honteux, rassure-toi. Mais je pense savoir à quoi Juanita faisait allusion. Il est donc grand temps que je parle de tout ça avec toi.

Il se leva et lui tendit la main.

— Viens avec moi.

Il lui fit prendre le couloir et la guida vers la chambre de son fils. Prenant une grande inspiration pour se donner du courage, il ouvrit la porte et alluma la lumière.

Lâchant sa main, Ainsley embrassa la pièce du regard puis le dévisagea d'un air perplexe.

— Je ne comprends pas, Hunter. Tu... tu as un enfant ?

— J'en avais un, répondit-il d'une voix étonnamment posée.

S'attendant à fondre en larmes, il découvrit que son chagrin n'était plus aussi aigu et qu'il arrivait à présent à se contrôler.

— Ta femme en a la garde ? demanda-t-elle.

Il secoua la tête.

— Il est décédé.

— Oh ! mon Dieu ! Que lui est-il arrivé ?

— Et si nous retournions au salon ? suggéra-t-il, peu désireux de parler de Danny dans la chambre où l'enfant avait passé la majeure partie de sa courte vie.

Ils se rassirent sur le canapé mais, cette fois, Ainsley se blottit contre lui, lui communiquant chaleur et réconfort.

— Nous n'avions pas prévu qu'Emily tomberait enceinte si peu de temps après le mariage. C'est pourtant ce qui est arrivé, en dépit des précautions que nous prenions. La nouvelle m'a transporté de joie. J'avais toujours rêvé d'être shérif adjoint et de fonder une famille. Mes objectifs étaient atteints.

Il s'interrompit un instant pour déglutir. Une boule inconfortable s'était formée dans sa gorge.

Percevant sans doute son émotion, Ainsley prit sa main dans la sienne et la serra très fort pour lui donner le courage de continuer.

— Quand Danny est né, j'étais le plus heureux des hommes. C'était un petit garçon adorable, d'un naturel très gai. Il était facile à vivre et très attachant. J'aurais donné ma vie pour lui.

Il sentit sa poitrine se serrer.

— Quand il a eu un an, on lui a diagnostiqué une leucémie. Au cours de l'année suivante, il a fait de nombreux séjours à l'hôpital. Comme il ne supportait pas trop mal la chimiothérapie, nous avions bon espoir qu'il s'en sorte. Il venait d'avoir deux ans lorsqu'il est mort.

— C'est terrible. Je suis vraiment désolée. Perdre un enfant doit être tellement douloureux.

Se penchant vers lui, elle lui passa les bras autour du cou.

Il la serra contre lui et enfouit son visage dans sa chevelure dont il aimait tant la douceur et l'odeur. La présence de la jeune femme lui faisait du bien. Il se sentait moins seul face à ce terrible drame.

Des larmes lui brûlaient les yeux, mais il parvint à les refouler. Il avait déjà tant pleuré la mort de Danny.

Lorsqu'il se fut ressaisi, il releva la tête.

— Il paraît que la perte d'un enfant est souvent cause de divorce, dit Ainsley. Est-ce que c'est ce qui s'est passé pour ta femme et toi ?

— Non. Bien que la mort de Danny ne nous ait pas rapprochés, et qu'elle et moi n'ayons pas du tout réagi de la même façon, j'étais prêt à tout pour sauver notre couple. Pas elle. Le jour de l'enterrement, elle m'a annoncé qu'elle avait un amant depuis le début et qu'elle n'était même pas sûre que Danny soit de moi.

Ainsley en resta bouche bée.

— Quoi ? Quelle garce ! Comment a-t-elle pu te faire une chose pareille ? Et te l'annoncer le jour de l'enterrement, en plus !

— La nouvelle ne m'a évidemment pas fait plaisir, mais je me fichais bien que Danny soit ou non mon fils biologique. C'était mon enfant, point barre. Et rien de ce qu'elle aurait pu dire n'y pouvait changer quoi que ce soit.

— L'amour importe plus que les gènes, déclara-t-elle avec ferveur.

— Le pire, c'est que je suppose que tout le monde savait qu'Emily me trompait. J'étais le seul à l'ignorer. Rétrospectivement, je me rends compte qu'il fallait vraiment être aveugle pour ne pas le voir. Elle était souvent injoignable. Elle ne me laissait jamais regarder son téléphone. Des indices de ce genre, il y en avait plein… Mais je ne voulais pas les voir.

— Je te plains sincèrement. Tu méritais tellement mieux. Pour surmonter toutes ces épreuves, il t'a sûrement fallu beaucoup de courage.

— Voilà, tu sais tout, dit Hunter d'un ton humble.

Si je ne t'ai pas raconté tout ça avant, c'est parce que j'avais peur de ce que tu pourrais penser de moi.

— Comment cela ?

— Je craignais que tu ne me trouves idiot et terriblement veule.

— Mais non, voyons, bien au contraire ! Tu apparais comme quelqu'un de fort, d'aimant et de charitable. Et je trouve admirable le fait que tu ne joues pas au gros dur et n'aies pas peur de laisser couler tes larmes.

L'attirant derechef contre lui, il la serra très fort. La pluie se mit à ruisseler le long des carreaux, comme un contrepoint aux larmes qu'il aurait pu verser sur Danny.

Sauf que pour la première fois il ne se sentait pas accablé de chagrin. La tristesse subsisterait chaque fois qu'il penserait à son petit garçon, mais il était enfin prêt à tourner la page et à s'autoriser à nouveau à être heureux.

— Un de ces jours, dit-il, il faudra que tu viennes m'aider à débarrasser la chambre de Danny.

— Tu es sûr que c'est ce que tu veux ? demanda doucement Ainsley.

Il acquiesça.

— Il est plus que temps. Je n'ai pas besoin de ces objets pour penser à lui. De plus, un jour ou l'autre, cette chambre est susceptible d'accueillir une petite fille.

— Je suis certaine que Melinda la trouverait à son goût. Je viendrai quand tu veux pour te donner un coup de main.

— Merci, Ainsley. C'est très gentil de ta part.

Elle lui sourit.

— Quand je me demandais quel terrible secret tu me cachais, dit-elle, j'en étais presque arrivée à me convaincre que tu avais une femme démente que tu cloîtrais dans cette chambre. Mais folle, ta femme l'était bel et bien. Sinon, elle ne t'aurait pas trompé.

Il se mit à rire.

— Tu es mon rayon de soleil, déclara-t-il. Tu illumines ma vie et me réchauffes le cœur.

Elle le fixa longuement.

— Hunter, je… je…

Elle baissa brièvement les yeux.

— Je… dois rentrer, maintenant. J'ai prévenu Juanita au dernier moment ; je ne voudrais pas abuser de sa gentillesse.

Elle se leva du canapé.

— Je suis content que tu sois venue, dit-il en se levant à son tour pour la raccompagner jusqu'à la porte. Mais ça m'embête que tu rentres seule sous la pluie.

— Il ne pleut pas beaucoup et, même si je me fais un peu mouiller, je ne vais pas fondre, assura-t-elle.

Se haussant sur la pointe des pieds, elle lui plaqua une bise sur la joue.

— Merci pour ta confiance, dit-elle. Je suis très touchée.

— Merci à toi.

Il ouvrit la porte et jeta un coup d'œil à l'extérieur.

— Il fait vraiment un temps de chien. Passe-moi un coup de fil quand tu seras chez toi, histoire que je sache que tu es arrivée à bon port.

— D'accord.

— Attends deux secondes, je vais te chercher un parapluie.

— Pas la peine. Mon auto est juste là. Je t'appelle.

Sur ces mots, elle sortit et courut jusqu'à sa voiture.

Il la suivit des yeux tandis qu'elle manœuvrait pour

sortir de l'allée. Puis les feux arrière du véhicule disparurent, comme avalés par la nuit.

Il se résigna à refermer la porte. Son téléphone à la main, il retourna dans la chambre de Danny. Un léger parfum flottait dans l'air. Ainsley était partie, mais il sentait encore sa présence réconfortante.

Il allait débarrasser cette chambre et tourner la page une fois pour toutes. Les épreuves qu'il avait traversées étaient derrière lui. Il devait maintenant aller de l'avant.

Fort de cette résolution, il regagna la salle de séjour et se laissa tomber sur le canapé. Il pleuvait à verse, mais pour l'instant il n'y avait pas d'orage. Jetant un coup d'œil à sa montre, il espéra qu'Ainsley n'oublierait pas de l'appeler dès qu'elle arriverait chez elle.

Avant qu'elle parte, il avait eu l'impression qu'elle allait lui dire quelque chose. Mais elle s'était finalement ravisée. Ce revirement l'intriguait. Peut-être avait-elle jugé le moment mal choisi et attendait-elle une occasion plus favorable…

Il comptait bien découvrir l'identité de la personne qui lui avait fait livrer les roses et l'auteur du message calomnieux déposé au Café. Ces deux énigmes le mettaient mal à l'aise, d'autant plus qu'il savait qu'elles inquiétaient aussi Ainsley. Il se mettait à sa place : un jour, elle recevait un magnifique bouquet de fleurs et, le lendemain, un mot d'insultes. Il y avait vraiment de quoi se poser des questions.

Il craignait qu'un autre incident du même genre ne se produise prochainement et, surtout, qu'ils ne soient confrontés à une dangereuse escalade.

Elle avait été à deux doigts de tout lui dire. Tandis qu'elle le réconfortait, elle s'était sentie en confiance et, à un moment, elle avait failli lui révéler la vérité. Finalement, elle n'avait rien dit.

Devait-elle vraiment tout lui raconter ? Aux Femmes battues, on lui avait assuré que sa nouvelle identité n'éveillerait jamais les soupçons. Pouvait-elle envisager de ne jamais rien dire à Hunter ?

Elle se voyait difficilement lui cacher *ad vitam aeternam* tout un pan de sa vie. Il fallait juste qu'elle trouve le bon moment pour lui parler de Peter, de ce qu'il lui avait fait subir, et de la décision qu'elle avait prise de quitter le domicile conjugal en emmenant sa fille, privant ainsi son père du droit de garde qu'il avait obtenu.

Mais, avant de mettre Hunter au courant, elle voulait voir comment cela se passait entre Melinda et lui. Si les choses s'arrangeaient et qu'un avenir était possible avec lui, il serait toujours temps pour elle de passer aux aveux.

La pluie crépitait contre son pare-brise tandis qu'elle descendait Main Street. On n'y voyait quasiment rien. Elle remarqua cependant les feux d'une voiture qui la suivait de très près.

De beaucoup trop près à son goût. Elle ne discernait ni le modèle ni la couleur du véhicule. Mais peut-être dramatisait-elle… Rien ne prouvait que cette voiture soit en train de la suivre, même si elle lui collait presque au pare-chocs.

Le cœur battant, elle sentit ses doigts se crisper sur le volant. Et si le conducteur de la voiture était l'auteur du message calomnieux ? Allait-il essayer de lui faire quitter la chaussée ? L'obliger à sortir de sa voiture ?

Elle poussa un grand soupir de soulagement lorsque le véhicule suspect tourna dans une rue perpendiculaire et disparut. Quelle frayeur elle s'était faite ! Tout ça parce qu'un automobiliste, derrière elle, était pressé de rentrer chez lui.

Les deux jours suivants se passèrent sans incident. Hunter continuait d'enquêter mais, faute d'indices, les chances pour qu'il découvre qui avait envoyé les fleurs et écrit le mot étaient évidemment très minces.

Assise dans la salle d'attente du Dr Atkins, elle attendait Melinda. Pendant le trajet jusque chez la psychologue, Melinda avait expliqué à sa mère que Peter ne lui parlait plus chaque soir, mais seulement un soir sur deux. Ainsley avait considéré cela comme un progrès. Bientôt, Melinda cesserait complètement de raconter que son père lui parlait.

Le grand soir approchait. Demain, Ainsley, Melinda et Hunter devaient se retrouver pour aller à la pizzeria ensemble. Ainsley croisait les doigts pour que tout se passe bien entre les deux personnes qu'elle aimait le plus au monde.

Le Dr Atkins avait demandé à Ainsley comment s'était comportée Melinda au cours de la semaine qui venait de s'écouler. Ainsley lui avait indiqué que sa fille parlait un peu moins de son père, mais qu'elle ne savait pas si c'était parce que Melinda fantasmait moins à son sujet ou parce qu'elle ne se confiait plus à elle.

Lorsque quarante minutes plus tard la porte du cabinet se rouvrit et que Melinda reparut, le sourire aux lèvres, Ainsley se sentit soulagée. Le Dr Altkins s'approcha d'elle.

— Je vous rappelle dès que possible pour faire le point

avec vous, dit-elle. Là, tout de suite, j'ai une urgence et je dois filer à l'hôpital.

— Très bien. On vous laisse, alors. J'attends votre appel.

Une fois dans la voiture, Ainsley lança :

— Tout va bien ?

— Oui, mais ça irait encore mieux si nous allions manger une glace.

Ainsley pouffa.

— C'est le deal, si je comprends bien ? Après chaque séance avec le Dr Atkins, il va falloir s'arrêter chez le glacier ?

— Tu as tout compris, répliqua Melinda avec un grand sourire.

Prise à son propre piège, Ainsley obtempéra. Elle brûlait de savoir comment s'était passée la séance, mais elle se garda bien d'interroger Melinda.

Pendant qu'elles dégustaient leurs glaces, Melinda parla de l'école et de ses camarades de classe. Ainsley l'écoutait avec attention, ravie d'apprendre que, comme elle, sa fille se plaisait bien à Dusty Gulch, où elle s'était fait de nouveaux amis.

— N'oublie pas que demain soir nous allons à la pizzeria avec Hunter, déclara Ainsley.

— Je sais. Je t'ai déjà dit de ne pas t'en faire ; je me tiendrai comme il faut.

— Je compte sur toi, Melinda. Hunter est quelqu'un de très gentil, tu sais.

— Je peux être aimable avec lui et quand même aller retrouver papa quand il viendra me voir.

— Oui, ça n'empêche pas, admit Ainsley de mauvaise grâce, en se retenant de dire à Melinda que son père ne viendrait pas la voir. Sois gentille avec Hunter, c'est tout ce que je te demande.

— En sortant de la pizzeria, est-ce qu'on pourra venir manger une glace ? s'enquit la fillette, visiblement consciente d'être en position de force.

— Tu n'as pas l'impression d'exagérer un peu avec toutes ces glaces ?

Melinda semblait très contente d'elle.

La nuit était presque tombée lorsqu'elles rentrèrent chez elles. Mais, malgré la pénombre, elles virent tout de suite le gros paquet carré posé devant la porte de l'appartement. Le papier d'emballage rose et les rubans rose et jaune fluo évoquaient un cadeau d'anniversaire.

— C'est ton anniversaire, maman ? s'écria Melinda.

— Non, pas du tout, répondit Ainsley, intriguée.

Comme pétrifiée, elle fixait le paquet. Son cœur tambourinait dans ses oreilles. Elle savait que Hunter était de service, ce soir, mais jamais il n'aurait déposé quoi que ce soit devant sa porte sans l'en informer.

Qui avait mis ça là ? Et que pouvait bien contenir ce paquet ?

Ainsley se pencha pour le ramasser, puis elle déverrouilla la porte. Elles entrèrent, et Ainsley alla poser le « cadeau » sur la table de la cuisine.

Méfiante, elle hésitait à l'ouvrir. Après les roses et le mot calomnieux, elle se demandait ce que c'était encore que ce paquet. Soudain, elle sentit le regard de Melinda rivé sur elle.

— Qu'est-ce que tu attends pour l'ouvrir ? lança sa fille.

— Je l'ouvrirai tout à l'heure. Tu dois aller te coucher, maintenant. Demain, tu vas à l'école.

— J'aimerais bien savoir ce qu'il y a dans ce paquet. Tu ne veux vraiment pas l'ouvrir ?

— Non. Je vais peut-être même attendre que Hunter soit là, demain soir. Dépêche-toi d'aller prendre ta douche !

Lorsque Melinda fut enfin couchée, Ainsley s'assit à la table et fixa le paquet. Ne sachant pas ce qu'il contenait, elle avait préféré ne pas l'ouvrir devant la fillette.

Ce n'était pas parce qu'il était emballé dans du papier rose qu'il ne fallait pas se méfier de ce qu'il y avait dedans.

D'où venait-il ? Qui le lui avait adressé ?

Pas question d'attendre jusqu'à demain soir pour l'ouvrir. Elle prit le paquet et le secoua un peu. Il y avait bien quelque chose dedans.

Mais quoi ?

Ouvre-le, tu en auras le cœur net !

Qu'est-ce qu'elle risquait ? Il ne s'agissait manifestement pas d'un colis piégé, alors, de quoi avait-elle peur ?

Le paquet avait été emballé très soigneusement. Elle retira les rubans et commença à défaire un côté. Sous le papier, il y avait une boîte en carton marron très ordinaire.

De plus en plus intriguée, Ainsley acheva de déballer le paquet. Rien sur la boîte ne permettait d'en deviner le contenu.

Ouvre-la, bon sang !

Elle prit une paire de ciseaux et coupa le ruban adhésif qui maintenait le dessus de la boîte fermé. Puis elle souleva les rabats.

Le cri qu'elle faillit pousser n'aurait pas manqué de réveiller Melinda. Elle le réprima de justesse en plaquant une main sur sa bouche. Horrifiée, au bord de la nausée, elle s'écarta vite de la table.

Hunter. Il fallait qu'il vienne tout de suite. Fouillant fébrilement dans son sac, elle prit son téléphone et pressa la touche de numérotation rapide.

9

Hunter conduisait pied au plancher, fonçant comme un bolide chez Ainsley qui venait de l'appeler. Elle était en larmes. Il n'avait pas compris grand-chose à ce qu'elle lui avait raconté. Tout ce qu'il savait, c'était qu'il était arrivé quelque chose et qu'elle avait besoin de lui.

Comme il n'y avait quasiment plus personne dans les rues, il pouvait se permettre de rouler vite. Lorsqu'il avait reçu son coup de téléphone, il se trouvait malheureusement à l'autre bout de la ville.

Il n'était pas censé travailler, mais il avait remplacé au pied levé un collègue absent pour cause de deuil. Constamment en sous-effectif, les adjoints étaient souvent amenés à faire des heures supplémentaires pour assurer la sécurité de la ville à toute heure du jour et de la nuit.

Il mit douze minutes pour traverser la ville et arriver chez Ainsley. Il se gara devant sa porte. À peine était-il descendu de sa voiture qu'elle sortit de chez elle en trombe et se jeta dans ses bras. Blottie contre lui, elle se mit à sangloter.

Il la laissa pleurer quelques instants, puis il s'écarta et l'obligea à relever la tête.

— Ainsley, mon cœur, que se passe-t-il ?

— Au retour de… du rendez-vous de Melinda…

avec le Dr Atkins, on a… trouvé un colis sur le palier, bredouilla-t-elle entre deux sanglots.

— Un colis ?

Elle acquiesça et prit deux ou trois longues inspirations dans le but évident de se calmer.

— Entouré de papier cadeau et enrubanné.

— Et si nous entrions pour que tu me le montres ? suggéra Hunter.

— Melinda dort. J'ai dû me retenir pour ne pas hurler.

— On va essayer de ne pas faire de bruit pour ne pas la réveiller.

Passant un bras autour des épaules d'Ainsley, il la guida vers la porte.

— Le colis est sur la table de la cuisine, dit-elle. Je… Je ne sais pas trop ce qu'il contient. J'ai juste vu du sang et des poils.

Il se dirigea vers la table sur laquelle trônait une boîte en carton carrée. Ainsley resta un peu en retrait, derrière lui.

Il ouvrit les rabats et fit presque un bond en arrière, avant de se pencher sur la boîte pour regarder à l'intérieur. Il sortit d'une de ses poches une paire de gants en latex, qu'il enfila. Puis il plongea une main dans la boîte.

— C'est un rat crevé, dit-il à mi-voix.

Le rat avait la gorge tranchée.

Hunter referma soigneusement la boîte.

— Aurais-tu un sac, s'il te plaît, pour que j'emporte le tout ?

Elle alla fouiller dans le placard sous l'évier et en ressortit un sac servant pour la vente à emporter, au Café.

— Qu'est-ce que ça signifie ? demanda-t-elle d'une voix tremblante en lui tendant le sac. En as-tu la moindre idée ?

Il secoua la tête.

— C'est n'importe quoi, dit-il laconiquement.

Qui pouvait bien chercher à l'effrayer ? Et pourquoi ? Un rat crevé ne pouvait être interprété que comme une menace. Il glissa la boîte et le papier d'emballage dans le sac qu'il alla poser dehors, sur le palier.

Puis il se retourna vers Ainsley, qui l'avait regardé faire. Elle semblait si frêle et si fragile dans le maxi T-shirt qui lui servait de chemise de nuit. La peur se lisait dans ses grands yeux bleus et, lorsqu'elle repoussa une mèche de cheveux qui lui tombait sur le front, il vit que ses doigts tremblaient.

La prenant par la main, il la fit s'asseoir sur le canapé et il prit place à côté d'elle. Il était de service, mais en aucun cas il ne pouvait partir et la laisser dans cet état.

Il aurait voulu l'emmener se coucher et s'allonger à côté d'elle pour la réchauffer. La prendre dans ses bras et la serrer contre lui pour la réconforter. Rester ainsi toute la nuit.

— Ainsley, je te jure que ces actes ne resteront pas impunis. Je vais tout faire pour retrouver le coupable.

Elle avait les mains gelées. Des mains qui, dans celles de Hunter, paraissaient minuscules.

— Je ne comprends pas, dit-elle d'une voix blanche. Je n'ai fait de tort à personne. Je me suis toujours montrée aimable avec tout le monde.

— Je ne m'explique pas non plus le sens de tout ça, admit-il. Le côté positif des choses, c'est que personne ne s'en est pris à toi physiquement.

— Pas encore, murmura-t-elle d'un ton lugubre.

— On a manifestement affaire à un cinglé. Avec un peu de chance, il aura laissé ses empreintes sur la boîte ou sur le papier d'emballage. Nous allons le retrouver.

— Puisses-tu dire vrai. Je voudrais tellement que ça s'arrête. J'ai l'impression d'être épiée. Je me sens harcelée. Ma vie est devenue un vrai cauchemar.

— Tout va rentrer dans l'ordre. On va faire tout ce qu'il faut pour, promit-il une fois de plus. En attendant, si tu reçois un autre colis de ce genre, n'y touche surtout pas et appelle-moi immédiatement.

— Je ne manquerai pas de t'appeler, crois-moi.

À regret, il lâcha ses mains.

— Je ne peux pas rester plus longtemps, malheureusement. Le devoir m'appelle. Je rédigerai un rapport sur cet incident et je vais continuer à enquêter et à interroger un maximum de personnes en espérant tomber sur quelqu'un qui saura quelque chose.

Elle se leva en même temps que lui et le raccompagna à la porte. Avant de partir, il la prit dans ses bras et la tint contre lui un long moment. Lorsqu'elle eut cessé de trembler, il la lâcha.

— Va te coucher et ne pense plus à tout ça. Un pauvre cinglé s'amuse à te terroriser. Il ne faut surtout pas que tu entres dans son jeu. Si tu fais comme si de rien n'était, il se lassera vite.

— J'aimerais bien faire comme si de rien n'était, mais je ne peux pas m'empêcher de flipper. Tout cela est tellement bizarre.

— Je sais. Essaye de dormir, maintenant. Je t'appellerai demain.

Il se pencha vers elle et l'embrassa sur le front.

Quelques instants plus tard, au volant de sa voiture de patrouille, il fulminait contre l'enfoiré qui avait déposé ce colis devant chez Ainsley.

Si Hunter retrouvait ses empreintes, il pourrait l'identifier. Mais, en l'état actuel des choses, le seul chef d'inculpation qu'il pourrait retenir contre lui était la violation de propriété. Cela ne suffirait pas à l'envoyer en prison, mais Hunter ferait en sorte qu'il ne s'avise plus d'embêter Ainsley.

Quand il repensait à l'état de panique dans lequel il avait trouvé la jeune femme, il lui venait des envies de meurtre.

Il fallait qu'il se calme et réfléchisse posément. Le problème, c'était qu'il n'avait pas la moindre piste. À sa connaissance, personne n'en voulait à Ainsley. Il n'avait jamais entendu qui que ce soit dire du mal d'elle.

Ben Wilkins avait avoué ne pas l'aimer beaucoup, mais Hunter le savait incapable de la harceler de la sorte.

Un rat crevé avec la gorge tranchée. Il fallait vraiment être malade pour avoir des idées pareilles. Qui irait attraper un rat, l'égorger et l'emballer dans du papier cadeau ? Un acte aussi ignoble était forcément l'œuvre d'un esprit dérangé.

Hunter connaissait bien les habitants de Dusty Gulch. Il y avait parmi eux quelques déséquilibrés et deux ou trois fauteurs de troubles. Mais, autant qu'il puisse en juger, il n'y avait personne d'assez pervers pour s'en prendre à une jeune femme seule et sans défense.

Il se rendit directement au bureau du shérif, pressé qu'il était de remettre le sinistre colis à son collègue Larry Knight, expert de la police scientifique.

Larry n'était pas de service, malheureusement. Hunter lui téléphona et lui dit où trouver les articles sur lesquels il souhaitait qu'il effectue des prélèvements le lendemain matin.

Puis Hunter remonta dans sa voiture et se rendit chez Lana Kincaid, qui travaillait depuis des lustres comme serveuse au Café.

Lana connaissait presque tout le monde en ville et, comme au Café les commérages allaient bon train, elle savait beaucoup de choses et était une source inépuisable de renseignements sur les habitants de Dusty Gulch.

Elle vivait dans une petite maison de style ranch en périphérie du centre-ville. Lorsqu'il s'arrêta devant chez elle, il constata que les lumières étaient allumées. Lana ne dormait pas encore.

Il se gara et descendit de voiture. La porte de la maison s'ouvrit, et Lana apparut sur le seuil, visiblement étonnée de le voir.

— Ce n'est pas tous les jours qu'un bel adjoint me fait l'honneur d'une visite. Entrez, dit-elle.

Hunter la suivit dans la salle de séjour, cachant mal sa surprise à la vue du canapé à rayures rose flashy et du fauteuil à rayures violettes. Sur les tables basses en verre, des lampes scintillaient de toutes leurs pampilles en cristal au point d'en être presque aveuglantes.

Lana se mit à rire.

— C'est original, n'est-ce pas ? J'ai acheté tout ça sur Internet après mon dernier divorce, expliqua-t-elle en l'invitant d'un geste de la main à s'asseoir sur le canapé. N'ayant pas l'âme d'une décoratrice, j'ai pris ce qui me faisait envie sans chercher plus loin. Je me fiche pas mal de ce qu'en pensent les autres. Si mon prochain mari n'aime pas mon intérieur, il pourra toujours s'installer dans le garage. Mais trêve de bavardage, que puis-je vous servir à boire ?

— Rien, merci. Je veux juste vous poser quelques questions.

Il se laissa tomber sur le canapé tandis qu'elle s'asseyait dans le fauteuil à rayures violettes, la moitié du visage inondée par la lumière d'une de ses monstruosités kitsch.

— Des questions à quel sujet ?

— Au sujet d'Ainsley.

— Ne me dites pas qu'il lui est encore arrivé quelque chose ? Ce mot d'insultes l'a déjà pas mal secouée.

— Quelqu'un a déposé devant sa porte un rat égorgé. Il était emballé dans un paquet cadeau.

— Juste ciel ! Qui a bien pu faire une chose pareille ?

— C'est justement la question que je me pose et je comptais sur vous pour m'aider à y répondre.

— Je n'en ai pas la moindre idée. Au Café, tout le monde l'aime bien. En plus d'être ravissante, elle ne rechigne pas à la tâche et elle est toujours de bonne humeur.

— Vous n'avez jamais entendu personne dire du mal d'elle ?

— Non, jamais. En fait, dit Lana en riant, tous les hommes rêvent de sortir avec elle et toutes les femmes d'avoir autant de succès qu'elle ! Je ne sais vraiment pas quoi vous dire, Hunter. À part l'accrochage qu'elle a eu avec cet ivrogne de Ben Wilkins, Ainsley n'a jamais eu de problèmes avec personne.

— Voyez-vous quelqu'un dans cette ville qui soit capable de tels agissements ? Soyez sincère, Lana. Vous vivez ici depuis longtemps.

— C'est vrai, mais, très franchement, je ne vois pas qui pourrait être assez cinglé pour aller égorger un rat. Il faut vraiment être tordu pour faire des trucs pareils.

Lana secoua la tête. Une vive inquiétude se peignit sur son visage ridé.

— Ainsley est en danger ? demanda-t-elle.

— Il faut espérer que non, répondit Hunter, qui croyait cependant de moins en moins à une mauvaise blague et qui craignait que tout cela ne finisse mal.

— Je regrette de ne pas pouvoir vous en dire plus, mais, encore une fois, Ainsley n'a pas d'ennemis, autant que je sache. Je l'aime beaucoup, vous savez. C'est vraiment un amour.

— Moi aussi, je l'aime beaucoup, confia Hunter avec un petit sourire.

— Je vais rester à l'écoute des ragots. Si j'apprends quelque chose, je vous le dirai.

— Je vous en remercie par avance, Lana.

De retour dans sa voiture de patrouille, Hunter repensa à la conversation très édifiante qu'il venait d'avoir avec Lana. Une phrase de celle-ci tournait en boucle dans son esprit. *Tous les hommes rêvent de sortir avec elle et toutes les femmes d'avoir autant de succès qu'elle.*

Il était parti du principe que le suspect était un homme, mais les paroles de Lana lui donnaient à réfléchir. Et si c'était une femme qui harcelait et terrorisait Ainsley ?

Une femme jalouse, qui envierait sa beauté, sa gentillesse et son succès auprès des hommes ?

Une telle supposition le plongeait dans un abîme de perplexité. Si elle se vérifiait, elle rendait encore plus effroyables les actes de malveillance commis contre Ainsley.

Le jeudi matin de bonne heure, lorsque Ainsley et sa fille s'étaient attablées au Café pour prendre leur petit déjeuner, Big Ed, visiblement de mauvaise humeur, beuglait encore plus fort que d'habitude.

— Qu'est-ce qu'il lui arrive, au patron, ce matin ? demanda Ainsley à Lana.

— Ted lui a fait faux bond, hier soir. Il n'est pas venu faire le ménage.

— C'est une première. Ted est quelqu'un de sérieux et de fiable, répliqua Ainsley.

— Ed a appelé chez lui, tout à l'heure. Il est tombé sur sa femme qui lui a dit que Ted était parti rendre visite à un ami hier soir après dîner et qu'elle ne l'avait pas revu depuis. J'imagine qu'elle a appelé le shérif quand elle a constaté ce matin qu'il n'était toujours pas rentré.

Ainsley secoua la tête.

— C'est bizarre, non ? Qu'a-t-il bien pu lui arriver ?

— Le shérif Black devrait bientôt pouvoir nous le dire.

Après de départ de Melinda pour l'école, se retrouvant seule chez elle, Ainsley ne put s'empêcher de penser à la défection de l'agent d'entretien et à sa mystérieuse disparition.

Elle ne le connaissait pas personnellement, mais Ted avait toujours été poli et aimable avec elle. Elle espérait qu'il ne lui était rien arrivé de fâcheux.

S'inquiéter pour quelqu'un d'autre n'empêchait pas Ainsley, qui vivait dans la peur depuis ce qui lui semblait être une éternité, de ruminer ses propres soucis.

Le « cadeau » qu'elle avait reçu la veille l'avait empêchée de dormir. Elle n'était pas tranquille. Il n'y avait pas de fenêtre dans la chambre de Melinda, mais il y en avait une dans la cuisine et une dans sa chambre à elle.

Elle avait passé une bonne partie de la nuit à faire des allers et retours entre les fenêtres et à regarder dehors, scrutant le moindre mouvement suspect dans l'obscurité. Elle n'avait vu personne, mais elle n'en avait pas pour autant trouvé le sommeil lorsque, enfin, elle s'était couchée.

Ce matin, elle se sentait épuisée. Et pas plus avancée que la veille au soir. L'esprit en ébullition, elle passa en revue toutes les personnes avec qui elle avait eu des contacts depuis son arrivée à Dusty Gulch, tous les clients qu'elle avait servis au Café.

Il y avait forcément parmi tous ces gens quelqu'un qu'elle avait froissé et qui s'octroyait le droit de la harceler et de la terroriser. Mais elle ne voyait vraiment pas qui et comptait sur Hunter pour faire toute la lumière sur cette affaire.

Bien qu'il lui eût renouvelé sa promesse de tout mettre en œuvre pour retrouver le cinglé qui la harcelait, elle était consciente qu'en l'absence d'indices, tout bon shérif adjoint qu'il était, il n'arriverait probablement à rien.

Pour se changer les idées, elle entreprit de faire le ménage. Jamais elle n'avait mis autant d'énergie à ranger et astiquer son appartement. Il était un peu plus de midi lorsqu'elle eut terminé. Elle se prépara un sandwich au thon et s'installa sur le canapé avec un roman.

Lire se révéla vite mission impossible. Elle n'arrivait pas à se concentrer, obnubilée qu'elle était par le rat égorgé qu'elle avait trouvé devant sa porte.

Ce « cadeau » signifiait-il quelque chose ? Fallait-il y voir un avertissement ? Mais de quoi ? Outre que cet horrible présent l'avait terrifiée, il soulevait d'innombrables questions auxquelles elle était pour l'instant incapable de répondre.

Hunter appela à 14 heures pour s'assurer que leur soirée pizza tenait toujours. Il l'informa par ailleurs qu'ils avaient trouvé des empreintes digitales sur le colis, mais qu'il s'agissait vraisemblablement des siennes.

L'individu qui la harcelait ayant de toute évidence suffisamment de jugeote pour ne laisser aucune trace derrière lui, le démasquer risquait de prendre plus de temps que prévu, songea la jeune femme, découragée.

Et Dieu seul savait ce qu'entre-temps ce salopard allait encore inventer...

Lorsque Melinda rentra de l'école, Ainsley était détendue et souriante. Elle ne voulait pas que sa fille sache ce qui se passait.

— Tu es prête pour ce soir ? demanda Ainsley. Hunter ne va pas tarder à arriver.

— Oui, regarde, j'ai même mis mon pull neuf pour l'occasion, répondit Melinda en s'affalant sur le canapé.

Un adorable petit pull bleu assorti à la couleur de ses yeux, qu'elle portait avec un jean. Ainsley remarqua en outre qu'elle s'était fait des couettes dans lesquelles elle avait noué des rubans bleus. Elle tenait apparemment à faire bonne impression à Hunter.

— Je suis sûre que cette fois tout va bien se passer avec Hunter. Je l'espère vraiment parce qu'il tient une place importante dans ma vie et que je serais ravie que tu lui en fasses une dans la tienne.

— En tant que beau-père, tu veux dire ? Ma copine Lisa en a un. Elle dit qu'elle l'aime bien, mais qu'elle aime quand même son vrai papa.

— Oui, bien sûr, ça n'empêche pas. Ce serait la même chose pour toi.

La conversation se poursuivit quelques minutes sur le même ton détendu. Lorsque Hunter arriva, elles n'avaient pas bougé du canapé.

— Vous êtes toujours tentées par des pizzas ? lança-t-il, tout guilleret. Pour toi, Melinda, c'est une quatre fromages, je suppose ?

— Oui, la quatre fromages, c'est ma préférée. J'ai promis à maman que je serais gentille avec vous, déclara la fillette tout de go.

— Cela me fait plaisir, répondit Hunter avec un sourire.

Ainsley lui sut gré de se montrer aussi gai et insouciant malgré l'incident de la veille au soir, auquel il devait pourtant penser car, lorsqu'il la regardait, elle voyait bien qu'il était inquiet pour elle.

Elles montèrent dans son pick-up, et ils se mirent en route pour la pizzeria.

— J'ai dû chasser Ben Wilkins de la benne à ordures du Café, dit Hunter à mi-voix.

— Quoi ? Qu'est-ce qu'il faisait là ? demanda Ainsley, très intriguée.

Et si elle s'était trompée sur Ben ? Il buvait comme un trou, certes, mais elle le croyait inoffensif. À moins que tout compte fait…

— Il était soûl et faisait les poubelles. Il prétend que le Café jette plus de nourriture qu'il n'en vend. J'ai cru comprendre qu'il allait régulièrement s'approvisionner à la benne.

— C'était la seule raison de sa présence à cet endroit, à ton avis ?

— Oui, probablement. Je ne pense vraiment pas que Ben soit notre suspect.

Il jeta un coup d'œil dans le rétroviseur intérieur et sourit.

— Comment ça va, derrière ? demanda-t-il

— Bien, assura Melinda.

Ainsley croisa les doigts pour que ça dure.

— Il paraît que Ted a disparu, dit-elle à Hunter. Sais-tu s'il a été retrouvé ?

Hunter fit la grimace et secoua la tête.

— Non. Nous ne savons même pas exactement chez qui il devait aller hier soir avant de se rendre à son travail. Sa femme ignore ce qui s'est passé, mais pour le moment Ted n'est toujours pas rentré. Les forces de l'ordre vont devoir se mobiliser pour le retrouver.

— Avec un peu de chance, Ted va réapparaître, sain et sauf.

— Et si en plus nous retrouvons ton harceleur, nous n'aurons pas perdu notre journée.

Hunter se gara juste devant la pizzeria. Ils entrèrent et s'installèrent dans un box. Melinda s'assit sur la banquette, à côté de sa mère. Hunter se mit en face d'elles.

Ainsley le trouva une fois de plus incroyablement séduisant. Elle n'en revenait toujours pas qu'il l'ait choisie elle, alors qu'il aurait sans doute pu prétendre à un meilleur parti.

Il méritait vraiment qu'elle lui dise la vérité à son sujet. Elle avait de plus en plus de scrupules à lui mentir, à lui cacher qui elle était réellement. Elle avait décidé que dès qu'ils sauraient qui la harcelait, et que le calme serait revenu dans sa vie, elle lui raconterait tout. En espérant qu'il comprenne et lui pardonne ses mensonges…

Ils commandèrent les pizzas et se mirent à bavarder tous les trois de choses et d'autres. Hunter semblait avoir à cœur de mieux connaître Melinda, qu'il bombardait de questions.

Le repas se déroula sans incident, au grand soulagement d'Ainsley. Melinda tint sa promesse et fut sage comme une image. Hunter réussit même à la faire glousser plusieurs fois.

De retour dans la voiture, Hunter déclara qu'il se laisserait bien tenter par une glace pour le dessert.

— Y a-t-il dans cette voiture quelqu'un d'autre qui adore la glace ? demanda-t-il.

— Moi ! s'écria Melinda avec enthousiasme.

— Je passe mon tour, dit Ainsley. Je suis calée.

— Pour de la glace, il reste toujours une petite place, affirma Hunter en riant. N'est-ce pas, Melinda ?

— Je suis d'accord. Mais si maman n'en veut vraiment pas, tant pis pour elle. On peut aller en acheter pour vous et moi.

— Cela me paraît être une bonne idée.

Au cours des cinq minutes suivantes, Ainsley les écouta débattre des parfums qu'ils estimaient être les meilleurs. Les voir rire et plaisanter ensemble l'emplissait d'une joie indicible.

Elle avait sous les yeux l'image du bonheur absolu. Elle n'aspirait à rien d'autre qu'à vivre en totale harmonie avec les deux êtres qu'elle aimait le plus au monde. Après avoir fui un mari brutal, elle avait rencontré Hunter, l'homme de ses rêves, et il ne lui restait plus qu'à prier Dieu et tous ses saints pour qu'une fois qu'elle lui aurait tout dit, et que tout serait réglé, il soit toujours d'accord pour partager sa vie.

— Qu'est-ce que tu fabriques dans cette chambre pendant des heures et des heures ? demanda Sheila à Peter.

Ils étaient dans la salle de séjour, lui assis dans un fauteuil, et elle affalée sur le canapé et déjà bien alcoolisée. Elle avait un verre de gin à la main et elle bafouillait pas mal.

Bonne pour les cochons, songea Peter en soupirant intérieurement. Elle devenait enquiquinante et encombrante, il avait hâte de se débarrasser d'elle. Mais pas tout de suite.

— Je travaille, répondit-il en plaquant un sourire sur

ses lèvres. C'est grâce à ça que tu peux boire et fumer autant que tu veux.

Sheila carburait au gin et au cannabis.

Elle porta son verre à ses lèvres en riant.

— Je ne te remercierai jamais assez, bredouilla-t-elle.

— Et si tu allais te coucher ? suggéra-t-il, car il n'avait vraiment pas envie de l'avoir sur le dos toute la soirée.

Il avait besoin d'être seul pour penser à Colette.

— Laisse-moi au moins finir mon verre, protesta Sheila.

Peter s'exhorta à la patience. Lorsqu'elle eut vidé son verre, elle ne tenait plus debout. Il dut l'aider à se relever et la traîna jusqu'à la chambre. Elle s'écroula sur le lit et se mit presque aussitôt à ronfler comme un sonneur.

Peter regagna son fauteuil dans la salle de séjour. Il était content de lui et de la semaine qui venait de s'écouler. Deux fois, il était allé déjeuner au Café et avait observé Colette qui faisait le service dans l'autre moitié de la salle. Elle avait croisé son regard à plusieurs reprises et ne l'avait pas reconnu.

Mais le plus jouissif avait été d'épier sa réaction quand elle avait ouvert le paquet cadeau qu'il avait déposé devant sa porte. La tête qu'elle avait faite en découvrant le rat égorgé lui avait procuré une joie ineffable.

Ces petites plaisanteries commençaient cependant à le lasser, aussi avait-il entrepris de faire le ménage. Il n'avait eu aucun mal à attirer à la ferme cet imbécile de Ted Johnson, à qui il avait fait miroiter une somme rondelette. Peter l'avait fait entrer dans la cuisine. Soûle et droguée, Sheila somnolait dans un coin et ne risquait pas de voir le visiteur entrer.

Peter et Ted avaient bu quelques verres ensemble. Quand Ted s'était senti en confiance, Peter l'avait poignardé.

Il avait planté sous le plexus de ce bon vieux Ted son grand couteau de boucher à la lame bien affûtée. Puis, d'un mouvement rapide, il l'avait éventré.

— Qu'est-ce…, avait dit Ted, les yeux agrandis d'effroi.

Peter l'avait pris sous les bras et traîné dehors. La porcherie jouxtant la maison, il ne lui avait pas fallu longtemps pour se débarrasser du corps.

Ce qu'il avait lu s'était révélé parfaitement exact. Les cochons pouvaient faire disparaître un corps en seulement quelques minutes. Debout sur son porche, il avait assisté à l'opération. Voraces, les porcs couinaient, se disputant le meilleur morceau. Ils ne faisaient pas de quartiers ; le craquement des os emplissait l'air.

Du corps, il ne resta à peu près rien. Peter avait alors remisé le pick-up de Ted dans une vieille grange, un peu plus loin.

Il était désormais fin prêt pour sa vengeance finale. Il allait faire payer à Colette l'affront qu'elle lui avait fait en le quittant.

En l'espionnant, il l'avait entendue discuter avec ses collègues, avec qui elle projetait de sortir demain soir. Melinda devait passer la nuit chez une copine, et l'adjoint dont cette garce s'était entichée était de service.

L'heure des retrouvailles semblait avoir sonné. Et, comme les cochons n'étaient pas totalement rassasiés, cela tombait vraiment bien.

10

Hunter étant de service, Ainsley, qui aurait préféré passer la soirée avec lui, s'était finalement laissé convaincre par Lana de sortir prendre un verre avec elle et d'autres collègues.

De son côté, Melinda avait prévu de passer la nuit chez Bonnie. Prendre un peu de bon temps avec ses copines avait tout compte fait paru être une bonne idée à Ainsley. Elle espérait que cette petite virée lui changerait les idées car, après toutes les émotions de ces derniers jours, elle avait grand besoin de se détendre.

La soirée pizza de la veille avait été une réussite sur toute la ligne. Entre Melinda et Hunter, tout semblait aller au mieux et, au retour de la pizzeria, aucun nouveau « cadeau » n'attendait Ainsley devant la porte de l'appartement.

Penchée au-dessus du miroir de sa salle de bains, elle se maquillait avant d'aller retrouver ses copines. Parmi les deux bars que comptait la ville, un seul était fréquentable : Barney's Place. On pouvait y passer un moment sympa car il y avait une piste de danse. Mais, sans Hunter, Ainsley se contenterait de boire un verre et de bavarder avec Lana et ses deux autres collègues, tranquillement assise dans un box.

Elle ne resterait pas longtemps. Demain matin, elle devait se lever tôt pour ouvrir le Café. Elle savait que Lana ne souhaitait pas non plus rentrer tard. Comme elles avaient prévu de se retrouver à 20 heures, Ainsley calcula qu'elle serait probablement de retour vers 22 heures.

À 19 h 45, elle sortit de chez elle et se dirigea vers sa voiture. Il faisait déjà presque nuit. Elle jeta un coup d'œil en direction de la benne, rassurée de constater qu'il n'y avait personne.

Elle plaignait ce pauvre Ben Wilkins qui en était réduit à faire les poubelles pour se nourrir. Il n'avait pas de famille, apparemment, personne pour lui venir en aide. Ainsley était triste pour lui, mais elle ne pouvait hélas pas faire grand-chose.

Bien que très grand, le parking de Barney's Place était bondé. Un vendredi soir, ce n'était pas très étonnant.

Ainsley chercha des yeux la voiture de Lana. Elles devaient se retrouver sur le parking et entrer dans le bar ensemble. Lorsque, enfin, elle repéra la voiture de son amie, elle se gara sur l'emplacement voisin du sien.

Lana sortit de son véhicule. Bien décidée à se dégoter un nouveau mari, elle avait sorti le grand jeu ; en pantalon violet ultra-moulant et blouse assortie outrageusement décolletée, elle n'allait pas passer inaperçue.

— Waouh ! s'exclama Ainsley. Tu es sexy en diable, ce soir.

Lana éclata de rire.

— Qu'est-ce que tu crois ? Je n'ai plus vingt ans, mais j'ai encore du répondant.

— Sais-tu si Betsey et Abby sont arrivées ? demanda Ainsley.

Comme Lana et elle, Betsey et Abby travaillaient en binôme.

— Oui, elles sont là. Je leur ai dit de rentrer et de nous réserver un box. Allons les retrouver.

Ainsley, qui n'était jamais entrée dans le bar, laissa Lana passer devant. À l'intérieur, ça sentait la bière et le graillon, l'après-rasage et la transpiration.

Il y avait beaucoup de monde, surtout autour du bar. Les box étaient alignés le long des murs tandis que les tables et les chaises entouraient une piste de danse de taille respectable. Un groupe composé de quatre musiciens perchés sur une estrade jouait du country.

Jouant des coudes, elles réussirent à se frayer un chemin jusqu'au box qu'avaient investi leurs deux collègues.

— Salut, les filles ! dit Betsey.

Ainsley se glissa sur la banquette, à côté de Betsey, et Lana s'assit en face d'elle, à côté d'Abby. Une serveuse s'empressa de venir prendre la commande.

Ainsley opta pour une margarita et Lana pour une bière. Leurs collègues avaient déjà été servies.

La conversation s'engagea, et il fut évidemment question du Café et de ce qui s'y était passé au cours de la semaine écoulée.

— Je n'en reviens pas que Ted ait disparu, confia Betsey en tortillant machinalement entre ses doigts une mèche de ses longs cheveux blonds. C'est un vrai mystère, non ?

— À croire qu'il s'est volatilisé, dit Abby, ravissante petite rousse extrêmement souriante. Qu'en pense Hunter ?

— Je n'en sais rien. Il n'aime pas trop parler des enquêtes en cours, répondit Ainsley.

— Il faut dire qu'en matière de mystères, tu as été servie, ces derniers temps, fit remarquer Lana.

— Oui, mais ce soir, j'ai décidé de ne pas y penser. Je suis là pour me détendre et me changer les idées.

— Alors nous parlerons d'autre chose, décréta Lana. Ce soir, on s'amuse, on rigole et on oublie tout.

Ainsley leva son verre.

— À la vôtre, les filles !

— À nos amours ! dit Lana.

Pendant les deux heures qui suivirent, elles ne cessèrent de rire et plaisanter. Lana et Betsey se levèrent deux ou trois fois pour aller danser. Abby, qui était fiancée, resta sagement assise dans le box avec Ainsley toute la soirée. Aucune des quatre femmes ne commanda un autre verre. Elles savaient qu'elles allaient devoir prendre le volant pour rentrer chez elles et elles travaillaient de bonne heure le lendemain matin.

Elles passèrent néanmoins une excellente soirée dans la joie et la bonne humeur. Abby s'amusa à imiter certains de leurs clients, ce qui les fit se tordre de rire. Après tout le stress de ces deux dernières semaines, il y avait longtemps qu'Ainsley ne s'était autant divertie.

Jimmy Miller s'approcha de leur box et l'interpella.

— Salut, Ainsley. C'est la première fois que je vous vois ici, dit-il, visiblement désireux d'engager la conversation.

— C'est la première fois que je viens, répondit Ainsley.

Il fit un geste en direction de la piste de danse.

— Allez, ne soyez pas timide, venez danser ! Je vous promets de ne pas vous brusquer.

— Désolée, Jimmy. Je ne suis pas venue pour ça. J'ai juste envie de bavarder avec mes copines.

— Et avec moi, ça ne vous dirait pas de bavarder ?

— Dégage, Jimmy ! Tu perds ton temps. Ainsley est déjà prise, dit Lana. Elle ne veut pas danser avec un autre homme que Hunter. Mais moi, je suis libre…

Jimmy recula, un grand sourire sur les lèvres.

— Non merci, Lana. J'ai bien trop peur que tu m'attrapes dans tes rets.

Il fila comme s'il avait le diable à ses trousses, ce qui les amusa beaucoup.

— Il est temps que je parte, moi aussi, déclara Ainsley, car il était déjà un peu plus de 22 heures.

— Idem pour moi, dit Lana. Faire la bringue toute la nuit, ce n'est plus de mon âge, hélas. Surtout quand je travaille le lendemain.

— Nous pourrons toujours nous reposer dimanche, fit remarquer Ainsley.

— Betsey et moi allons rester encore un peu, dit Abby.

— À demain, alors.

Ainsley et Lana prirent congé de leurs collègues et quittèrent le bar.

— Cette petite soirée m'a fait du bien, confia Ainsley, reconnaissante à Lana d'avoir insisté pour qu'elle vienne.

— C'est super que nous nous entendions si bien, toutes les quatre, dit Lana tandis qu'elles traversaient le parking pour rejoindre leurs véhicules.

— Avec des filles aussi adorables qu'Abby et Betsey, on ne peut que bien s'entendre, rétorqua Ainsley.

Elles étaient arrivées à leurs voitures.

— À demain matin, dit Lana. Rentre bien.

— Toi aussi, Lana. Bonne nuit.

Ainsley monta dans son auto et alluma le chauffage car il faisait frisquet. Elle attendit d'en ressentir les premiers effets avant de démarrer et de rentrer chez elle, contente de sa soirée.

Elle s'était si bien amusée qu'à aucun moment elle n'avait laissé les soucis qui l'accaparaient depuis la livraison du bouquet anonyme et la fatigue liée aux nuits sans sommeil prendre le dessus. Mais, en arrivant devant chez elle, elle ne put réprimer un bâillement. Comme elle avait promis à Hunter qu'elle l'appellerait à son retour, elle saisit son téléphone et, avant même de descendre de voiture, elle s'empressa de le rassurer.

— Je suis de retour à bon port, annonça-t-elle tout de go.

— Tu as passé une bonne soirée ?

— Oui, très distrayante. Je crois que je vais bien dormir.

— Je suis content de savoir que tout s'est bien passé. C'est toujours d'accord pour dimanche ? On fait un barbecue chez moi ?

— Melinda et moi sommes partantes. Ce sera super.

Ainsley lança un regard vers la benne à ordures. Personne ne traînait autour. Elle n'avait aucune raison de s'inquiéter.

— Je suis impatient de présenter Zeus à Melinda, déclara Hunter.

— Quelque chose me dit qu'ils vont bien s'entendre, répondit Ainsley en riant.

— Je l'espère. En attendant, on se voit demain au Café.

— D'accord. Bonne nuit, Hunter.

Elle avait encore le sourire aux lèvres lorsqu'elle sortit de sa voiture et gagna sa porte. Comme elle glissait la clé dans la serrure, elle capta du coin de l'œil un mouvement tout près d'elle et se retrouva plaquée dos à la porte avant d'avoir pu comprendre ce qu'il lui arrivait. Sous le choc, le souffle coupé, elle resta les bras ballants face à son agresseur, un homme entièrement vêtu de noir, le visage dissimulé par une cagoule. Ce sont les seuls détails qu'elle enregistra avant qu'un violent coup de poing dans le ventre ne manque lui faire perdre connaissance.

Elle sentit ses jambes flageoler et son estomac protester. L'homme en profita pour tenter de la soulever. Mais Ainsley avait encore assez de lucidité pour se rendre compte que si son agresseur réussissait à l'enlever, elle disparaîtrait à jamais.

En proie à une terreur sans nom, elle se mit à se débattre avec l'énergie du désespoir, bourrant son agresseur de coups de pied et le repoussant avec ses bras. Il lui envoya un uppercut dans la mâchoire qui lui fit voir trente-six chandelles.

Tandis qu'il continuait à la rouer de coups, Ainsley sentit ses yeux s'emplir de larmes sous l'effet de la douleur. Elle n'y voyait plus grand-chose mais ne s'avoua pas vaincue pour autant. Comme elle s'apprêtait à lui flanquer un grand coup de pied dans l'entrejambe, son agresseur lui saisit la cheville et tira. Elle perdit l'équilibre et tomba.

— Au secours ! brailla-t-elle de toute la force de ses poumons. Au secours !

L'homme lui balança son pied dans les côtes. La douleur fut si intense qu'à nouveau elle lui coupa le souffle.

Que lui voulait cet individu ? Allait-il la battre à mort ?

— Au secours ! cria-t-elle encore une fois. À l'aide !

— Hé ! Arrêtez ça tout de suite ! ordonna soudain quelqu'un, au loin. Laissez-la tranquille, vous m'entendez ?

— À l'aide ! hurla de plus belle Ainsley.

Son agresseur s'acharnait sur elle, la bourrant de coups de pied dans les côtes. Sans défense, elle se roula en boule pour essayer de se protéger du mieux qu'elle pouvait.

— Fichez le camp ou je préviens la police ! dit l'homme, quelque part dans la nuit.

Puisant dans son instinct de survie la force d'appeler au secours, Ainsley se remit à crier. Toujours invisible, l'homme, de son côté, menaçait d'appeler la police. Tout à coup, les coups s'arrêtèrent. Terrassée par la douleur, Ainsley ne chercha pas se relever.

— Il est parti. Je ne pouvais pas appeler la police vu que je n'ai pas de téléphone, dit en s'approchant l'homme qui l'avait tirée de là.

Elle remarqua qu'il avait du mal à articuler et qu'il sentait l'alcool.

— Qu'est-ce que je peux faire ? bredouilla-t-il en se penchant sur elle.

Ben Wilkins ! En découvrant que son sauveur n'était autre que cet ivrogne de Ben Wilkins, Ainsley fut prise d'un fou rire hystérique. L'homme qu'elle avait mis à la porte du Café lui avait probablement sauvé la vie… Mais au rire succédèrent très vite de gros sanglots irrépressibles, des sanglots qui la secouaient tout entière et la mettaient au supplice. Ses côtes la faisaient tellement souffrir qu'elle finit par s'évanouir.

— Les gars, ça pue le cannabis dans votre voiture.

Hunter venait d'arrêter un coupé avec à son bord quatre jeunes du coin. Ils avaient grillé un feu rouge sur Main Street.

— On n'a pas de cannabis, monsieur l'adjoint, déclara le conducteur, Lenny Nicholas. Ce que vous sentez, c'est sûrement mon après-rasage.

— Arrête de me prendre pour un imbécile. Je connais l'odeur du cannabis, alors on ne me la fait pas. Maintenant, c'est à vous de voir, les gars : soit vous me le donnez de votre plein gré, soit j'appelle vos parents et je fais fouiller votre véhicule.

Ils commencèrent par protester puis l'un des garçons assis à l'arrière lui tendit un bout de joint.

— C'est tout ce qu'on a, monsieur l'adjoint, je vous le jure. Un joint qu'on a partagé. Chacun a pris une taffe et après, on l'a éteint.

— Il faut nous croire, monsieur l'adjoint, dit Lenny, qui semblait être le plus embêté des quatre. C'était juste pour essayer. On ne voulait pas vraiment fumer.

— Le cannabis étant illégal dans cet État, vous mériteriez que je vous embarque tous les quatre au poste. Mais, pour cette fois, je vais passer l'éponge. Ne recommencez pas. Fumer du cannabis pour frimer est vraiment nul et ne peut que vous attirer des ennuis.

— On n'a même pas aimé, confia Lenny. C'est pour ça qu'on ne l'a pas fini. C'est carrément infect.

— Vous vous en tirez cette fois avec un simple avertissement, mais attention, la prochaine fois que je vous pince avec du cannabis, je serais beaucoup moins coulant. Disparaissez, à présent, et ne vous avisez pas non plus de brûler encore des feux rouges.

Sur ce, Hunter remonta dans sa voiture de patrouille tandis que Lenny redémarrait. Il glissa le joint dans un sachet et s'apprêtait à tourner la clé de contact lorsque son téléphone sonna.

Il fronça les sourcils en voyant s'afficher sur l'écran le numéro d'Ainsley. Pourquoi rappelait-elle ? Elle aurait déjà dû dormir.

— Ainsley ? Tu n'es pas couchée ? lança-t-il.

Contre toute attente, une voix d'homme lui répondit. Le discours de l'inconnu était si confus que Hunter ne comprit pas un traître mot à ce qu'il lui raconta.

— Qui est à l'appareil ? s'enquit Hunter, fou d'inquiétude.

— C'est Ben. Vous savez… Ben.

— Ben ? Qu'est-ce qui se passe, bon sang ? Où est Ainsley ?

L'homme se mit à sangloter, visiblement ivre.

— Je n'arrive pas à… la réveiller, bredouilla-t-il.

— Comment ça ? Que lui est-il arrivé ?

— En fait, elle a été… agressée. Par un grand type tout en noir. Il l'a tabassée. Je voulais appeler la police, mais… je n'ai pas de téléphone. J'ai fouillé dans son sac pour prendre le sien, mais… c'est tout ce que j'ai pris. Je n'ai touché à rien d'autre, je le jure.

Terrassé par la nouvelle, Hunter eut un bref passage à vide.

— Ben, où cela s'est-il passé ? demanda-t-il, recouvrant ses esprits.

— J'étais en train de faire les poubelles. Vous me l'avez interdit, je sais, mais je suis revenu quand même. J'ai trouvé des saucisses, des frites et un pain entier. Et…

— Stop, Ben ! Tout ce que je veux savoir, c'est où est Ainsley.

— Je ne vous l'ai pas dit ? Derrière le Café. Juste devant chez elle.

Hunter raccrocha et démarra sur les chapeaux de roues, gyrophare allumé et sirène hurlante. Il traversa la ville pied au plancher, mû par un terrible sentiment d'urgence.

Ben n'arrivait pas à la réveiller…

Elle avait été agressée…

Tabassée…

Elle était inconsciente, d'après ce qu'il avait compris.

Et si elle n'était pas juste évanouie, mais... Non, il refusait d'envisager le pire.

Hunter alluma sa radio pour appeler une ambulance et demander du renfort.

Ainsley allait s'en sortir. Il le fallait. Il ne se voyait pas vivre sans elle.

Lorsque, enfin, il arriva à destination, il alluma son projecteur. Il vit tout de suite Ben, assis par terre à côté d'Ainsley qui gisait immobile devant chez elle.

Il bondit hors de son véhicule et se précipita vers eux. Ben leva vers lui des yeux larmoyants.

— Elle ne revient pas à elle. J'aurais dû intervenir avant, gémit-il. Je voulais faire quelque chose, mais je ne suis qu'un ivrogne, un bon à rien, et ce type était vraiment effrayant.

Hunter s'accroupit. Son cœur martelait sa poitrine. Il prit la main inerte d'Ainsley et chercha son pouls.

D'abord, il ne sentit rien. Refusant de céder à la panique, il se concentra en retenant son souffle. Sous ses doigts, il crut percevoir quelque chose. C'était bien son pouls, lent et ténu.

— Je suis désolé, sanglotait Ben, désespéré. J'aurais dû m'interposer. Je ne suis qu'un dégonflé, un pauvre type...

— Poussez-vous, Ben. Merci de m'avoir appelé et d'avoir attendu auprès d'elle, mais l'ambulance va arriver, dit Hunter.

Elle approchait. Il l'entendait. Pourvu qu'elle arrive à temps...

Ben s'écarta, laissant la place à Hunter qui put s'approcher davantage. Il ne vit aucune trace de sang nulle part, mais Ainsley avait une grosse ecchymose au menton.

Une envie de meurtre s'empara de lui. S'il tenait le salaud qui l'avait frappée…

L'ambulance arriva, et deux urgentistes en sortirent par l'arrière avec une civière.

— Elle est inconsciente depuis un bon moment, mais je ne connais pas l'étendue de ses blessures, dit Hunter à Matt Daniels, l'un des deux urgentistes.

Nick débarqua à son tour, accompagné de Zac Ross, un autre shérif adjoint, également de service ce soir-là. Laissant les deux urgentistes prendre en charge Ainsley, Hunter expliqua en quelques mots la situation à ses collègues.

— Prenez la déposition de Ben et tenez-moi au courant si vous trouvez des indices ou quoi que ce soit qui pourrait nous mettre sur la piste de l'agresseur. Je file à l'hôpital.

— Ne t'en fais pas, nous nous occupons de tout, assura Nick.

Hunter monta dans sa voiture et se mit en route pour l'hôpital. Il se demandait comment allait Ainsley. Était-elle grièvement blessée ? Combien de coups avait-elle reçus pour rester inconsciente aussi longtemps ? *Qui* s'était acharné sur elle ? Et pourquoi, bon sang ?

Les mains crispées sur son volant, il regrettait de ne pas pouvoir se défouler sur son agresseur, mais il était également en colère contre lui-même.

Il aurait dû se douter qu'Ainsley finirait par se faire agresser. Quand elle avait reçu le rat égorgé, il était évident que la situation devenait de plus en plus préoccupante.

Qui lui en voulait au point de chercher à la tuer ?

Hunter n'en avait pas la moindre idée, mais Ben, qui avait été témoin de l'agression, avait peut-être vu ou entendu quelque chose qui les aiderait à identifier le coupable. Il était possible aussi que Nick et Zac trouvent un indice susceptible de déboucher sur une arrestation.

L'hôpital se trouvait dans un immense bâtiment qui abritait aussi plusieurs cabinets médicaux. Hunter se gara en vitesse et fonça vers le parking réservé aux ambulances, mais Ainsley avait déjà été transportée à l'intérieur.

Il entra en trombe dans la salle d'attente des urgences et tomba sur Sandy Silver, à la réception, une infirmière qu'il connaissait vaguement.

— Sandy, Ainsley Meadows vient d'arriver en ambulance. Pourriez-vous dire au médecin de garde que je suis là et que j'aimerais savoir comment elle va ?

— Je vais prévenir le Dr Lockwood, dit-elle en se levant.

Elle disparut derrière une porte à hublot sur laquelle figurait un panneau « défense d'entrer ».

Hunter allait s'asseoir sur l'une des chaises en plastique jaune lorsqu'il se ravisa. Trop anxieux pour rester assis, il se mit à faire les cent pas dans la salle d'attente.

Sandy revint enfin.

— Le Dr Lockwood va venir vous parler dès que possible.

— Merci, Sandy.

Il se remit à marcher de long en large puis finit par s'asseoir. Les coudes sur ses genoux et la tête entre ses mains, il fixait le sol carrelé.

Au bout d'un moment, il appela Ed, le patron d'Ainsley, pour lui raconter ce qui s'était passé et le prévenir que la jeune femme serait absente pendant plusieurs jours. Il demanda si Melinda pouvait rester chez lui le lendemain, ce qui ne posait aucun problème, assura Ed. Hunter raccrocha après avoir promis de donner des nouvelles.

Il espérait qu'Ainsley ne lui en voudrait pas trop d'avoir pris cette initiative. Comme il était à peu près sûr qu'elle ne pourrait pas travailler pendant au moins quelques jours, il lui avait paru important de prévenir Ed rapidement pour qu'il puisse prendre ses dispositions.

Il se leva à nouveau, incapable de rester en place. Cette attente qui se prolongeait ne lui disait rien qui vaille.

Calme-toi, elle est entre de bonnes mains, ne cessait-il de se répéter sans réussir toutefois à se rassurer.

La porte de la salle d'attente s'ouvrit, et le shérif Black entra.

— Je suis venu dès que j'ai su, dit-il. Comment va-t-elle ?

Les deux hommes s'assirent côte à côte.

— J'attends de ses nouvelles, répondit Hunter. Elle n'avait pas repris connaissance à son arrivée ici. Elle a reçu des coups, apparemment, mais je n'en sais pas plus.

— Je voulais que tu saches que j'ai mis deux autres adjoints sur l'affaire. Ils vont passer au peigne fin l'endroit où s'est produite l'agression. On va retrouver le coupable.

— Merci, Wayne. J'aimerais pouvoir vous aider, mais je ne sais vraiment pas qui a pu faire ça. Cela étant, il est fort probable qu'il s'agit de l'individu qui a laissé ce mot calomnieux au Café et qui a déposé un rat égorgé devant sa porte. Nous avons malheureusement affaire à quelqu'un de très malin qui veille à ne laisser aucune trace derrière lui.

— Espérons que ce soir il ait été moins vigilant et que les gars trouvent quelque chose. Je vais aller voir où ils en sont, dit Wayne en se levant. Tiens-moi au courant, pour Ainsley. J'espère que ça va aller. Prends tout le temps qu'il te faut. Nick est chargé de l'enquête.

Hunter fit un bond sur sa chaise.

— Quoi ? Pourquoi lui et pas moi ? demanda-t-il.

— Voyons, Hunter, tu sais bien que c'est impossible. Cette affaire te touche de trop près. Tu t'exposerais à un conflit d'intérêts.

Wayne avait raison, Hunter ne pouvait qu'accepter cette décision car il ne voulait surtout pas risquer un conflit d'intérêts qui bénéficierait au suspect le jour de son procès.

— Je me console en pensant que Nick fera du bon travail, dit-il.

Une fois de plus, il regarda la porte avec le hublot et le panneau « défense d'entrer ». Pourquoi était-ce si long ? Que faisait le médecin ?

— J'y vais, dit Wayne. Appelle-moi dès que tu as des nouvelles. De son côté, je suis sûr que Nick t'en donnera.

Quinze bonnes minutes après le départ de Wayne, le Dr Andrew Lockwood apparut enfin. Hunter se leva aussitôt de sa chaise pour aller à sa rencontre.

— Comment va-t-elle, docteur ?

— Elle a repris conscience, mais nous l'avons mise sous sédatifs. Elle a une côte cassée et des ecchymoses tout le long de la cage thoracique. Elle s'est aussi pris un méchant coup sur le menton, mais aucune de ces blessures n'est de nature à engager son pronostic vital. En l'absence de complications, elle devrait pouvoir rentrer chez elle dès demain.

— À quoi attribuez-vous sa perte de connaissance ? demanda Hunter, qui n'osait pas se réjouir trop vite.

— Au choc et à la douleur, très probablement, mais tout va bien, maintenant, assura le Dr Lockwood. Comme je vous l'ai dit, elle se repose. Nous lui avons administré des antalgiques.

— Est-ce que je peux la voir ?

— Juste quelques minutes. Il faut la laisser dormir. Chambre 106.

Hunter s'élança dans le couloir désert. Sur le seuil de la chambre, il marqua une pause, atterré par ce qu'il voyait.

Complètement immobile, Ainsley était blanche comme un linge. Sur son teint cadavérique, le violet de son ecchymose sur le menton ressortait encore plus.

Il serra les poings en pensant aux coups qu'elle avait reçus et à son traumatisme costal. Qui avait osé lui faire du mal ? À elle, si douce et si gentille ? Qui était l'enfoiré qui l'avait tabassée ?

Il vit ses paupières papilloter. Elle ouvrit les yeux et le fixa longuement. Puis elle se mit à pleurer.

— Ça va aller, mon cœur, ne pleure pas, dit-il doucement en s'approchant du lit.

Il tira une chaise, s'assit près d'elle et prit sa main dans la sienne.

— Ne pleure pas, je t'en prie. Tu vas avoir encore plus mal, sinon.

— J'essaye de me retenir, mais c'est dur, bredouilla-t-elle.

Inspirant à fond, elle tenta de se ressaisir.

— Je suis désolé, Ainsley, vraiment désolé de ne rien avoir vu venir et de ne pas avoir été là pour te protéger.

— Moi non plus, je n'ai rien vu venir.

— Tu veux me raconter ce qui s'est passé ?

Il fulminait en l'écoutant lui relater par le menu ce qu'il s'était passé entre le moment où elle avait raccroché après lui avoir parlé et celui où elle avait perdu connaissance.

— As-tu remarqué quelque chose de particulier chez cet homme ? demanda-t-il. Est-ce qu'il t'a fait penser à quelqu'un que tu connais ?

— Non. Je l'ai à peine vu. Il était habillé tout en noir et portait une cagoule. Tout ce que je peux dire, c'est que c'est bien un homme, et non une femme, et qu'il est costaud.

Ses yeux s'emplirent de larmes, à nouveau.

— J'avais peur qu'il m'enlève et de ne plus jamais vous voir Melinda et toi.

— Dieu seul sait ce qu'il avait dans la tête ! Est-ce qu'il t'a dit quelque chose ?

— Non, rien du tout.

— Et son odeur ? Tu n'as rien remarqué non plus ?

Elle eut l'air étonné.

— Je pensais ne pas y avoir prêté attention, mais maintenant que tu en parles…

Elle fronça les sourcils et fit la grimace.

— En fait, il puait, dit-elle.

— Comment ça ? Tu veux dire qu'il était sale ?

— Non, ce n'était pas une odeur de transpiration ou de crasse, mais une odeur bizarre, indéfinissable, que je n'avais jamais sentie avant. Je suis désolée de ne pas pouvoir mieux te la décrire.

— Le simple fait de la mentionner est déjà très bien, assura Hunter.

— Si Ben n'avait pas été là, je ne sais pas ce que je serais devenue. J'aurais probablement été battue à mort ou kidnappée. Je lui dois une fière chandelle.

— Heureusement qu'il y a des poivrots qui font les poubelles !

Elle ferma les yeux quelques minutes et, lorsqu'elle le fixa à nouveau, il comprit qu'en plus de la fatigue l'effet des antalgiques qu'on lui avait administrés devait se faire durement sentir.

— Il faut que tu dormes, maintenant.

Lâchant sa main, il se pencha vers elle pour l'embrasser sur le front.

— Je reviens demain, dit-il en se levant.

— OK.

Ses paupières semblaient peser des tonnes ; elle n'arrivait plus à tenir les yeux ouverts. Il n'était pas encore sorti de la chambre qu'elle dormait déjà.

Il resta sur le seuil quelques instants, pensant à l'agression dont elle avait été victime et se jurant de tout faire désormais pour la protéger. Il avait peur car il sentait au fond de lui que ce n'était pas terminé. Quelqu'un voulait la mort d'Ainsley, et Hunter savait que ce quelqu'un ferait tout pour arriver à ses fins.

11

Réveillée par le soleil dont les rayons s'insinuaient entre les lames des stores de sa chambre d'hôpital, Ainsley se garda bien de faire le moindre mouvement car d'instinct elle sut qu'elle aurait mal.

Elle se souvenait vaguement que Hunter était passé la voir. Il lui avait paru fort inquiet et était manifestement en proie à un sentiment de culpabilité. Touchée par sa tendre sollicitude, elle s'était presque sentie rassurée. *Presque.*

Ce matin, elle avait de nouveau l'impression qu'un étau de glace lui broyait le cœur.

Elle avait peur. Elle était terrifiée. Par ce qui s'était passé la veille et par ce qui l'attendait dans les jours et semaines à venir.

Si son agresseur avait eu l'intention de la kidnapper, il avait échoué. S'il avait cherché à la tuer, il avait là aussi manqué son coup. Et s'il recommençait ? Peut-être était-il déjà en train de planifier une nouvelle agression…

Mais qui était-il ? Pourquoi cet homme l'avait-il agressée ? Ces questions l'obsédaient, ne lui laissant aucun répit. Pour l'heure, sa seule certitude était que Ben Wilkins n'avait rien à voir là-dedans. S'il ne s'était pas remis à faire les poubelles, elle ne serait probablement plus de ce monde.

Tout ivrogne qu'il était, Ben n'en demeurait pas moins un brave type. Il aurait pu rester caché derrière les bennes à ordures et ne pas intervenir, au lieu de quoi il avait fait ce qu'il avait pu pour la tirer de là. Et il lui avait sauvé la vie.

Elle voulut inspirer à fond, mais ses côtes meurtries se rappelèrent douloureusement à son souvenir. Sa mâchoire lui faisait aussi un mal de chien et, surtout, elle avait l'impression d'avoir disputé un match de boxe avec un champion catégorie poids lourd.

Elle releva la tête de son lit au moyen de la télécommande. Ce simple changement de position lui arracha quelques gémissements.

Juste à ce moment-là, Callie Roberts entra.

— Ah, vous êtes réveillée, lança gaiement l'infirmière. Je venais vérifier vos fonctions vitales.

Elle passa le tensiomètre autour de son bras.

— Votre tension est un peu élevée, mais c'est probablement dû à la douleur.

— J'ai l'impression d'avoir été rouée de coups. Sauf que là, ce n'est pas qu'une impression, répliqua Ainsley.

— Le médecin vous a prescrit des antalgiques. Je vais les chercher. Je reviens tout de suite.

Ainsley pensa à Melinda, qui devait attendre son retour avec impatience. Mais Ainsley ne s'en faisait pas trop pour elle ; chez Juanita, sa fille était en sécurité.

Les antalgiques lui apportèrent un réel soulagement. Elle finit par se rendormir. Lorsqu'elle rouvrit les yeux, un peu plus tard, Hunter était assis à son chevet.

— Salut, dit-il.

— Salut, répondit-elle en s'efforçant de sourire. Te voir assis là me fait bizarre.

— À moi aussi, ça me fait bizarre de te voir couchée dans ce lit d'hôpital. Comment te sens-tu, ce matin ?

Il y avait dans ses yeux verts, rivés sur elle, tant de douceur et de sollicitude qu'elle en fut émue aux larmes.

— J'ai mal partout mais ça va un peu mieux, malgré tout. Hier soir, j'ai vraiment cru que j'allais y passer. L'homme qui m'a agressée a tenté de me kidnapper et, quand il a vu qu'il n'y arrivait pas, il a voulu me tuer. J'ai peur, Hunter.

— Nick a été chargé de l'enquête. Je ne sais pas ce qu'ont donné les investigations menées hier soir devant chez toi, mais j'espère que nous pourrons rapidement identifier le coupable.

— Et s'il n'a laissé aucune trace ?

— Nous continuerons d'interroger les gens et d'explorer d'autres pistes. Jusqu'à ce que nous le retrouvions.

Elle le sentait plus déterminé que jamais et elle ne demandait qu'à le croire, mais pour l'instant l'enquête n'avait rien donné et le malfaiteur avait le dessus.

— Heureusement que Melinda n'était pas avec moi. Mais qui dit qu'elle ne sera pas là, la prochaine fois ?

— Il n'y aura pas de prochaine fois, assura Hunter. Il est hors de question que Melinda et toi retourniez dans cet appartement. Jusqu'à ce que l'enquête soit bouclée, vous allez venir chez moi.

C'était un ordre plus qu'une suggestion. Ainsley, qui ne s'attendait pas du tout à ce genre de proposition de la part d'un homme aussi solitaire que Hunter, ressentit un vif soulagement.

— Tu es sûr que c'est ce que tu veux ?

— Sûr et certain. Dès que tu seras sortie d'ici, ce

qui ne devrait pas tarder, nous irons chercher Melinda puis nous passerons chez toi pour que vous puissiez prendre quelques affaires.

— Et mon travail ?

— Ne t'inquiète pas pour ça. Ta priorité pour l'instant est de te reposer et de récupérer. J'ai appelé Ed pour le mettre au courant. Il sait qu'il devra se passer de toi pendant quelque temps.

Il serra tendrement sa main dans la sienne.

— Il ne faut pas que tu te fasses du souci, dit-il.

Elle ne put s'empêcher de rire.

— Je ne fais que ça, si tu veux le savoir.

— Justement, il faut que tu arrêtes. Tes soucis, j'en fais mon affaire.

Elle le fixa longuement sans rien dire. Il était encore plus beau quand il avait cet air sérieux.

— Ce n'est pas aussi simple, hélas, déplora-t-elle.

— Je sais, admit-il.

Le Dr Lockwood interrompit leur conversation.

— Sur une échelle de 1 à 10, 10 étant la pire douleur que vous ayez ressentie dans toute votre vie, où diriez-vous que vous vous situez maintenant ?

— Ce matin tôt, avant d'avoir pris les antalgiques, autour de 8. Là, tout de suite, je suis à 6, pas plus.

Le médecin eut l'air satisfait.

— La bonne nouvelle, c'est que je ne vais pas vous garder plus longtemps. Vous allez pouvoir rentrer chez vous. Je vais vous prescrire des antalgiques pour dix jours. La mauvaise nouvelle, c'est que vous n'allez pas cesser d'avoir mal du jour au lendemain. Il vous faudra un peu de patience.

— Je m'en doutais, à vrai dire, répondit Ainsley.

Les côtes mettaient du temps à guérir. Elle en avait déjà fait l'expérience.

— L'infirmière va venir vous retirer l'intraveineuse pendant que je rédige votre bulletin de sortie.

Une heure plus tard, Hunter l'escortait jusqu'à son pick-up, garé sur le parking visiteurs de l'hôpital.

— Si tu n'as pas pris de petit déjeuner, tu veux peut-être manger quelque chose au Café avant d'aller chercher Melinda ?

— Non, ce n'est pas la peine. Je n'ai pas faim du tout.

— En ce cas, on file la chercher et on va chez toi chercher vos affaires.

— Tu ne travailles pas, aujourd'hui ? demanda Ainsley.

— J'ai pris ma journée. Demain, j'aurai l'esprit tranquille quand je partirai au travail, je vous saurai en sécurité, Melinda et toi. Ton appartement n'est pas assez sûr. La porte d'entrée n'a qu'une seule serrure, et je ne donne pas cher non plus de la porte de communication entre le Café et l'appartement.

— Comment va-t-on faire, chez toi ? s'enquit Ainsley. Tu n'as qu'une chambre de libre.

— Vous vous installerez dans ma chambre, Melinda et toi. Je dormirai sur le canapé.

— Voyons, Hunter, il n'y a aucune raison pour que tu te sacrifies pour nous ! protesta-t-elle.

— Je ne me sacrifie pas. Je ne compte plus le nombre de fois où je me suis endormi sur le canapé. Il est super confortable.

Elle le gratifia d'un sourire.

— C'est ce que tu dirais même s'il était dur comme de la pierre.

Il lui sourit à son tour.

— Sans doute, mais par chance il est plutôt confortable.

Le trajet jusque chez Ed et Juanita se poursuivit en silence. Ainsley regardait par la fenêtre, en proie à une foule de pensées.

Il ne faisait aucun doute qu'elle serait plus en sécurité chez Hunter que chez elle. S'il ne changeait rien à ses habitudes et si Melinda et elle ne mettaient pas le nez dehors, personne ne saurait où elles se terraient. Le cinglé qui s'en prenait à elle pourrait toujours la chercher…

Sauf qu'en ville tout le monde savait qu'elle sortait avec Hunter. Sa planque serait donc un secret de polichinelle. Il n'empêche qu'elle se sentirait plus tranquille là-bas que chez elle.

Tant pis si Melinda n'allait pas à l'école pendant quelque temps. Leur sécurité passait avant tout.

L'autre solution, c'était de plier bagage et de quitter la ville.

Mais, à la seule idée de partir et de tout recommencer ailleurs, elle avait le cœur gros. Malgré ce qu'il lui était arrivé, elle se plaisait à Dusty Gulch. La ville était sympa et ses habitants plutôt accueillants. C'était exactement le genre d'endroit où elle avait envie d'élever sa fille.

Et puis, il y avait Hunter. Et les projets qu'elle et lui avaient de vivre ensemble. Elle n'allait pas renoncer à tout ça à cause d'un psychopathe qui l'avait prise en grippe.

Juanita fut contente de les voir. Elle s'était inquiétée pour Ainsley quand elle avait su ce qui s'était produit.

— Ed va avoir du mal à se passer de sa serveuse préférée, dit-elle, mais ce qui compte avant tout, c'est que tu te rétablisses. Repose-toi donc autant qu'il le faudra.

— Merci, Juanita. Je n'ai pas trop le choix, à vrai dire. Dans l'état où je suis, je ne serais pas d'une grande utilité au Café.

— Justement, pourquoi ne nous laisses-tu pas Melinda

une semaine ou deux ? Comme ça, elle ne manquera pas l'école.

— C'est très gentil, mais je ne voudrais pas abuser.

— Ne dis pas de bêtises. Nous sommes ravis de l'avoir chez nous. Et puis le soir, avec les petits, elle m'aide bien. Laisse-moi prendre soin d'elle pendant que tu prends soin de toi.

— Tu es sûre que ça ne te dérange pas ? insista Ainsley, très touchée.

Voilà pourquoi elle aimait tant cette ville, à cause de gens comme Ed et Juanita. Malgré ses coups de gueule, Ed avait un cœur en or.

— Si ça me dérangeait, je ne te l'aurais pas proposé, répliqua Juanita avec une logique imparable. Accepte, Ainsley. Laisse-moi faire ça pour toi.

— Bon, d'accord, mais il faut qu'elle vienne chercher ses affaires. Je la ramènerai tout de suite après.

— Je vais l'appeler, déclara Juanita en se levant.

— Je t'ai sentie réticente, dit Hunter à Ainsley. Cela t'embête de laisser Melinda à Ed et Juanita ?

— Non, pas du tout. Pour tout te dire, ça m'arrange. Melinda pourra continuer d'aller à l'école et vivre normalement. Sans compter qu'ici, je la sais en sécurité.

Melinda et Bonnie, la fille de Juanita, déboulèrent dans la pièce.

— Est-ce que c'est vrai, maman ? Je vais rester ici une semaine, et peut-être même plus ?

— Cela te plairait ? lança Ainsley.

Les deux fillettes se prirent par les mains et sautèrent de joie.

— Oui, évidemment ! répondit Melinda, surexcitée.

— Il faut qu'on aille chercher tes affaires, en ce cas, dit Ainsley.

La fillette la dévisageait d'un drôle d'air.

— Qu'est-ce que tu t'es fait au menton ? s'enquit-elle.

— Je... euh..., me suis cassé la figure, hier soir. J'ai un peu mal au menton et aux côtes, mais ça va passer.

Visiblement soulagée, Melinda lâcha la main de Bonnie et vint s'asseoir à côté d'Ainsley.

— Tu veux que je rentre à la maison et que je m'occupe de toi ? demanda-t-elle.

Ainsley enlaça tendrement sa fille.

— Non, merci, ma chérie, ce n'est pas la peine. Je vais aller habiter quelques jours chez Hunter.

— Tu es sûre ? Il va bien s'occuper de toi, j'espère.

— Tu peux compter sur moi, Melinda, assura Hunter.

Ainsley sourit.

— Allons-y, alors. Préparer tes affaires pour une semaine ou deux ne devrait pas nous prendre longtemps.

En arrivant devant chez elle, Ainsley fixa longuement la porte, cette porte qu'elle ne regarderait plus jamais du même œil et qui lui rappellerait toujours son agression. Des frissons lui parcoururent l'échine lorsqu'elle repensa aux coups de pied qu'elle avait reçus.

— Ça va ? murmura Hunter, qui avait deviné les raisons de son hésitation.

Elle redressa les épaules et fit appel à cette force intérieure qui, plusieurs fois déjà, l'avait aidée à traverser maintes épreuves difficiles.

— Oui, ça va. Mais je préférerais de ne pas m'attarder. On va s'efforcer de faire vite.

Ils entrèrent, et Hunter se dirigea vers le canapé.

— Melinda, dit Ainsley, sors ta valise rose de la penderie ainsi que quelques tenues de rechange. Je suis à toi dans deux minutes.

Elle fila dans sa chambre tandis que Melinda allait

dans la sienne. En temps normal, elle aurait posé sa valise sur son lit, mais ses côtes lui faisaient tellement mal qu'elle n'essaya même pas de la soulever et l'ouvrit sur le sol.

Pour une semaine ou deux, de quoi avait-elle besoin ? Tout vêtement ajusté était à bannir. Il lui fallait des pantalons larges et des T-shirts.

Elle fit sa valise en vitesse, prit sa trousse de toilette dans la salle de bains et alla voir où en était Melinda.

Sur le point d'entrer dans la chambre de sa fille, elle se figea en reconnaissant la voix grave de son ex-mari.

Cette voix la remplit d'effroi. Elle en lâcha sa trousse de toilette, réprimant de justesse un cri.

— Je vais bientôt venir te chercher, ma chérie, dit la voix désincarnée.

Peter les avait retrouvées !

Il savait non seulement qu'elles vivaient à Dusty Gulch mais aussi où elles habitaient, puisqu'il était là, dans la chambre de Melinda.

D'instinct, Ainsley recula, une main sur la bouche pour ne pas hurler.

Malgré toutes les précautions qu'elle avait prises, Peter avait quand même fini par les retrouver. Et dire qu'elle s'en était crue débarrassée !

Maintenant qu'il la tenait, il ne tarderait pas à la tuer.

À la tête qu'elle faisait, Hunter comprit tout de suite qu'il s'était passé quelque chose. Elle était livide et elle tremblait comme une feuille.

— Mon cœur, qu'est-ce qui ne va pas ? demanda-t-il en se levant d'un bond du canapé.

Elle lui fit signe de sortir de l'appartement. Lorsqu'ils furent sur le perron, elle lui dit gravement :

— Il faut que je parte, Hunter. Je tiens beaucoup à toi, mais je n'ai d'autre choix que d'entasser toutes nos affaires dans la voiture et de ficher le camp d'ici aussi vite que possible.

— Qu'est-ce que tu racontes ?

— Melinda ne mentait pas quand elle disait que son père lui parlait. Je viens de l'entendre. J'ai reconnu sa voix. Peter est ici, dans sa chambre. Il faut que je parte.

Paniquée, elle parlait vite. Hunter n'était pas sûr d'avoir tout compris.

— Tu l'as entendu, dis-tu ? Mais où ?

— Dans la chambre de Melinda. Il est là, je t'assure, insista-t-elle d'une voix qui frôlait l'hystérie. Il faut que je parte.

Qu'est-ce que c'était que cette histoire ?

— Je croyais que ton ex-mari n'en avait plus rien à faire de Melinda et toi, dit-il.

— J'ai menti. Je me suis enfuie et, maintenant qu'il nous a retrouvées, il faut que j'aille chercher Melinda et qu'on file à nouveau.

Elle pivota sur ses talons pour rentrer, mais il la rattrapa par le bras.

— Ainsley, écoute-moi. Je ne sais pas ce que c'est que toute cette histoire, mais on est censés aller chez moi et déposer Melinda chez Ed et Juanita.

— Tu ne comprends pas, dit-elle d'un ton dans lequel perçait l'urgence. Il faut que je parte tout de suite. Ce n'est pas la première fois. Melinda et moi, on a l'habitude, depuis le temps. On se cache parce que si Peter nous retrouve, je sais qu'il va prendre Melinda et me tuer.

Fixant sur lui de grands yeux terrifiés, elle agrippa le devant de sa chemise.

— Ainsley, calme-toi. Tu n'as pas besoin de partir. Maintenant que nous savons qui est le coupable, nous allons l'attraper et le mettre en prison. Il faut juste que tu me donnes un peu de temps et quelques détails supplémentaires. Tu veux bien, mon ange ? demanda-t-il en la prenant par les épaules. Es-tu prête à me faire confiance ?

Pendant une minute, elle le regarda sans rien dire, mais il sentit qu'elle était en train de se ressaisir, que la peur panique qui s'était emparée d'elle diminuait peu à peu.

— OK, dit-elle finalement. Je te laisse prendre la direction des opérations et j'aviserai par la suite.

— Retournons à l'intérieur, suggéra-t-il.

Il lui mit dans la main ses clés de voiture.

— Dès que vous êtes prêtes, je veux que Melinda et toi alliez vous enfermer dans mon pick-up. Laissez les valises où elles sont. On verra plus tard. Y a-t-il un grenier ou des combles au-dessus de ton appartement ?

Ainsley l'agrippa à nouveau par le devant de sa chemise.

— Ne monte pas là-haut, je t'en supplie. Il te tuerait. C'est un fou, un homme extrêmement dangereux.

Hunter effleura le canon de son pistolet dans son holster.

— Dangereux, je peux l'être aussi quand on menace quelqu'un que j'aime. Par où accède-t-on au grenier ?

— Par une trappe dans le plafond de la salle de bains, répondit-elle du bout des lèvres.

— Merci, dit-il en la gratifiant d'un baiser sur le front. Prépare tes affaires et va dans le pick-up, compris ? As-tu une lampe de poche à me prêter ?

— Sous l'évier, dans la cuisine. Fais attention à toi, Hunter. Ne te fais pas tuer.

— Ça va aller, assura-t-il.

Cinq minutes plus tard, Melinda et Ainsley sortaient de l'appartement et allaient se réfugier dans le pick-up. Dès qu'il les sut en sécurité, Hunter s'empara de la lampe de poche et fonça à la salle de bains. Il grimpa sur le siège des toilettes puis sur le bord du lavabo. Il dut se courber pour ne pas se cogner la tête au plafond. La trappe d'accès aux combles se souleva à la première poussée.

Sortant son pistolet, Hunter se garda bien de passer la tête dans l'ouverture.

— Bureau du shérif de Dusty Gulch, dit-il d'une voix ferme. Descendez de là, les mains en l'air.

Il attendit quelques secondes, sur le qui-vive. Voyant que son injonction restait sans effet, il la réitéra. Toujours rien. Il tendit l'oreille, à l'affût du moindre bruit susceptible de l'aider à localiser l'homme dans ce grenier qui avait l'air immense.

Mais il ne capta pas le moindre bruissement, pas le moindre mouvement indiquant qu'il y avait quelqu'un au-dessus.

Son cœur battait comme un tambour, et il avait les nerfs à vif. Las d'attendre, il finit par se redresser, son pistolet dans une main, la lampe de poche dans l'autre.

Il dirigea le faisceau de la lampe vers la gauche et balaya l'espace d'un geste circulaire. Il n'y avait personne.

Rengainant son arme, il clipsa la lampe à sa ceinture pour pouvoir se hisser dans les combles, qu'il éclaira à nouveau et fouilla des yeux, sans plus de résultat. Le suspect s'était-il enfui ? Y avait-il plus loin une autre trappe par laquelle il aurait pu filer ?

Intrigué, il s'avança prudemment, toujours sur ses gardes, et c'est alors qu'il remarqua un enchevêtrement de fils pour le moins insolites.

À la vue de ces fils, il comprit aussitôt. L'ex-mari d'Ainsley les espionnait, elle et sa fille. Il devait y avoir des haut-parleurs cachés dans la chambre de Melinda. C'était comme ça qu'il lui parlait. Quand avait-il installé ce matériel ? Comment avait-il pu accéder aux combles ?

Quoi qu'il en soit, ce type était malade, fou à lier.

Hunter redescendit et se rendit dans la chambre de Melinda. Il repéra tout de suite la petite caméra dans le plafond, ainsi qu'un minuscule haut-parleur. Il sut alors qu'il y en avait d'autres disséminés dans tout l'appartement.

Il appela aussitôt Nick.

— Salut, vieux, dit Nick. J'avais prévu de faire le point avec Ainsley et toi en fin de journée. Comment va-t-elle ?

— Pas trop mal. Elle va emménager chez moi. Il faut que tu viennes au Café et montes dans les combles, juste au-dessus de son trois-pièces. Il y a des caméras et d'autres trucs qui servent à l'espionner.

— Quoi ? s'exclama Nick, stupéfait.

— Je t'assure. L'autre découverte, c'est que notre homme est l'ex-mari d'Ainsley. J'espère qu'elle a gardé une photo de lui et que nous pourrons rapidement l'appréhender et le mettre derrière les barreaux. Je vais te laisser, Nick. Nous allons chez moi. Tiens-moi au courant.

— D'accord. Je file tout de suite au Café et je t'appelle un peu plus tard.

Avant de sortir de la chambre, Hunter prit la petite valise rose de Melinda puis il alla chercher celle d'Ainsley. Il les transporta jusqu'à son pick-up et les mit dans le coffre.

Une fois au volant, il se tourna vers Ainsley, assise sur le siège passager, et lui décocha un sourire qu'il voulut rassurant.

Elle ne lui rendit pas son sourire. Mal à l'aise, elle se triturait les cheveux en regardant par la fenêtre. Après tout ce qu'elle lui avait caché, elle devait se sentir dans ses petits souliers.

Dès qu'ils seraient seuls, il faudrait qu'ils aient une explication, tous les deux. Hunter se demandait s'il y avait encore d'autres choses qu'elle ne lui avait pas dites.

Il avait beaucoup de questions à lui poser au sujet de son ex-mari. Si c'était lui qui l'avait agressée la veille au soir, il était en ville et, même s'il se cachait, Nick et ses autres collègues du bureau du shérif finiraient par le débusquer. Ainsley et Melinda seraient alors hors de danger.

Comme prévu, il s'arrêta d'abord chez Ed et Juanita pour déposer Melinda. Puis ils filèrent chez lui. Ainsley n'ouvrit pas la bouche de tout le trajet. Il ne chercha pas à la tirer de son silence morose et se contenta de lui jeter un regard en coulisse de temps en temps. Il était éperdument amoureux d'elle. Ce constat le déconcerta. Il n'avait pas mesuré la profondeur de ses sentiments pour elle.

Ainsley et lui s'entendaient bien, et elle lui plaisait. Cela, il le savait. Très vite, il s'était rendu compte qu'il avait envie de construire quelque chose avec elle. Il avait confié à Nick qu'il songeait sérieusement à la demander en mariage. Il l'aimait, il n'avait aucun doute là-dessus, mais il redoutait qu'elle n'eût d'autres secrets.

Lui, il ne lui avait rien caché. Jusqu'à tout à l'heure,

il pensait qu'elle avait fait preuve de la même franchise envers lui. Jamais il n'aurait imaginé qu'elle lui avait raconté des bobards.

Pourquoi ne lui avait-elle pas dit que son mari était un dangereux psychopathe ?

Lorsqu'ils arrivèrent chez lui, il sortit sa valise du coffre et la porta directement dans la chambre.

— Tu la déferas plus tard, dit-il. Il faut d'abord qu'on parle.

Elle acquiesça d'un petit hochement de tête et le suivit dans la salle de séjour. Elle s'assit sur le canapé, les bras croisés sur la poitrine. Elle était belle mais paraissait si fragile.

Il se retint de s'asseoir à côté d'elle. S'il s'était écouté, il l'aurait prise dans ses bras et lui aurait dit qu'il l'aimait et voulait vivre avec elle.

Mais ce n'était pas le moment.

Il alla chercher à la cuisine un calepin et un stylo.

— Bon, alors je t'écoute, dit-il en s'asseyant à son tour. Comment s'appelle ton ex-mari ?

— Peter Waverly, répondit-elle en évitant son regard.

— Est-ce que tu as une photo de lui ?

S'ils pouvaient diffuser une photo du suspect, ils tomberaient forcément, à un moment ou à un autre, sur quelqu'un qui l'avait vu.

— Je dois en avoir une dans mon téléphone, répondit-elle. Je l'ai laissé dans mon sac, je vais le chercher.

Elle se leva et se dirigea vers la chambre.

La tension retomba dans la pièce. Hunter ne comprenait pas pourquoi, quand elle avait commencé à être harcelée, la jeune femme ne lui avait pas dit que son ex-mari était quelqu'un dont il fallait se méfier.

Elle reparut, son téléphone à la main. Elle fit défiler

sur l'écran une dizaine de photos, s'arrêta sur l'une d'elles et lui tendit l'appareil d'une main tremblante.

— Il va me tuer. Il a déjà tenté de le faire.

Hunter regarda la photo. L'homme avait l'air tout ce qu'il y avait de plus normal. Blond aux cheveux courts, yeux bleus qui fixaient l'objectif, des incisives qui se chevauchaient et rendaient son sourire légèrement asymétrique. Hunter ne pensait pas l'avoir croisé ; cette tête ne lui disait vraiment rien.

Il rappela Nick.

— Je vais te transférer une photo du suspect, dit-il.

— Bien reçue, répondit Nick vingt secondes plus tard. Je m'en occupe. On va la faire circuler. Dis à Ainsley qu'elle n'a plus rien à craindre.

— Je lui passerai le message.

Hunter raccrocha et rendit à la jeune femme son téléphone. Ils gardèrent le silence pendant quelques instants. Tant de questions se bousculaient dans la tête de Hunter qu'il ne savait même pas par où commencer.

— Depuis quand sais-tu que c'est ton ex-mari qui était derrière tout ça ? demanda-t-il.

— Quand j'ai reconnu sa voix tout à l'heure, dans la chambre de Melinda. Jusque-là, je pensais vraiment être harcelée par quelqu'un du coin. Mais j'aurais dû me douter que Peter finirait par nous retrouver. Il n'aura de cesse de me tuer.

Quand elle leva les yeux vers lui, il devina juste en sondant son regard qu'elle avait d'autres secrets – de lourds secrets qui risquaient de mettre en péril leur relation.

— Pourquoi veut-il te tuer ?

— Parce que je l'ai quitté. Peter est un pervers narcissique. Il considère que je lui appartiens. Il a tenté de me tuer avant que je parte et depuis il me traque sans relâche, où que j'aille.

— Il te maltraitait ? C'était un mari violent ? demanda Hunter que les violences conjugales mettaient en rage. Comment un homme pouvait-il battre une femme qu'il prétendait aimer ?

— Les sévices n'ont commencé que les deux dernières années de notre mariage. Avant cela, il y avait eu des abus psychologiques et de la torture mentale.

Secouant la tête, elle baissa les yeux sur ses mains, qu'elle se tordait dans tous les sens.

— C'est une banale histoire de violence conjugale, dit-elle d'un ton monocorde. Il a commencé par me couper de ma famille et de mes amis. Je ne pouvais aller nulle part sans lui. Je n'avais ni voiture ni compte en banque. Et un beau jour, sous prétexte que j'avais soi-disant flirté avec un employé de l'épicerie, il s'est mis à me battre comme plâtre. J'aurais dû partir, le quitter dès cette première fois, mais sa colère passée, il me suppliait de lui pardonner et jurait qu'il ne recommencerait pas. Et puis, il y avait Melinda. Pour elle, je voulais sauver les apparences.

— Sauf qu'il est devenu de plus en plus violent, dit Hunter, qui n'avait aucun mal à deviner la suite.

— Oui. Les raclées se sont multipliées. Il me frappait sans raison. Pour un oui, pour un non. La dernière fois, il a vraiment failli me laisser sur le carreau. La cicatrice que j'ai sur le ventre n'est pas due à un accident de voiture mais à un coup de couteau. Si les voisins, alertés par mes cris, n'étaient pas intervenus, ce jour-là, il m'aurait probablement tuée.

Elle poussa un soupir las.

— La police est venue et l'a arrêté. J'ai rassemblé

quelques affaires, retiré de l'argent avec sa carte bancaire, et je me suis enfuie avec Melinda.

— Pourquoi ne m'as-tu rien dit ?

Ainsley lui avait caché la vérité. Il se sentait trahi. Elle ne l'avait pas jugé digne de confiance.

— Je suis désolée. J'étais en fuite et je n'avais pas envie que ça se sache. Et quand j'ai voulu te le dire, j'ai eu peur de ta réaction. Je t'avais déjà raconté trop de mensonges.

Il la dévisagea. Par ses mensonges, une autre femme avant elle avait détruit sa vie. Il éprouvait un horrible sentiment de déjà-vu. Allait-il revivre ce calvaire ?

12

Depuis qu'elle avait entendu la voix de Peter dans la chambre de Melinda, Ainsley était terrorisée. Elle avait espéré que son ex-mari avait cessé de les chercher et tourné la page. Elle s'était crue débarrassée de lui pour de bon.

Comment avait-elle pu s'imaginer un seul instant qu'il renoncerait ? Jamais il ne la laisserait tranquille. Peter était fou à lier et il avait juré sa mort. Elle aurait dû se douter qu'il était à l'origine des actes malveillants dont elle était victime depuis quelque temps.

Sentant le regard de Hunter rivé sur elle, elle comprit qu'elle ne pouvait plus reculer : l'heure de vérité avait sonné.

Il allait la détester, elle le savait. Il ne lui pardonnerait pas de lui avoir menti. Quand il saurait ce qu'elle avait fait, peut-être même qu'il l'arrêterait. Seigneur, comment avait-elle pu en arriver là ?

— Peter était issu d'un milieu fortuné, dit-elle. Son père était riche et influent. Après un bref passage aux urgences, à cause du coup de couteau que j'avais reçu, j'ai emmené Melinda dans un motel en attendant de voir ce qui allait se passer.

— Et donc ? Que s'est-il passé ? s'enquit Hunter

d'une voix un peu détachée, comme si son intérêt s'était émoussé.

Ainsley sentit qu'elle était en train de le perdre. Son avenir avec lui semblait plus que compromis. Peter était arrivé à ses fins, songea-t-elle en lisant de la méfiance dans ses beaux yeux verts. C'était comme si elle était déjà morte.

— Le lendemain matin, Peter était libre comme l'air, aucune charge n'ayant été retenue contre lui.

— Cela s'est passé au Nevada ? demanda Hunter.

— Non. En fait, je ne viens pas du Nevada mais de Portland, dans le Maine. C'est là que vivent ma mère et ma sœur aînée. J'ai menti aussi à propos de mon nom. Je ne m'appelle pas Ainsley Meadows mais Colette Waverly.

Il eut un mouvement de recul, comme s'il avait reçu une gifle en pleine figure.

— Il a donc été disculpé et c'est à ce moment-là que tu t'es enfuie, dit-il d'une voix sans timbre.

Elle acquiesça.

— Il en a profité pour demander le divorce et la garde exclusive de Melinda. Il m'a fait passer pour une mère indigne, psychologiquement instable. Un mandat d'arrêt a été délivré à mon encontre. J'ai été condamnée pour aliénation parentale, entre autres choses. Mais pour rien au monde je ne voulais confier ma fille à ce cinglé, alors depuis trois ans je suis en cavale. Je me suis fait faire de faux papiers et j'ai enfreint la loi à plusieurs reprises pour tenter de lui échapper. Si tu dois m'arrêter, je comprendrai.

Les mots étaient sortis d'une traite, en un flot ininterrompu, comme si elle les avait longtemps retenus et qu'une digue, soudain, s'était rompue. Puis elle se tut et, le visage dans ses mains, elle se mit à pleurer.

Elle était à bout de forces. Elle avait mal partout, à cause des coups qu'elle avait reçus la veille, mais le plus douloureux, c'était de voir Hunter s'éloigner d'elle.

Il ne lui restait plus qu'à reprendre la route et sa vie errante de fugitive. Plus jamais elle ne s'attacherait à qui que ce soit ; partir en laissant tout derrière soi générait trop de souffrance.

Elle aurait aimé que Hunter la prenne dans ses bras et la rassure. Quand il la serrait contre lui, elle se sentait en sécurité. Cessant de pleurer, elle laissa retomber ses mains sur ses genoux.

— Est-ce que tu vas m'arrêter ? demanda-t-elle dans un souffle en affrontant son regard.

— Je parie que si je ne t'arrête pas, tu t'enfuiras à nouveau. Tu n'en as pas assez de cette vie de fugitive ?

L'expression de son visage était impénétrable.

— Si, répondit-elle, les larmes aux yeux. J'en ai assez de devoir tout le temps partir, tout le temps mentir, tout le temps être sur le qui-vive. Melinda n'a pas à vivre ça. Je sais qu'elle en souffre, mais je n'avais pas le choix. J'espérais vraiment que nous pourrions enfin poser nos valises et nous installer définitivement ici.

— Reste, en ce cas, et prends tes responsabilités. Quand Peter sera derrière les barreaux, nous nous occuperons de tes problèmes avec la justice.

Un coup frappé à la porte l'interrompit. Il se leva pour aller ouvrir et revint avec Nick.

— Bonjour, Ainsley, comment ça va ? lança Nick.

— Bien, affirma-t-elle machinalement, malgré ses nombreuses contusions et son cœur en lambeaux.

Elle ne savait pas quelles étaient les intentions de Hunter en ce qui la concernait, mais une chose était sûre : il ne l'aimait plus. Cette certitude lui était insupportable.

— Je voulais vous tenir au courant de l'enquête, dit Nick en s'asseyant dans un fauteuil, tandis que Hunter reprenait place sur le canapé.

À côté de Colette.

— J'ai fait saisir tout le matériel de surveillance installé dans les combles du Café, poursuivit Nick. Le type n'a pas lésiné sur les moyens. On se demande bien comment il a pu accéder aux combles pour installer tout ça.

— La seule personne qui aurait peut-être pu répondre à cette question, c'est Ted Johnson, qui a disparu.

— S'il est impliqué là-dedans, il est probablement mort, déclara Colette. Peter n'est pas du genre à s'encombrer inutilement. Quand il n'a plus eu besoin de Ted, il s'est débarrassé de lui, tout simplement. C'est un homme dangereux et sans pitié.

Elle garda le silence pendant que Hunter expliquait à Nick qu'elle ne s'appelait pas Ainsley, mais Colette, et qu'elle avait fui un ex-mari qui la maltraitait et cherchait maintenant à la tuer.

— Sa photo circule dans toute la ville, assura Nick. Il ne peut pas nous échapper.

— Puissiez-vous dire vrai, dit-elle.

Ils allaient l'arrêter, soit, mais elle n'avait aucune certitude que Peter irait en prison. Il pouvait, une fois de plus, s'en tirer blanc comme neige. S'il était relaxé, il prendrait Melinda avec lui, puisqu'il en avait obtenu la garde, et il lui ferait subir les mêmes humiliations, les mêmes sévices que ceux dont elle-même avait été victime. À cette seule pensée, elle faillit se remettre à pleurer.

— Voyez-vous autre chose à nous dire au sujet de Peter qui puisse nous aider à le retrouver ? demanda Nick.

— Non, hélas. Il a toujours été imprévisible. Avec lui, il faut s'attendre à tout.

— Il est possible qu'il se soit teint les cheveux ou se soit fait pousser la barbe, nous en sommes tous conscients. Je vais retourner au Café ; on ne sait jamais, dit Nick en se levant. À bientôt, Ainsley… euh, Colette. Je vous tiens au courant. Tu me raccompagnes, Hunter ?

Elle regarda l'homme qu'elle aimait s'éloigner et sortir de la maison. Bientôt, elle le savait, il sortirait de sa vie. C'était bel et bien fini.

Elle n'aurait jamais dû s'autoriser à être heureuse. Il aurait mieux valu qu'elle reste seule dans son coin. Aujourd'hui, elle souffrirait moins.

Dans l'état où elle se trouvait, elle n'avait plus le courage de partir. À quoi bon ? Si Peter ne la tuait pas cette fois-ci, il attendrait une occasion plus favorable mais il aurait sa peau, à un moment ou à un autre.

Que pouvait la police contre lui ? Il faudrait déjà qu'elle le trouve. Peter était malin comme un singe et plein de ressources. Peut-être avait-il déjà quitté la ville…

Elle n'avait pas peur de mourir. Ce qu'elle ne voulait pas, c'était que Melinda se retrouve avec lui, à sa merci. Elle était prête à donner sa vie pour que cela n'arrive pas.

Elle leva les yeux vers Hunter, qui se tenait à présent dans l'entrée de la cuisine.

— Pendant que tu vas défaire ta valise, je m'occupe de nous préparer quelque chose à manger, dit-il.

Son ton et son regard manquaient cruellement de chaleur. Le cœur gros, elle se leva et fila dans la chambre sans un mot.

Découragée avant même d'avoir commencé, elle se laissa tomber sur le lit. Elle était au bout du rouleau, laminée par la douleur et par le chagrin.

Fouillant dans son sac, elle sortit un des antalgiques qu'on lui avait prescrits à l'hôpital et l'avala. Puis elle s'étendit sur le lit deux petites minutes, juste le temps de se requinquer avant de défaire sa valise. L'odeur de Hunter flottait partout autour d'elle. Les yeux clos, elle s'en imprégna. Cette odeur l'enveloppait comme un cocon de douceur. Consciente de tout ce qu'elle avait perdu, elle se mit à pleurer sans bruit – de douleur, de peur et de désespoir.

Elle inspira à fond pour se calmer mais quand, enfin, elle s'arrêta de pleurer, ses paupières étaient si lourdes qu'elle fut incapable de rouvrir les yeux. Elle s'endormit en songeant qu'inévitablement ses pires cauchemars concernant Peter allaient devenir réalité, et que les rêves qu'elle avait caressés avec Hunter allaient voler en éclats.

Hunter pensa qu'elle se laisserait tenter par un bol de soupe accompagné de crackers. Il en avait de deux sortes : poulet vermicelles et tomate. Comme il ne savait pas ce qu'elle préférait, il les sortit toutes les deux du placard, ainsi qu'un paquet de crackers.

Puis il s'assit à la table en attendant qu'elle revienne. Que *Colette* revienne. Cela lui faisait bizarre. Il mettrait du temps à s'y habituer.

Il avait du mal à réfléchir calmement, à ne pas se laisser submerger par ses émotions. À la colère et à la déception qu'il ressentait s'ajoutait un terrible sentiment de perte.

Il n'avait plus confiance. Elle lui avait menti sur son nom et sur tant d'autres choses qu'il commençait à douter de la sincérité de ses baisers et de ses déclarations d'amour. Et si elle l'avait manipulé ? Et si elle s'était servie de lui ?

Étant donné sa situation, sortir avec un adjoint du shérif était judicieux. Peut-être avait-elle fait sien l'adage qui dit qu'il faut garder ses amis près de soi, et ses ennemis encore plus près, songea-t-il.

À moins qu'elle n'ait compté sur lui pour la protéger…

Lui qui croyait bien la connaître ne savait vraiment plus que penser.

Ne la voyant pas revenir, il se demanda ce qu'elle fabriquait. Une sonnette d'alarme se déclencha dans son esprit. Il se leva et se dirigea vers la chambre en proie à une montée d'adrénaline.

Et si elle s'était enfuie par la fenêtre ? Et s'il lui était arrivé quelque chose ?

Il s'arrêta net sur le pas de la porte. Elle ne s'était pas enfuie mais endormie.

Elle était allongée sur le dos, ses cheveux bruns en éventail sur l'oreiller. Elle était belle quand elle dormait. Abandonnée dans le sommeil, parfaitement détendue, elle semblait si fragile et si inoffensive qu'il sentit ses suspicions fondre comme neige au soleil.

Aurait-il pu se tromper à ce point sur son compte ? Aurait-elle pu faire semblant d'être amoureuse de lui ?

C'était peu probable.

N'empêche qu'elle lui avait menti et qu'avec tous ses bobards elle avait semé le doute en lui.

Elle n'était pas celle qu'il croyait. Il se sentait floué et terriblement frustré. Il était fou amoureux d'elle et ne savait plus quoi faire de tout cet amour.

Il décida de ne pas la réveiller. Il n'était plus sûr de rien, mais les coups qu'elle avait reçus la veille étaient bien réels. L'énorme bleu sur son menton était lui aussi tout ce qu'il y avait de plus réel. Si Ben n'était pas intervenu, son ex-mari l'aurait probablement tuée.

Ici, au moins, elle ne risquait rien. Hunter déplorait de devoir aller travailler le lendemain, mais, trois de ses collègues ayant attrapé la grippe, il ne pouvait pas s'absenter lui aussi. Toutefois, même si au poste ils travaillaient en effectifs réduits, il ferait surveiller la maison et veillerait à ce que Peter Waverly soit activement recherché. Colette ne serait totalement hors de danger que lorsqu'il aurait été arrêté.

Perdu dans ses pensées, il alla s'asseoir au salon. Zeus sauta aussitôt sur ses genoux, en quête d'attention.

— Je sais que tu l'aimes bien, dit Hunter en lui caressant la tête, mais j'ignore comment tout ça va finir.

S'ils réussissaient à arrêter Peter et à le faire inculper, Colette serait libre de vivre où elle voudrait et avec qui elle voudrait.

Il craignait cependant qu'une fois l'affaire bouclée il ne se retrouve à nouveau seul avec son chien.

Peter était assis en face de Sheila dans la salle bondée. Autour d'eux, il n'était question que d'Ainsley Meadows qui s'était fait tabasser par son ex-mari.

— C'est affreux ce qui est arrivé à cette fille, déclara Sheila, à qui les conversations de leurs voisins de table n'avaient pas échappé non plus.

— Ouais, je la plains, fit-il, impassible.

— Heureusement que toi, tu n'es pas comme ça. Les hommes que j'ai connus avant toi m'ont tous battue comme plâtre. Je n'ai pas l'habitude qu'on soit gentil avec moi.

Peter plaqua un sourire sur ses lèvres.

— Avec une femme comme toi, difficile de ne pas être gentil, répliqua-t-il.

— Est-ce que j'aurais droit à une petite gâterie, ce soir ? demanda-t-elle avec son air de sainte-nitouche.

Elle le fixait avec des yeux brillants de convoitise.

Il savait en quoi consistait la « petite gâterie » : en manque, Sheila réclamait sa drogue.

— Il faut que je voie ce que je trouve.

Cette pauvre camée le dégoûtait profondément. Comment pouvait-on être aussi faible ? Il n'éprouvait aucune compassion pour ce genre d'individu.

— Je t'aime bien, Hank. Je crois que j'ai vraiment le béguin pour toi, dit-elle avec un sourire enjôleur.

Son sourire lui-même était repoussant car il révélait deux rangées de dents abîmées ou manquantes. Comment un homme comme lui pourrait-il s'intéresser à un déchet pareil ?

Enfin servis, ils venaient à peine de commencer à manger lorsque deux adjoints du shérif entrèrent. Une photo à la main, ils se mirent à aller de table en table pour interroger les gens. Lorsque l'un des deux hommes, l'adjoint Nick Marshall, arriva à sa table, Peter ne s'inquiéta pas le moins du monde.

Il était infiniment plus malin que les forces de l'ordre de ce bled paumé. Plus malin que tout le monde, en fait.

— Pardonnez-moi de vous déranger, mais cela ne prendra qu'une minute, dit l'adjoint Marshall en s'approchant de leur table.

— Que se passe-t-il ? s'enquit Peter.

— Nous recherchons un homme dont voici la photo. L'avez-vous déjà vu ? demanda l'adjoint en montrant à Peter une photo le représentant.

— Non, jamais, affirma Peter sans ciller.

Sheila jeta un coup d'œil à la photographie et secoua la tête.

— Moi non plus, dit-elle. Est-ce que c'est lui qui a tabassé la serveuse qui travaille ici ?

L'adjoint acquiesça avant de s'adresser à nouveau à Peter.

— Je ne pense pas que nous nous connaissions.

Peter se leva à moitié et lui tendit la main. L'adjoint la lui serra et Peter se présenta.

— Je m'appelle Hank Bridges. J'ai acheté la ferme et la porcherie qui sont à la sortie de la ville.

Marshall hocha la tête.

— Je connais cet endroit. Vous y vivez depuis quand ?

— Trois mois environ. La propriété a besoin d'une petite rénovation. Je suis donc en plein travaux.

— Content d'avoir fait votre connaissance, monsieur Bridges. Bienvenu à Dusty Gulch ! dit l'adjoint avant de passer à la table suivante.

Peter se remit tranquillement à manger, savourant par avance sa vengeance contre cette idiote de Colette qui avait eu l'impudence de le quitter.

Il savait où la trouver. Le moment venu, il lui tomberait dessus par surprise. Encore un peu de patience, s'exhorta-t-il intérieurement en songeant au sort qu'il réservait à la jeune femme.

— Tu ne finis pas tes frites ? demanda Sheila.

— Non, tu peux les manger, répondit-il en poussant son assiette vers elle.

Vas-y, mange. Goinfre-toi ! pensa-t-il. Cela en fera plus pour les cochons. Ils allaient se régaler avec un morceau de choix tel que Sheila. Il fallait juste qu'ils gardent une petite place pour Colette.

Groin-groin.

13

Colette se réveilla dans une semi-pénombre. Ne reconnaissant pas la chambre, elle se demanda où elle était et ce qu'elle faisait là. Puis tout lui revint en mémoire.

Peter avait resurgi dans sa vie. Pour la mettre à l'abri, Hunter l'avait invitée chez lui. Elle lui avait tout raconté et, après avoir beaucoup pleuré, elle s'était endormie, épuisée et complètement démoralisée.

Elle se dressa sur son séant en serrant les dents. Ses côtes lui faisaient horriblement mal. Mais son cœur en lambeaux était une source de souffrance encore plus grande.

Lorsqu'elle posa les pieds par terre, son ventre se mit à gargouiller. Elle ignorait l'heure qu'il était, mais elle n'avait rien mangé de la journée et la faim l'obligeait à sortir de sa tanière.

Ce dont elle avait le plus besoin, cependant, c'était des bras de Hunter autour d'elle. Elle avait envie de se blottir contre lui, de l'entendre lui murmurer qu'il l'aimait et que tout allait s'arranger. Mais elle savait que rien de tout cela ne se produirait. Hunter la détestait, à présent.

Elle sortit de la chambre et se dirigea vers la salle de séjour, qui était allumée. Hunter n'y était pas.

Elle le trouva à la cuisine, assis à la table, une tasse

de café posée devant lui. Zeus se précipita vers elle pour lui faire la fête. Elle se pencha pour le grattouiller entre les oreilles.

— Tu as dormi longtemps, fit remarquer Hunter en se levant pour aller ouvrir la porte de derrière et faire sortir le chien.

Il revint s'asseoir à sa place. Elle resta debout.

— J'ai pris un antalgique et je me suis allongée. Je voulais juste me reposer quelques instants, mais je me suis endormie.

— Tu dois avoir faim, dit-il.

Il était froid et distant. Mais cela n'avait rien d'étonnant.

— Oui, je mangerais volontiers quelque chose.

— De la soupe et des crackers, ça te va ? demanda Hunter en se levant à nouveau.

— Oui, très bien.

— Assieds-toi, en ce cas, dit-il en lui désignant la chaise en face de la sienne. Je vais te chercher ça.

— Tu n'es pas obligé de me servir, protesta Colette.

— Cela ne me dérange pas. Il faut juste que tu me dises ce que tu préfères : bouillon de poulet aux vermicelles ou soupe à la tomate ? Je n'ai pas d'autres variétés à te proposer.

— À la tomate, ça ira très bien. Merci.

Elle prit place à la table et le regarda vider la boîte de soupe dans un bol qu'il glissa dans le four à micro-ondes.

Pendant que la soupe chauffait, il ouvrit un paquet de crackers qu'il disposa sur une petite assiette. Il s'activait sans la regarder et sans rien dire.

Un ding retentit, indiquant que la soupe était prête. Il apporta le bol à table, le posa devant elle, à côté de l'assiette de crackers.

— Tu veux boire quelque chose ?

— Non, merci, ça ira comme ça. Tu ne t'assieds pas ?

Il prit place en face d'elle mais évitait toujours son regard.

— Des nouvelles de l'enquête ? lança-t-elle, histoire de renouer le dialogue.

— Pas pour l'instant, mais Peter est activement recherché, répondit Hunter.

Lorsque, enfin, il posa les yeux sur elle, elle vit non seulement la méfiance dans son regard mais aussi la souffrance – souffrance qu'*elle* lui avait infligée.

— Hunter, entre nous, tout était parfaitement sincère, assura-t-elle. Je t'ai menti sur certains points, j'en conviens, mais en ce qui concerne notre relation, je n'ai pas menti ou fait semblant. Je t'aime, Hunter.

Ses mots résonnèrent longtemps dans le silence de la pièce. Contre toute attente, Hunter ne se dérida pas. À croire que sa déclaration ne lui avait fait ni chaud ni froid…

Il la scrutait avec un regard d'entomologiste en présence d'un spécimen rare. À la fois curieux et perplexe.

— Avais-tu l'intention de me dire la vérité un jour ? demanda-t-il au bout de ce qui parut à Colette une éternité.

— Oui, bien sûr. J'ai failli, une fois, puis je me suis ravisée. Je voulais d'abord qu'on découvre qui me harcelait. Mais j'allais tout te raconter, je te le jure.

Comme elle prononçait ces mots, elle se rendit compte qu'elle avait perdu toute crédibilité. Elle pouvait jurer tout ce qu'elle voulait, plus jamais Hunter ne la croirait.

Il poussa un grand soupir.

— Mange ta soupe avant qu'elle ne refroidisse, dit-il. Je vais appeler Nick.

Il se leva, fit entrer Zeus et quitta la pièce, le chien sur ses talons.

Les larmes aux yeux, elle contemplait le contenu de son bol. Elle aurait dû se douter que cela ne pouvait que mal finir, mais naïvement elle espérait un miracle. Elle pensait que l'amour serait le plus fort. Mais elle s'était trompée, manifestement. L'amour ne faisait pas tout.

Quand tout serait fini entre eux et que Hunter repenserait à elle, il la mettrait dans le même panier que son ex-femme et considérerait qu'il s'était fait berner, une fois de plus. À ses yeux, elle resterait une menteuse et une usurpatrice. Mais, plus encore que l'impression qu'il garderait d'elle, elle déplorait de l'avoir déçu. Juanita lui avait fait promettre de ne pas lui briser le cœur, mais c'était exactement ce qu'elle venait de faire.

Elle se força à avaler la soupe et les crackers. Et réussit à ne pas fondre en larmes.

Ce n'étaient pourtant pas les raisons de pleurer qui lui manquaient. Non seulement elle devait faire une croix sur Hunter, mais en plus elle ne savait pas ce qu'elle allait devenir.

Même si Peter était arrêté et inculpé, il était peu probable qu'elle reste à Dusty Gulch si Hunter et elle rompaient. Elle ne supporterait pas de le voir chaque jour et de continuer de l'aimer en secret en sachant qu'il n'éprouvait plus rien pour elle.

Lorsqu'elle eut fini de manger, elle porta le bol et l'assiette dans l'évier, les passa sous l'eau et les mit dans le lave-vaisselle.

Puis elle rejoignit Hunter au salon. Assis dans son fauteuil inclinable, Zeus sur ses genoux, il était plongé dans ses pensées.

— Nick t'a donné des nouvelles ? demanda-t-elle.

— Oui. Les recherches sont toujours en cours, répondit-il laconiquement.

— Tu dois me détester, dit-elle dans un souffle.

— Ainsley, ou plutôt Colette, jamais je ne te détesterai.

Elle crut discerner dans son regard un reste de tendresse, mais cette lueur s'éteignit très vite et ses yeux redevinrent froids. Une ride barrait son front soucieux.

— Pour l'heure, ma préoccupation principale est d'arrêter ton ex-mari et de l'envoyer en prison.

— Et quand il sera derrière les barreaux ?

— On avisera à ce moment-là, répliqua Hunter en caressant distraitement Zeus. Pour être tout à fait franc avec toi, je ne sais pas trop quoi penser de tout ça. Tes mensonges me restent un peu sur l'estomac ; il faut me laisser le temps de les digérer.

— Je comprends. Finiras-tu par me pardonner ? s'enquit-elle d'un ton humble.

Elle attendait anxieusement sa réponse, comme si toute sa vie en dépendait, ce qui n'était pas loin d'être le cas.

— Je n'en sais rien. Là, maintenant, la priorité, c'est ta sécurité. C'est là-dessus que je veux me concentrer.

Il soutint son regard une longue minute puis baissa à nouveau les yeux sur Zeus.

— J'ai besoin de réfléchir, Ains..., euh, Colette. Laisse-moi un peu de temps ; c'est tout ce que je te demande.

Elle acquiesça d'un signe de tête, la gorge nouée. Elle comprenait. Hunter avait été pris de court par tous ses mensonges. Elle n'avait pas pu préparer le terrain.

Elle prit une profonde inspiration qui lui arracha une grimace de douleur.

— Il serait peut-être préférable que je retourne chez moi, dit-elle, la mort dans l'âme.

— Il n'en est pas question. Ici, tu ne risques rien. Je dois aller travailler demain, mais mes collègues vont patrouiller autour de la maison et s'assurer que tout va bien. Je ne suis pas vraiment inquiet. Ton ex-mari a beau être fou, il n'osera plus s'en prendre à toi. Il doit savoir qu'il est recherché. En fait, je ne serais pas étonné qu'il ait fichu le camp.

— J'espère bien que non. Il se croit invulnérable et, comme jusque-là il s'en est toujours tiré blanc comme neige, il n'a probablement pas jugé utile de partir. Du moins je l'espère, parce que s'il se volatilise je ne serai jamais tranquille. Il s'est juré d'avoir ma peau et n'aura de cesse d'arriver à ses fins.

— Hier soir, j'ai bien cru qu'il t'avait tuée. Les heures que j'ai passées à l'hôpital, à attendre qu'un médecin vienne me donner des nouvelles, ont été les plus longues de ma vie.

Colette se rendit compte qu'elle avait été terriblement égoïste. Obnubilée par l'avenir compromis de sa relation avec lui, elle n'avait pas mesuré à quel point ces dernières vingt-quatre heures avaient dû être éprouvantes pour lui aussi.

Elle s'aperçut qu'il avait les traits tirés et en conclut qu'il n'avait pas dû dormir beaucoup la nuit précédente, assis dans la salle d'attente de l'hôpital, à se ronger d'inquiétude pour elle.

— Tu as pu te reposer un peu pendant que je dormais ? demanda-t-elle.

— Non, la sieste et moi, ça fait deux. Mais je dormirai mieux ce soir.

— Tu ne veux pas que je te rende ta chambre et que je dorme sur le canapé ?

— Je serai très bien sur le canapé, affirma Hunter d'un ton qui n'admettait aucune réplique. Dis-moi, tu as fait allusion à ta mère et à ta sœur, tout à l'heure. C'est la sœur imaginaire dont tu m'avais parlé ?

— Tout ce que je t'ai raconté à son sujet est vrai, sauf qu'elle est bien réelle et pas imaginaire.

Le fait d'évoquer sa mère et sa sœur lui fit monter les larmes aux yeux.

— Nous avons toujours été très proches. Quand j'ai quitté Peter, au début, je suis restée en contact avec elles deux, mais, le jour où j'ai vu mon ex-mari débarquer dans le bled dans lequel Melinda et moi avions élu domicile, j'ai compris qu'il avait probablement mis leurs téléphones sur écoute. Nous avons réussi à lui échapper, mais par la suite j'ai coupé les ponts avec ma mère et ma sœur.

Luttant vaillamment contre les larmes, elle déglutit à plusieurs reprises.

— Il fallait que je pense d'abord à Melinda. Je savais que si son père la retrouvait, cela finirait très mal pour elle.

— Ce sont des choix difficiles à faire. Je vous plains, ta fille et toi. Vous avez eu la vie dure, ces dernières années.

— Je me croyais enfin tranquille, dit la jeune femme d'un ton amer. Melinda se plaît beaucoup à Dusty Gulch. Nous espérions pouvoir nous installer ici définitivement.

— Si nous attrapons Peter, vous pourrez rester. Qu'est-ce qui vous en empêcherait ?

Elle aurait voulu pouvoir sonder son regard, mais il avait à nouveau baissé les yeux.

— Nous verrons, répondit-elle avec un soupir.

L'avenir était incertain, et Hunter n'était manifestement pas disposé à lever le doute sur la pérennité de leur relation. Celle-ci survivrait-elle à la terrible déception qu'elle lui avait infligée ? Pour le moment, cela semblait assez mal parti. Désespérée, elle avait envie de quitter la ville sans délai, de fuir tout ce qui lui rappellerait Hunter.

Mais elle devait aussi penser à Melinda. Si elles partaient, sa fille serait malheureuse. Elle s'était fait des amis, ici. Et à l'école tout se passait bien. L'arracher à tout cela sous prétexte qu'elle-même ne supportait pas la rupture et ne se voyait pas vivre ici sans Hunter était difficilement envisageable.

Il ne lui restait plus qu'à espérer qu'avec le temps Hunter lui pardonnerait et qu'elle finirait par le reconquérir.

Hunter poussa un soupir de soulagement lorsque Colette quitta la pièce pour aller défaire sa valise et se coucher. La conversation qu'ils venaient d'avoir tous les deux s'était révélée extrêmement pénible car elle voulait quelque chose qu'il n'était pas en mesure de lui donner pour le moment.

Il fallait d'abord qu'il intègre tout ce qu'il avait appris à son sujet. Elle lui avait raconté tellement de bobards qu'il hésitait à présent à prendre ses allégations pour argent comptant.

Peter courant toujours, elle n'était pas à l'abri d'une nouvelle agression et avait donc tout intérêt à garder Hunter sous le coude. Comment Hunter pouvait-il être sûr qu'elle ne le manipulait pas ? Comment savoir si elle l'aimait vraiment ?

Il ne savait plus que penser et avait l'impression que toutes ces questions qui se bousculaient dans sa tête allaient le rendre fou. Sa seule certitude était sa détermination à arrêter Peter Waverly et à le faire inculper pour tentative de meurtre sur la personne de Colette.

Il sortit du placard du couloir une couverture et un oreiller qu'il jeta sur le canapé. Puis il éteignit toutes les lumières à l'exception de celle qui se trouvait au-dessus de la cuisinière. Si Colette avait soif pendant la nuit, elle pourrait aller se chercher un verre d'eau sans buter partout.

Après avoir posé son pistolet sur sa table de chevet, il se dévêtit et s'allongea sur le canapé, Zeus couché à ses pieds.

Bien qu'il fût exténué, le sommeil tardait à venir. Il se mit à gamberger et, une pensée en entraînant une autre, il songea à son mariage avec Emily, qui était la plus jolie fille du lycée. Fou amoureux d'elle, il n'avait jamais douté qu'il pût en être autrement pour elle. Et pour cause : Emily mentait comme elle respirait. Il avait gobé tous ses mensonges sans sourciller.

Quand elle l'avait quitté, le laissant dévasté, il s'était blindé et avait juré ses grands dieux qu'on ne l'y reprendrait plus.

Puis il avait rencontré Ainsley Meadows et avait été séduit par sa spontanéité et sa sincérité. Il se voyait déjà vivre avec elle et fonder une famille. Mais, à son tour, elle avait trahi sa confiance.

Il comprenait les raisons pour lesquelles elle avait dû vivre sous une fausse identité et mentir sur son passé. Mais, échaudé par ce qu'il avait vécu avec Emily, il avait l'impression de s'être fait gruger et ne savait plus très bien où il en était avec Colette.

Pour l'instant, il préférait faire abstraction des sentiments qu'il avait éprouvés pour elle. Il voulait se concentrer sur l'enquête et tout faire pour retrouver Peter. Il tenait à ce que Colette et Melinda soient désormais à l'abri et n'aient plus rien à craindre de ce cinglé.

Il finit par s'endormir, mais sa nuit fut peuplée de cauchemars terrifiants dans lesquels Peter, armé d'un grand couteau, poursuivait Colette dans une rue sombre. Hunter tenta de tirer sur Peter mais son pistolet n'était pas chargé.

Conscient que s'il n'intervenait pas Peter tuerait Colette, il voulut courir, mais il était comme paralysé, incapable de mettre un pied devant l'autre. Il se réveilla en sursaut, couvert de sueur et aussi essoufflé que s'il venait de courir un marathon.

Le jour se levait. Lorsque Hunter posa les pieds par terre, Zeus s'assit, bâilla et sauta à bas du canapé.

Hunter alla lui ouvrir la porte de derrière puis se dirigea vers la cuisine pour préparer le café. Il s'était levé une heure trop tôt mais, s'il se recouchait, il redoutait de faire à nouveau des cauchemars.

Quand il eut mis la cafetière en route, il passa récupérer dans son bureau un de ses uniformes, qu'il avait pris soin de sortir de sa chambre la veille au soir, et fila sous la douche.

Il resta longtemps sous le jet d'eau chaude. Mais, lorsqu'il sortit de la douche, ses idées n'étaient pas plus claires pour autant.

Une fois séché et habillé, il regagna la salle de séjour, fit rentrer Zeus et se servit une tasse de café.

Il n'avait aucune envie d'aller travailler, mais un adjoint de plus pour patrouiller dans les rues augmentait considérablement leurs chances de retrouver Peter. À condition que le lascar n'ait pas quitté la ville…

S'il était parti, comme il le craignait, et que dans quarante-huit heures il n'avait pas été capturé, Colette pourrait à nouveau craindre pour sa vie. En sirotant son café, Hunter songea que vivre avec une épée de

Damoclès au-dessus de la tête ne devait pas être drôle tous les jours.

Comment la jeune femme faisait-elle pour supporter cette situation ? Depuis trois ans, elle n'avait jamais pu souffler. Elle s'était couchée chaque soir en se demandant si elle serait encore là le lendemain, son ex-mari risquant de faire irruption chez elle en pleine nuit pour la tuer. Jamais elle n'avait pu baisser sa garde.

Hunter n'aurait pas voulu être sa place. Il la plaignait sincèrement et espérait que bientôt elle serait enfin débarrassée de cette menace. C'était son souhait le plus vif, mais Peter courait toujours, hélas.

Ils allaient l'arrêter, soit. Mais, ensuite, que se passerait-il pour Colette et lui ?

Dans l'immédiat, il n'était pas prêt à envisager l'avenir, quel qu'il soit.

Il venait de se servir une seconde tasse de café lorsque Colette arriva. Elle portait un pantalon de jogging rose et un haut assorti. Ses longs cheveux bruns étaient humides, ce qui semblait indiquer qu'elle s'était douchée dans la salle de bains attenante à la chambre.

L'ecchymose qu'elle avait dans le bas du visage se voyait encore plus ce matin. Pris d'une envie irrépressible de casser la figure à ce salaud de Peter Waverly, Hunter serra les poings.

— Ce café sent drôlement bon ! s'exclama-t-elle.

— Assieds-toi. Je vais t'en servir une tasse.

— Dis-moi plutôt où se trouvent les tasses et je me débrouillerai.

— Dans le placard de droite, au-dessus de l'évier.

Lorsqu'elle passa à côté de lui, il huma son odeur de propre à laquelle se mêlaient les effluves délicats de son parfum. Son corps réagit aussitôt à ce stimulus.

Malgré les mensonges qu'elle lui avait racontés, il la désirait toujours autant.

Elle remplit sa tasse et s'assit à la table, en face de lui.

— Tu as bien dormi ? demanda-t-elle.

— Pas trop mal, répondit-il évasivement car il ne voulait pas lui rapporter les cauchemars qu'il avait faits. Et toi ?

— J'ai dormi comme un bébé.

— Tu es debout tôt.

— J'ai l'habitude de me lever de très bonne heure pour ouvrir le Café. À quelle heure commences-tu, ce matin ?

Elle but une gorgée de café. Par-dessus le bord de sa tasse, ses beaux yeux bleus le suppliaient de lui livrer le fond de sa pensée, de lui ouvrir son cœur.

Il ne se laissa pas fléchir. Il n'était pas encore prêt. Ce qu'il ressentait pour elle le plongeait dans la plus grande perplexité.

— Je dois partir d'ici vers 7 h 30, répondit-il.

— Cela me laisse le temps de te préparer un vrai petit déjeuner. Si tu m'autorises à utiliser ta cuisine, bien sûr.

Il ne put s'empêcher de sourire.

— Tu peux utiliser la cuisine autant que tu veux. En ce qui concerne le petit déjeuner, c'est gentil de ta part, mais je n'en prends jamais. Sers-toi, mange ce qui te fait plaisir.

— Le plus souvent, je me contente d'un café, moi aussi.

— Avant de partir, il faut que je te demande quelque chose, dit Hunter. Sais-tu te servir d'un pistolet ?

Elle ouvrit de grands yeux effarouchés.

— Il faut viser et appuyer sur la détente. C'est tout ce que je sais. Pourquoi cette question ?

— Je possède un neuf millimètres pour mon usage personnel. Je vais te le laisser. Te sens-tu capable de tirer sur ton ex-mari ?

— Oui, bien sûr. Pour l'empêcher de me tuer, je n'hésiterais pas à l'abattre d'une balle dans le cœur.

— Je reviens tout de suite, dit Hunter en se levant.

Il déverrouilla l'un des tiroirs de son bureau et en sortit le pistolet en question. Après s'être assuré que la sécurité était enclenchée, il le rapporta à la cuisine et le posa sur la table, le canon face au mur.

Colette le contempla un instant puis leva les yeux vers lui.

— Je ne pensais pas en arriver là, confia-t-elle à mi-voix.

— Quelque chose me dit qu'il est parti, déclara Hunter. Sinon, on l'aurait attrapé. Mais si jamais je me trompais, je tiens à ce que tu aies de quoi te défendre en mon absence. Avant de partir, j'ôterai le cran de sûreté. Tu n'auras qu'à viser et appuyer sur la détente.

Elle opina.

— Je dois viser plein centre, c'est ça ?

Il acquiesça, surpris de la voir aussi bien informée.

— Ça sert, parfois, de regarder des séries policières à la télé, dit-elle avec un sourire malicieux.

À la vue de son sourire, une bouffée de tendresse l'envahit. Il baissa les yeux sur sa tasse vide. Quel dommage qu'elle ait tout gâché ! Si seulement elle lui avait dit la vérité dès qu'entre eux cela avait commencé à devenir sérieux… Pourquoi, aussi, fallait-il qu'elle soit si jolie ?

Comme si elle avait lu dans ses pensées, et senti qu'il était en train de fléchir, elle le regarda à nouveau d'un air suppliant.

— Hunter…

Il leva une main.

— Non, je t'en prie, la coupa-t-il.

— Tu ne sais même pas ce que j'allais dire, protesta-t-elle.

Il aurait été si facile de plonger dans les profondeurs abyssales de ses yeux, si beaux, si bleus. Mais il devait se protéger.

— Colette, je ne veux pas d'une discussion à cœur ouvert maintenant. Je n'ai pas de réponses aux questions que tu te poses. Pas pour l'instant.

Il vit une ombre ternir son beau regard et s'en voulut de lui faire de la peine. Mais pour le moment il ne savait pas s'ils resteraient ensemble ou pas. Il ne voulait surtout pas lui donner de faux espoirs.

— Je veux juste te remercier de m'héberger chez toi et de veiller sur moi, dit-elle.

— Protéger et servir, telle est notre devise.

— Nous savons l'un comme l'autre que tu ne te contentes pas de faire ton devoir. Tu es un adjoint hors pair et un homme formidable.

Il se sentait plutôt minable, là, tout de suite. Incapable qu'il était de prendre une décision, de savoir ce qu'il voulait. Le silence retomba, une fois de plus.

Colette jeta ostensiblement un coup d'œil à la pendule murale et se leva.

— Je vais appeler Juanita pour prendre des nouvelles de Melinda avant qu'elle parte à l'école.

Il souffla lorsqu'elle sortit de la cuisine. La cohabitation s'annonçait difficile. Vivre sous le même toit sans savoir s'ils étaient encore amants, de simples amis, ou ni l'un ni l'autre, risquait d'engendrer pas mal de tensions.

Lorsqu'il fut temps pour lui de partir, il se sentit

tiraillé entre son désir de se lancer à la recherche de Peter et son envie de rester à la maison pour s'assurer qu'il n'arriverait rien à Colette.

— Si tu dois tirer, veille à ne toucher que la détente, lui déclara-t-il en enlevant la sécurité du neuf millimètres. Où veux-tu que je le mette ?

— Pose-le sur la table basse. Je vais passer la plus grande partie de la journée assise sur le canapé.

— Si tu t'ennuies, regarde la télévision. Et si tu as faim, n'hésite pas à te servir. Pour ce soir, je rapporterai à manger. Je commanderai des plats au Café.

— Je peux cuisiner, proposa Colette.

— Non, pas la peine, dit Hunter, pour qui repas cuisiné à la maison signifiait vie de couple. Je reviendrai avec le dîner. Qu'est-ce qui te ferait plaisir ?

— Je te laisse choisir. J'aime bien les surprises.

Elle l'accompagna à la porte. Comme il s'apprêtait à sortir, elle lui posa une main sur le bras.

— Fais attention, Hunter.

— Ne t'inquiète pas pour moi, dit-il. Si tu as le moindre problème, appelle-moi. J'accourrai ou je t'enverrai un de mes collègues.

— Entendu. Mais je suis sûre que tout va bien se passer.

Il avait envie de la toucher. De la prendre dans ses bras et de la serrer contre lui. Il brûlait de lui caresser la joue ou les cheveux. Mais planté devant elle, les bras ballants, il se contenta de la regarder.

— Ferme bien la porte à clé, lança-t-il. À tout à l'heure.

Il sortit précipitamment, comme s'il voulait échapper à un grand danger. Il préférait courir après un tueur psychotique plutôt que se colleter avec les émotions que Colette suscitait en lui.

14

Dès que Hunter eut passé la porte, ce fut comme s'il avait emporté avec lui tout l'oxygène de la pièce. Oppressée, Colette regagna la salle de séjour et s'assit du bout des fesses sur le canapé.

Fixant le pistolet sur la table basse, elle se demanda si elle serait réellement capable de tirer sur son ex-mari, le père de sa fille. Quand elle repensait à tout ce qu'il lui avait fait subir, les coups, les insultes, les humiliations, la réponse était claire et nette. Oui, elle n'aurait aucun scrupule à lui tirer dessus. À le tuer.

Plus que la vengeance, ce qui motivait sa détermination, c'était la peur qu'il s'en prenne à leur fille. Pour protéger Melinda, elle était prête à tout.

Si Peter avait vraiment quitté la ville, un nouveau problème se posait à elle. Un problème de taille. Comment pouvait-elle rester à Dusty Gulch maintenant qu'il savait que c'était là qu'elle habitait ? Même si Hunter lui pardonnait et lui déclarait son amour, elle devrait partir. Tant que Peter était en cavale, il n'y avait pas vraiment d'autre solution, malheureusement.

Pour se changer les idées, elle alluma la télévision. Elle se sentait fatiguée car, contrairement à ce qu'elle avait affirmé quand Hunter lui avait posé la question, elle avait mal dormi, d'une part à cause de ses blessures, qui se rappelaient cruellement à elle dès qu'elle changeait de position, et d'autre part en raison du stress que la situation, l'incertitude et la peur généraient en elle.

Elle tomba sur un jeu télévisé qu'elle commença à regarder distraitement, après avoir baissé le son de manière à pouvoir entendre ce qui se passait dans la maison. Zeus grimpa sur le canapé et se coucha en boule à côté d'elle.

Tout un gardant un œil sur l'écran, elle se mit à le caresser, fourrageant dans le poil épais et soyeux de son encolure. Mais ses pensées anxiogènes ne lui laissaient aucun répit. Elle n'arrivait pas à se détendre, à faire le vide dans son esprit.

Hunter n'avait plus aucune envie de vivre avec elle. Elle l'avait bien compris. La déception était rude. Et dire qu'elle se voyait déjà passer le reste de ses jours avec lui ! Et dire qu'elle croyait avoir trouvé l'homme idéal…

Elle avait même commencé à préparer Melinda car, il y a seulement deux jours, il était fortement question qu'elles emménagent chez Hunter.

Colette se promit de s'excuser auprès de sa fille de ne pas l'avoir prise au sérieux lorsqu'elle prétendait que son père lui parlait. Cela paraissait invraisemblable. Qui aurait imaginé que Peter avait installé du matériel de surveillance dans les combles du Café ?

À midi, elle se leva pour laisser sortir le chien dans le jardin. Puis elle alla jeter un coup d'œil dans le réfrigérateur.

Elle était un peu étonnée de ne pas avoir de nouvelles de Hunter. S'il ne l'avait pas appelée, c'était probablement parce qu'il n'y avait rien de nouveau, hélas.

Elle ouvrit une boîte de thon et se fit un sandwich qu'elle mangea sans appétit.

Quand elle eut terminé, elle s'approcha des fenêtres donnant sur la rue et regarda dehors. Pour en avoir parlé avec Hunter, elle savait que la plupart de ses voisins travaillaient et n'étaient donc pas chez eux pendant la journée.

Elle ne remarqua rien d'anormal dans le secteur. Une voiture de patrouille passa lentement devant la maison avant de disparaître au bout de la rue. Un peu rassurée, elle quitta son poste d'observation et se dirigea vers la porte de derrière pour faire rentrer Zeus.

Tout content, le chien entra. Il n'était pas seul. Un homme qu'elle avait vu plusieurs fois au Café l'accompagnait.

— Hank ? Qu'est-ce que vous faites là ? Que voulez-vous ?

Elle ne s'expliquait pas la présence de Hank Bridges dans le jardin de la maison de Hunter. Et elle trouva bizarre qu'il entre sans façon, comme chez lui.

— Bonjour, Colette.

Cette voix, elle l'aurait reconnue entre mille. Sauf que l'homme qu'elle avait devant elle n'était pas Peter. Perplexe, elle le dévisagea. Et soudain, elle comprit.

Peter !

Pas étonnant qu'il ait réussi à passer à travers les mailles du filet. Il ne ressemblait pas du tout à la photo qu'elle avait remise aux forces de l'ordre. Il était le nouvel arrivant. Il allait et venait à sa guise sans éveiller les soupçons, et mangeait même au Café de temps à autre en compagnie de Sheila Turrel.

Elle recula précipitamment, terrorisée.

Vite, le pistolet ! songea-t-elle, complètement paniquée. Elle tourna les talons, s'apprêtant à courir le chercher, mais il lui fit un croche-patte. Elle tomba à plat ventre.

Roulant sur le dos, elle lui donna des coups de pied, tenta tant bien que mal de le repousser, tandis qu'à côté d'eux Zeus aboyait furieusement.

Peter fit un pas en arrière en riant.

— Ah, Colette, il y a si longtemps que j'attends ce moment !

— Fiche le camp, Peter ! répliqua-t-elle, le souffle court. Laisse-moi tranquille.

Ses injonctions n'eurent d'autre effet que le rendre encore plus hilare. En entendant son rire sardonique, elle sentit son sang se glacer dans ses veines.

— Tu crois vraiment que tu vas te débarrasser de moi comme ça ? lança-t-il. Arrête de rêver, ma grande. Tu m'as quitté, tu m'as privé de ma fille pendant des années, et je vais te le faire payer.

— Tu te moques pas mal de Melinda. Tu ne nous as jamais aimées, ni elle ni moi.

— L'amour n'a rien à voir avec ça. Tu m'appartiens, déclara-t-il en se penchant sur elle, un grand sourire aux lèvres.

Il fallait qu'elle attrape le pistolet. Mais, pour ce faire, elle devait d'abord se lever. Forte de cette pensée, elle se remit à lui donner des coups de pied. Si elle arrivait à le repousser, elle se relèverait en vitesse et courrait chercher le pistolet.

Vicieux, il lui balança un coup de pied dans la côte qu'il lui avait cassée l'avant-veille. La douleur fut si vive qu'elle faillit s'évanouir. Le souffle coupé, la vue brouillée, elle resta quelques secondes sans bouger.

Il l'attrapa par les cheveux et l'obligea à se relever. Elle hurla, consciente cependant que ça ne servait à rien puisqu'il n'y avait personne pour l'entendre. Du coin de l'œil, elle vit Zeus s'enfuir à toutes pattes.

— Tu veux le pistolet, c'est ça ? murmura-t-il au creux de son oreille en lui tirant les cheveux encore plus fort. Tu veux me tirer dessus ? demanda-t-il en lui envoyant son poing dans les côtes. Tu ferais ça, Colette ? Ce ne serait pas gentil.

Elle tenait à peine sur ses jambes, terrassée par la douleur et la peur. L'haleine puante de Peter lui donnait envie de vomir.

— Si l'un de nous deux devait tirer sur l'autre, ce serait moi. Mais j'ai un bien meilleur plan.

Il sortit une seringue, à la vue de laquelle Colette frémit. Elle tenta de se dégager, mais il lui planta l'aiguille dans le bras.

Elle se débattit comme un beau diable et essaya par tous les moyens de lui échapper. Nullement impressionné par ses gesticulations, il partit d'un nouvel éclat de rire démoniaque.

Au bout de quelques instants, ses bras se firent si lourds qu'elle n'eut plus la force de les lever, et ses jambes devinrent cotonneuses. Que lui avait-il injecté ? Que contenait cette fichue seringue ?

Ses yeux se mirent à papilloter. Elle se sentait partir. Lorsqu'il lâcha enfin ses cheveux, elle s'affala contre lui, incapable de tenir sur ses jambes. *Au secours !* cria-t-elle intérieurement. Riant de plus belle, il la souleva dans les bras.

Peter avait gagné. Ce fut la dernière pensée qui lui traversa l'esprit avant de sombrer dans l'inconscient.

Une migraine épouvantable lui martelait les tempes, et elle avait la bouche aussi sèche que le désert du Ténéré. Lorsque, revenant à elle, Colette ouvrit les yeux, elle découvrit qu'elle se trouvait dans une cuisine qu'elle ne connaissait pas. Un linoléum fatigué recouvrait le sol, et une vieille table de ferme occupait tout l'espace devant la fenêtre dont un des carreaux était fendu. Une odeur pestilentielle flottait dans l'air.

Où se trouvait-elle ? Elle voulut toucher sa tête douloureuse et s'aperçut qu'elle était attachée à sa chaise. Ce constat la tira brutalement de sa torpeur. En un instant, tout lui revint à l'esprit : Peter, qui ne ressemblait pas à Peter, la seringue menaçante, la piqûre dans le bras… Oh ! mon Dieu, elle était dans un sacré pétrin ! Peter était en fait Hank Bridges, et personne ne le savait.

Comme s'il avait deviné ses pensées, Peter apparut juste à ce moment-là. Il attrapa une chaise, la retourna et s'assit en face d'elle.

— Salut, Colette.

Elle n'arrivait pas à s'y faire. C'était tellement bizarre d'entendre cette voix familière provenant d'un parfait inconnu. Les yeux, cependant, étaient restés les mêmes. Des yeux bleu outremer qui brillaient d'un éclat maléfique.

— Contente de me revoir, ma grande ?

Elle ne répondit pas. Il était hors de question qu'elle lui adresse la parole. S'il espérait qu'elle allait le supplier de lui laisser la vie sauve, il perdait son temps…

Combien de temps était-elle restée dans les vapes ? Hunter s'était-il rendu compte qu'elle n'était plus chez lui ? Avait-on lancé des recherches pour la retrouver ?

Qui penserait à la chercher là ? Quelle chance y avait-il pour qu'ils finissent par faire le lien entre Hank et Peter ?

Elle en aurait pleuré de dépit. Mais, sachant que son ex-mari n'attendait que ça, elle retint ses larmes. En vrai sadique qu'il était, Peter s'était toujours réjoui de la voir pleurer.

— Eh bien, tu as perdu ta langue ? Si tu ne veux pas me parler, je peux peut-être te faire crier.

Il commença à se lever de sa chaise.

— Tu parles d'un exploit ! railla Colette. Je suis attachée et sans défense. Et toi, toujours aussi lâche, à ce que je vois !

Elle ne vit pas venir la gifle. Sa tête partit sur le côté, et elle dut se mordre la lèvre pour ne pas crier.

— Un peu de respect, s'il te plaît, dit-il sèchement. Pour en arriver là, je me suis donné beaucoup de mal. Et ça m'a coûté des centaines de milliers de dollars.

— Pourquoi ? s'enquit-elle. À quoi ça rime, franchement ? Après toutes ces années, pourquoi ne me laisses-tu pas tranquille ?

Tout en parlant, elle remuait dans tous les sens ses mains attachées dans son dos dans l'espoir de rendre ses liens un peu plus lâches.

— Parce que tu m'appartiens. Aurais-tu déjà oublié que c'était notre chanson ? Nous avons dansé sur cet air à notre mariage.

— Nous avons divorcé. Et je ne t'ai jamais appartenu. Je n'appartiens qu'à moi-même.

En dépit de sa résolution initiale, elle lui parlait et entretenait la conversation dans le seul but de gagner du temps. Parce qu'elle savait que ces quelques précieuses minutes pouvaient lui sauver la vie. Elle voulait encore croire qu'on la retrouverait. Que quelqu'un arriverait à temps pour l'arracher aux griffes de Peter.

— Un certificat de divorce n'est qu'un vulgaire bout de papier et ne change rien à l'affaire. Tu m'appartiens, et il en sera ainsi jusqu'à ton dernier souffle.

— Puis-je savoir pourquoi tu m'as épousée ? demanda-t-elle.

— Je t'ai épousée parce que j'ai tout de suite compris que tu étais la femme de ma vie. Celle avec qui je voulais avoir des enfants. Celle avec qui je voulais vieillir. Mais je te retourne la question : pourquoi m'as-tu épousé ?

— Parce que j'étais amoureuse de toi. Je pensais que tu étais un homme bien, gentil, attentionné, et que tu ferais un père dévoué. Je me suis trompée sur toute la ligne, hélas.

Elle se raidit, dans l'attente d'une autre gifle.

— À qui la faute ? riposta-t-il, le regard éteint. Tu t'es révélée être une piètre épouse. Tu avais besoin d'être corrigée. Je n'y peux rien si tu es une mauvaise élève et ne retiens pas tes leçons. J'espère que notre fille ne tient pas de toi.

Elle avait envie de lui arracher les yeux, la langue, le cœur. Ce cœur dépravé, dépourvu de toute sensibilité. Et dire que la garde de Melinda lui avait été confiée ! C'était tellement injuste.

Pour l'empêcher de détruire la fillette, Colette aurait tout donné, tout tenté, tout accepté.

— Je t'en prie, Peter, laisse-moi partir. Je vais faire en sorte que tu puisses exercer ton droit de visite. Tu verras Melinda autant que tu voudras.

— Pourquoi devrais-je me contenter d'un droit de visite alors que je peux en avoir la garde à temps plein ?

— Je t'en supplie, Peter. Si un jour, tu m'as aimée, laisse-moi partir.

Elle s'était juré qu'elle ne l'implorerait pas, mais il y allait de sa vie et, plus important encore, de celle de Melinda.

— Je ne trahirai pas ton secret. Aux yeux de tous, tu resteras Hank Bridges. Personne ne saura qui tu es en réalité.

Il posa sur elle un regard de braise.

— Tu étais toute ma vie, Colette. Tu m'étais aussi indispensable que l'air que je respire.

— Je te rappelle que tu as essayé de me tuer ! répliqua-t-elle d'une voix grimpant dans les aigus.

Elle continuait de tirer sur les liens qui entravaient ses poignets, mais sans succès pour l'instant. Trop serrée, la corde lui coupait la circulation et lui rentrait dans la chair.

— Mû par le désir de te châtier, j'y suis peut-être allé un peu fort, mais cela ne te donne pas pour autant le droit de me quitter. Tu seras toujours à moi, Colette. Toujours, tu m'entends ?

Il se leva brusquement et repoussa la chaise sur laquelle il était assis.

— Je ne vois qu'un moyen de me libérer de toi. C'est que tu meures. Voilà ce qu'il va t'en coûter de m'avoir quitté !

Il gagna la porte en trois enjambées et l'ouvrit toute grande. Une puanteur méphitique envahit la pièce. Des grognements et des cris perçants se firent entendre.

Peter se tourna vers la jeune femme.

— Ce que tu entends et ce que tu sens, ce sont mes cochons, annonça-t-il. Savais-tu que seize cochons peuvent dévorer entièrement un être humain en à peine huit minutes ? J'en ai exactement vingt-cinq. Vingt-cinq porcs affamés. J'ai fait le test avec Ted, qui m'avait donné accès aux combles du Café.

Elle ouvrit de grands yeux horrifiés.

— En sept minutes et demie, il n'est plus rien resté de lui. Ce matin, je les ai nourris à nouveau. Cette pauvre Sheila était devenue trop encombrante ; il fallait que je me débarrasse d'elle. Les cochons se sont régalés. Mais je parie que ce soir ils seront encore affamés.

Il lui décocha un grand sourire.

— Je ne vais pas les laisser crever de faim, ces pauvres bêtes. C'est toi, ce soir, que je vais leur servir.

Sur ce, il tourna les talons et sortit de la cuisine. Colette essayait toujours de se détacher. Épouvantée par ce qu'il avait fait et, plus encore, par ce qu'il s'apprêtait à faire, elle tirait sur ses liens avec l'énergie du désespoir.

Ils avaient passé la ville au crible, montré à tout le monde la photo de Peter Waverly. En vain.

— Ce type n'est pourtant pas l'homme invisible ! s'exclama Hunter. Comment se fait-il que personne ne l'ait vu ?

Nick secoua la tête.

— C'est incompréhensible. Nous nous sommes assurés qu'il ne se planquait pas au motel ou dans un meublé en ville. Nous avons également fait le tour des granges et des remises, et interrogé leurs propriétaires. Tout cela sans résultat. Par acquit de conscience, nous allons aussi jeter un coup d'œil aux édifices en ruine et aux bâtiments abandonnés, mais, si tu veux mon avis, notre homme a fichu le camp.

— Ce serait vraiment regrettable. C'est ce que Ains…, je veux dire Colette redoutait et voulait à tout prix éviter.

— Toute cette histoire a dû être un sacré choc pour toi. Comment prends-tu la chose ? demanda Nick.

Hunter inspira à fond.

— À vrai dire, je tâche de ne pas y penser. Je m'efforce de la protéger du mieux que je peux et, pour le moment, c'est là-dessus que je me focalise.

— Et après ?

— Après, on verra. Je me sens floué, pour tout te dire, comme quand j'ai compris qu'Emily m'avait toujours menti.

— Il y a quand même une différence. Emily mentait parce qu'elle te trompait et qu'elle ne voulait pas que tu découvres le pot aux roses. Colette a menti pour sauver sa peau et protéger sa fille.

Les paroles de Nick résonnèrent toute la matinée dans la tête de Hunter tandis qu'il patrouillait dans les rues. Il y avait effectivement une différence. Il essaya de se mettre à la place de Colette. Jusqu'où serait-il allé pour protéger Danny, s'il avait survécu ?

Il n'aurait pas hésité à mentir, voler et pire encore pour mettre l'enfant à l'abri du danger. Pourquoi en voudrait-il à Colette d'avoir fait la même chose ?

Il était un peu plus de midi lorsque son téléphone sonna et qu'il vit s'afficher sur l'écran le numéro de George.

— Salut, George. Qu'est-ce qui t'arrive ? lança-t-il, étonné que son vieil ami l'appelle en milieu de journée.

— Hunter, j'ai quelque chose à te dire. Quelque chose de la plus haute importance.

— Je t'écoute, George, dit Hunter, alerté par le débit anormalement rapide de son interlocuteur.

Il se demanda si, une fois de plus, George n'avait pas oublié de prendre ses médicaments. Il n'avait pas l'air ivre. Il semblait plutôt surexcité, comme sous l'emprise d'amphétamines.

— Je pensais qu'aujourd'hui tu ne travaillais pas. J'ai passé la matinée à faire des boutures de certaines de mes plantes parce que je me disais que tu serais content de les avoir.

Il parlait à toute vitesse. Hunter avait du mal à le suivre.

— J'ai voulu t'apporter les pots et j'allais frapper à la porte de chez toi quand j'ai entendu des voix, à l'intérieur. Deux personnes qui se disputaient. Puis quelqu'un a ouvert la porte de derrière, alors j'ai fait le tour pour jeter un coup d'œil. Et c'est là que je l'ai vu, Hunter. Il portait Ainsley sur son épaule.

À ces mots, Hunter sentit son sang se figer dans ses veines.

— *Qui*, George ? hurla-t-il dans le téléphone. Qui l'a emportée ?

— Je n'en sais rien. Je suis sûr d'avoir déjà vu ce type quelque part, mais pas moyen de me rappeler où. Bon sang, je l'ai laissé faire, Hunter. Je me suis lâchement caché derrière les buissons. Je suis vraiment désolé. J'aurais pu la sauver et je n'ai rien fait. Rien du tout.

Il se mit à pleurer comme un veau.

— George où es-tu, maintenant ? s'enquit Hunter en faisant demi-tour au premier carrefour.

— Chez toi. Je t'attends sur le porche.

— J'arrive tout de suite.

Hunter raccrocha et fonça chez lui, pied au plancher, en maudissant Peter Waverly. Comment diable cet homme qu'ils recherchaient tous activement avait-il fait pour passer sous tous les radars ? Comment avait-il fait pour entrer dans la maison ? Où avait-il emmené Colette ?

Il appela Nick pour l'informer de ce qui était arrivé et lui demander de le rejoindre chez lui de toute urgence. Jamais il n'avait roulé aussi vite de sa vie. Jamais non plus il n'avait eu aussi peur. Les battements de son cœur résonnaient dans sa tête comme des coups de marteau sur une enclume.

Il s'en voulait tellement d'être parti travailler et

d'avoir laissé Colette seule à la maison. Si seulement il était resté…

La bonne nouvelle, c'était qu'un témoin avait assisté au kidnapping. Ce témoin, malheureusement, risquait de ne pas être d'une grande utilité. S'il n'avait pas pris ses médicaments, il serait sans doute incapable d'identifier le ravisseur.

15

Hunter grilla deux feux rouges et dépassa allègrement la limite de vitesse autorisée en ville. Il savait que chaque minute comptait et qu'en quelques secondes tout pouvait basculer. Plus vite il recueillerait le témoignage de George, plus vite il serait en mesure de retrouver Colette.

Peter était un homme violent, terriblement dangereux. Il n'hésiterait pas à la tuer. Il aurait pu la tuer sur place mais, pour une raison que Hunter ne s'expliquait pas, il avait préféré la kidnapper. Pourquoi ce choix ?

Où avait-il bien pu l'emmener ? À quel endroit se trouvait sa tanière ? Pourquoi cet homme qui avait déposé un colis devant la porte de Colette et qui lui avait laissé un mot au Café demeurait-il insaisissable ? Comment était-ce possible ? Personne ne l'avait vu. Personne ne l'avait reconnu. Lui-même ne l'avait jamais croisé. C'était déconcertant.

Ses pneus crissèrent sur l'asphalte lorsqu'il tourna dans la rue qui conduisait chez lui. De loin, il vit que George l'attendait, assis sur le porche. Il s'engagea dans l'allée, coupa le contact et bondit hors du véhicule.

George se leva, les joues maculées de traces de larmes.

— Je suis désolé, bredouilla-t-il, très agité. Je m'en

veux tellement de n'avoir rien fait. J'aurais pu lui sauter dessus, m'interposer d'une manière ou d'une autre. Au lieu de quoi, je me suis caché. Quel crétin je peux faire. J'ai honte, Hunter. Tellement honte de moi.

— Calme-toi, George. Quand tu te seras ressaisi, on pourra discuter. Tu me diras tout ce que tu as vu, dit Hunter en s'efforçant de dompter son impatience.

Il fallait retrouver Colette sans délai. Avant que son ex-mari ne commette l'irréparable.

— Entre, dit-il en ouvrant la porte. J'ai quelques questions à te poser.

Il ne voulait pas brusquer George, mais il brûlait de l'interroger car il était le seul à avoir aperçu Peter Waverly.

Quand ils pénétrèrent dans la salle de séjour, Hunter constata que le pistolet était toujours sur la table basse. Colette n'avait de toute évidence pas pu s'en emparer.

Pour ne pas être dérangé par Zeus, qui attendait qu'il s'assoie pour lui sauter sur les genoux, Hunter le fit sortir dans le jardin. Juste à ce moment-là, Nick arriva à son tour.

George se remit à pleurer lorsque Hunter l'invita à prendre place autour la table.

— On t'écoute, George. Dis-nous exactement ce que tu as vu.

— Il la portait sur son épaule et… et il l'a emmenée.

— En voiture ? questionna Nick.

George opina du bonnet en reniflant.

— Oui, dans un pick-up noir. Il l'a assise sur le siège passager et il a filé à toute vitesse.

Filé où ? se demanda Hunter, le ventre noué par la peur. Où ce salopard l'avait-il emmenée ?

— Est-ce bien cet homme-là ? dit Nick en montrant à George la photo de Peter.

— Non, ce n'est pas lui.

Hunter lança à Nick un regard stupéfait. Si Peter Waverly était hors de cause, *qui*, alors, avait kidnappé Colette ? Avaient-ils affaire à deux criminels distincts ?

George se mit à se taper sur le front du plat de la main.

— Je suis sûr d'avoir déjà vu quelque part l'homme qui l'a enlevée, déclara-t-il. Si seulement je pouvais me rappeler où, bon sang de bon sang !

— Arrête, George, dit Hunter. Te taper sur la tête ne sert à rien. Essaye plutôt de te calmer. Respire un bon coup et concentre-toi.

Le témoignage de George était leur seul espoir de retrouver Colette. Mais le temps jouait contre eux.

— À quoi ressemblait l'homme que tu as vu ? s'enquit Hunter.

— Brun, plutôt bel homme.

George fronça les sourcils puis claqua des doigts et redressa les épaules.

— Ça me revient ! s'exclama-t-il. Je l'ai croisé au Café. Il s'appelle Hank… Hank Bridges. C'est lui qui a acheté la ferme et la porcherie à la sortie de la ville.

George n'avait pas encore fini sa phrase que Nick et Hunter bondirent et sortirent en courant pour sauter dans leurs voitures de patrouille.

Une ferme avec une porcherie. Dans sa déposition, après son agression, Colette avait signalé que l'homme qui l'avait tabassée sentait mauvais. S'il vivait à proximité d'une porcherie, l'odeur avait dû imprégner ses vêtements et ses cheveux.

Hank Bridges. Quel rapport avait-il avec Peter Waverly ? Était-il un tueur à gages engagé par Peter ? Peter s'était-il fait héberger par Hank ? Était-ce la raison pour laquelle il était demeuré introuvable ?

Il était plus facile pour Hunter de se focaliser sur ses questions que sur celles qui le rendaient fou d'inquiétude. Arriveraient-ils à temps ? Peter s'était-il fait livrer Colette à la ferme pour la tuer ? Colette était-elle encore vivante ?

Il préférait ne pas penser qu'il pût en être autrement. Il ne voulait pas envisager, ne serait-ce qu'un seul instant, que jamais plus peut-être il ne verrait son beau sourire ni n'entendrait son rire adorable.

Melinda avait encore besoin de sa mère. Et lui aussi avait besoin de Colette. Il voulait la serrer dans ses bras, enfouir son visage dans ses cheveux, sentir contre sa poitrine son cœur battre au même rythme que le sien. Il voulait la retrouver vivante.

Il entra en communication avec Nick via sa radio de police.

— Il va falloir y aller doucement, dit-il. Nous ne savons pas s'il y a un ou deux hommes dans cette ferme, mais ce qui est sûr, c'est que l'un comme l'autre, Hank et Peter sont capables de la tuer.

— J'ai appelé du renfort, à qui j'ai donné rendez-vous à proximité de la ferme des Winchell, annonça Nick, toujours aussi efficace.

Hunter lui sut gré de ne pas suggérer qu'ils risquaient d'arriver trop tard. Les mains crispées sur son volant, il maudit le mauvais sort qui semblait s'acharner sur lui. Il avait déjà perdu Danny ; n'était-ce pas suffisant ?

Il ne voulait pas perdre Colette.

Nick s'engagea derrière lui sur l'autoroute menant à la ferme des Winchell. Après des années à tirer le diable par la queue, les Winchell, criblés de dettes, avaient fini par jeter l'éponge et par tout quitter pour aller tenter leur chance ailleurs. Cela faisait trois ans que la ferme était abandonnée.

Il tourna dans la longue allée et avança suffisamment pour que leurs véhicules ne puissent pas être repérés depuis la route. Moins de trois minutes plus tard, deux autres voitures de patrouille les rejoignirent. Les adjoints Greg McCain et Barry Simpson en sortirent.

— Comment procède-t-on ? demanda Hunter à Nick, à qui incombait la conduite des opérations.

— Il va falloir qu'on s'approche pour faire un peu de repérage, déclara Nick. Avant d'intervenir, il faut qu'on sache combien ils sont dedans. Il faut aussi qu'on les localise précisément. Je propose que Greg et moi allions jeter un coup d'œil pendant que Barry et toi attendez ici. À notre retour, on fera un débriefing et on décidera de la meilleure manière de donner l'assaut.

Hunter n'eut pas son mot à dire car aussitôt les deux hommes s'élancèrent vers la ferme en coupant à travers un champ de maïs dont les épis étaient aussi grands qu'eux.

— On aurait pu se passer du repérage, qui va encore nous faire perdre du temps, dit-il à Barry, un adjoint plus âgé avec plus de bouteille.

— Hunter, je sais qu'il y a urgence, mais ce n'est pas une raison pour faire n'importe quoi. Une action inconsidérée de notre part pourrait coûter la vie à Colette.

— Oui, je sais bien, admit Hunter, incapable de rester en place.

Le tic-tac assourdissant qui résonnait dans sa tête allait le rendre fou. Il avait l'impression d'assister, impuissant, aux derniers instants de Colette.

Colette savait que sa dernière heure était arrivée. Elle avait les poignets en sang à force de tirer sur ses liens. Les tensions et torsions auxquelles elle les avait soumis s'étaient malheureusement révélées sans effet.

Résignée à son triste sort, elle priait à présent pour que d'une manière ou d'une autre sa fille échappe au monstre qui l'avait engendrée.

Elle priait pour que Hunter ne se sente pas responsable de sa mort. Et aussi pour que sa mort soit rapide et indolore, même si elle savait que ça ne se passerait pas du tout comme elle l'espérait. Cruel et sadique, Peter veillerait au contraire à ce que son agonie dure et soit exemplaire.

Au cours de l'heure qui venait de s'écouler depuis qu'elle était attachée sur une chaise dans cette cuisine décrépite, Peter était venu plusieurs fois la voir pour l'accabler de reproches, l'insulter et la gifler à la volée. Après s'être défoulé sur elle, il sombrait dans la guimauve, lui disant combien il l'avait aimée et comment elle avait été, à une époque, le sel de sa vie. Puis il repartait, et elle restait seule avec son désespoir.

Comment avait-elle pu un jour tomber amoureuse de ce sociopathe capable de tout pour arriver à ses fins ?

Quand elle pensait à tout le mal qu'il s'était donné pour la dépister, pour pouvoir la harceler sans éveiller les soupçons et pour finalement la kidnapper, elle croyait rêver. Il n'avait pas hésité à se faire refaire le visage et à acheter cette ferme et cette porcherie dans le seul but de se rapprocher d'elle.

Il fallait être fou pour pousser aussi loin la démarche. Peter avait manifestement perdu la raison, à supposer qu'un jour il eût été sain d'esprit.

Elle n'aurait jamais réussi à se débarrasser de lui ; elle

en était maintenant convaincue. Avec l'argent qu'il avait, il l'aurait toujours retrouvée, où qu'elle aille. Il aurait continué de la traquer sans relâche, année après année.

Cela ne pouvait que mal finir. Il était écrit que Peter serait là jusqu'à son dernier souffle. Penser que son visage trafiqué serait le dernier qu'elle verrait avant de mourir lui donnait la nausée.

Elle ferma les yeux et, mentalement, superposa à ce visage honni la bouille adorable de Melinda. Elle pensa avec ravissement à son petit nez qui se plissait quand elle souriait, à ses éclats de rire quand on la chatouillait. Quelle enfant merveilleuse elle avait eue.

La figure de Hunter s'imposa ensuite à son esprit. Elle aimait tant son sourire ravageur et ses beaux yeux d'un vert profond frangés de longs cils noirs. Aux rides au coin de sa bouche et à la douceur de son regard, si bienveillant, on devinait quelle sorte d'homme il était.

Quels que soient les sentiments qu'il ait eus pour elle, Colette savait qu'il aurait à cœur le sort de Melinda. Il était au courant de ce que son ex-mari lui avait fait subir et ferait en sorte que Peter n'ait jamais la garde de sa fille. Elle espérait aussi qu'après sa mort Hunter lui pardonnerait ses mensonges.

Devoir renoncer à lui, à tous ses rêves de bonheur conjugal, lui donnait envie de pleurer. Sa seule consolation était qu'elle l'aurait aimé jusqu'au bout, et même au-delà.

Elle rouvrit les yeux et se raidit en voyant Peter entrer à nouveau dans la pièce.

— Il faut y aller, Colette. Tu vas payer de ta vie le fait de m'avoir quitté. Mes porcs sont affamés et j'ai hâte d'en finir car ma fille chérie m'attend avec impatience.

Elle réprima un frisson.

— Tu iras brûler en enfer ! lui lança-t-elle avec ferveur.

— C'est possible, dit-il en riant. Mais en attendant, qu'est-ce que je m'amuse !

Passant derrière elle, il entreprit de la détacher.

— Oh ! la vilaine, qui a essayé de se débarrasser de ses liens ! Tes poignets sont en sang ; c'est tout ce que tu y as gagné. Mais ce n'est pas grave : mes cochons adorent le sang.

Lorsqu'il eut défait ses liens, il l'agrippa par le bras et la força à se lever. Colette se laissa tomber par terre, déterminée à faire tout ce qu'elle pouvait pour lui compliquer la tâche.

— Lève-toi ! ordonna-t-il, furieux.

Il y avait belle lurette que ses coups de gueule ne l'impressionnaient plus. Qu'allait-il lui faire ? Elle n'avait plus que quelques minutes à vivre, de toute façon.

Voyant qu'elle ne bougeait pas, il la tira plus fort. En pure perte.

— Cesse ces enfantillages tout de suite, Colette. Lève-toi avant que je perde patience.

— Que vas-tu faire si je n'obéis pas ? Me tuer ? répliqua-t-elle d'un ton narquois. Tu es pathétique, Peter. Un raté fini qui a perdu trois ans de sa vie à traquer une femme qui n'en avait rien à faire de toi. Parce que, au cas où tu ne l'aurais pas compris, je ne t'ai jamais aimé.

Rouge comme un coq, il laissa éclater sa colère.

— Tais-toi ! hurla-t-il, fou de rage.

— Pourquoi devrais-je me taire ? Chacun son tour, après tout. Depuis que je suis là, à ta merci, tu n'as pas arrêté de me faire des reproches et de m'insulter, alors je peux bien vider mon sac, moi aussi. Tu as été un mari détestable, Peter. Tu n'es qu'un pauvre type qui en est réduit à battre sa femme pour se sentir fort. C'est vraiment lamentable. Sache que les gifles à répétition et le coup de couteau que tu m'as donnés ne t'ont pas rendu plus viril à mes yeux. Ta violence tout au long de notre mariage n'a fait au contraire que me conforter dans l'idée que j'avais épousé un minable. Si je suis partie, c'est parce que je ne pouvais plus te voir en peinture. Je voulais te rayer définitivement de ma vie. Tu mérites de crever seul comme un chien, loin de toute présence féminine bienveillante et, surtout, loin, très loin de ma merveilleuse fille.

— Tu as fini ? demanda-t-il lorsqu'elle se tut.

Un muscle de sa mâchoire palpitait dangereusement.

— Presque. Je tiens aussi à ce que tu saches qu'au lit tu ne vaux pas un clou.

À peine eut-elle prononcé ces mots qu'il lui balança son poing dans la figure. Sous l'effet de la douleur, elle vit trente-six chandelles et perdit connaissance.

— Il n'y a que deux personnes à l'intérieur : Colette et Hank Bridges, dit Nick, essoufflé d'avoir couru dans un sens puis dans l'autre entre l'endroit où ils avaient garé leurs voitures et la ferme. De Peter Waverly, nous n'avons pas vu la moindre trace.

Greg, aussi pantelant que son collègue, confirma d'un hochement de tête les propos de Nick.

— Colette était vivante ? s'enquit Hunter, le cœur serré comme dans un étau.

Nick acquiesça, au grand soulagement de Hunter, qui se sentit beaucoup moins oppressé.

— Elle est attachée sur une chaise à la cuisine, expliqua Nick.

— Si le ravisseur est seul, nous ne devrions avoir aucun mal à le maîtriser, affirma Barry.

— Vous êtes sûrs qu'il n'y avait personne d'autre dans la maison ? insista Hunter.

— Certains. Nous avons jeté un coup d'œil dans chaque pièce, dit Nick. Mais je ne partage pas ton optimisme, Barry. Hank est manifestement un homme dangereux. S'il nous entend ou nous voit arriver, il n'hésitera pas à tuer Colette.

Hunter ne savait pas exactement quel rôle jouait Hank Bridges dans cette affaire, mais Peter Waverly et lui étaient de mèche, apparemment. Hank n'était sans doute qu'un homme de main, un simple exécutant chargé du meurtre de Colette. Ce qui était sûr, en tout cas, c'était qu'au moindre faux pas Colette mourrait.

— Il va falloir bien calculer notre coup, déclara Nick. Si on arrive à pénétrer dans la ferme sans se faire repérer, nous profiterons de l'effet de surprise pour appréhender Hank. Barry, as-tu pensé à prendre le bélier ?

— Il est dans le coffre.

— OK. Je me charge de la porte d'entrée. Greg, tu prends le côté sud et Barry, le côté nord. Toi, Hunter, tu files derrière. C'est là que se trouve la cuisine. Mettez tous vos écouteurs et tenez-vous prêts. Je donnerai le signal de l'assaut quand tout le monde sera en place.

Ils s'élancèrent tous les quatre vers la ferme, traversant le champ de maïs sans faire de bruit. Hunter avait hâte d'arracher Colette des griffes de son ravisseur et de la savoir hors de danger. Il priait pour que tout se passe bien et pour que l'opération soit un succès.

Dans le cas contraire, il savait qu'il ne reverrait pas Colette vivante.

Lorsqu'il ne fut qu'à une trentaine de mètres de la

maison, il la contourna prudemment. Impossible de savoir ce que ferait Hank Bridges lorsqu'il découvrirait qu'il était cerné.

Où était passé Peter Waverly ? Où le commanditaire du kidnapping se cachait-il ? Hunter était persuadé qu'il était dans le coin. Un homme aussi déterminé à tuer son ex-femme voudrait assister au meurtre de celle-ci.

Mais Hunter, gonflé à bloc et hyper concentré sur son objectif, chassa bien vite de son esprit cette pensée démoralisante. Tout allait bien se passer, et bientôt il serrerait Colette contre lui.

L'odeur de la porcherie était épouvantable. En temps normal, les cochons ne sentaient pas aussi mauvais. Cette puanteur était due au fait qu'ils étaient mal soignés et devaient patauger dans le lisier.

Lorsqu'ils auraient libéré Colette et arrêté ses tortionnaires, Hunter veillerait à ce que les porcs soient pris en charge par une association qui les confierait aux bons soins de fermiers du coin.

Quand il ne fut plus qu'à quelques mètres de la ferme, Hunter repéra une remise dans laquelle il décida de se planquer pour attendre le signal de l'assaut.

Le dos courbé, il courut jusqu'à cet abri de fortune situé entre la maison et le bout du jardin. Puis, plaqué contre le mur, il attendit en retenant son souffle, ne sachant pas si quelqu'un dans la maison l'avait repéré. Mais rien ne se produisit.

Rassuré, il poussa un soupir de soulagement. Jusque-là, tout se passait comme prévu. Sans anicroche. Seuls les grognements et les bruissements provenant de la porcherie, attenante à la maison, troublaient le silence ambiant.

Il se figea lorsqu'il entendit la porte de derrière

s'ouvrir brusquement. Il risqua un coup d'œil et vit Hank Bridges s'approcher de la porcherie, portant Colette sur son épaule.

Qu'est-ce qu'il fabriquait ? Il fut saisi d'effroi lorsqu'il comprit ce que l'homme s'apprêtait à faire. Les cochons se mirent à pousser des cris perçants quand Hank Bridges souleva Colette pour la leur jeter en pâture par-dessus la clôture.

— Rappliquez immédiatement ! hurla Hunter dans sa radio en courant vers la porcherie.

Surpris, Hank Bridges suspendit son geste.

— Posez-la par terre ! lui ordonna Hunter en tirant son pistolet.

Hank se figea. Colette était comme une poupée de chiffon dans ses bras.

— Posez-la par terre, je vous dis !

— Elle n'est bonne qu'à donner aux cochons ! rétorqua en retour Hank Bridges en soulevant à nouveau Colette. Vous pouvez lui dire adieu, ajouta-t-il en riant.

Soudain, un coup de feu retentit et le rire de Hank Bridges stoppa net. Comme dans un film au ralenti, il tomba à genoux et lâcha Colette, qui glissa doucement au sol.

Nick sortit de la maison, pistolet au poing. Il avait tiré à travers la porte moustiquaire. Hunter se précipita vers la jeune femme sans savoir si elle était morte ou vivante.

Lorsqu'il s'accroupit à côté d'elle pour prendre son pouls, il était comme dans un état second.

Remarquant qu'elle avait le visage rouge et meurtri, il sentit la colère l'assaillir. Si ce fumier de Hank Bridges n'était pas mort, il l'aurait tué de ses propres mains.

— Son cœur bat ! cria-t-il à Nick. Il faut appeler une ambulance.

— C'est fait, répondit Nick.

Hunter se déplaça de manière à pouvoir caler la tête de Colette sur ses genoux.

— Qu'est-ce qu'il lui a fait ? marmonna-t-il pour lui-même en lui caressant les cheveux. Ce salopard s'apprêtait à la jeter en pâture aux cochons.

— Je sais. C'est pour ça que je l'ai abattu, expliqua Nick. Il s'en est fallu de peu qu'il ne la balance par-dessus l'enclos. Le shérif Black est en route. Il va sans dire que nous sommes en présence d'une scène de crime.

— Mais où diable est Peter Waverly ? demanda Hunter sans quitter des yeux le visage de la jeune femme, à l'affût d'un battement de cils, d'un frémissement, du moindre signe de réveil.

— En fouillant l'intérieur de la maison, nous tomberons peut-être sur un indice qui nous mettra sur sa piste, dit Greg.

— S'il le faut, nous retournerons toute la ferme, mais nous trouverons le lien entre les deux hommes, déclara Nick.

Barry acquiesça d'un hochement de tête tandis que Hunter, toujours focalisé sur Colette, prêtait une oreille distraite à la conversation. Pourquoi ne reprenait-elle pas conscience ? se demandait-il, rongé d'inquiétude. Hank Bridges l'avait-il droguée ? En tout cas, il l'avait frappée au visage. Et si elle avait pris un mauvais coup sur la tempe ?

Le hurlement des sirènes de l'ambulance, qui avait fait vite, le tira de ses réflexions. Il avait hâte que les urgentistes la prennent en charge. Il voulait la voir sourire à nouveau. Il voulait se perdre dans le bleu de ses yeux.

Peu lui importait qu'elle ne l'ait pas aimé ou qu'elle

l'ait manipulé. Ce qui comptait, c'était qu'elle s'en sorte. Qu'elle survive à cette terrible épreuve.

Moins de quinze minutes plus tard, l'ambulance repartait, toutes sirènes hurlantes, talonnée par Hunter. Colette avait repris conscience quand on l'avait chargée dans l'ambulance, mais Hunter n'avait pas pu lui parler.

Lorsqu'il se gara sur le parking de l'hôpital et courut aux urgences, il eut une impression de déjà-vu. Comme la fois précédente, il tomba sur Sandy Silver, à l'accueil.

— Le Dr Lockwood a été prévenu que vous arriviez. Il viendra dès que possible vous donner des nouvelles, assura la jeune femme, compatissante.

Hunter alla s'asseoir dans la salle d'attente. Cette fois encore, il était seul, en proie à ses pensées. Colette était-elle gravement blessée ? Quels sévices avait-elle subis pendant sa captivité ? Son ex-mari était-il présent ?

Hunter regrettait que celui-ci leur ait échappé, une fois de plus. Tant qu'il serait dans la nature, Colette serait un danger.

Elle allait probablement s'enfuir, à nouveau. Il risquait de ne plus jamais la revoir. Cette pensée le plongea dans une profonde détresse.

Emily mentait parce qu'elle te trompait. Colette a menti pour sauver sa peau et pour protéger sa fille. Les paroles de Nick résonnaient dans sa tête. Tellement justes. Traquée sans relâche par un homme qui avait juré sa mort, par un cinglé prêt à tout pour arriver à ses fins, Colette n'avait eu d'autre choix que de mentir.

Comment pouvait-il lui en vouloir ? Il avait juste besoin de savoir si elle avait menti aussi concernant les sentiments qu'elle prétendait éprouver pour lui. Elle avait dit l'aimer. Qu'en était-il vraiment ?

Sur ses propres sentiments, il n'avait pas le moindre

doute. C'était sur ceux de Colette qu'il se posait des questions. Mais à quoi bon, au fond ? Si elle prenait la fuite encore une fois, elle serait reléguée au rang des souvenirs, un souvenir à la fois heureux et douloureux, comme l'était celui de son fils.

Mais ce qui l'inquiétait le plus, présentement, c'était l'état de santé de la jeune femme. Qu'avait-elle enduré pendant les deux heures qu'elle avait passées attachée sur une chaise ? Il n'en avait pas la moindre idée. En voyant ses poignets ensanglantés, complètement à vif, il avait eu le cœur gros.

Elle avait souffert non seulement dans sa chair, comme en témoignaient ses blessures et son visage tuméfié, mais, mentalement, ça avait dû être très dur aussi. Sans doute avait-elle pensé qu'elle allait mourir, que personne ne pouvait plus rien pour elle, et que son ex-mari aurait la garde de Melinda.

Savoir que sa fille serait bientôt à la merci de ce monstre avait probablement été la pire des tortures.

Hunter bondit lorsque le Dr Lockwood apparut enfin.

— Comment va-t-elle, docteur ? demanda Hunter en serrant la main du médecin.

— Elle a été giflée violemment à plusieurs reprises, d'où ses contusions au niveau du visage. Elle a dit avoir reçu aussi un coup sur la tête, qui a causé sa perte de connaissance. Nous avons donc fait des radios pour écarter tout risque de commotion cérébrale. Ses poignets ont été désinfectés et bandés. Nous lui avons fait une prise de sang parce que son ravisseur lui a injecté une drogue avant de la kidnapper. Elle a les idées claires, cependant, et va plutôt bien, compte tenu des circonstances. Elle récupère remarquablement vite.

Hunter poussa un énorme soupir de soulagement.

— Est-ce que je peux la voir ?

— Chambre 109.

Il se précipita dans le couloir, le cœur battant la chamade. Lorsqu'il la vit, assise dans son lit, il souffla à nouveau et laissa retomber la pression. Elle lui décocha un sourire.

— Je ne sais pas comment vous m'avez retrouvée, tes collègues et toi, mais je l'ai échappé belle.

Hunter s'assit à son chevet.

— Tu peux remercier George. Il m'apportait des plantes qu'il venait de repiquer et a assisté à ton kidnapping. Sans son témoignage, personne n'aurait soupçonné Hank Bridges. Il a été abattu quand on t'a libérée, mais Peter court toujours, hélas.

Elle lui jeta un regard surpris.

— Je pensais que vous aviez compris, dit-elle.

— Compris quoi ?

Il avait envie de poser sa paume sur sa joue tuméfiée.

— Que Hank était Peter.

Il faillit en tomber de sa chaise.

— Quoi ? s'exclama-t-il, abasourdi.

— Peter a eu recours à la chirurgie esthétique pour changer de tête. On pouvait toujours le chercher… Même moi, je ne l'avais pas reconnu sous les traits de Hank.

Nick arriva à son tour. Il adressa un signe de tête à Hunter et sourit à Colette.

— Comment vous sentez-vous ? demanda-t-il en s'asseyant de l'autre côté du lit, face à Hunter.

— Pas mal cabossée, mais je suis contente d'être en vie.

— Vous sentez-vous capable de répondre à quelques questions ?

Elle acquiesça sans la moindre hésitation.

— Je vous écoute.

Lorsque Nick apprit que Hank et Peter étaient une seule et même personne, il ne cacha pas sa surprise. Elle leur raconta comment Hank s'était introduit dans la maison et l'avait droguée. Elle leur expliqua qu'elle s'était réveillée attachée sur une chaise dans une cuisine décrépite et que Peter, furieux après elle, s'était mis à l'insulter et à la frapper.

À ces mots, Hunter serra les poings, écumant de rage contre cette sale brute qui avait fait du mal à Colette.

— Il projetait de… me donner à manger aux cochons, bredouilla-t-elle. C'est comme ça qu'il s'est… débarrassé de Ted et de Sheila, ajouta-t-elle les larmes aux yeux.

Elle frissonna en pensant à ce à quoi elle avait échappé.

— C'est fini, Colette. Vous ne risquez plus rien, assura Nick. Peter est mort. Vous allez enfin pouvoir respirer.

— Qu'il aille brûler en enfer, c'est tout ce qu'il mérite, dit-elle.

Nick se leva.

— Nous aurons sans doute d'autres questions à vous poser ultérieurement. Vous serez dans le coin ?

— Absolument.

Nick parti, Hunter se réjouit à son tour que tout fût enfin fini.

— Mon seul regret, c'est que Melinda n'ait pas de figure paternelle, déplora Colette.

— Qu'est-ce que tu vas lui raconter ?

— Je me contenterai de lui dire que j'ai été kidnappée par Hank Bridges. Je préfère lui épargner la vérité sur son père. Plus tard, quand je la sentirai prête, je la lui dirai. Tout ce qu'elle a besoin de savoir pour l'instant, c'est que son père ne lui parlera plus le soir.

— Oui, tu as raison.

Il la fixa longuement.

— Tu es libre comme l'air, désormais, poursuivit-il. Tu peux aller où bon te semble et vivre comme tu l'entends.

— Je n'ai pas changé d'idée. J'ai toujours envie de m'installer définitivement à Dusty Gulch. Je comprendrais que tu ne puisses pas me pardonner, Hunter, dit-elle, les yeux pleins de larmes. Je t'ai tellement menti. Mais sache qu'en ce qui concerne mes sentiments pour toi, j'ai toujours été parfaitement sincère.

Il scruta son beau visage meurtri.

— Tu n'as plus besoin de moi, Colette. Tu ne risques plus rien.

Elle le dévisagea à son tour, l'air surpris puis perplexe.

— Tu penses que si je t'ai choisi, c'était pour que tu me protèges ? Tu te trompes, Hunter. Je t'ai choisi parce que tu me plaisais. Je suis ensuite tombée éperdument amoureuse de toi.

Elle marqua une pause comme pour donner plus de relief à ce qu'elle s'apprêtait à lui dire.

— Je t'aime et j'ai envie de vivre avec toi. Je veux me marier et avoir des enfants avec toi. Je veux que tu sois la figure paternelle dont Melinda a besoin. Et cela n'a rien à voir avec Peter et avec le fait que j'avais peur de lui.

Les larmes coulaient sur ses joues.

— Ne pleure pas, Colette, dit-il en prenant sa main dans la sienne. Je suis tombé fou amoureux d'Ainsley et j'aime Colette à la folie. Je veux exactement les mêmes choses que toi. Alors je te le demande solennellement : Colette, veux-tu m'épouser ? Acceptes-tu d'être ma femme ?

— Adjoint Churchill, serais-tu à nouveau en train d'essayer de me séduire ?

— Je n'aurai de cesse de te séduire, dussé-je y passer le reste de ma vie.

— Séduite, je le suis déjà. Et ce depuis le tout premier jour. Mais il y a encore une chose qu'il faut que tu saches.

Hunter se raidit car il s'attendait au pire.

— Quel est-il, cet ultime secret ? demanda-t-il, hésitant.

— En vrai, je suis blonde, avoua-t-elle.

Il en aurait pleuré de soulagement.

— Me croiras-tu si je te dis que j'adore les blondes ? J'aime tout particulièrement une certaine blonde répondant au nom de Colette, qui est la femme la plus extraordinaire et la plus admirable qu'il m'ait été donné de rencontrer.

Elle se mit à rire entes ses larmes.

— Je t'aime, Hunter.

— J'aimerais beaucoup t'embrasser, mais j'ai peur de te faire mal, dit-il.

— Mes lèvres ont miraculeusement été épargnées. Tu peux m'embrasser autant que tu veux.

Il ne se le fit pas dire deux fois et mit dans ce baiser autant de ferveur que de douceur.

— J'ai tellement hâte que tu sois ma femme, confia-t-il ensuite, presque aussi ému qu'elle.

— Le pire jour de ma vie s'est transformé en plus beau jour de ma vie, fit-elle remarquer. Qui l'eût cru ?

Se penchant vers elle, il l'embrassa à nouveau passionnément, certain de faire avec elle un mariage d'amour qui durerait toujours.

DANICA WINTERS

La menace en embuscade

Traduction française de
ANDRÉE JARDAT

BLACK ROSE

HARLEQUIN

Titre original :
A LOADED QUESTION

Prologue

Rien n'est jamais facile... Tu parles d'une affirmation !

La mission de Troy Spade paraissait relativement simple : assurer la protection d'un VIP jusqu'au poste de contrôle frontalier puis confier le passager à l'équipe suivante. Ensuite, retour au centre des opérations. Le train-train habituel, quoi. Si tout se passait bien, l'affaire serait réglée en moins de deux heures. Ensuite, après le débrief, il serait libre d'aller retrouver *Halo* sur sa console Xbox.

Tout en conduisant, Tiff lui lança un coup d'œil par-dessus son épaule. Il l'adorait autant qu'il la détestait d'être aussi sexy. Ce n'était ni le lieu ni le moment de nourrir des pensées aussi triviales ; pourtant, le sourire fugace qu'elle venait de lui adresser avait allumé en lui les feux d'un désir qui fit jaillir à son esprit des images de leurs corps enlacés sur son lit. Il ressentit l'envie aussi mordante que subite de faire courir ses mains sur sa peau douce et satinée. Quand ils s'étaient réveillés au petit matin, elle lui avait décoché un de ces sourires ensorcelants, sauf que ce jour-là il exprimait la gratitude des sens lorsqu'ils sont assouvis. Tiff et lui s'appartenaient l'un à l'autre. À ce moment précis, elle et son amour étaient tout ce dont il avait besoin.

Elle était son havre de paix. Son oasis de bonheur. Et, au cours de ces missions dans des nations déchirées par les conflits et les guerres, il ne connaissait rien de mieux que de passer ses nuits dans la chaleur et la douceur réconfortante de ses étreintes. Finalement, il était plutôt chanceux comme mec…

Il inspira profondément. Sous les odeurs de sable, de sueur et de lubrifiants, il distinguait la sienne sur lui. Il aimait son odeur naturelle de femme mais, quand elle se parfumait, il avait encore plus envie de l'envelopper de ses bras et de la posséder.

Merde, Troy ! Reviens un peu à la réalité ! Tes divagations sont bien la preuve que ce n'est pas une bonne idée qu'elle soit là, avec toi.

Il ne pouvait pas se payer le luxe d'aimer. L'amour était une faiblesse. L'amour compromettait votre objectivité. L'amour ne pouvait vous conduire qu'à une seule chose : l'échec. Et l'échec n'était pas une option car, dans ce métier, il signait votre arrêt de mort.

Une mèche de cheveux s'était échappée du casque de Tiff, menaçant de lui tomber dans les yeux pendant qu'elle conduisait. Il fut tenté de tendre la main pour la coincer derrière son oreille, mais c'était bien la dernière chose à faire. Il tourna la tête vers les artilleurs qui, assis sur la banquette arrière, scrutaient attentivement le paysage afin de détecter d'éventuelles menaces.

Si quelqu'un apprenait qu'il y avait quelque chose entre Tiff et lui, il ne faisait aucun doute qu'on les ferait embarquer dans le premier vol de retour pour les States. Pour le coup, la lune de miel serait vraiment terminée et il n'aurait plus, comme perspective d'avenir, qu'à se chercher un boulot qui lui permettrait à peine de joindre les deux bouts.

Pas question.

En tant que chef de mission, il était dans le véhicule juste derrière celui où se trouvait le VIP, le talonnant. Tiff avait ordre de conduire en zigzag jusqu'à destination. Il jeta un coup d'œil à sa montre. Encore dix minutes et, si tout allait bien, ils atteindraient la frontière albanaise. Dix de plus et ils seraient sur le chemin du retour. Dans moins d'une heure, ils seraient en sécurité… *Elle* serait en sécurité. Alors seulement, et pour quelques heures au moins, il pourrait enfin se détendre. Enfin… Si tant est qu'on pouvait se détendre quand on se trouvait en territoire ennemi.

Qu'est-ce qu'il ne ferait pas pour de l'argent !

La voiture devant eux se déplaçait vers la droite tandis qu'eux se déplaçaient vers la gauche, obéissant ainsi à la ligne de conduite qu'ils s'étaient fixée. Devant eux, du côté opposé de la route, une petite voiture blanche se rangea sur le bas-côté puis s'immobilisa. L'artilleur qui était derrière lui, à sa gauche, visa aussitôt la voiture dans sa ligne de mire. Si un véhicule apparaissait sur leur trajectoire, leur convoi n'aurait aucun scrupule à le pulvériser.

Juste au moment où ils passaient devant la voiture blanche, le conducteur fit demi-tour dans un crissement de pneus aigu et fonça dans l'autre direction.

Troy se tourna vers Tiffany et ouvrit la bouche, s'apprêtant à lui signaler le comportement étrange du conducteur quand le véhicule blindé dans lequel ils se trouvaient vibra de toutes parts. Comme au ralenti, le capot de leur Suburban se souleva tandis qu'une violente explosion le secouait violemment.

Il n'avait jamais entendu un bruit pareil, le déchirement du métal, les cris de ses amis qui se mélangeaient aux siens, les battements sourds de son cœur qui pulsaient à ses tempes… Cela ne pouvait signifier qu'une chose…

Ils étaient touchés.

Le monde se mit à tourner autour de lui tandis qu'il essayait de recouvrer ses repères. Sous l'impact de l'obus, leur SUV vola dans les airs. Ce devait être un EFP. Lui seul avait cette capacité à propulser sa cible avec une telle violence. Ou un IED. Mais cet engin ne les aurait pas touchés aussi fort et n'aurait pas fait autant de dégâts. Ça pouvait être aussi un RPG mais, là encore, l'engin explosif ne les aurait pas soufflés de cette manière. Non, c'était un EFP. Définitivement un EFP.

L'ironie de la situation ne lui échappa pas que, alors même que leur véhicule n'était pas encore retombé au sol, il devisait avec lui-même sur ce qu'ils étaient en train de vivre. Le phénomène de dissociation à son plus haut niveau. Peut-être que mourir ne serait pas si mal, après tout ; au moins, il échapperait à cet épanchement cognitif complètement incongru. Un étrange sentiment de paix l'envahit.

Le cri que venait de pousser Tiffany le ramena brutalement à la réalité. La terreur le gagna quand il sentit l'odeur de caoutchouc brûlé mélangée à celle d'une fumée âcre qui emplissait l'air. Une douleur vive irradiait de ses jambes. Il bougea un peu pour voir s'il les avait toujours. C'est alors qu'il vit le sang – un sang pourpre – qui éclaboussait le pare-brise éclaté.

Ce pare-brise n'était-il pas censé être à l'épreuve des balles ?

Il entendit un gémissement étranglé, proche d'un feulement ou du halètement d'une personne à bout de souffle.

Tiff.

Elle le fixait, les yeux écarquillés d'horreur, la bouche ouverte. Le volant avait été soufflé, comme tout ce qui se trouvait sous son épaule droite. Elle avait, plantée en plein cœur, une longue pièce de métal déchiqueté qui provenait sans doute du bloc-moteur.

Suivant son regard, elle abaissa les yeux sur l'éclat d'obus puis les releva sur lui. Elle cessa de gémir en même temps qu'elle exhalait ses derniers souffles de vie.

Le véhicule blindé s'écrasa au sol, heurtant l'asphalte dans un fracas de métal et d'éclats de verre brisé dont certains le frappèrent en plein visage.

Le regard de Tiff se posa sur lui et, malgré sa souffrance, elle parvint à lui sourire. L'éclat qui brillait en permanence dans ses prunelles – et qui l'attirait aussi sûrement qu'un papillon est attiré par la lumière – s'éteignit en même temps que la vie la quittait.

Voilà. Cette fois, c'était sûr. Il était en enfer.

Car il n'y avait qu'en enfer qu'on était forcé de regarder mourir la femme qu'on aimait sans pouvoir rien faire pour la sauver.

1

Tout le monde finissait un jour par devoir livrer une bataille. Que ce soit dans la toundra sibérienne, dans le désert d'Afghanistan ou dans les méandres du cœur. Et, comme dans toutes les batailles, il ne pouvait y avoir qu'un seul vainqueur.

Kate Scot avait remporté de nombreuses batailles, mais elle en avait perdu une qui était chère à son cœur, même si elle avait du mal à l'admettre. Récemment, elle avait subi une double perte en perdant d'un seul coup son logement et son chien, Max. Max qu'elle était allée chercher dans un chenil alors qu'il était à peine sevré et qui était aujourd'hui entre les mains de son ex-petit ami. Max qui lui manquait terriblement.

Elle ne détestait pas son ex de l'avoir fichue à la rue comme il l'avait fait. Loin de là. De toute façon, compte tenu de son boulot, il ne lui aurait pas fallu beaucoup plus longtemps pour comprendre qu'il était trop bien pour elle et qu'il était temps qu'il s'en cherche une autre. Une autre qui le vénérerait comme elle ne le ferait jamais. Sans compter son incapacité à s'ouvrir totalement à lui.

Il méritait mieux, et elle avait besoin de se retrouver seule. Tout ce qui touchait à la séduction, à l'amour, elle allait l'oublier pour un temps.

L'amour, c'était fait pour les gens qui avaient de la place dans leur cœur ou qui avaient besoin de combler un vide. Ou pour ceux qui étaient capables de faire sauter les verrous et de s'abandonner. Elle en était incapable. Peut-être même n'en avait-elle pas envie.

Elle ne doutait pas que c'était sa mentalité de guerrière et l'entraînement militaire qu'elle avait subi qui empêchait tout sentiment de faire partie de l'équation. Dans son domaine, en tant que femme, elle faisait constamment l'objet d'un examen minutieux de la part des hommes qui l'entouraient. Consciemment ou inconsciemment, ils testaient ses forces et ses faiblesses, vérifiaient ses limites et ses compétences. C'est pourquoi elle se devait d'être la meilleure.

C'était cette soif de reconnaissance et cette volonté affichée de faire ses preuves qui faisaient qu'elle venait de recevoir un mail dont l'objet, inscrit en lettres capitales rouges, indiquait « URGENT ». L'expéditeur, Aaron Peahen, était du bureau de Billings et, même s'ils se trouvaient tous les deux dans le Montana, ils ne s'aimaient guère. Chacun avait le don de faire ressortir ce qu'il y avait de pire en l'autre et, à l'époque où on leur assignait les mêmes missions, il n'était pas rare qu'ils se séparent sur une bordée d'injures.

Il était tellement vieux jeu qu'il agissait comme si la présence de femmes dans l'agence était une sorte de nuisance que les agents masculins devaient supporter pour faire plaisir à leur entourage. Il n'accepterait jamais, en dépit du respect dont elle jouissait malgré tout, qu'elle soit aussi précieuse que lui pour l'agence.

Le connaissant comme elle le connaissait, il avait dû lui envoyer ce dossier pour la pousser à l'échec ou, pire, la faire trimer pour des prunes.

Contrairement aux bons vins, il y avait peu de chances pour que ce pauvre bougre s'améliore avec l'âge.

Elle cliqua sur le drapeau rouge qui soulignait le caractère urgent de la chose. Et, tandis qu'elle lisait le mail de Peahen, elle pouvait entendre sa voix rocailleuse de fumeur par-dessus son épaule, comme s'il se tenait là, tout près d'elle, au lieu de se trouver à l'autre bout du Montana.

Agent Scot,

Il a été porté à mon attention que vous détenez des informations importantes concernant une affaire sur laquelle je travaille actuellement. Pourriez-vous me passer un coup de fil ou, mieux, m'envoyer par mail tout ce qui relève du dossier #HJ1085-090.

J'apprécierais une réponse rapide de votre part, même si je n'ignore pas que cela peut vous poser un problème. Quoi qu'il en soit, il me faut une réponse dans les soixante-douze heures. Au cas où je n'aurais pas ce que je vous demande, je me verrais dans l'obligation d'en référer à votre hiérarchie.

Agent Peahen.

Pauvre crétin !

Dire qu'à un moment elle avait cru qu'ils allaient pouvoir s'entendre. Mais, avec le temps, elle avait appris à cerner le personnage. Elle avait alors compris que ce traitement lui était exclusivement réservé car, s'il s'était permis d'agir avec les autres comme il agissait avec elle, il y a belle lurette qu'il aurait été viré.

Il pouvait toujours courir pour avoir les infos qu'il attendait d'elle !

Elle cliqua néanmoins sur les fichiers et ouvrit les renseignements demandés. Le dernier horodatage remontait à près de cinq ans. Autant dire un siècle. Elle se souvenait à peine des détails liés à ce braquage de banque sur lequel elle avait enquêté alors qu'elle venait juste d'intégrer l'agence de Missoula.

L'enquête n'avait mené nulle part, et un mois après l'affaire avait été classée et ces dossiers stockés dans sa banque de données, pour y être oubliés.

Jusqu'à nouvel ordre. Car, de toute évidence, l'agent Peahen comptait rouvrir le dossier et jouer cavalier seul. Une rage sourde l'envahit. Il ne faisait aucun doute qu'il manigançait dans son dos pour montrer à tous quel grand agent il était en reprenant une de ses affaires non élucidées.

Un grognement rageur s'échappa de ses lèvres.

— Tout va bien, Scot ? demanda l'agent Hunt en levant brièvement les yeux de son écran.

Il n'était qu'à demi attentif, mais elle lui fut reconnaissante d'avoir remarqué que quelque chose n'allait pas.

Elle n'eut pas le temps de lui répondre que, déjà, il était retourné à son écran d'ordinateur.

C'était ce qu'elle préférait dans cette équipe. Ils se souciaient tous les uns des autres mais savaient rester discrets. Ils ne parlaient pas plus que nécessaire, même dans le boulot. Cette réserve leur évitait bien des malentendus ou des prises de bec. Ainsi, chacun restait à sa place sans empiéter sur les plates-bandes des autres.

Elle s'écarta de son bureau, son fauteuil pivotant à roulettes produisant au passage un bruit de coques broyées.

— Encore en train de manger de ces graines de tournesol dégoûtantes ? s'enquit Hunt.

— Que voulez-vous, nous avons tous nos petites manies pour nous calmer. Nous pouvons parler des bulles de chewing-gum que vous faites claquer à tout bout de champ si vous voulez ?

Pour toute réponse, Hunt haussa les épaules.

— Où allez-vous ? lança-t-il en la voyant se lever et caler sa veste sous son bras.

— Dehors.

À vrai dire, elle n'avait aucune idée précise de l'endroit où elle voulait aller. Ce qu'elle savait, en revanche, c'est qu'elle ne pouvait pas rester une seconde de plus assise à ruminer devant le mail de Peahen. Bien sûr, elle aurait pu lui envoyer l'information qu'il souhaitait et elle aurait été débarrassée de lui, mais elle n'était pas du genre à obéir docilement. Surtout à ce genre d'idiot. Il voulait jouer à ce petit jeu ? Eh bien, ils seraient deux.

Elle commença à transférer le dossier sur son smartphone et, en attendant qu'il le soit en totalité, observa Hunt, toujours absorbé dans sa tâche.

— Vous travaillez sur quoi ?

Nouveau haussement d'épaules.

— Sur *Candy Crush*, répondit-il, sérieux comme un pape. Je suis en train d'atteindre le niveau 2421, alors…

— Alors, prenez votre veste et venez faire un tour avec moi. Il se pourrait que j'aie besoin de quelqu'un pour m'empêcher d'aller étrangler Peahen.

Cette idée la fit glousser comme une gamine.

— Je ne sais pas si j'ai envie d'être témoin d'une scène pareille.

— Allez, venez. À défaut de tuer ce crétin, nous

pourrions embarquer à bord de ce fleuron de l'industrie automobile américaine.

Elle éclata de rire tout en désignant par la fenêtre une Ford Victoria Crown dernier modèle, garée en face de leurs bureaux.

— On peut dire que vous savez parler aux garçons, vous, répliqua-t-il en prenant sa veste que, comme Kate, il dédaigna d'enfiler.

La différence entre eux, c'était que personne ne risquait de remettre en question ses compétences s'il ne portait pas la veste propre aux agents du FBI. Alors qu'en ce qui la concernait, il lui suffisait qu'elle soit déboutonnée pour qu'on la cloue au pilori.

Elle soupira.

Laisse tomber.

Trouver tout le temps à redire ne ferait pas avancer la cause des femmes au sein d'un milieu profondément sexiste. Mieux valait se ressaisir et se concentrer sur la tâche à accomplir pour montrer à Peahen à qui il avait affaire.

En sortant du bâtiment en briques situé en plein cœur de ville de Missoula, elle ralentit le pas pour attraper un paquet de chewing-gums dans sa poche. Il fallait qu'elle arrête de se gaver de graines de tournesol. Ou qu'elle consacre un peu plus de temps à la course à pied.

Elle mâchait son chewing-gum sans grande conviction, regrettant le plaisir qu'elle tirait à faire craquer sous ses dents les coques tendres et salées des *pipas*. Calories ou pas, elle en raffolait. Mais, encore une fois, il semblait que les choses auxquelles elle tenait le plus étaient celles qui lui faisaient le plus de mal.

Elle s'installa d'office au volant du véhicule de police et, tandis qu'elle jetait un coup d'œil dans son rétroviseur pour quitter sa place de stationnement, repéra une fourgonnette noire qui venait de s'arrêter au feu, juste derrière elle, et qui l'empêchait de manœuvrer. Cette incohérence la révolta. Il faudrait qu'elle en touche un mot à ses supérieurs et qu'eux-mêmes soulèvent le problème auprès des responsables de l'aménagement du territoire.

Elle n'aimait pas ça, cette impression d'être prise au piège comme un rat, sans possibilité d'agir ou de réagir. Elle imaginait déjà le scénario : un des occupants de la fourgonnette sortait de son véhicule, braquait son arme sur eux, tirait, puis remontait tranquillement dans son véhicule avant de s'évaporer dans la nature, laissant ses victimes pour mortes.

Déformation professionnelle, ma vieille. Tu deviens paranoïaque.

Non, ce n'était pas une question de paranoïa. C'était une question de sécurité.

Elle en était là de ses réflexions quand elle entendit un crissement de freins suivi presque simultanément d'un bruit métallique de tôle froissée. Elle sursauta et regarda par-dessus son épaule. L'avant d'une Mazda rouge décapotable était encastré dans l'arrière de la fourgonnette. Le conducteur, un garçon d'une vingtaine d'années, sortit de son véhicule, blanc comme un linge. Lorsqu'il vit l'ampleur des dégâts, il couvrit son visage de ses mains et laissa échapper un chapelet d'injures entre ses doigts écartés. Sans doute imaginait-il déjà le savon que ses parents allaient lui passer quand il leur aurait rapporté l'affaire.

Pauvre chou ! Elle n'aimerait pas être à sa place.

— Bon sang ! Vous avez vu ça, Scot ?

— Oui, répondit-elle en épiant la scène dans son rétroviseur.

La porte latérale de la fourgonnette s'ouvrit dans un bruit de métal caractéristique. Un homme d'une trentaine d'années en surgit. Cheveux noirs, yeux sombres, menton fendu d'une fossette. Le genre beau gosse. Il émanait de lui quelque chose qui l'attira instantanément mais qui, en même temps, alluma en elle tous les signaux l'alertant d'un danger imminent.

Elle se tourna dans son siège pour mieux voir.

L'homme leva les yeux vers elle. Leurs regards se croisèrent. Elle faillit détourner la tête sous l'intensité de ce regard mais se reprit très vite. Elle n'était pas du genre à baisser les yeux la première.

L'homme lui adressa un bref hochement de tête.

Il referma la porte derrière lui, mais pas assez vite. L'œil expert de Kate avait déjà relevé une anomalie de taille : l'intérieur de la fourgonnette était équipé d'un système de surveillance sophistiqué.

Elle retint sa respiration en même temps qu'elle portait machinalement la main à son arme de poing.

Comme souvent, son instinct ne l'avait pas trompée. Cet homme était dangereux.

2

Troy était un homme brisé. Il s'enfonçait chaque jour un peu plus profondément dans une mélancolie qui le consumait lentement mais sûrement. Il fallait absolument qu'il se secoue pour sortir de ce marasme s'il ne voulait pas se laisser engloutir tout à fait par ce mal-être devenu chronique.

Depuis la mort tragique de Tiff, survenue un an plus tôt, il vivait au jour le jour, ne revenant à la vie que lorsqu'il effectuait les missions que STEALTH lui confiait. Il avait déjà travaillé pour différentes agences de sécurité mais, si ça n'avait pas été pour Zoey Martin, il n'était pas certain qu'il aurait été capable de rempiler, compte tenu de l'état dans lequel il se trouvait.

Il n'allait pas bien, il en était bien conscient. En dehors de son travail, c'est à peine s'il était capable d'aligner deux mots.

Il s'en fichait. La solitude ne lui faisait pas peur.

Il trouvait même réconfortante l'idée d'être le messager silencieux de la mort. Il était un peu comme une ombre – non, comme un fantôme, plutôt – qui allait et venait aux quatre coins du monde sans se faire repérer. Invisible. Il était invisible. Et incontestablement libre.

C'était sans doute cette aptitude qui le faisait se

distinguer des autres agents. Il savait se fondre dans la foule, ce qui lui conférait un pouvoir énorme. Grâce à ce don, il pouvait faire n'importe quoi, aller n'importe où, puis disparaître sans se faire remarquer du commun des mortels.

Il était un guerrier. Un homme maintenu en marge de la société pour effectuer des tâches que peu étaient capables – ou refusaient – d'effectuer. Sa seule loyauté allait à ses frères et sœurs d'armes et à ceux qu'il avait juré de protéger.

Il n'avait rien d'un héros mais tout d'un antihéros.

Un marchand de mort ? Peut-être.

L'instrument d'hommes et de femmes de pouvoir ? Certainement.

Et, tout comme l'était Tiff, il n'était que la dernière pièce d'un puzzle géant qui, aussitôt qu'il était achevé, devait être détruit pour céder la place à une image réelle. Il participait à la lutte acharnée à laquelle se livraient des factions, des gouvernements et des sociétés qui obéissaient à des règles qu'il ne connaîtrait jamais.

Ou presque. Car la mission pour laquelle STEALTH l'avait mandaté, un mois plus tôt, n'avait rien de bien opaque. Rien de plus simple que de tenter de pirater le système informatique d'une entreprise d'usinage d'équipement militaire qui vendait, ou non, des secrets militaires d'État au gouvernement chinois ou à toute autre faction opposée. La société en question avait fait appel à eux pour espionner ses employés et s'assurer qu'il n'y avait pas de taupe parmi eux, mais aussi pour vérifier que leur système de sécurité était inviolable. Des contrats de plusieurs millions de dollars étaient en jeu.

Des résultats de son enquête dépendaient l'avenir de la société.

Sacrée pression.

Tant que la société continuerait à traiter correctement son personnel, il y avait peu de chances d'y trouver un traître, encore moins un employé revanchard susceptible de vouloir se venger en vendant sous le manteau des dossiers confidentiels.

Dans les cas comme celui-ci, où il y avait fuite ou suspicion de fuite de dossiers classés top secret, les trahisons n'étaient généralement pas commises par malveillance ou par appât du gain. Neuf fois sur dix, il s'avérait que la fuite était le résultat d'une négligence, d'une conversation téléphonique qui n'aurait pas dû se tenir ou de mails qui n'auraient pas dû être envoyés mais qui tombaient entre de mauvaises mains. Une imprudence qui pouvait coûter des millions de dollars à la société.

Ce n'était pourtant pas faute d'avoir alerté ces grandes entreprises et leurs employés. Mais le manque général de compréhension du fonctionnement des différentes tactiques d'infiltration le consternait. Il avait beau leur seriner sur tous les tons que les nouvelles technologies représentaient un risque énorme de fuites, il était étonnant de voir le nombre de P-DG, de directeurs d'exploitation ou de directeurs financiers continuer à envoyer des mails ou à discuter ouvertement entre eux de dossiers ultra-confidentiels. Les spécialistes à l'affût n'avaient alors plus qu'à retranscrire ce qu'ils avaient lu ou entendu.

Ajoutez à cela un appel téléphonique d'un membre de l'équipe d'infiltration et, bingo, celui qui cherchait l'information l'obtenait sans mal.

Cela dit, il n'allait pas s'en plaindre. Comme tout le monde fermait les yeux sur les faiblesses des systèmes de sécurité, il les utilisait à son avantage. Les bons, les méchants, tout le monde pensait la même chose. Il suffisait de maîtriser un tant soit peu le psychisme humain, le « ça n'arrive qu'aux autres » pour que cela devienne un jeu d'enfant d'obtenir ce qu'on voulait.

Il jeta un coup d'œil au système de surveillance ultra-sophistiqué dont était équipée la fourgonnette. C'était peut-être un peu excessif, mais le bon vieux scout qui sommeillait en lui lui soufflait que mieux valait pécher par excès.

— Jusqu'où veux-tu que j'aille ? demanda Mike alors qu'il ralentissait à l'approche d'un feu rouge. Zoey a réussi à pirater leur système informatique ?

Troy ouvrit la bouche, s'apprêtant à répondre non mais, au moment où il allait parler, le bruit caractéristique d'un crissement de freins l'en empêcha. Le choc qui suivit presque instantanément le projeta hors de son siège.

Il se retrouva à quatre pattes entre les sièges avant. Il se releva d'un bond, vérifia que son frère allait bien et que le matériel n'avait subi aucun dommage.

Un mince rayon de lumière filtrait par les portes arrière et, même de là où il se tenait, il vit le capot d'une voiture rouge encastré sous leur pare-chocs.

Fils de… Bon sang ! Pas aujourd'hui ! Pas maintenant !

Il avait un boulot à faire. Et la dernière chose dont il avait besoin, c'était que les flics viennent fouiner dans le coin. Cela dit, si c'était le cas, ils seraient peut-être assez intelligents pour ne pas poser trop de questions une fois qu'il les aurait informés que son frère et lui étaient mandatés par STEALTH pour une mission confidentielle.

En plus, c'était juste un accrochage. Pas de quoi en faire toute une histoire. Il devrait pouvoir s'en tirer avec un sourire et une franche poignée de main.

Du moins l'espérait-il. Car, dans un passé pas si lointain, c'était au moment où il pensait que le plus dur était derrière lui que le pire s'était produit.

Mike défit sa ceinture de sécurité, s'apprêtant à sortir.

— Attends ici, lui ordonna Troy en ouvrant la porte latérale. Je m'en occupe.

Mike lui lança un regard inquiet.

— Troy… C'est un gamin, dit-il.

Troy haussa les épaules.

— Qu'est-ce que tu crois ? Je ne vais pas le tuer.

Pour qui son frère le prenait-il ? Il cherchait à combattre le mal, pas à l'incarner.

Il sortit de la fourgonnette en repoussant en arrière les mèches de cheveux qui lui tombaient le visage. Il détestait avoir les cheveux aussi longs mais, à son retour aux États-Unis, il avait eu envie de faire bouger un peu les choses. De changer de tête. D'oublier qui il était.

Il balaya la zone d'un regard acéré. Une Ford Victoria Crown noire était stationnée en épi, feux arrière allumés. Au volant, une femme le scrutait avec attention.

Elle avait une épaisse chevelure brune dans laquelle il aurait bien plongé les mains, des yeux noisette et – de ce qu'il pouvait en apercevoir – une silhouette de pin-up.

Il détourna rapidement la tête.

Il ne fallait pas qu'il se fasse repérer.

Tu es invisible. Personne ne doit te voir.

Pourtant, presque malgré lui, il regarda de nouveau dans sa direction. À présent, elle observait la fourgonnette. Il referma la porte derrière lui, l'empêchant de distinguer ce qui se trouvait à l'intérieur.

Leurs yeux se croisèrent.

Il comprit alors qu'elle l'avait vu.

Pour la première fois depuis un an, quelqu'un avait *véritablement* remarqué son existence. C'était comme si, d'un coup de son regard perçant, cette femme venait de le rendre réel.

3

Une fois, au cours d'un entraînement à Quantico, Kate était tombée dans un piège qu'elle n'avait pas vu venir et cette erreur de débutante l'avait dévastée pendant un bon moment. Elle n'arrivait pas à s'expliquer pourquoi, mais l'homme de la fourgonnette lui procurait la même sensation. Elle sentit se former dans son ventre la même boule d'appréhension qui lui disait que ce n'était pas une coïncidence si cet homme venait d'entrer dans sa vie.

Tu es paranoïaque, ma pauvre fille.

Un homme la reluquait. Et alors ? La belle affaire !

Mais elle avait beau chercher à se rassurer, le malaise persistait.

Durant les séances d'entraînement à Quantico, on leur demandait souvent d'effectuer des exercices de surveillance durant lesquels eux-mêmes étaient surveillés. Si elle aimait tout l'art qui consistait à voir sans être vu, elle détestait en revanche la paranoïa qui allait de pair avec cet apprentissage.

Voir cette fourgonnette immobilisée juste derrière eux faisait resurgir cette angoisse.

Elle ne serait jamais seule.

Où qu'elle aille dans le monde, quoi qu'elle fasse au

sein du Bureau, il y aurait toujours quelqu'un pour la surveiller ou poser un piège en travers de son chemin.

Avant de travailler comme agent du FBI, elle s'était toujours targuée de suivre scrupuleusement les règles établies par la société. Elle était du genre à arriver à ses rendez-vous avec dix minutes d'avance, à ne jamais se rendre aux soirées les mains vides et à envoyer un SMS de remerciement à ses hôtes dès le lendemain.

Cette rigueur l'avait tout naturellement conduite à vouloir intégrer le FBI aussitôt qu'elle avait eu en poche son diplôme de l'université de Vassar. Elle n'avait eu aucun mal à passer les tests physiques et psychologiques. En revanche tout ce qui touchait à la perception spatiale et aux plans stratégiques lui avait posé problème. Être capable de mémoriser les plaques d'immatriculation avant et arrière de toutes les voitures se trouvant autour d'elle… Se souvenir des visages, des vêtements, des croyances de chacun… Elle avait dû se battre pour y arriver.

Avec le recul, elle se disait qu'elle préférerait faire trois ans de chimie organique plutôt que d'en repasser par ce cycle d'entraînement à la surveillance.

Elle n'aurait jamais pu être Mata Hari, c'était évident.

Hunt s'éclaircit la gorge, interrompant le fil de ses pensées.

— Ça va, Scot ?

Au lieu de répondre, elle regarda l'homme qui s'était approché du jeune conducteur. Il posa une main sur son épaule, mais elle sentit derrière le geste qui se voulait réconfortant une réticence au contact physique.

— Scot ?

— Hum ?

— Je pense que nous ferions mieux de retourner au

Bureau. On n'a rien à faire ici. J'aurais dû me douter qu'avec vous, forcément, on ne pourrait pas aller faire un tour sans que les choses tournent au vinaigre.

Elle lui fit la grâce de ricaner à ce trait d'humour pathétique. Elle appréciait le fait que Hunt, en bon camarade, ne cherchait qu'à la divertir de l'appréhension qu'il avait dû sentir en elle.

— Peu importe ce que les autres disent, Hunt. Vous êtes un chic type.

Hunt posa une main sur son torse et fixa sur elle un regard surpris.

— Qu'est-ce que vous voulez dire par là ? Qu'en vérité, les gens pensent vraiment que *je ne suis pas* un chic type ? C'est quoi ce bordel, mec ?

— La dernière fois que j'ai vérifié, je n'étais pas un homme, répliqua-t-elle.

Histoire d'illustrer son propos, elle désigna sa poitrine généreuse.

— Ce n'est pas ce que je voulais dire, Scot.

Elle éclata de rire.

— Vous l'avez bien cherché, *mec*.

Hunt leva les deux mains en l'air avant de les rabattre en avant, en signe de reddition.

— Les deux règles à ne pas transgresser, déclara-t-il : se manquer de respect et…

— … Ne pas laisser traîner son arme de service n'importe où, lança-t-elle en gloussant. Bête comme chou.

— Ça m'est arrivé une putain de fois, Scot, se défendit Hunt. Une seule putain de fois. Et encore, parce que j'avais une grippe carabinée. J'ai retenu la leçon, vous pouvez me croire.

Elle n'avait cherché qu'à le charrier un peu, mais elle

sentait à son ton qu'il était vexé qu'elle lui rappelle un souvenir aussi cuisant.

— Heureusement, poursuivit-elle, c'est moi qui suis tombée sur votre arme. Si ça avait été l'agent Raft, à l'heure qu'il est, vous seriez, au mieux, au service des archives.

— Je sais… Je sais. Sur ce, je ne vais pas rester là, à vous écouter déblatérer vos conneries, ajouta-t-il en actionnant la poignée de sa portière.

— Je me demande bien comment fait votre petite amie pour vous supporter, dit-elle d'un ton taquin.

Hunt sortit mais resta sur place. Il se courba en avant et passa la tête à l'intérieur. Il n'était pas dit qu'il n'aurait pas le dernier mot.

— En tout cas, moi, je ne me demande plus pourquoi vous êtes encore célibataire.

Visiblement content de lui, il lui adressa un sourire en coin puis claqua la portière avant qu'elle puisse répliquer et s'éloigna.

Elle l'avait bien cherché ; pourtant, ces mots qui ne faisaient que refléter la réalité lui firent l'effet d'un coup d'épée à travers le corps.

Elle ne pouvait que rester seule. Une fois – cela remontait à trois ans –, elle était sortie avec un type rencontré sur un site de rencontres. Très vite, les textos avaient viré aux sextos auxquels elle aurait été bien inspirée de ne pas répondre car ce pan très privé de sa vie avait été utilisé dans une affaire judiciaire, remettant en cause sa crédibilité de flic. Ces SMS lui avaient coûté l'affaire en question en même temps qu'ils avaient entamé sa crédibilité professionnelle.

Elle n'avait jamais été aussi humiliée qu'au moment où son petit ami avait exhibé ces preuves écrites, qui disaient tout de ses fantasmes et de ses préférences sexuelles, pour s'en servir contre elle. Elle ne pouvait pas vraiment lui en vouloir – il avait prêté serment –, mais elle s'était juré qu'aussi longtemps qu'elle vivrait, elle ne ferait plus jamais confiance à quelque être humain que ce soit. Pas même à Hunt qui lui devait pourtant une fière chandelle. Elle s'était aussi fait le serment de ne plus tomber amoureuse. L'amour ne pouvait que vous faire souffrir et vous rendre vulnérable. Et cette faiblesse pouvait vous conduire à l'échec. Un mot qu'elle avait depuis longtemps rayé de son vocabulaire.

Elle s'en était tirée avec un blâme et une mutation au bureau de Missoula. Ce qu'elle avait dans un premier temps considéré comme une punition s'était finalement révélé positif. Elle était tombée dans une bonne équipe, et même son supérieur s'était montré compatissant. Il avait compris que l'amour pouvait vous conduire à commettre de grossières erreurs.

Un claquement sec se fit entendre. Un bruit distinct bien qu'étouffé par les vitres fermées du véhicule. Une seule chose pouvait produire un son pareil : une arme à feu.

Elle se retourna juste au moment où le jeune garçon se jetait à terre. Bon sang ! Pourvu qu'il n'ait pas été touché.

Dans un geste instinctif, elle porta la main à son holster, dégaina son arme et sortit de la voiture. Planquée derrière sa portière, elle essaya de comprendre d'où provenait le tir. L'homme à la fourgonnette se coucha sur le jeune homme au moment où deux autres coups de feu étaient tirés. Kate reconnut le bruit caractéristique des balles qui s'étaient fichées dans la portière coulissante du van.

Bon sang ! Que se passait-il ? Qui était ce tireur ? Qui visait-il ?

Elle leva les yeux vers l'ouest, à l'endroit d'où elle pensait que les coups de feu avaient été tirés. De là où elle était, elle put voir la lunette de visée et le canon d'un fusil, à une fenêtre du dernier étage d'un bâtiment qui se trouvait à deux pâtés de maisons de là. Il y eut un flash, mais elle entendit à peine le sifflement de la balle qui déchira l'air avant d'aller frapper l'avant de la fourgonnette.

Elle s'accroupit pour aller se réfugier à l'arrière de son véhicule et se mettre ainsi hors de portée du tireur.

— Restez à terre ! hurla l'homme.

Comme si elle avait besoin qu'on lui rappelle ce qu'elle avait à faire pour échapper à un tireur embusqué !

Cela dit, si cet homme allongé au milieu de la rue sur un gamin terrorisé pensait qu'elle avait besoin d'aide, c'est qu'il ignorait qui elle était.

De là à en déduire qu'il n'était pas un ennemi…

Néanmoins, cette prise de conscience ne pouvait pas lui garantir qu'il était du bon côté de la loi.

Bon Samaritain ou pas, il semblait bien qu'il soit impliqué dans cette série de tirs qui leur tombait dessus. Dans toute sa carrière, elle avait assisté à trois fusillades. Chaque fois, les tireurs avaient été abattus.

Elle attrapa sa radio et joignit le régulateur d'appels.

— Ici, l'agent Scot, dit-elle. Nous avons un tireur embusqué, possibilité de fusillade de masse en cours au croisement de la 20e Rue et de Pine Street. Le tireur se trouve au cinquième étage de Sol Building. Faites appel à toutes les forces disponibles.

Elle aurait toute l'aide dont elle avait besoin en moins

de quelques minutes. N'empêche. D'ici là, il pouvait se passer bien des choses.

Cinq coups de feu successifs s'enchaînèrent. Encore une fois, c'était la fourgonnette qui était visée. Kate se déplaça légèrement en prenant garde à rester à couvert. Cette fois, les balles avaient touché le pare-brise qui s'était fissuré mais n'avait pas volé en éclats. La marque caractéristique d'un verre à l'épreuve des balles. La fourgonnette était blindée. Heureusement, sinon le conducteur ne serait plus de ce monde.

Elle aurait affaire à des tueurs à gages qu'elle n'en serait pas étonnée. Elle n'en était pas sûre à cent pour cent, mais tout le laissait à penser : la fourgonnette blindée… Le matériel de renseignements ultra-sophistiqué…

Il était plus que probable qu'elle venait de se frotter à un service d'espionnage.

Mais une question subsistait : qu'est-ce que deux espions viendraient faire au fin fond du Montana, dans une ville où un ours errant représentait le summum d'un événement palpitant ?

Dans quel pétrin suis-je encore allée me fourrer ?

Elle n'eut pas le temps de réfléchir à sa question. La sirène des véhicules de police hurlait, annonçant l'arrivée imminente des renforts.

Si le tireur avait un brin d'intelligence, il devait déjà avoir quitté son poste de tir.

Elle leva les yeux vers la fenêtre. En effet, le sniper avait disparu, la laissant avec l'étrange sensation qu'elle avait rêvé cette fusillade.

Toujours accroupie, elle chercha à rassembler ses esprits. Ses mains tremblaient. Elle en fut à la fois surprise et déçue.

N'avait-elle pas vécu de pires moments à Quantico ?

Des moments bien plus terrifiants quand il s'agissait d'exercices de tirs réels doublés de guerres psychologiques ? Elle n'avait pourtant jamais réagi comme ça. Pourquoi ici ? Pourquoi maintenant ?

Est-ce que le fait de vivre dans une ville relativement paisible – du moins jusqu'à aujourd'hui – lui avait fait perdre son sang-froid ?

Peu importait. Personne ne devait la voir comme ça.

Elle se mordit l'intérieur de la joue jusqu'à ce que le goût du sang lui emplisse la bouche et la ramène à la réalité du terrain. Ce n'était qu'un jour de plus dans le quotidien du Bureau. Il n'y avait pas là de quoi perdre ses nerfs.

Refoule tes émotions sinon tu risques de le payer très cher.

L'homme qu'elle avait vu sortir de la fourgonnette se releva, libérant le jeune homme qui, bien que choqué, semblait indemne. Il leva son arme, un SIG Sauer P220 et, la pointant en direction de l'endroit où se trouvait le tireur, aida le jeune homme à se mettre en sécurité derrière le van.

— Ça va ? s'enquit-il en s'approchant de Kate.

Elle rangea son arme dans son étui, ne sachant trop si elle avait raison ou tort de le faire. Le tireur pouvait tirer de nouveau de n'importe où. L'appréhension qu'elle avait ressentie un peu plus tôt refit surface.

Si elle ne se fiait pas trop à son instinct dans son travail, il y avait des moments comme celui-ci où elle aimait adhérer à la magie de ce sentiment.

L'inconnu lui tendit la main sans dire un mot, lui proposant son aide de manière tacite. Elle avait toujours eu un faible pour les gentlemen.

Elle glissa sa main dans la sienne et le laissa l'aider à se relever.

— Vous n'êtes pas blessée, dit-il après lui avoir lancé un regard neutre.

Sans qu'elle sache pourquoi, elle fut presque déçue qu'il ne soit pas sensible à ses charmes. Il avait même l'air de ne pas les avoir remarqués.

Mystérieux… Chevaleresque… Mais insensible à ses charmes.

Pas de chance.

Elle dégagea sa main d'un mouvement brusque, pressentant un danger bien pire que celui que représentait un sniper en embuscade.

4

— Je m'appelle Troy, dit-il à la jeune femme dont les grands yeux noisette le faisaient penser à ceux d'une biche aux abois.

— Troy..., répéta-t-elle d'un ton sec. Pour qui travaillez-vous ?

Il essaya de ne rien montrer de son agacement. Il estimait que sa question directe autant qu'indiscrète n'appelait pas de réponse de sa part. Il marmonna quelques mots inaudibles qui ne pouvaient rien lui révéler de lui.

Qui donc était cette femme surprenante ? Il la détailla du coin de l'œil, espérant être suffisamment discret pour ne pas se faire surprendre. Elle portait un uniforme qui rappelait celui des agents du FBI. Son badge était à demi caché dans les replis de son chemisier, mais il n'avait pas échappé à son œil expert.

Il avait toujours éprouvé une certaine méfiance à l'égard des agents du Bureau et de leur apparente amabilité – pour ne pas parler de condescendance – envers ceux qu'ils considéraient comme « inférieurs ».

Elle lui lança un sourire désarmant derrière lequel il devina la femme de tête qu'elle était.

Il ressentit une pointe d'excitation mais qui, peut-être, pouvait être mise sur le compte d'émotions résiduelles liées à la fusillade dont ils venaient d'être l'objet. Du moins l'espérait-il. Les femmes de pouvoir ne le rebutaient pas. Au contraire, même. Il aimait qu'elles aient le contrôle, sauf dans une chambre à coucher. Là, c'était lui qui prenait les commandes.

Il feignit d'ignorer sa poitrine généreuse qu'écrasait légèrement sa veste trop serrée quand elle croisait les bras. Il la pressentait un peu comme son ex : un mélange parfait de confiance en soi, de sensualité et de soumission feinte.

Son corps s'anima en même temps que des images torrides de corps enlacés se bousculaient dans sa tête. Il se rappela à l'ordre, fixant son attention sur la fenêtre d'où avait tiré le sniper. Quel crétin était-il donc pour se laisser embarquer dans de telles pensées alors que quatre personnes venaient d'échapper de peu à la mort ?

Le devoir l'appelait. Un devoir qui demandait une grande concentration. Il fallait qu'ils partent d'ici avant que leurs employeurs aient vent de ce qui venait de se passer. Certes ils ne seraient les premiers à se trouver dans une situation délicate, mais s'ils pouvaient éviter de se faire passer les menottes…

Car, contrairement aux agents du FBI qui n'avaient qu'à exhiber leur carte pour ne pas être inquiétés, il lui faudrait plus de quelques coups de fil pour être sorti d'affaire.

Décidé à chasser cette diablesse de son esprit, il lui tourna le dos pour aller rejoindre son frère qui s'était rendu auprès du jeune garçon.

— Que… Que s'est-il passé ? balbutiait celui-ci, encore sous le choc.

Son pantalon était mouillé. Normal quand on avait eu la trouille de sa vie. Le pauvre n'avait pas fini de se réveiller en sueur ! Sans doute, même, se croirait-il responsable de ce qui était arrivé pendant un bon bout de temps.

Un événement comme celui-ci pouvait avoir des répercussions sur la construction future d'un individu : soit la violence resterait ancrée en lui et il l'utiliserait à son profit, soit il développerait le complexe du sauveur. Troy espéra qu'il se rangerait plutôt du côté des gentils.

— Ça va aller…

Il marqua une pause, attendant que le jeune homme lui donne son nom.

— John, indiqua celui-ci d'une voix chevrotante. Je m'appelle John.

Voilà qui était un bon début.

Il entendit un bruit de pas derrière lui. L'agent du FBI venait de les rejoindre.

— John, dit-elle, je m'appelle Kate Scot. Je suis un agent du FBI. Ne t'inquiète pas, tout va bien se passer, maintenant.

Troy laissa échapper un profond soupir doublé d'un sourire narquois auquel elle répondit par un regard mauvais.

Une voiture de police se gara sur le trottoir tandis que trois autres sécurisaient le carrefour. Voilà, il était fait comme un rat. Il n'avait plus aucune chance de prendre la tangente. D'un autre côté, pourquoi chercherait-il à se soustraire à ces braves flics qui ne faisaient que leur boulot ? Ils étaient du bon côté de la barrière. On ne lui demandait pas de les aimer, juste de reconnaître qu'ils faisaient régner l'ordre.

Une flopée de flics jaillit des voitures tandis que des agents sortaient en courant du bâtiment fédéral qui se trouvait juste en face.

— Le sniper a pris la fuite, annonça l'agent Scot. Sécurisez un périmètre couvrant cinq blocs d'ici. Je veux un maillage serré.

Les flics s'exécutèrent dans un ballet parfaitement coordonné, chacun sachant ce qu'il avait à faire.

Troy les regarda s'agiter, l'air sceptique. Ils auraient beau faire, leurs chances de mettre la main sur le tireur étaient égales à zéro. En tout cas, dans l'immédiat. Mieux vaudrait faire appel aux témoins de la scène, à tous ceux qui seraient susceptibles d'avoir vu le tireur entrer ou sortir du bâtiment.

D'autant que ce serait facile. Missoula n'était pas une très grande ville. Un événement comme celui-ci avait dû alerter une bonne partie de la population. Les gens n'étaient pas des anonymes comme dans de grandes mégapoles comme New York ou L.A.

L'agent qui se trouvait dans la voiture de Scot avant la fusillade se précipita vers elle.

— Ça va, Scot ? s'enquit-il d'une voix qui cachait mal son inquiétude. Vous n'êtes pas blessée ?

Quelqu'un lui tapa sur l'épaule. C'était Mike.

— Il faut qu'on se tire d'ici, dit-il. Il y a trop de fouineurs. Si nous restons, notre mission risque d'être compromise. Tu connais Zoey. Si on fait capoter notre mission, elle va nous tuer.

Zoey Martin, leur boss à STEALTH, aurait leur peau, quoi qu'ils fassent. Cette femme était l'enfer à elle toute seule. Mais elle avait pour elle son côté inébranlable, le genre qui ne se laisse impressionner par rien ni personne.

Mike regagna le van et se glissa au volant. Troy venait d'ouvrir la portière du côté passager quand une main s'abattit sur son poignet. Instinctivement, il leva le bras, prêt à en découdre.

— Où pensez-vous aller ? lui demanda Kate Scot.

Il laissa retomber son bras et tourna doucement son poignet pensant échapper facilement à son emprise. Mais l'agent resserra un peu plus son étreinte avec une force qui le surprit.

— J'ai du boulot, répondit-il aussi calmement qu'il le pouvait.

— Il est hors de question que vous quittiez les lieux avant d'avoir fait une déclaration. En plus, il y a l'accrochage avec le gamin. Je suppose que vous devez établir un constat.

— Il peut partir. En ce qui concerne la fourgonnette, on réglera le problème en interne. Entre nous. Ce pauvre gosse a déjà bien assez morflé sans que nous lui rajoutions une facture de réparation à payer. Considérez que c'est un cadeau de Noël que je lui fais.

Elle éclata d'un rire cynique.

— Primo, Noël est dans six mois. Deuzio, vous n'imaginez quand même pas que je vais vous laisser repartir tranquillement dans cette fourgonnette qui est la pièce maîtresse de notre enquête. Vous feriez mieux de vous détendre un peu pendant que nous débloquons la situation.

— Le problème, voyez-vous, c'est que j'ai du boulot qui m'attend. Ou plutôt, nous avons du boulot qui nous attend, dit-il en désignant Mike qui patientait tranquillement derrière son volant.

— Je m'en fiche. Vous pourriez bien être le président des États-Unis en route pour la Maison Blanche que je vous traiterais de la même manière. Votre fourgonnette et vous deux, vous restez ici. À vous de voir si vous préférez avec ou sans menottes.

Dommage que sa référence aux menottes soit une

menace plutôt qu'un accessoire dont il userait bien avec elle dans l'intimité d'une chambre.

— Et n'allez pas croire que je ne sais pas qui vous êtes, ni quels sont vos agissements, ajouta-t-elle à peine plus bas.

Son sang se figea dans ses veines. Si ce n'était pas du bluff, il était mort. Était-il possible que son identité ait été dévoilée ? Était-ce la raison pour laquelle son frère et lui avaient été pris pour cibles ?

S'il n'œuvrait plus dans l'anonymat le plus absolu, d'autres tueurs suivraient. La liste de ses ennemis était longue comme le bras et on ne parlait pas là de petites frappes.

Non. Elle bluffait.

— Vraiment ? rétorqua-t-il d'un ton qu'il voulait neutre. Et d'après vous, qui suis-je ?

— Vous tenez vraiment à jouer à ce petit jeu avec moi, monsieur l'agent secret ?

Il se crispa, cherchant à se dégager de son étreinte une bonne fois pour toutes. Il n'avait pas envie qu'elle sente son pouls battre trop fort entre ses doigts, véritables détecteurs de mensonges.

— Je ne vois pas de quoi vous parlez, répliqua-t-il avec une assurance qui, même à ses oreilles, sonnait faux.

— Vous pouvez bien vous acharner à vouloir mentir, mais même John Q ne se baladerait pas dans une bourgade du Montana avec une fourgonnette équipée d'un matériel de surveillance à plus de cinq cent mille dollars. Pour qui travaillez-vous ? lança-t-elle après avoir marqué une brève pause.

Il ouvrit la bouche, s'apprêtant à répondre, mais elle ne lui en laissa pas le temps.

— Et ne me servez pas les inepties habituelles, du

genre : « Si je vous le disais, je serais obligé de vous faire taire. » Nous savons tous les deux ce qu'il en est et nous n'avons pas de temps à perdre à ergoter sur ce genre d'idioties. Aussi, dans un effort de transparence et parce que je trouve plus judicieux que nous unissions nos forces, je vous demande de me dire la vérité.

Décidément, cette Kate Scot lui plaisait beaucoup. Dans d'autres circonstances, il l'aurait volontiers entraînée dans son lit, menottes ou pas.

Arrête.

Il se considérait comme un homme respectueux des femmes et des limites qu'elles posaient mais, dans des moments comme celui-ci, il n'était pas loin de réviser son jugement. Belle, vive et intrépide, Kate Scot l'attirait beaucoup. Dommage qu'elle ne joue pas plus les terreurs. Au moins, il pourrait prétexter qu'elle n'était pas son type de femme mais, en l'état actuel des choses, c'était tout le contraire. Elle correspondait tout à fait aux femmes qui retenaient son attention.

— Allez, répondez-moi et cessons ce jeu ridicule, lui ordonna-t-elle.

De toute évidence son sourire n'avait pas sur elle l'effet escompté. C'était même plutôt le contraire qui se produisait. Plus il tentait de l'amadouer, plus l'agent Scot entendait bien lui faire comprendre que c'était elle qui menait la danse.

Dépêche-toi de redresser la barre, mon vieux.

— Si je vous dis qui je suis, j'aimerais que vous me promettiez quelque chose.

Elle haussa un sourcil perplexe.

— Quoi ?

Il se sentait pris aux tripes. Tout dans sa vie dépendait de sa faculté à manœuvrer dans l'ombre et à ne pas être vu. Même s'il ne s'était jamais pris pour un héros, il œuvrait pour le bien de tous. Il était le sauveur de personnes qu'il ne rencontrerait jamais et qui ne sauraient jamais les sacrifices auxquels il consentait pour leur sécurité. S'il était démasqué, sa vie et celle des gens qu'il s'efforçait de protéger seraient mises en danger. Il signerait sans aucun doute son arrêt de mort.

« Faites confiance, mais vérifiez. »

Cette phrase fétiche du président Reagan lui revint en mémoire.

Malheureusement, les circonstances lui laissaient peu de temps pour vérifier.

— Vous faites de la politique ? demanda-t-il.

Elle fronça les sourcils, ne voyant pas où il voulait en venir.

— Le rapport avec la promesse que je dois vous faire ?

— S'il vous plaît, répondez à ma question.

— Non. Je fuis même les politiques comme la peste, consentit-elle à répondre en lançant des œillades furtives par-dessus son épaule.

Pour l'instant, cela devrait faire l'affaire.

— Si je vous dis qui je suis, et pour qui je travaille, il faut que vous me garantissiez que cela restera entre nous. J'ai besoin de votre protection.

Elle ouvrit et referma la bouche par deux fois, réticente à énoncer les mots qu'il souhaitait entendre.

— Vous pouvez me faire confiance, lâcha-t-elle finalement du bout des lèvres.

— Ma vie en dépend, insista-t-il.

Comme pour mieux l'en convaincre, il posa sa main sur la sienne.

— Vraiment.

— Je… Je suis votre alliée.

Elle planta ses yeux dans les siens. Il vit alors distinctement les paillettes dorées qui émaillaient ses prunelles noisette.

Bien que personne ne soit assez près et que même ceux qui n'étaient pas si éloignés l'étaient suffisamment pour ne pas pouvoir entendre ce qu'il avait à dire, il se pencha à son oreille. Il émanait d'elle une odeur de café et de cuir qui se mélangeait aux effluves plus féminins de son parfum au jasmin.

— J'opère pour STEALTH, dit-il à voix basse.

Elle recula d'un pas, visiblement troublée.

— Vous travaillez pour Zoey Martin ?

Il acquiesça en silence.

Elle se passa une main sur le visage, étalant au passage un peu de mascara au coin de son œil. Il fut tenté de tendre la main vers elle pour essuyer cette traînée brune, mais il y renonça. Il lui avait déjà montré bien trop de ses faiblesses pour en rajouter.

— Je comprends mieux cette fusillade maintenant, grommela-t-elle. C'est un miracle que nous ne soyons pas tous morts.

5

Il y avait la confiance, et puis il y avait la confiance version : « Ma vie dépend de toi. » On lui avait rarement fait le coup et encore moins dans les cinq minutes suivant une rencontre.

Maintenant qu'elle y pensait, Troy n'avait pas décliné son nom de famille.

Elle pensa aussitôt à lui faire réparer cet oubli – de toute façon, elle en aurait besoin pour son enquête. Cependant, si elle lui mettait trop de pression, elle prenait le risque de le voir se refermer comme une huître. Sans compter qu'il pouvait bien lui raconter n'importe quoi. Elle avait déjà eu l'occasion de travailler avec des types comme lui et, justement, ils n'étaient pas du genre à vous donner leur confiance facilement, même quand ils étaient de votre bord. La confiance, c'était une chose qui se méritait et qui devait être testée avant d'être accordée.

Cet homme devait exceller dans tous les domaines. À tous les coups, il allait s'avérer être le roi des enquiquineurs. Elle y mettrait sa tête à couper, même. Pourtant, elle n'écartait pas la possibilité de se rapprocher de lui. Physiquement, s'entend.

Elle ne s'en cachait pas : elle avait longtemps été

attirée par les *bad boys*. Chez elle, cela relevait de la pulsion primaire. Heureusement, elle s'était défaite de cette sale manie le jour où l'un de ses ex, à l'époque de l'université, avait eu la délicatesse de lui dire qu'elle ferait bien de perdre quelques kilos quand lui se goinfrait de chips devant elle. Elle lui aurait bien mis son poing dans la figure, mais elle s'était rappelé à temps qu'on ne châtiait bien que ceux qu'on aimait bien.

Son téléphone portable se mit à vibrer dans sa poche. Elle le sortit, regarda l'écran qui affichait quinze appels manqués et le double de SMS. Même l'équipe de Salt Lake City avait essayé de la joindre. Manifestement, la nouvelle de la fusillade s'était répandue comme une traînée de poudre.

— Je veux que vous sachiez que je n'ai rien à voir avec ce qui vient de se produire, soutint le beau ténébreux. Mais, qui que soit le tireur, il devait savoir que je serais dans les parages. Ce qui veut dire que si mon coéquipier et moi ne nous tirons pas d'ici très vite, nous sommes en danger. De toute façon, j'imagine que si vous avez besoin de moi, vous saurez comment me contacter.

Sur ce, il fit le geste d'ouvrir la portière.

— Vous n'irez nulle part, rétorqua Kate d'un ton autoritaire. Je comprends bien ce que vous dites, mais je ne peux pas vous laisser partir. Peu importe pour qui vous travaillez. Je connais bien Zoey Martin, nous sommes amies. Je peux lui passer un coup de fil pour qu'elle vous fasse relever par une autre équipe, si vous voulez. Moi, j'ai besoin de vous. À mon avis, et contrairement à ce que vous pensez, c'est vous qui étiez visés. Le sniper n'a pas tiré sur moi ni sur les passants. Non, croyez-moi ; qui que soit ce type, c'est après vous qu'il en avait. Heureusement, il a sous-estimé ses adversaires.

Il contracta les mâchoires dans le but manifeste de ne rien laisser passer d'un langage corporel qui pourrait trahir ce qu'il pensait de tout cela. Mais il y avait des silences qui en disaient plus long que des paroles. Scot avait raison. Et lui aurait l'intelligence d'approuver, même en silence.

— Dites-moi, monsieur-le-tueur-à-gages, à quel point êtes-vous un génie dans votre travail ? demanda-t-elle.

— Jusqu'à aujourd'hui ?

Ce trait d'humour inattendu la fit rire.

— Ça vous dirait de venir avec moi inspecter la planque du tireur ?

Elle avait bien conscience du danger qu'il y avait à emmener cet étranger – et il y avait sans doute de meilleurs moyens de le garder sous la main –, mais personne ne saurait mieux le contrôler qu'elle-même.

Il écarquilla les yeux.

— Sérieusement ?

— Ça fait combien de temps que vous êtes de la partie ?

Aux pattes-d'oie naissantes qui plissaient le coin de ses yeux, elle en déduisit qu'il avait la trentaine, et à son visage bronzé que, il y avait peu, il était en mission dans un désert quelconque.

— En tant qu'agent spécial de la sécurité ?

— Absolument, précisa-t-elle.

— Suffisamment longtemps pour être capable de passer une scène de crime au peigne fin et mettre la main sur un sniper.

Bonne pioche.

— Alors, ne me décevez pas et ne traînons pas plus longtemps par ici.

Elle lui fit signe de le suivre tandis qu'elle dispensait ses ordres à son équipe.

— Hunt, vous prenez la direction des opérations. Nous, nous allons jeter un coup d'œil là-haut.

— Bien, chef, acquiesça Hunt.

Elle prit la direction du bâtiment au pas de charge, suivie de près par Troy. Des membres de la SWAT, l'unité d'intervention spéciale des forces de police, étaient postés de chaque côté de l'entrée principale. Alors qu'ils approchaient, l'un d'eux lui fit signe de s'arrêter. Elle exhiba son badge, déclinant son identité.

— Vous avez des images de notre tireur ? s'enquit-elle.

Le sergent abaissa son fusil d'assaut.

— Pas encore. Mais nous avons trouvé des vêtements, probablement les siens, dans une benne à ordures, juste derrière le bâtiment.

Bon sang.

Le tireur était parmi eux, et sacrément intelligent avec ça.

— Vous avez des témoins qui l'auraient repéré ? Vu son visage ? demanda-t-elle encore.

Le sergent pinça les lèvres et secoua la tête.

— Personne pour le moment. Vous aurez peut-être plus de chance de votre côté.

Ça ne faisait aucun doute. La SWAT était plus connue pour défoncer des portes que pour mener une enquête.

— On a fouillé le cinquième étage. Notre homme a laissé son arme. C'est un MK12 Model 1.

Elle hocha la tête. Le tireur avait prévu de laisser son arme derrière lui. De deux choses l'une : soit il était certain de n'avoir laissé aucun indice sur son identité, soit il en avait laissé pour brouiller les pistes. Ou alors, troisième hypothèse mais c'était peu probable, il était juste négligent.

On pouvait trouver sur le marché des armes beaucoup plus onéreuses mais bien plus performantes que celle à quelques milliers de dollars qu'il avait utilisée. À sa place, elle aurait choisi un M110 SASS. Un modèle qui valait entre huit mille et dix mille dollars.

L'argent était un facteur décisif dans le choix d'une arme. Si leur sniper était payé par une organisation paramilitaire, une entreprise ou un gouvernement, personne n'aurait regardé à la dépense.

Il était encore trop tôt pour tirer des conclusions, mais plus elle pourrait réunir d'éléments, plus elle pourrait établir un profil précis du tireur, de son identité et de ses motivations.

Troy, qui était resté silencieux jusque-là, manifesta sa présence.

— Vous avez retrouvé des douilles sur place ? demanda-t-il.

L'homme de la SWAT le jaugea ostensiblement, cherchant à deviner s'il était un agent fédéral.

— Qui êtes-vous, bon Dieu ?

Troy ricana.

— Appelez-moi Troy, répondit-il en se fichant ouvertement de lui.

— Eh bien, *Troy*, en fait, on en a trouvé une bonne dizaine. Mais qu'est-ce que ça peut bien vous faire ?

Cette joute verbale donna à Kate l'impression qu'elle se trouvait en présence de deux hommes des cavernes se disputant les faveurs d'une femme. En l'occurrence, elle.

— Gardez vos hommes sur place, lui ordonna-t-elle. Et prévenez-moi si vous trouvez quelque chose. En attendant, faites-moi envoyer les photos de la zone où vous avez trouvé les vêtements. Mon équipe se chargera de rassembler les preuves.

— Message reçu.

Lorsqu'ils furent à l'intérieur du bâtiment, Kate sentit, à la manière dont il se pressait derrière elle, que Troy voulait prendre les devants. Il était même si près d'elle qu'en retenant sa respiration elle pourrait entendre les battements de son cœur, c'était certain.

Le bâtiment était silencieux. Le genre de silence qui vient après la tempête mais qui n'augure rien de bon. Il planait encore dans ces lieux une sorte d'électricité presque tangible qui aurait pu faire froid dans le dos à plus sensible qu'elle.

— Reculez de trois pas, lui enjoignit-elle alors qu'ils atteignaient la cage d'escalier.

Sa voix résonna entre les murs avant de se fondre dans l'obscurité.

Elle distingua, derrière elle, le raclement caractéristique d'une arme qu'on sort de son étui. Elle fit de même, même si elle doutait d'avoir à s'en servir. Mais mieux valait en faire trop que se laisser prendre par surprise.

Elle avança prudemment, Troy respectant la distance qu'elle lui avait imposée. Le bruit de leurs pas résonnait sur le sol, accompagné du bruit de leur respiration tandis qu'ils gravissaient les premières marches. Au cinquième régnait un silence pesant, comme si le bâtiment lui-même était sous le choc de ce qui venait de se passer.

Il n'y avait là que des bureaux dont la plupart étaient complètement abandonnés. Un peu partout traînaient des boîtes poussiéreuses et bon nombre de vitres étaient maladroitement calfeutrées à l'aide de vieux journaux. Ils avisèrent tout de suite la table de travail qui se trouvait juste devant une fenêtre. Dessus, était posé bien en évidence le fusil d'assaut du tireur, monté sur un trépied, lui-même surélevé sur des sacs de sable.

Les douilles se trouvaient également sur la table.

Kate rangea son arme et avec son smartphone commença à prendre des photos sous différents angles. Elle espérait capturer des détails qui lui auraient échappé. Mais, pour l'heure, le plus urgent était de considérer la situation dans son ensemble.

De là où elle se tenait, elle pouvait voir les gens s'agglutiner autour de la fourgonnette de Troy. Il était très facile de l'atteindre. C'était même la configuration idéale.

— Je pense que nous pouvons éliminer la piste John. Ce n'était pas ce jeune homme que le tireur cherchait à supprimer.

Troy secoua la tête.

— Je pense comme vous. Ce gosse était juste au mauvais endroit au mauvais moment.

— Vous voulez me dire ce qui a conduit à cet accident ?

— Je vous l'ai dit, je ne suis pour rien…

— … Dans cette fusillade, je sais, termina-t-elle à sa place. Cependant, de toute évidence, c'est vous qui étiez la cible. Vous l'avez admis vous-même. Mais ce n'est pas ce que je vous ai demandé. Je vous ai demandé ce qui a conduit à cet accident.

Elle fit une pause et le regarda.

Il avait les yeux baissés au sol, donnant l'impression de chercher les mots qu'elle voulait entendre.

— Si vous voulez que je vous protège et que je ne parle à personne de votre secret, vous devez commencer par me dire la vérité, toute la vérité, bon sang. Vous comprenez ce que je vous dis ?

Il leva les yeux sur elle.

— Que voulez-vous savoir ?

— Qui pourrait vouloir votre mort, par exemple. Du moins, aujourd'hui.

— Un tas de gens, répondit-il en soupirant. Et puis, ce tireur pourrait en vouloir à Mike plutôt qu'à moi. C'est difficile à dire.

— Depuis combien de temps travaillez-vous ensemble ? C'est un agent spécial de la sécurité, lui aussi ?

— Mike est mon frère. J'ai une totale confiance en lui. Je lui confierais ma vie les yeux fermés. Nous travaillons en étroite collaboration depuis deux ans. C'est moi qui l'ai entraîné là-dedans, pour le meilleur et pour le pire.

Elle devina la pointe de culpabilité qui accompagnait ces mots.

— Comment vous appelez-vous ? Vous êtes de la famille des Martin ?

— Non ? Je m'appelle Troy Spade.

Elle l'observa en douce, cherchant à voir s'il lui mentait.

— Je vous dis la vérité. Et pour être honnête, c'est la première fois que je décline ma véritable identité depuis que je travaille pour STEALTH.

— Vous agissez sous un pseudo ?

Il répondit d'un léger hochement de tête.

— Il est possible que la société sur laquelle j'enquête soit derrière tout ça, précisa-t-il en se mettant à arpenter la pièce.

— Quelle société ?

— La Conflux. Leur siège social est en ville. Ils…

— … ont une entreprise d'usinage militaire, termina-t-elle encore une fois pour lui.

— Vous les connaissez ?

— Ça me dit quelque chose, en effet.

Il ne fit aucun commentaire. Il la regarda, semblant comprendre que quelque chose se cachait derrière ces mots. Quelque chose dont il attendait la suite.

— En fait, il se trouve que Conflux appartient à ma famille. Mon père en est le P-DG et ma mère… en était la directrice financière, mais elle a pris sa retraite il y a cinq ans.

Il laissa échapper un juron puis se tut, le corps tendu et les pupilles dilatées, dans une posture qui laissait filtrer soudain la plus grande méfiance. Rien n'avait préparé Kate à cela, à faire face à un ennemi qui se trouvait être l'homme dont elle avait promis d'assurer la protection.

Elle avait connu toutes sortes de silences, mais celui qu'elle vivait à ce moment précis en présence de l'homme qui avait été payé pour enquêter sur sa propre famille devint littéralement assourdissant.

6

Voilà ce qu'on récoltait quand on baissait la garde ne serait-ce qu'une seconde. Qu'est-ce qui lui avait pris de dévoiler sa véritable identité à cette femme qu'il ne connaissait pas ? Bon sang ! Quel manque de discernement !

Pourquoi ne s'était-il pas rappelé cette vieille maxime de la sagesse antique : « Connais-toi toi-même… »

S'il n'ignorait pas que le P-DG de Conflux avait une fille et qu'elle était du coin, en revanche, rien dans les recherches qu'il avait effectuées n'indiquait qu'elle travaillait pour le FBI. La concernant, il était juste tombé sur des performances d'athlétisme accompagnées de photos de l'époque où elle était au lycée. Elle était entourée d'un groupe d'amis. Elle devait avoir dans les seize ans. La jeune fille poussée en graine qui figurait sur ces clichés ne ressemblait en rien à la femme superbe et pleine d'assurance qui se tenait à côté de lui.

Ce genre de négligence pouvait lui coûter cher. Très cher. Et encore, si par sa faute il y laissait sa peau, ce serait une chose ; mais s'il arrivait quelque chose à Mike, il ne se le pardonnerait jamais.

Il devait limiter les dégâts avant que l'irréparable ne se produise et qu'il ne soit trop tard pour revenir en arrière.

— Si cela peut vous rassurer, je ne crois pas que vos parents soient mêlés à cette histoire, prétendit-il. Du moins, je l'espère. D'ailleurs, qu'est-ce qu'ils auraient à cacher ou qui auraient-ils intérêt à couvrir ?

Il s'écoutait déblatérer son laïus, pas certain que Kate le prenne pour argent comptant.

Tais-toi donc, pauvre pomme.

Contre toute attente, Kate poussa un soupir de soulagement.

Il pourrait toujours se reconvertir dans la comédie.

— Mes parents sont des gens bien, déclara-t-elle. Ils n'ont jamais eu de problèmes de quelque sorte que ce soit depuis que la société a été créée. Enfin…, pas que je sache. Vous avez raison. Je ne peux pas les imaginer tremper dans une affaire pareille.Troy fit le tour de la pièce, attentif à ne rien déranger. Les gars de la SWAT avaient bien identifié l'arme. Encore heureux. C'était leur boulot. Il se pencha pour observer une douille de plus près, veillant à ne pas en toucher le laiton.

Souvent, l'erreur commise par les tireurs consistait à laisser des empreintes au moment où ils rechargeaient leur arme. Il avait connu plusieurs cas résolus grâce à des empreintes digitales trouvées sur le laiton des douilles ou à un cheveu coincé dans le chargeur. C'était ce genre de petits détails qui pouvaient faire tomber quelqu'un.

— Vous voyez quelque chose ? s'enquit-elle en regardant par-dessus son épaule.

Il appréciait qu'elle ne soit pas une petite chose fragile, mais au contraire une femme de caractère. Peu de gens pouvaient se targuer de posséder une autorité naturelle aussi charismatique.

Il se tourna vers elle, feignant d'ignorer la tension entre eux qui menaçait d'exploser à tout instant. À l'œil nu, il ne pouvait distinguer aucune trace visible et il ne pouvait pas prendre le risque de manipuler la balle. Il se pencha autant qu'il le pouvait. De l'extérieur, elle ressemblait à n'importe quelle balle, mais…

— C'est une 5.56. Une balle de l'OTAN.

Elle le regarda fixement, lui donnant l'impression qu'une corne lui avait poussé en plein milieu du front.

— Et… ?

— Et celui qui a appuyé sur la gâchette connaissait son affaire. Ces balles sont utilisées majoritairement par les militaires ou la police, plus rarement par des particuliers.

— Donc, vous pensez que notre tireur serait soit un militaire soit un policier ?

Il haussa les épaules.

— En tout cas, c'est une piste que je creuserais. Cela dit, la plupart des militaires que je connais utilisent des balles de la marque Federal. Mais c'est plus une question de préférence personnelle.

Il se redressa lentement.

— Vous avez pris suffisamment de photos ? demanda-t-il en pointant du menton le portable qu'elle avait toujours à la main.

— Oui, je crois que je n'ai rien laissé passer.

Elle glissa son appareil dans sa poche et alla de nouveau regarder par la fenêtre.

Il ne put s'empêcher de contempler sa silhouette parfaite qui se découpait dans la lumière du jour. Son regard tomba sur la marque de sa culotte, visible au niveau des hanches. Il s'imagina caresser ce bout de peau… Glisser les doigts sous la soie douce de son sous-vêtement…

Waouh ! Redescends sur terre, mec !

Qu'est-ce qui lui prenait à la fin ? Il était un agent spécial, qui plus est en mission et, s'il savait apprécier une belle femme quand elle se présentait, il s'était tout aussi sûrement fermé à tout sentiment amoureux.

Il détourna le regard, retourna dans le bureau qu'avait occupé le tireur.

Il flottait encore dans l'air l'odeur caractéristique de poudre.

— Notre tireur a dû passer des heures ici, à attendre le bon moment, assura-t-il.

— Comment le savez-vous ?

— Inspirez un bon coup. Vous sentez cette odeur âcre de sueur ? Notre homme sentait fort.

Elle plissa les yeux, semblant se demander s'il se payait sa tête ou non. Elle finit par esquisser un sourire.

— Je croyais qu'il y avait un rat crevé quelque part, admit-elle. Vous me dites que c'est cet homme ?

— On voit bien que vous ne vous êtes jamais retrouvée dans un conteneur avec une bande de mecs qui a mangé une bonne plâtrée de fayots, répliqua-t-il en riant. Après un certain temps, je vous assure que vous préféreriez vous prendre une balle que continuer dans de telles conditions.

Elle éclata d'un rire franc qui l'enchanta. Un rire aux accents rauques auquel il pourrait s'habituer très vite.

— Vous mentez, dit-elle. Vous n'avez jamais vécu ça.

— C'est vous qui avez commencé avec votre histoire de rat. Disons que vous avez nourri mon imagination.

— Allons-y, dit-elle en passant devant lui.

Elle prit une grande goulée d'air frais. Il aimait ce début de complicité qu'il sentait naître entre eux. Quelque chose dans ce jeu nuancé lui plaisait, même s'il n'y avait aucune chance qu'ils deviennent plus que des amis. Avec elle, il ne prendrait que ce qu'elle voudrait bien lui donner.

Il sentit un frémissement le parcourir, comme une espèce de braise qui commençait à prendre feu tout doucement. Quelque chose s'anima en lui, qu'il n'avait pas ressenti depuis un bon bout de temps. Il en éprouva un mélange de douleur sourde et d'allégresse. Il essayerait de ne retenir que l'allégresse.

Leurs pas résonnaient sur le béton tandis qu'ils redescendaient l'escalier. Ils sortirent directement à l'arrière du bâtiment et se rendirent à l'endroit où se trouvait la benne à ordures mentionnée par le sergent. Deux membres de la SWAT l'encadraient, leur semi-automatique en travers de la poitrine, comme si leur vie en dépendait.

S'il admirait le travail fourni par les forces armées, il trouvait exagéré de les avoir rameutées pour garder une poubelle.

Reconnaissant Kate, l'officier hocha la tête. Mais, lorsqu'il regarda Troy, il ne chercha même pas à dissimuler tout le mépris que sa présence lui inspirait. Troy ne lui en voulait pas. À sa place, il n'était pas certain qu'il ne ferait pas la même chose.

— Rien à signaler ? s'enquit Kate.

L'homme secoua la tête.

Elle prit quelques photos de la benne à ordures puis elle ouvrit le couvercle, révélant un treillis militaire kaki et un sweat-shirt à capuche gris. Elle prit de nouveaux clichés puis fit signe au gars de la SWAT.

— Demandez à votre équipe d'emballer tout ça et d'aller le déposer dans nos locaux, comme preuves à conviction. À partir de là, ce sont mes hommes qui prennent le relais.

— Compris.

Elle se mit un peu à l'écart, les traits crispés par une profonde concentration. Il aurait payé cher pour savoir ce qui agitait ses pensées comme ça. Cela dit, s'il avait été lui-même chargé de cette enquête, il ne serait pas resté là sans rien faire, ne fût-ce que quelques minutes. Il aurait déjà fait venir des drones et déplacé des satellites pour se donner toutes les chances de mettre la main sur le tireur. Mais, encore une fois, ce n'était pas lui qui menait l'enquête et il ne se trouvait pas dans une région en guerre dans quelque nation émergente. Il se trouvait en Amérique.

Il oubliait régulièrement à quel point sa vision du monde était différente de celle du commun des mortels – du moins jusqu'à ce qu'il se trouve confronté à la réalité d'une nation où la sécurité entraînait le confort et le confort entraînait l'aveuglement.

Non pas que Kate soit aveugle.

Alors qu'ils retournaient sur le lieu de l'accrochage, il marchait derrière elle comme un chiot perdu, avec la désagréable impression de ne pas être à sa place.

— Si vous voulez, je pourrais aller…

Elle le fit taire d'un geste impérieux de la main.

— Non. Vous n'irez nulle part, rétorqua-t-elle tandis qu'elle prenait un appel. Vous avez quelque chose ? lança-t-elle à son interlocuteur.

Troy n'eut pas besoin de tendre l'oreille pour écouter ce qu'elle disait. Elle n'essayait pas de s'en cacher.

— Voyez ce que vous pouvez en tirer, disait-elle. Pas de hachures sur le laiton. Marques normales.

Elle continuait son rapport comme s'il n'était pas là. Quelques minutes encore, puis elle mit fin à l'appel et envoya à son interlocuteur les photos qu'elle avait prises dans le bâtiment.

S'il mourait d'envie de lui demander des précisions sur le contenu de la discussion qu'elle venait d'avoir, il ne le ferait pas. Car, à sa place, soit il ne répondrait pas, soit il mentirait.

— Dites-m'en un peu plus sur vous, dit-elle en lui faisant signe de la suivre dans la direction d'où ils venaient. Qu'est-ce qui vous a amené ici, à part votre enquête sur l'entreprise de mes parents ?

Lui qui avait bêtement pensé qu'elle oublierait. Pas de chance. Cela dit, la coïncidence était tellement énorme !

— Avec qui parliez-vous ? s'enquit-il dans l'espoir de détourner la conversation de tout ce qui pourrait le mettre mal à l'aise ou le conduire à commettre d'autres erreurs.

— Avec l'agent Hunt, répondit-elle de bonne grâce. Aucun témoin n'a repéré notre tireur au moment où celui-ci se trouvait dans le bâtiment. Il va falloir démarrer notre enquête de la rue. Des policiers travaillent dans le périmètre couvert, nous avons fait établir des barrages routiers un peu partout, et pourtant j'ai comme le pressentiment que nous ne le trouverons pas.

Il regarda autour de lui. Contrairement à de nombreuses autres villes, Missoula n'était pas équipée de caméras de surveillance à chaque coin de rue. Il n'allait pas s'en plaindre. Cela lui permettait de ne pas être repéré et de travailler en toute tranquillité. En revanche, ça n'allait pas faciliter le travail du FBI.

Pour l'instant, Kate se tenait droite, donnant l'impression d'être confiante en elle et en ses capacités. Était-elle naturellement comme ça ou jouait-elle à l'être, il n'aurait su le dire. Un jour ou l'autre le naturel reprendrait le dessus, et alors il saurait à qui il avait affaire.

— À votre place, et je ne suis pas en train de dire que vous ne savez pas faire votre boulot, je demanderais à mes hommes de se connecter à tous les systèmes de surveillance dans un rayon de cinq kilomètres. Il y a un nombre très limité de points d'étranglement dans cette ville. En surveillant d'assez près les allées et venues des passants, je vous fiche mon billet qu'on pourrait avoir un visuel de ce type.

Elle leva les sourcils.

— Mes hommes travaillent déjà dessus, entre autres choses. Qu'est-ce que vous croyez ?

Il leva les mains, paumes vers le haut, en signe de renoncement.

— Je ne voulais pas dire… J'essayais juste de vous donner une suggestion ou deux, histoire d'avoir un point de départ.

— Le bon point de départ serait de comprendre pourquoi quelqu'un voulait vous tuer, vous ou votre frère, à cet endroit précis.

Troy contempla son frère. Menotté, mains derrière le dos, il était appuyé contre un mur du bâtiment fédéral. L'homme qui se trouvait à côté de lui, et que Troy reconnut comme étant l'agent Hunt, parlait au téléphone. À la manière dont il fronçait les sourcils, Troy supposa qu'il était en grande discussion avec un des membres de STEALTH.

Il esquissa un sourire amusé. Il imaginait sans mal ce que Mike avait pu dire à l'agent Hunt qui lui avait valu d'être ainsi menotté. N'empêche. Il ne supportait pas de voir son frère traité comme un vulgaire malfaiteur.

— Si vous voulez que je vous parle, il va falloir que vous me prouviez que nous faisons équipe.

Il pointa son frère du doigt et ajouta :

— Si vous ne dites pas à vos gars de le libérer, il n'y a aucune chance pour que je vous lâche quoi que ce soit. Avec ou sans menottes.

Kate regarda tour à tour Mike puis l'agent Hunt.

— Qu'est-ce que vous fichez, bon sang ! vociféra-t-elle à l'adresse de Hunt.

Elle joua des coudes pour se frayer tant bien que mal un chemin parmi la foule des badauds qui commençait à s'agglutiner sur le lieu de la fusillade.

— C'est une scène de crime, ici ! Dégagez ! hurla-t-elle sur son passage.

Mais les gens semblaient à peine remarquer cette femme en furie qui criait en gesticulant.

Parmi eux, Troy repéra un homme âgé qui parlait au téléphone. Ses yeux écarquillés, son débit rapide, le bout de chaussée qu'il arpentait d'un pas nerveux, tout dans son comportement trahissait un grand stress.

Tout en continuant à étudier l'homme, il se dit encore à quel point il était différent des autres. Il avait vécu beaucoup trop d'exercices d'adaptation rapide au stress pour que ce qu'il considérait comme une petite fusillade puisse le perturber. Il n'y avait eu aucune victime. Pas même un blessé. Que pouvait-on demander de plus ?

Il suivit Kate dans sa progression vers Hunt. Il remarqua le visage rouge et fermé de Mike. Il entendait déjà d'ici le savon qu'il allait lui passer une fois qu'ils seraient enfin loin de tout ce cirque.

Pour qui les connaissait, ça pouvait paraître impossible, mais Mike avait encore plus à cœur que lui de passer inaperçu. D'être insaisissable. Mike était un oiseau nocturne qui ne faisait qu'observer, écouter et, à de rares occasions, instrumentaliser ses ennemis. Quand il dégainait son arme, une seule balle lui suffisait.

Quand Mike le vit arriver en compagnie de Kate, il redressa les épaules et bomba un peu le torse. Ce comportement un brin puéril le fit sourire en même temps qu'il déclenchait en lui un sentiment de possession qui le fit se rapprocher de Kate. Mike avait dû s'en apercevoir car il lui adressa un sourire narquois.

— Je vous l'avais bien dit que me passer les menottes était une connerie, espèce de…

— Ne le dis pas, coupa Troy d'un ton autoritaire. Kate, je vous présente Mike Spade. Mon frère.

Kate lui tendit une main qu'il tarda à prendre, occupé qu'il était à reluquer sa poitrine généreuse.

— Enchantée. Il paraît que vous travaillez en binôme avec votre frère. Justement, lui et moi avons décidé que tout le monde devait jouer cartes sur table, poursuivit-elle sans lui laisser le temps de répondre. Dans le cas contraire, vous pourriez vous retrouver derrière les barreaux, même si j'aime beaucoup Zoey Martin.

Mike écarquilla les yeux de surprise, comme son frère l'avait fait avant lui.

— Vous connaissez Zoey ?

Elle éclata d'un rire mi-moqueur, mi-condescendant.

— Missoula est une ville bien trop petite pour que nous n'y connaissions pas tout le monde. Par le passé, il nous est même arrivé d'avoir des démêlés avec quelques-uns de ses *amis*.

— Je dois vous avouer que si vous aimez bien Zoey, alors nous partons d'un bon pied. Je ne peux pas en dire autant de mon frère et de sa grande bouche, ajouta-t-il en décochant un regard mauvais à l'adresse de Troy.

— Votre frère est aussi tendu qu'une arbalète, rétorqua-t-elle. Aussi, je vous conseille de ne pas trop le chercher.

Pourquoi prenait-elle sa défense ? se demanda Troy

L'espace d'un court instant, leurs regards s'accrochèrent. Ces grands yeux noisette... Ils pourraient bien le mener à sa perte. Même s'il usait de précautions pour ne pas le montrer, il ne pouvait nier le fait que Kate lui plaisait beaucoup. Il adorait sa longue chevelure qu'elle laissait retomber librement sur ses épaules.

Tiff, elle, détestait ça. Pourtant, elle avait des cheveux magnifiques, elle aussi. Elle disait toujours qu'elle ne supportait pas de sentir ce poids dans son dos. À une époque, pourtant, quand ils n'étaient pas en mission ou ne participaient pas à un entraînement, elle ne les attachait pas. Mais c'était uniquement pour lui faire plaisir. Puis, elle en avait eu marre de lui faire plaisir et elle les avait fait couper d'une bonne quinzaine de centimètres. Elle n'avait jamais été aussi belle. Un mois plus tard... elle n'était plus là.

Il n'avait pas le courage de s'engager dans une autre relation. Même pas avec la belle Kate Scot, et cela malgré la forte attirance qu'il éprouvait pour elle et la lumière qui s'était rallumée en lui. Pourtant, ils avaient en commun la même manière de vivre et de penser. Mais justement. Ils étaient trop semblables pour vivre une véritable histoire. Et puis, il ne voulait plus tomber amoureux. Il l'avait été, profondément, et il en souffrait encore.

Si Tiffany et lui ne s'étaient pas aimés, elle aurait probablement travaillé dans une autre unité ; elle ne se serait pas trouvée avec lui dans ce véhicule blindé. Il y avait tant de petites choses qu'elle avait faites par amour pour lui. L'amour les avait rendus tous les deux aveugles au monde dangereux qu'ils avaient choisi.

Aussi, peu importait ce qu'il désirait. Il ne ferait plus jamais prendre le moindre risque à quelqu'un qu'il aimait.

7

Il y avait deux sortes d'erreur : celles qui ne portaient pas à conséquence et celles qui mettaient la vie des gens en danger. Kate avait le sentiment profond que Troy Spade appartenait à la seconde catégorie.

Son frère et lui se trouvaient dans la salle d'interrogatoire du bâtiment fédéral. Ils y étaient depuis deux heures. Contre la volonté de l'agent Hunt, elle avait commandé chez Doc's des sandwichs et des boissons pour tout le monde. Elle les avait fait livrer pendant que le reste de l'équipe passait les rues au peigne fin et l'inondait de mails farcis de détails. Des détails sans importance mais sur lesquels elle devrait pourtant passer la nuit.

Elle leva les yeux de la vidéo qu'elle était en train de visionner pour observer Mike et Troy qui, assis à la table d'interrogatoire, finissaient leur repas. Mike discutait avec animation, mais elle n'arrivait pas à comprendre exactement ce qu'il disait à son frère.

Ils avaient beau être frères, elle ne leur trouvait aucune ressemblance. Troy était plus grand, moins massif que Mike, et avait les cheveux plus foncés. Tous deux avaient en commun le même torse musclé taillé en V, une caractéristique propre aux militaires surentraînés.

Depuis qu'elle travaillait comme agent du FBI, elle

avait eu l'occasion de rencontrer quelques-uns de ces agents spécialisés dans la sécurité privée. Certains de ses collègues avaient quitté l'agence pour rejoindre le secteur privé. Toujours pour une question d'argent. Elle, on la payait juste assez pour qu'elle ne démissionne pas, mais pas beaucoup plus.

Les privés touchaient un paquet de fric. Pour ce que ça valait le coup… Tous ceux qu'elle avait connus ne mettaient pas un sou de côté. Au contraire, ils dépensaient tout, prétextant que la vie était courte et que mieux valait en profiter parce qu'on ne savait jamais ce qui pouvait vous arriver.

Troy était-il comme eux ? Vivait-il uniquement dans le présent, sans se soucier du passé ni de l'avenir ?

Elle se dirigea vers la salle d'interrogatoire et frappa pour la forme avant d'entrer.

— Vous avez fini de vous réconcilier ou vous avez encore besoin d'une minute ou deux ? lança-t-elle d'un ton narquois.

— C'est bon, répondit Troy. Enfin… Si Mike continue à la fermer.

Elle s'approcha de la table en riant. Il se dégageait de cette pièce une ambiance douce et chaleureuse, faite pour mettre les gens à l'aise. Il y avait un canapé contre le mur et, devant, une table basse recouverte de magazines variés allant de *Guns & Ammo* à *Tactical Life*. Elle allait demander qu'on pense à y apporter quelques exemplaires de *Cosmo* ou de *Vogue*, histoire d'ajouter une pointe de féminité. En plus, tout le monde n'était pas intéressé par la cote du blé sur le marché boursier ou les tarifs des récupérateurs d'eau.

— J'espère que ça ne vous a pas trop dérangés d'attendre ici, déclara-t-elle.

— Et moi, j'espère que vous savez que ce placard est le dernier endroit au monde où nous avons envie de nous trouver, grommela Mike. C'est comme ça que vous traitez vos alliés ? Parce que c'est bien ce que vous avez dit que nous étions. Je me trompe ?

— Reconnaissez quand même que je vous ai chouchoutés. Vous avez eu droit à un traitement de faveur que je ne réserve qu'à quelques privilégiés.

Elle prit la chaise qui se trouvait devant eux et s'y assit à califourchon.

— Et si vous le voulez, on pourrait aller boire une bière ou deux ensemble, une fois que vous aurez répondu à mes questions. J'avoue que je suis très curieuse d'en savoir un peu plus sur vous deux.

Elle prit une inspiration, juste assez profonde pour que ses seins tendent le tissu fin de sa chemise.

Elle n'était pas contre le fait d'utiliser ses charmes comme moyen de persuasion quand il le fallait. Surtout quand il s'agissait de faire parler deux gros bras comme Troy et Mike Spade.

L'effet ne se fit pas attendre : Mike riva les yeux sur sa poitrine, comme fasciné par ce qu'il voyait tandis que Troy lui adressait un sourire en coin plein de sous-entendus.

— Comment en êtes-vous arrivés à devenir des experts de la cybersécurité ? demanda-t-elle.

— En vérité, ce n'est pas comme ça que je nous vois, répondit Troy. Je dirais que nous faisons juste ce pour quoi nous sommes payés et cela peut nécessiter, parfois, je vous l'accorde, une petite incursion dans le monde des nouvelles technologies.

— Je peux vous assurer qu'on m'a débité un paquet

de conneries jusqu'à ce jour, mais ce que j'entends là dépasse toutes mes espérances.

Troy gloussa.

— Tout ce que je voulais dire, c'est qu'il y a de bien meilleures équipes que la nôtre dans le monde de la cybersécurité. Beaucoup plus expérimentées et capables de décrypter n'importe quel code.

— Pourtant, dans le privé, vous êtes bien payés, à ce que je crois savoir. Grassement, même. Vous savez, je ne suis pas idiote ; aussi, j'apprécierais que vous me traitiez avec un minimum de respect. Je ne serais pas où j'en suis si je n'étais pas bonne dans ce que je fais. Idem pour vous.

Mike rigola en regardant son frère.

— On dirait que tu as trouvé à qui parler, mon vieux. Bonne chance !

Troy lui répondit par un sourire en coin. Elle aimait la complicité qui existait entre ces deux frères et qui lui faisait penser que ce devait être drôle d'appartenir à leur tribu ; de mener des opérations avec eux, même à l'arrière d'une fourgonnette.

— Je ne veux pas minimiser nos compétences, dit Troy. Je veux juste me montrer honnête. Oui, nous sommes bons, mais il y a des gars meilleurs que nous. Nous sommes plus spécialisés que d'autres agents, dits « normaux ». Mike et moi avons fait nos premières armes dans les Sandbox du croissant fertile du Moyen-Orient. Depuis, nous avons enchaîné les succès et les ratés.

Il n'était pas le premier à avoir démarré sa carrière au Moyen-Orient et il ne serait pas le dernier. Ils étaient nombreux les hommes issus d'agences gouvernementales qui, une fois rentrés au pays, ignoraient quelle serait la prochaine étape. Certains devenaient lobbyistes, d'autres travaillaient pour le gouvernement, d'autres encore n'en avaient jamais assez et allaient se faire embaucher dans le secteur privé. Comme eux.

Ils étaient du genre à œuvrer dans l'ombre du contre-espionnage. Elle mentirait si elle affirmait que ça ne rendait pas Troy plus sexy qu'il n'était déjà. Bon sang, il fallait vraiment qu'elle arrête de fantasmer sur les beaux héros ténébreux.

Elle se força à fixer un long moment la représentation du golf de Saint-Andrews qui se trouvait accrochée au mur, juste au-dessus de la tête de Troy. Tout faire pour ne pas le regarder tout en faisant croire le contraire. Pour l'instant, c'était lui qui était sur la sellette mais, si elle ne prenait pas garde à ignorer son charme magnétique, elle risquait fort de s'y retrouver à sa place. Merci bien, mais non.

On frappa un coup bref puis la porte s'ouvrit à la volée sur Solomon Scot.

— Je peux te parler deux secondes ? demanda-t-il sans préambule à Kate.

Elle n'aurait pas été plus surprise de voir apparaître dans la pièce un lapin de Pâques bondissant.

— Papa ?

Elle réalisa aussitôt son erreur. Quelle stupidité de sa part de dévoiler l'identité de son père devant les deux hommes qu'elle était en train de cuisiner !

— Excusez-moi un instant, leur dit-elle en se levant.

— En fait, cela les concerne, déclara son père en agitant la main vers Troy et son frère. Tu peux considérer que cet interrogatoire est terminé. C'est bon, vous deux. Vous pouvez y aller.

Les pensées se télescopaient dans sa tête, pourtant

elle ne répliqua pas. Elle prit son père par la main et l'entraîna hors de la pièce.

— Tu peux m'expliquer ? dit-elle aussitôt qu'elle eut refermé la porte derrière eux.

L'agent Hunt, qui se trouvait au bout du couloir, affichait un air navré. De toute évidence, il avait eu affaire à un adversaire redoutable qui ne lui avait laissé aucune chance de se faire entendre.

— Hunt, gronda-t-elle d'un ton lourd de reproche.

— Je suis désolé, mais il n'est pas venu seul, répliqua-t-il d'une voix geignarde.

Il pointa du menton les deux hommes derrière lui qui tenaient chacun à la main un porte-documents annonçant clairement la couleur. Évidemment, Solomon Scot ne se déplaçait jamais sans un bataillon d'avocats.

Il n'y avait rien que Kate détestait plus qu'un avocat à la solde d'hommes de pouvoir, sinon deux avocats à la solde d'hommes de pouvoir.

— Je vois que tu es venu avec tes sbires, dit-elle, sur la défensive. Qu'est-ce que les frères Spade ont bien pu faire qui justifie un tel niveau de défense ?

— Ils ne font rien de plus que ce pour quoi ils sont payés, répondit Solomon.

Puis, plaçant une main sur l'épaule de sa fille il ajouta :

— Crois-tu que je me serais déplacé en personne si nous avions quelque chose à nous reprocher ? Non, j'aurais juste envoyé mes « sbires », comme tu dis. Je suis venu te dire moi-même que les hommes que tu retiens ici n'ont rien à voir avec la fusillade d'aujourd'hui. Je tiens également à te mettre en garde : si tu avais en tête d'intenter une quelconque action en justice contre eux, tu pourrais t'en mordre les doigts.

Il accompagna ces derniers mots du même regard

que celui qu'il lui adressait, enfant, lorsqu'il voulait lui signifier que la discussion était close.

Le problème, c'est qu'elle n'était plus une enfant. Elle allait sur ses trente ans et n'avait plus l'âge de demander la permission à son papa, surtout pour une question de boulot.

Cependant, elle comprenait que son père veuille gérer la situation. À sa place, et si le nom de sa société faisait les gros titres des journaux dans une sordide histoire de fusillade, il n'était pas certain qu'elle n'agirait pas comme lui.

La réputation et la fortune de l'entreprise familiale dépendaient d'affaires florissantes et non d'affaires scandaleuses.

— Je n'ai pas l'intention d'arrêter ces hommes, répondit-elle. De ce que je sais, ils ne sont pas responsables de ce qui s'est passé. En revanche, tout porte à croire que c'étaient eux qui étaient visés. Jusqu'à présent, ils ne m'ont donné aucune information allant dans ce sens.

Son père se fendit d'un sourire, mais c'était chez lui si rare qu'elle se demanda si elle ne l'avait pas rêvé.

— Nous avons passé un accord de confidentialité qui leur interdit de divulguer quoi que ce soit de leurs actions à qui que ce soit. Mais je suis certain que je ne t'apprends rien, n'est-ce pas ?

Bien sûr qu'elle était au courant, mais cela ne signifiait pas pour autant que Troy et Mike allaient s'en sortir sans lui donner un minimum d'explications.

— Je n'ai aucun problème à contourner ces fichus accords, rétorqua-t-elle, mais tu comprendras bien que j'ai besoin d'avoir l'identité de notre tireur pour éviter qu'une telle chose ne se reproduise à Missoula.

Elle fixa son père qui soutint son regard sans ciller.

— Aussi, si tu as la moindre idée de qui pouvait bien se trouver là-haut, tu dois me le dire. Tout de suite.

Solomon posa une main sur son épaule et la pressa avec force.

— Crois-moi, dans l'intérêt de tous, tu serais bien inspirée d'étouffer cette affaire au plus vite.

Il marqua une brève pause et ajouta :

— Je sais bien que tu dois rendre des comptes. Que tu vas devoir te plier au jeu des déclarations publiques. Mais je te demande expressément de protéger mes employés ainsi que notre société en faisant en sorte que notre nom ne soit pas cité dans cette affaire. Fais ce que tu dois faire, mais essaye d'enterrer cette histoire aussi rapidement et efficacement que possible.

Elle eut le sentiment écœurant que son père avait raison. Ils avaient tout intérêt à ne pas retrouver le tireur. L'entreprise familiale, d'après le peu qu'elle avait réussi à glaner au cours de discussions ou d'appels téléphoniques entendus par hasard, passait depuis des années des accords d'usinage d'équipement militaire avec des nations étrangères. Une fois, elle avait entendu dire que Conflux fabriquait des pièces pour un avion spécial pouvant se rendre virtuellement invisible aux yeux d'ennemis potentiels.

Elle avait une bonne dose de perspicacité lorsqu'il s'agissait de comprendre certaines technologies mais, dans ce domaine précis, elle ne se sentait pas à la hauteur. Cette prise de conscience la dérangea profondément. Elle n'avait pas l'habitude de se laisser dépasser. Ce qu'elle savait avec certitude, en revanche, c'était que sa famille était liée, de près ou de loin, à une affaire qui ne sentait pas bon.

Elle lança un coup d'œil à Hunt. Il avait beau sembler

très occupé avec son smartphone, elle se rapprocha un peu plus de son père pour qu'aucune oreille indiscrète ne puisse entendre ce qu'elle s'apprêtait à lui dire.

— Je ferai mon possible, tout en sauvant les apparences, dit-elle à voix basse.

Elle regarda de nouveau en direction de Hunt pour s'assurer qu'il ne pouvait toujours pas entendre.

— Dis-toi bien que c'est la première et la dernière fois que je te fais une fleur pareille, promit-elle encore plus bas.

Solomon acquiesça.

— De mon côté, je vois ce que je peux faire.

Cette dernière affirmation était bien la preuve flagrante que son père trempait dans cette affaire, et elle détestait devoir l'admettre.

Elle se plut à imaginer son père traîné dans la salle d'interrogatoire et interrogé par un autre agent qu'elle, mais ce genre de pression ne marchait jamais sur lui. Sans compter ses avocats qui lui conseilleraient bien sûr de garder le silence.

— Peux-tu les relâcher, maintenant ? demanda Solomon en agitant la main en direction de la salle d'interrogatoire.

— Ils n'ont jamais été véritablement arrêtés, répondit-elle alors qu'ils retournaient dans la pièce.

Elle sortit de sa poche une carte de visite qu'elle tendit à Troy.

— Au cas où vous auriez besoin de moi, ajouta-t-elle. Ou si quelque chose, même un détail, vous revenait, qui éviterait une nouvelle fusillade. N'hésitez pas à m'appeler.

Solomon arracha la carte des mains de Troy et la déchira en quatre morceaux qu'il jeta par terre.

— Il n'en aura pas besoin, décréta-t-il. Je l'ai chargé

d'une mission dans laquelle le FBI n'a pas besoin de venir fourrer son nez. D'ailleurs je crois savoir que l'agent Peahen t'a demandé de lui retrouver un dossier. Tu devrais t'en occuper sans tarder.

La poitrine de Kate se contracta presque à l'étouffer. Comment son père pouvait-il avoir connaissance des mails qui arrivaient dans sa boîte de réception ? Elle fit de son mieux pour ne rien montrer de ce qu'elle ressentait. Le moindre signe de faiblesse pourrait se retourner contre elle.

Un autre homme que son père se serait déjà retrouvé menotté. Mais lui, elle ne pouvait pas. Elle ne pouvait pas faire écrouer le patriarche de la famille, l'homme qui se souciait de la loi et des règles comme bon lui semblait, souvent au détriment des gens qu'il disait aimer le plus.

Elle ne pouvait qu'imaginer la situation dans laquelle il s'était fourré, mais il ne faisait aucun doute que, parce qu'elle était la fille de son père, elle allait se retrouver très vite à nager parmi les requins.

8

C'était la deuxième nuit consécutive que Troy passait à faire le guet devant la maison de Kate, fixant sans relâche la lumière qui filtrait à travers les rideaux de sa chambre. De temps en temps, une ombre passait devant la fenêtre.

Depuis la fusillade, il avait fait des recherches sur elle. Il avait appris qu'elle n'était pas mariée, qu'elle n'avait pas d'enfants et qu'elle était diplômée de Vassar. Intelligente… libre… déterminée… Probablement le genre de femme qui ne voulait pas des contraintes qu'implique une vie de famille. Ou le genre de femme tellement focalisée sur sa carrière que ces choses-là n'avaient jamais joué un rôle majeur dans sa vie.

Des maisons, des gens, il en avait surveillé des centaines sans que cela lui pose un problème. Pourtant, c'était la première fois qu'il se sentait mal à l'aise. Mais il faut dire qu'avec un sniper en liberté, il avait de bonnes raisons de penser que Kate était en danger et qu'elle avait besoin de lui.

Ou alors, c'était le fait qu'il la trouvait si irrésistiblement sexy qui le dérangeait le plus. En règle générale, les personnes qu'il surveillait entraient dans deux catégories bien définies : ceux qui avaient de l'importance et ceux qui en avaient moins. Cette fois, sa cible n'appartenait à aucune des deux.

Il se trouvait trop émotionnellement investi dans la protection de cette femme. Il en avait bien conscience. Il avait réfléchi aux raisons de sa présence devant cette maison, mais elles se résumaient à une seule : même s'il ne devait plus reparler à Kate, même si elle ne saurait jamais qu'il avait patrouillé devant chez elle pour assurer sa sécurité, ce n'était pas grave. Il aurait fait son devoir. Avec un peu de chance, il ne se passerait rien. Aucun tireur ne surgirait au beau milieu de la nuit ou ne lui tomberait dessus au moment où elle sortirait de chez elle pour se rendre au bureau fédéral.

Mais, tant qu'il n'aurait pas la preuve que le tireur était hors d'état de nuire et que Kate n'était pas sa cible, il resterait vigilant. La STEALTH n'avait encore rien trouvé d'intéressant, pourtant le fait que la fille du propriétaire de la société pour laquelle il travaillait se trouvait sur les lieux de la fusillade semblait tout de même une coïncidence incroyable. En fait, plus il y pensait, plus il était persuadé que c'était elle la cible du tireur. Que le sniper ait sagement patienté jusqu'à ce que Mike et lui prennent cette rue transversale lui paraissait hautement improbable. Il était bien plus logique d'imaginer qu'il était déjà posté, en attente de tirer sur un des agents du FBI.

Ce soir, il serait le héros de Kate. Un héros dont elle ne saurait jamais qu'il était venu la protéger en douce. Il se voulait son guerrier, son ange gardien, pour qu'elle n'ait pas à rester seule.

C'était ce qu'il avait été appelé à devenir. Le gardien de la paix. Le protecteur des faibles et des innocents. L'homme de l'ombre.

Cette idée le fit sourire.

Le rideau bougea un peu, mais tout paraissait en ordre. Il serait bientôt l'heure à laquelle elle descendrait fermer sa porte à clé puis monterait dans sa chambre. Son programme était minuté à la seconde près. Identique à celui de la veille. Une prévisibilité qui pouvait se retourner contre elle en servant une personne mal intentionnée.

Il essaya de se rassurer en se disant que tout se passerait bien, que ce n'était pas après elle que le tireur en avait. Il n'en restait pas moins qu'en se jetant dans la bataille comme elle l'avait fait, elle était maintenant dans le collimateur de son père. Qui sait ce que Salomon Scot serait capable de faire pour garder ses secrets, des secrets dont même Troy n'avait pas connaissance. Même STEALTH ne lui avait communiqué que le strict nécessaire.

Ça ne le dérangeait pas de travailler pour Solomon Scot même si, d'après les renseignements qu'il avait sur lui, l'homme était loin d'être blanc comme neige. De toute façon, c'était ainsi que fonctionnaient tous les grands industriels. Toujours à cheval entre légalité et illégalité. Il se fichait que ces gens-là n'aient aucun scrupule à vouloir s'enrichir toujours plus. C'était le jeu.

Son smartphone vibra, lui annonçant l'arrivée d'un message. C'était Zoey. Elle voulait juste vérifier que tout allait bien. Il la rappellerait plus tard. De toute façon, il ne faisait aucun doute qu'elle suivait de près l'évolution de la situation. Elle ne lui avait pas caché qu'elle n'était pas d'accord pour qu'il fasse le pied de grue devant chez Kate alors qu'il aurait pu se trouver ailleurs. Cependant, elle n'avait rien fait pour l'en empêcher. Ça devait être parce qu'elle connaissait Kate. De plus, elle avait tout intérêt à ce que cette affaire soit gérée au mieux. Elle savait mieux que personne quelles seraient les conséquences pour elle si un agent du FBI – en l'occurrence Kate – était retrouvé mort.

Il ne supportait pas cette idée. Il avait beau s'interdire tout sentiment pour cette femme, il ne pouvait s'empêcher de fantasmer sur elle. Il jouait à deviner comment elle était au lit. Ce qu'elle préférait. Il la voyait plutôt comme le contraire de la femme psychorigide qu'elle donnait l'impression d'être. Il la voyait faussement douce et docile.

Ces pensées allumèrent en lui le feu d'un désir qu'il n'avait pas connu depuis bien longtemps.

Il devait penser à autre chose qu'à la manière dont son pantalon ajusté épousait ses hanches rondes. Des hanches qu'il se verrait bien agripper tandis qu'il presserait étroitement son corps contre le sien et embrasserait sa nuque.

Arrête.

Il devait *vraiment* penser à autre chose.

C'était la dernière nuit qu'il passerait ici. Juré. Il ne viendrait plus. Sa santé mentale en dépendait. Il demanderait à l'un de ses frères de venir monter la garde à sa place. Du moins pendant quelques jours, le temps qu'il reprenne le contrôle de ses émotions.

Heureusement que Kate n'avait pas eu le temps de l'interroger sur lui-même, son équipe ou sa famille avant que son père n'intervienne pour les faire libérer, Mike et lui. Parce qu'il avait beau être doué pour déjouer les pièges d'un interrogatoire, il n'était pas certain qu'il aurait réussi à tromper Kate. Il y avait quelque chose d'hypnotique chez elle qui le fascinait. Était-ce son rire grave ou la lumière qui s'éclairait dans son regard quand elle souriait ou encore la douceur de sa voix quand elle s'adressait à lui ? Il n'en savait rien. Il savait juste qu'elle possédait quelque chose qui lui donnait envie de s'ouvrir à elle.

Un coup frappé à la vitre du côté passager le fit violemment sursauter. Déjà, il était prêt à dégainer son arme. C'était Kate. Comment avait-elle fait pour prendre l'avantage sur lui sans qu'il s'en aperçoive ? Facile à deviner. Elle se tenait immobile, la tête penchée pour mieux le voir. Il lui adressa un sourire piteux puis baissa la vitre.

— Si vous devez passer toute la nuit, assis là dans cette voiture, vous allez avoir besoin d'un bon café. Vous voulez entrer ?

Elle avait pointé sa maison du menton.

— J'avais la réputation d'être l'as de la surveillance. Je vous remercie de me donner la preuve que je m'étais trompé.

Il laissa échapper un rire nerveux.

— Vous n'avez rien à vous reprocher. Disons que je suis juste un peu plus vigilante que d'autres quand il s'agit de surveiller mes arrières.

Elle se pencha un peu plus franchement à l'intérieur. Elle avait dû se faufiler hors de chez elle et contourner la voiture au moment où le cerveau de Troy bouillonnait d'images érotiques. Il regarda des deux côtés de la route déserte. Tout comme lui, elle était experte à se frayer un chemin à travers les ombres.

— Depuis combien de temps savez-vous que je suis là ? s'enquit-il.

— Ma voisine, cette bonne vieille Mme Evans, m'a appelée pour me dire qu'un type surveillait ma maison depuis hier soir. Il faut que vous sachiez que vous n'êtes pas dans le Kansas, ici. La surveillance de voisinage, ça vous dit quelque chose ? J'ai cru que vous finiriez par vous lasser, mais non. Vous comptiez continuer comme ça encore longtemps ?

— Juste le temps de m'assurer que vous êtes en sécurité. De toute évidence, avec une voisine comme cette bonne vieille Mme Evans, vous ne risquez rien.

Il éclata d'un rire franc qui fit s'évanouir instantanément le pesant sentiment d'incompétence qu'il avait ressenti. Pour être tout à fait honnête, il se demandait s'il n'avait pas fait en sorte d'être repéré. Une partie de lui n'aurait-elle pas voulu, de manière inconsciente, que Kate le prenne sur le fait ? Bien évidemment, il garderait cela pour lui, tout comme les pensées erratiques qui l'avaient conduit à imaginer quelle était la couleur de la petite culotte qu'elle portait.

— Allez, venez, dit-elle en lui faisant signe de sortir de son véhicule. Si vous comptez vraiment surveiller quelqu'un, je vous suggère de changer de modèle de voiture.

Il rit encore puis défit sa ceinture de sécurité.

— Il faudra que je note ça quelque part, plaisanta-t-il. Si vous voulez la vérité, personne ne m'a payé pour rester assis là, devant chez vous. Quant à cette guimbarde, il s'agit de mon véhicule personnel. C'est vrai qu'elle n'est pas terrible, mais elle a l'avantage de se fondre dans la masse. Enfin… Normalement.

— Je ne sais pas pourquoi, j'ai l'impression que vous lui portez une affection toute particulière. Vous tenez beaucoup à elle. Je me trompe ?

Il ne savait trop quoi penser de ce ton badin. Était-elle en train de le draguer ou cherchait-elle à savoir, sous couvert d'humour, s'il avait quelqu'un dans sa vie ?

Comme il n'était pas très doué pour lire entre les lignes, il allait rester sur le même mode léger. C'était plus prudent.

— Cela fait très longtemps que nous sommes ensemble, elle et moi, répondit-il.

Elle éclata de ce rire qu'il aimait tant mais qui ne lui donnait aucune indication sur les questions qu'il se posait. Il la suivit tandis qu'elle regagnait sa porte d'entrée puis pénétrait à l'intérieur. Sa maison, typique des années 1970, s'élevait sur deux niveaux. Cuisine et salon au rez-de-chaussée, grande baie vitrée coulissante et cheminée centrale. La moquette et le carrelage étaient neufs, les murs fraîchement repeints de gris. En témoignait la forte odeur de peinture qui flottait encore dans l'air.

— Depuis combien de temps vivez-vous ici ? demanda-t-il en fermant la porte derrière eux avant de la verrouiller.

Il lança un coup d'œil au canapé d'un blanc immaculé qui faisait face à la cheminée puis à la télé qui diffusait une émission d'enquêtes criminelles.

Pour toute réponse, elle enleva ses chaussures en soupirant, puis les posa par terre, à côté du canapé.

— Venez vous asseoir, maintenant, lui intima-t-elle après s'être installée. Ce n'est pas comme si vous n'aviez pas cherché à savoir qui je suis ni comment j'en suis arrivée là.

Le ton de sa voix – un brin tranchant – le poussa à se demander si, en dehors de ce qu'il savait déjà sur elle, quelque chose ne lui avait pas échappé. Pourtant, il n'insisterait pas pour le savoir. Il avait à cœur qu'ils deviennent amis. Et qui sait ? Peut-être qu'elle était plus cool qu'elle voulait bien le laissait paraître et qu'elle lui ouvrirait son lit de temps en temps. Noire. Il était prêt à parier que sa culotte était noire. Noire et en coton.

Elle étira les bras au-dessus de sa tête tout en se calant bien au fond du canapé. Il l'avait déjà vue mettre ses seins en valeur comme ça. Ne serait-ce pas une volonté délibérée de sa part de lui faire oublier qui il était, où il se trouvait et ce qu'il faisait ?

En tout cas, ses manigances marchaient sacrément bien sur lui !

Elle était si attirante.

— Vous obtenez toujours tout ce que vous voulez, n'est-ce pas ? dit-il en riant.

— Pourquoi me dites-vous ça ?

— Allons… Vous le savez très bien.

Elle devait bien avoir conscience du pouvoir qu'elle exerçait sur les hommes, et lui n'allait certainement pas admettre tout haut qu'elle l'excitait. Il jouait déjà suffisamment avec le feu. Zoey en ferait une crise d'apoplexie si elle savait où il se trouvait.

— Pourquoi m'avez-vous dit que j'obtenais toujours ce que je voulais ? insista Kate, un sourire enjôleur aux lèvres.

Bon sang ! Si elle continuait comme ça, lui aussi courait le risque d'être frappé d'apoplexie.

— Vous n'avez pas dit à votre père que j'étais ici, n'est-ce pas ?

Son sourire se dissipa d'un coup.

— Pourquoi aurais-je fait une chose aussi stupide ?

Parce qu'il ne trouvait pas si stupide qu'elle prévienne son père qu'on la surveillait. Au contraire. À sa place, il aurait tout fait pour en savoir plus sur Mike et lui, et sur le rôle qu'ils jouaient dans l'entreprise de son père. Et pourtant, celui-ci avait exigé de sa fille qu'elle renonce à enquêter sur le tireur. M. Scot avait-il vraiment autant de pouvoir sur sa fille ? Au point que quelques mots avaient suffi pour mettre fin à une enquête fédérale ?

Si toutes ces suppositions étaient vraies, alors il ferait mieux de renoncer à ses fantasmes d'adolescent.

Il n'était pas là pour séduire Kate Scot. Et, s'il devait se passer quelque chose entre eux, il considérerait cela comme la cerise sur le gâteau. Il essaya de ne pas la fixer tandis qu'elle changeait de position. Son sourire, son rire, son corps, tout chez cette fille le rendait fou de désir.

Il se sermonna intérieurement.

— Donc, vous n'avez dit à personne que je vous surveillais ?

Il accompagna ses paroles d'un regard caressant censé la mettre à l'aise.

Elle secoua la tête.

— J'aurais dû ?

Elle se tut quelques instants avant de reprendre :

— Du peu de temps que nous avons passé ensemble, je n'ai rien remarqué chez vous me laissant à penser que j'avais affaire à un individu dangereux. Au contraire, même. Arrêtez-moi si je me trompe, mais j'ai comme l'impression que vous avez un petit faible pour moi. Sinon, pour quelle raison passeriez-vous vos nuits à monter la garde devant ma maison ?

Il s'en botterait le cul lui-même ! Quelle négligence de sa part de lui avoir permis de lire en lui comme dans un livre ouvert !

— Vous pouvez bien essayer de nier, poursuivit-elle, mais j'ai fait une spécialité de cette capacité que j'ai à cerner les gens. En plus, ajouta-t-elle en gloussant un peu, ce n'est pas fréquent qu'un homme que j'ai eu en interrogatoire débarque chez moi quelque quarante-huit heures plus tard.

— Je voulais m'assurer que vous ne couriez aucun danger, se défendit-il. Je suis presque certain que c'est vous qui étiez dans le collimateur du tireur. Il doit savoir qui vous êtes.

— J'apprécie beaucoup que vous vous inquiétiez pour moi. Mais vous ne surveillez pas tous les membres de mon équipe. Le tireur pourrait les avoir repérés, eux aussi.

Elle marqua une pause durant laquelle elle lui décocha encore un de ses sourires ensorceleurs.

— Vous ne croyez pas que j'ai réfléchi à la véritable raison qui vous a amené ici ? Au mal que vous vous êtes donné pour trouver mon adresse que personne ne connaît ?

Comme un enfant pris en faute, il se mit à jouer nerveusement avec un petit bout de peau qui dépassait de l'ongle de son pouce puis il tira dessus pour l'arracher.

— Ne soyez pas gêné, continua-t-elle. Je ne vous en veux pas. Je suis même impressionnée que vous ayez réussi à me trouver. Et je vous mentirais si je vous disais que je ne suis pas flattée. Mon ex ne se souciait même pas de m'envoyer des SMS la plupart du temps. Une fois, il est parti travailler quinze jours au Japon et je n'ai eu aucune nouvelle de lui pendant tout ce temps.

Elle s'arrêta net de parler. Regrettait-elle cet accès de confiance ? Se sentait-elle mal à l'aise de lui avoir fait de telles confidences sur sa vie privée ?

— Alors, c'est agréable de savoir que quelqu'un a remué ciel et terre pour vous retrouver parce qu'il vous pense en danger, conclut-elle d'une petite voix d'enfant qui le chamboula.

— À vrai dire, Zoey m'a un peu aidé, reconnut-il humblement.

— Donc, elle sait que vous êtes dans le coin ?

Il acquiesça d'un hochement de tête.

— Votre sécurité lui tient à cœur autant qu'à moi. Même si elle pense que j'en fais un peu trop.

— Tant que c'est la véritable raison qui vous a conduit jusqu'ici, rétorqua-t-elle en plissant légèrement les yeux. Vous n'agissez tout de même pas sur ordre de mon père ? Il ne vous a pas envoyé pour s'assurer que je faisais bien ce qu'il m'a demandé ?

— Mais non, voyons ! Qu'est-ce que vous allez chercher ? Je vous jure qu'il ignore que je suis là. D'ailleurs, s'il le savait… il y aurait de fortes chances pour qu'il me congédie dans la seconde.

Un silence embarrassé s'installa entre eux. Il n'avait pas voulu dire que Solomon Scot se fichait de la sécurité de sa fille, loin de là – s'il devait se risquer à une supposition –, mais il ne voulait pas s'engager sur ce terrain-là alors que le moment qu'il passait avec Kate était plutôt agréable.

— Heu…, dit-elle, visiblement faute de mieux. Je peux vous offrir quelque chose à boire ? Décidément, je manque à tous mes devoirs.

— Vous êtes pardonnée, vous ne m'attendiez pas, répliqua-t-il pour détendre l'atmosphère. Je suis arrivé un peu comme un cheveu sur la soupe.

— Un cheveu sur la soupe… C'est comme ça qu'on appelle les agents de sécurité, maintenant ?

Elle émit un petit gloussement alors qu'elle se dirigeait vers le bar qui séparait la cuisine du salon.

— Qu'est-ce que je vous sers ? lança-t-elle.

— Je ne sais pas. Il y a bien longtemps que je n'ai

pas bu autre chose que de l'eau. Non par conviction mais parce que je n'ai pas une minute à moi qui me permettrait de prendre le temps de siroter un bon verre.

Il se passa une main dans le cou et conclut :

— Sans parler du fait que je ne me remets pas d'une soirée arrosée aussi facilement qu'avant.

Elle éclata d'un petit rire moqueur.

— Allons. Vous n'êtes pas si vieux. Quel âge avez-vous ? Trente-cinq, trente-six ans ?

Elle scruta son visage, sans doute à la recherche de tempes grisonnantes ou de quelques rides griffant le coin de ses yeux qui lui donneraient raison.

— Aïe, dit-il en se regardant dans le miroir qui était accroché au mur, derrière le canapé. Je fais si vieux que ça ?

Dans un geste machinal, il passa une main sur son menton ombré d'une barbe naissante. Il y avait bien ces quelques ridules au coin des yeux, mais qui restaient invisibles pour qui ne les cherchait pas.

Elle plissa le nez dans une moue adorable qui le fit fondre.

— Désolée si je vous ai vexé, déclara-t-elle. Quel âge avez-vous donc ?

Il lui sourit, ce qui alluma une petite étincelle dans ses yeux noisette.

— J'ai trente-trois ans, répondit-il. Trente-quatre dans un peu moins de trois semaines.

Elle tendit la main vers lui et lui donna une petite tape sur le bras.

— Vous savez que vous m'avez fait peur ? J'ai vraiment cru avoir dit une énormité.

— C'est vrai, vous n'étiez pas si loin de la vérité.

— Alors, qu'est-ce que je vous sers ? Un verre de vin ?

Comme il acquiesçait en silence, elle saisit une bouteille qui se trouvait sur une des étagères du bar et entreprit de la déboucher.

— Vous voulez vraiment savoir qui je suis ? demanda-t-il en plongeant les mains dans les poches latérales de son pantalon.

Elle s'éclaircit la gorge en même temps qu'elle retirait le bouchon dans un « pop » caractéristique. Un son qu'il trouva sympathique et convivial.

— Vous n'êtes pas obligé de me dire ce que vous ne voulez pas dire. Mais je me disais que vous en savez plus sur moi que moi sur vous. Du coup, il y a déséquilibre.

— Ce n'était pas intentionnel. Je suis juste surpris que vous vous intéressiez à moi sur un plan personnel.

Il lui prit la bouteille des mains et remplit les deux verres qui se trouvaient déjà sur le comptoir, de manière très naturelle, comme s'il l'avait déjà fait des centaines de fois dans ce salon.

— Je ne suis pas très porté sur la discussion, reprit-il. Et comme Mike non plus, j'ai l'impression de devenir une espèce d'ermite.

Elle rit puis posa le tire-bouchon qu'elle avait toujours à la main pour prendre un des verres qu'il lui tendait.

— Vous, un ermite ? Allons donc ! Vous n'avez rien d'un homme des cavernes.

— Vous plaisantez, mais j'ai passé plus d'une nuit dans des grottes à travers le monde. Parfois, c'est l'endroit le plus sûr qu'on puisse trouver pour se mettre à l'abri d'un danger.

Il but une longue gorgée de vin.

— Je n'aurais pas dû venir ici, décréta-t-il en reposant son verre presque vide. Je vais y aller.

— Non.

Elle le retint par le bras. Au lieu de se dégager, il resta immobile, incapable d'esquisser le moindre geste.

— Attendez. Ne partez pas encore. Et puis, promettez-moi que, la prochaine fois, vous viendrez frapper directement à ma porte au lieu de rester planqué dans votre vieille bagnole. Vous serez toujours le bienvenu ici.

Elle fit lentement glisser sa main le long de son bras, dans un geste sensuel qui lui laissa comme une délicieuse brûlure sur la peau.

— Il se trouve que je ne suis pas très sociable, moi non plus, ajouta-t-elle en remplissant de nouveau son verre.

— Vous pensez que deux introvertis comme nous peuvent faire bon ménage ?

— Absolument, répondit-elle en prenant une gorgée de son vin. Je suppose que vous n'êtes pas marié ?

— Seulement à ma vieille berline. Mon boulot m'a souvent envoyé aux quatre coins du monde. Quand je partais en mission, j'ignorais toujours quand je serais de retour et si j'en reviendrais vivant. Pas vraiment l'idéal pour une relation amoureuse. Quant aux appels téléphoniques et aux textos, ils ne favorisent pas vraiment l'intimité. Sans parler de la distance... C'est dur quand chacun a sa propre vie ; une vie dont l'autre est exclu.

— Pourquoi en parlez-vous au passé ? s'enquit-elle en retournant s'asseoir sur le canapé.

Il vit comme un point positif qu'elle n'ait pas eu l'air plus rebutée que ça à l'idée qu'il n'était pas du genre à s'engager facilement.

Ne t'emballe pas, mon garçon.

— Récemment, j'ai laissé tomber les opérations militaires pour passer à la sécurité dans le secteur privé, pour les entreprises.

— Comme celle de mon père ?

Il alla la rejoindre sur le canapé, mais en prenant bien garde à laisser suffisamment d'espace entre eux.

— Je ne traite pas directement avec votre père. C'est STEALTH, pour laquelle je travaille, qui traite avec eux.

— Tout ça, c'est juste une question de rhétorique, pas vrai ?

En bougeant un peu, son genou vint frôler le sien. Encore un de ces contacts physiques anodins mais qui allumaient en lui le feu d'un désir intense.

— En tout cas, je vous remercie d'avoir clarifié un peu les choses. Je comprends mieux la réaction de mon père à présent. Vous et moi sommes taillés dans le même moule et au train où vont les choses nous allons devoir coopérer.

Il fit courir son pouce de haut en bas sur le pied de son verre, ses pensées dérivant vers tout un tas de choses qu'il brûlait de lui dire mais qui n'avaient pas grand-chose à voir avec le sujet présent.

— Comprenez-moi, Kate. Ce n'est pas que je ne veux pas coopérer mais… il faut que vous sachiez que, tout comme vous, une grande partie de ma vie est secrète et doit le rester. Il y a un million de choses que je ne pourrai pas vous révéler comme il y a un million de choses que vous devrez me taire.

Dans ces conditions, comment pourrait-il même être question d'amitié entre eux ?

Finalement, la conclusion était simple : soit il lui faisait confiance, soit il quittait les lieux sans tarder.

Ne lui avait-il pas déjà accordé sa confiance en lui donnant son identité et la nature de son activité ? Il lui avait même révélé le nom de l'organisation qui l'employait. Pour un homme comme lui, habitué à œuvrer dans l'ombre, c'était déjà beaucoup. Et stupide.

Justement. Puisqu'il avait déjà pris un risque, que serait un petit pas de plus vers elle ? Elle n'était pas n'importe qui. Elle avait passé des centaines d'heures à vérifier des antécédents, à passer au crible des autorisations officielles. Peut-être même plus que lui.

Mais il avait lu trop de rapports, suivi trop de formations pour ignorer les signaux d'alerte qui le retenaient encore de s'ouvrir totalement. Mais ce qui était encore plus difficile à ignorer, c'était ce qu'il ressentait profondément à chaque fois qu'il la regardait dans les yeux. C'était un sentiment diffus mais qui atténuait un peu la douleur sourde qui lui broyait encore le cœur à chaque fois qu'il pensait à Tiffany.

— Je respecte votre besoin d'intimité, dit-elle presque timidement. Vous le savez, n'est-ce pas ?

Elle s'éclaircit la gorge, donnant l'impression qu'elle allait reprendre avec plus de conviction.

— Que saviez-vous de moi quand vous avez accepté ce travail ?

Il prit une gorgée de vin qu'il fit cette fois couler lentement dans sa gorge pour en laisser se développer toutes les saveurs subtiles.

— Honnêtement, je ne savais pas grand-chose, finit-il par déclarer. Juste l'essentiel. Je savais que votre père avait deux filles mais, croyez-moi, il n'a pas mentionné le fait que l'une d'elles travaillait pour le FBI.

— Cela aurait-il fait une différence s'il vous l'avait dit ?

Il réfléchit un court instant puis lâcha :

— Non. Je ne pense pas.

— Je sais bien que vous n'allez probablement pas vouloir me répondre, mais je dois vous le demander…

Il soupira, sachant à l'avance quelle question elle allait lui poser. Son insistance était-elle le signe qu'elle avait compris les pensées contradictoires qui l'agitaient à son sujet ? Que, en sa présence, il se sentait vulnérable et par voie de conséquence plus malléable ?

— En effet. Vous vous doutez bien que je ne peux pas vous révéler sur quoi j'enquête ni pourquoi. Cela ne concerne que STEALTH, votre père et son conseil d'administration. Ce que je peux vous dire, en revanche, c'est que votre père n'est pas homme à chercher les ennuis. Je dirais même que c'est tout le contraire.

Était-ce pour cette raison qu'elle l'avait fait entrer chez elle et qu'elle se conduisait avec lui de manière si amicale ? Juste pour qu'il la rassure à ce sujet ?

Ses traits s'adoucirent en même temps qu'elle posait une main sur son genou.

— Merci, dit-elle dans un souffle.

Il mit la main sur la sienne et la pressa doucement.

— De rien. Je ne peux qu'imaginer ce que vous traversez en ce moment, mais laissez-moi vous dire que vous vous en tirez très bien. Vous m'impressionnez. Vraiment. Je sais à quel point il est difficile de gérer une telle situation, surtout lorsque cela concerne une affaire familiale qui peut vous faire du tort et impacter votre avenir professionnel.

— C'est vous qui êtes impressionnant, rétorqua-t-elle dans ce qui lui sembla être un accent de sincérité. C'est vous qui vous mettez en danger pour défendre les personnes faibles et sans défense.

Un flot d'émotions contradictoires le submergea. Il abaissa les yeux sur sa main qu'elle gardait toujours posée sur son genou.

— C'est mon métier de protéger et de défendre ceux qui ne peuvent pas le faire seuls.

Il dégagea doucement sa main mais le regretta aussitôt

qu'il la vit baisser la tête. Se pouvait-il qu'elle soit, elle aussi, plongée en pleine confusion ? Il préféra penser qu'elle ne s'intéressait à lui que pour lui soutirer quelque information qui lui serait utile.

Ils ne se connaissaient pas depuis assez longtemps ni assez bien pour se retrouver dans la situation dans laquelle ils étaient, pourtant il aurait été stupide de nier qu'il se passait quelque chose entre eux. Quelque chose qui allait au-delà de la simple attirance physique. Quelque chose qui ressemblait à une compréhension et un respect mutuels.

Tous les signaux d'alerte s'allumèrent de nouveau, lui faisant pressentir un danger imminent.

Il se leva pour aller remplir leurs verres, but le sien d'un trait et le remplit encore une fois. Boire n'était pas la meilleure des options, mais l'ivresse que lui procurait l'alcool allait bien finir par le détendre.

— Est-ce que des gens du ministère de la Défense sont impliqués dans cette affaire ? lança-t-elle, revenant à la charge. Votre intervention est-elle juste préventive ?

Il hésita à lui répondre. Était-ce l'effet de l'alcool qui se faisait sentir ou le simple fait d'être avec elle ? Toujours est-il qu'il éprouvait le besoin de la mettre sur une piste. Plus elle en saurait, plus elle pourrait se protéger.

— Préventive, répondit-il sans hésiter. Votre père fait ce qu'il peut pour éviter que le problème ne prenne plus d'ampleur.

— Mon père pense-t-il que ce serait une histoire d'espionnage industriel ? demanda-t-elle sans prendre la peine de tourner autour du pot.

Il aimait bien cette franchise chez elle.

— Il ne s'agit pas de ce qu'il pense ou ne pense pas ;

il s'agit de ce que mon équipe et moi-même pourrons prouver. Zoey creuse du côté de la cybernétique, mais nous unissons nos recherches pour tenter de déceler les points forts et les points faibles de cette organisation.

Elle lui adressa un sourire en coin.

— Vous savez, ça aurait été plus simple que vous me déballiez tout dès le début au lieu de me laisser vous tirer les vers du nez. Mais si vous voulez mon avis, ajouta-t-elle après avoir pris une gorgée de vin, je crois que votre réticence à me parler avait plus à voir avec le fait que vous teniez à me revoir qu'avec votre goût des secrets.

— Allons. Vous savez bien que je ne dois rien divulguer de ce que je sais. Ça peut être même une question de vie ou de mort.

Au fil des mots, il sentait une douce chaleur l'envahir en même temps qu'il se sentait capable de toutes les audaces. Elle voulait la vérité ? Eh bien, elle allait l'avoir !

— Cela dit, je dois vous avouer que me retrouver ici, en tête à tête avec vous, n'est pas pour me déplaire. Au contraire, même. Et si j'avais été moins stupide, j'aurais planifié cette rencontre moi-même au lieu de me laisser surprendre bêtement.

— J'imagine que vous faites allusion à votre surveillance ratée ? Ne vous sous-estimez pas. Ce ratage n'est pas la preuve que vous êtes stupide. Si vous l'étiez, vous ne seriez certainement pas un agent spécial de la sécurité. Et vous ne travailleriez pas pour STEALTH. Zoey ne sélectionne que les meilleurs.

— C'est exact.

Il lui prit la main en lui souriant. Elle n'essaya pas de la retirer. Au contraire, elle entrelaça ses doigts aux siens. Tout allait si vite… Mais tout lui semblait si parfait.

— Ça n'empêche. Quand j'y pense ! Je me suis fait avoir comme un débutant. Dire que je voulais vous assurer une sécurité sans faille.

Elle s'approcha plus près de lui, si près qu'il pouvait sentir son souffle tiède lui caresser la joue.

— Appelez cela comme vous voulez, lui murmura-t-elle à l'oreille, moi je sais pourquoi vous faites ce que vous faites. Je sens ce que vous ressentez.

Sur ces mots, elle pressa sa joue contre la sienne.

À cette seconde précise, plus rien d'autre ne compta pour Troy que ce corps souple et chaud contre lui. Ce corps qui lui donnait l'espoir de voir son univers s'élargir.

9

Kate huma avec délices l'odeur virile qui se dégageait de Troy. Un mélange de cuir et d'eau de toilette qu'elle avait déjà capté dans l'habitacle de sa vieille berline. Si quelqu'un lui avait dit que ce mélange de senteurs serait un jour l'aphrodisiaque le plus puissant qu'elle ait jamais connu, elle aurait bien ri. Et pourtant… Cette expérience, elle était bel et bien en train de la vivre. Un flot de sentiments contradictoires la submergea qui mettait en compétition ce que lui dictait la raison et ce que lui dictait son corps.

Elle avait beau nager en pleine confusion, une envie aussi furieuse qu'impérieuse dominait : celle d'embrasser Troy, de sentir ses lèvres se presser sur les siennes, d'entendre le léger râle de plaisir qu'il exhalerait quand sa langue se glisserait dans sa bouche.

Elle caressa du pouce le dos de sa main, imaginant ses paumes larges et puissantes se promener sur son corps nu. Saurait-il d'instinct ce qu'elle aimait ou était-il le type d'amant qui préférait qu'on le guide, qu'on le forme à l'art de la faire jouir ?

Troy semblait plutôt du genre mal à l'aise avec les femmes, mais cela ne voulait rien dire. Ça pouvait juste être la conséquence d'un travail pratiqué depuis trop longtemps en solitaire. Cela dit, elle était mal placée pour émettre un jugement. Car, si elle avait eu quelques hommes dans sa vie, cela ne faisait pas d'elle une experte en sexualité.

Cette idée la fit glousser un peu.

— Quelque chose vous amuse ? demanda-t-il en s'écartant d'elle.

Bravo ! Qu'est-ce qui t'a pris de pouffer comme une adolescente attardée ?

La magie était rompue, par sa faute. Pourquoi fallait-il qu'elle se comporte aussi bêtement parfois ? Pourquoi n'était-elle pas restée sur le registre de la pure sensualité ?

Pourquoi ? Parce qu'elle était une femme normale, pétrie de contradictions, voilà pourquoi !

Elle laissa échapper un profond soupir.

— Si je vous disais à quoi je pensais, vous partiriez en courant. Ou pas.

— Si cela peut vous rassurer, il est fort probable que vous et moi pensions à la même chose, répliqua-t-il en la regardant droit dans les yeux.

Il avait les yeux les plus verts qu'elle ait jamais vus. Un vert qui rappelait celui des prairies texanes au printemps, pailleté de nuances ambrées.

Elle tendit la main vers lui et traça du bout des doigts les contours de son menton volontaire.

Sans qu'elle puisse s'en empêcher, ses doigts quittèrent son visage, descendirent plus bas sur le coton doux de son T-shirt puis s'arrêtèrent juste au-dessus du cœur, là où elle le sentait palpiter le mieux. Elle posa sa main à plat dessus et la garda ainsi quelques secondes avant que Troy ne la prenne pour la porter à ses lèvres.

Elle aurait pu mourir à cet instant précis tant elle se sentait béate.

Hélas ! Pile à ce moment-là, son téléphone se mit à sonner, interrompant brusquement ce qui pour elle s'approchait le plus de l'idée qu'elle se faisait du nirvana.

Troy laissa retomber sa main et la posa délicatement sur sa cuisse.

— Je crois qu'on essaye de vous joindre, dit-il en pointant l'appareil du menton.

— Sans doute un commercial qui cherche à fourguer sa marchandise. J'en reçois pas mal en ce moment.

À la seconde même où la sonnerie s'arrêta, elle se détendit, espérant qu'ils allaient reprendre là où ils avaient été interrompus.

— Dites-m'en un peu plus sur votre famille, lança-t-elle. Je sais que vous avez des frères, mais encore ?

Il esquissa ce petit sourire en coin qu'il avait toujours quand il voulait la taquiner.

— Je suis issu d'une fratrie de six enfants, répondit-il. Je suis le troisième prétendant au trône, juste avant Mike.

Elle était un peu surprise qu'il réponde d'aussi bonne grâce à cette question d'ordre privé.

— Seulement des garçons ?

Il secoua la tête.

— Non. Cinq garçons et une fille. Nos parents étaient des saints pour réussir à élever correctement six enfants hyperactifs comme nous l'étions. Je peux le dire aujourd'hui, nous étions infernaux.

— J'imagine très bien. Nous, nous n'étions que deux, mais nous en avons fait voir de toutes les couleurs à nos parents. Six enfants…, ajouta-t-elle d'un ton à la fois perplexe et admiratif.

Il haussa les épaules.

— Nos deux parents travaillaient à plein temps, ce qui fait que nous étions très souvent seuls. C'était AJ, notre frère aîné, qui était chargé de nous surveiller ; mais en fait, dès que nos parents avaient le dos tourné, c'était lui le meneur de la bande.

— Vraiment ? dit-elle seulement pour ne pas interrompre ce qu'elle considérait comme un début de confession.

— C'est à Noël que nous nous surpassions. Nous trouvions très amusant d'aligner par terre les décorations du sapin, les boules en verre de préférence, et de tirer dessus avec nos pistolets d'enfants à air comprimé.

Il riait en parlant, les mots s'échappant de ses lèvres entre deux gloussements.

— Je vous le dis comme je le pense, mes parents auraient dû s'arrêter à un enfant… Mais ma mère était une sainte, vraiment. Elle ne mentionnait jamais les décorations manquantes. Même si nous faisions de notre mieux pour tout nettoyer après, elle faisait comme si de rien n'était et chaque année, invariablement, elle les remplaçait par d'autres, sachant très bien le sort que nous leur réserverions.

Kate fondit de tendresse en voyant la joie qui éclairait son visage. L'espace d'un court instant, il était redevenu le petit garçon espiègle qui faisait des bêtises avec ses frères et sœur.

— En effet, vous avez eu de la chance d'avoir la mère que vous avez eue. Elle aurait pu en avoir assez et se rabattre sur des décorations en plastique.

— Je ne doute pas que si elle en avait trouvé, c'est ce qu'elle aurait fait. Mais le plastique n'était pas très répandu, à l'époque. Mes parents étaient des êtres exceptionnels, ajouta-t-il avec une pointe de tristesse mêlée de nostalgie.

— Ils sont morts ?

— Oui. Ils sont morts tous les deux dans un accident de voiture, la veille de Noël, il y a deux ans. Ils vivaient à Renton, près de Seattle. C'est là que nous avons grandi. Quand ils ont eu cet accident, ils étaient en chemin pour passer les fêtes de fin d'année avec Mike, Elle et moi. Ils ont été heurtés par un semi-remorque sur la route de Snoqualmie. Ils sont morts sur le coup.

— Oh ! Troy. Je suis tellement désolée. Je ne peux même pas…

Kate ne pouvait pas imaginer le degré de souffrance que pouvait susciter un tel drame. Vivre le cancer du sein de sa mère avait été une épreuve douloureuse, mais au moins cette dernière s'en était sortie. Aujourd'hui, elle allait même plutôt bien.

Elle était reconnaissante à Troy de se confier à elle comme il venait de le faire. C'était pour elle la plus belle preuve de confiance qu'il pouvait lui donner. Ces petits bouts de sa vie qu'il consentait à lui révéler étaient comme des pièces d'un puzzle qui lui donnait un aperçu de ce qu'il était vraiment. Le problème, c'est que plus il lui en donnait, plus elle en voulait.

— Pourquoi avez-vous choisi de travailler dans la sécurité ? s'enquit-elle. C'est à la suite de la mort de vos parents ?

— Non, j'avais choisi cette voie depuis plusieurs années déjà au moment du drame. Aujourd'hui, tous mes frères et sœur travaillent aussi pour STEALTH.

C'était incroyable. Un agent spécial au sein d'une famille, c'était déjà difficile à vivre, à cause des secrets, de l'opacité qui entoure ce genre d'affaires, des absences à répétition, du danger… Mais six ? Bon sang, elle n'en revenait pas !

Peut-être que pour eux, ça marchait parce qu'ils

vivaient dans le même monde et travaillaient pour la même organisation. Finalement, c'était peut-être un bon moyen pour garder des liens familiaux resserrés.

— J'ai entendu dire qu'il y avait peu de femmes dans ce secteur. Surtout quand cela touche à la sécurité informatique. Votre sœur aime vraiment ça ?

— Elle adore. C'est une acharnée, vous pouvez me croire.

Kate se mordit la lèvre, hésitant à poursuivre.

— Elle n'est pas trop victime de sexisme ? finit-elle par demander.

Elle pensa à l'agent Peahen… et à tout le boulot qui l'attendait à cause de lui. Elle avait du mal à avaler que son père l'ait pressée d'aider ce crétin. Cela voulait dire que Peahen s'était plaint d'elle auprès de son père. Quelle mesquinerie !

Elle avait beau en vouloir à Peahen, il n'en restait pas moins qu'elle avait le sens du devoir ancré en elle et qu'elle se sentait coupable de ne pas s'être déjà mise au boulot. Pour une fois, une nuit, elle pouvait penser un peu à elle, non ? Cela faisait si longtemps qu'elle n'avait pas ouvert sa porte à un homme qui lui plaisait franchement.

— Ma sœur ne s'épanche pas vraiment sur la manière dont les hommes la traitent, mais je sais que ça n'est pas facile. Ce n'est pas pour rien qu'il n'y a pas beaucoup de femmes qui se lancent dans le secteur de la sécurité. Et même si j'aimerais beaucoup soutenir leur présence à différents postes, ce serait compliqué. Il y a des endroits dans le monde où elles ne pourraient tout simplement pas faire ce que je fais. Elles risqueraient leur vie.

Ce discours qu'elle jugeait un brin machiste la fit frémir d'indignation.

— Vous voulez dire que nous ne sommes pas capables de travailler dans ce domaine ?

Il secoua farouchement la tête.

— Non. Ce n'est pas ce que je dis. Il y a même des postes où elles sont bien meilleures que les hommes. Je dis juste que chacun doit être à la place qui lui convient le mieux. Sinon, ça peut entraîner de sérieux problèmes.

Elle devina dans sa voix un mélange de révolte et de rage qui donnait l'impression qu'il contenait des émotions encore trop fortes. Des émotions qui risquaient de rompre à tout moment le calme et la maîtrise apparents.

C'était sûr, quelque chose affleurait qui ne demandait qu'à refaire surface, mais elle hésitait à pousser Troy à poursuivre. Non, décida-t-elle finalement. Mieux valait laisser les choses se faire naturellement, si tant est qu'elles devaient se faire.

— J'ai quitté la sécurité militaire il y a deux ans, reprit-il. Après une attaque dont nous étions les cibles. J'avais enfreint les règles. Ça m'a coûté cher.

— Je suis sûre que vous n'avez rien fait de grave, rétorqua-t-elle en prenant sa main dans la sienne. Je ne doute pas une seconde que vous soyez un homme bien.

— Il ne s'agit pas d'être bien ou pas. J'ai pris les mauvaises décisions.

Il s'interrompit un court instant durant lequel il dégagea sa main, se leva et s'éloigna de quelques pas du canapé.

— À cette époque, j'étais engagé dans une relation dans laquelle j'aurais été mieux avisé de ne pas m'engager. Je l'aimais… Mais c'est cet amour qui lui a coûté la vie.

Kate resta silencieuse, émue, ne sachant que dire. Un simple : « Je suis désolée » n'aurait pas été à la hauteur de la blessure que Troy ressentait de manière si évidente lorsqu'il évoquait la femme qu'il avait aimée. Aussi prit-elle le parti de ne rien dire, par respect pour cette douleur intérieure encore si vive.

— Nous avons été touchés par un engin explosif alors que nous étions en mission, précisa-t-il en s'adossant contre le bar, les bras croisés sur le torse. Elle a reçu un éclat d'obus en plein cœur. C'est moi et moi seul qui suis responsable de sa mort, et j'en traînerai la culpabilité toute ma vie.

Il se flagellait à tort, Kate en était certaine, mais il n'y avait rien qu'elle puisse dire et qui soit capable d'atténuer ses souffrances. Pour l'instant, tout ce dont il avait besoin, c'était d'être écouté. Et, si c'était ce qu'il attendait d'elle pour se sentir mieux, alors elle était prête à rester là toute la nuit, à lui prêter une oreille attentive.

— Je sais bien que ce n'est pas moi qui ai dirigé cet obus contre nous. Je ne pouvais même pas prévoir que nous étions visés et qu'il allait frapper notre véhicule blindé. Mais j'aurais pu éviter que Tiffany vienne avec moi. Elle aurait été transférée ailleurs, elle n'aurait pas vécu cet enfer, et aujourd'hui c'est probablement elle qui travaillerait pour STEALTH. Pas moi.

— En fait, vous souffrez du syndrome de culpabilité du survivant, fit-elle remarquer d'une voix douce dénuée de tout jugement.

Il se passa les mains sur le visage.

— Je ne sais pas pourquoi je vous ai raconté tout ça. Inutile de vous dire que si j'entamais une thérapie, les psys s'en donneraient à cœur joie. C'est quand même moi qui ai mis le feu aux poudres, sans vouloir faire de mauvais jeu de mots.

Elle n'était pas d'accord avec lui. Pas le moins du monde.

— Vous êtes juste un homme, avec ses failles et

ses blessures. Ce drame que vous avez vécu, ce sont les aléas du métier.

— Comme celui d'être l'unique survivant.

Cette pensée, elle l'avait eue, mais elle ne l'aurait jamais formulée tout haut.

— Je suis désolé de vous avoir imposé tout ça, poursuivit-il. J'aurais aimé que les choses entre nous prennent une tournure différente. Mais… maintenant… Je ne suis plus aussi sûr que ce soit une bonne idée. Surtout avec moi dans le rôle de la Grande Faucheuse.

Kate laissa échapper un petit rire nerveux qu'elle regretta aussitôt. Quoique… Dans des moments comme celui-ci, où le malheur se faisait lourdement sentir, la seule chose qui pouvait le rendre acceptable, c'était un soupçon de légèreté.

— La Grande Faucheuse pourrait-elle avoir un acolyte ?

Il la regarda, à la fois surpris et soulagé.

— J'avoue que je n'y avais jamais pensé. Sa faux peut-être ?

— Ce n'est pas un surnom que j'affectionne particulièrement, mais va pour la Faux.

— Quels drôles d'amis nous faisons ! rétorqua-t-il en riant.

Des amis. C'était ainsi qu'il les voyait. Mais n'était-ce pas mieux, finalement ? En ne franchissant pas les limites de la simple amitié, elle s'assurait de ne pas souffrir.

Elle devait rester avec Troy sur un plan strictement professionnel, ou du moins essayer de le rester. Elle devait le considérer comme faisant partie de son travail ou en tout cas en donner l'image au monde extérieur. Car comment réagiraient ses supérieurs s'ils apprenaient que la cible de la fusillade était assise dans son salon, à boire son vin et à discuter gentiment de ses états d'âme ? Elle ne le savait que trop bien : il y aurait une enquête interne. Sans parler de Peahen, qui en voulait à la terre entière et qui boirait du petit-lait. Il ne manquerait pas de crier sur les toits qu'il le savait depuis longtemps, que l'agent Scot manquait de professionnalisme.

— Il n'y a rien que j'aime plus qu'évoluer dans le monde de l'étrange, du secret et de l'obscur, dit-elle. Nous sommes ceux par qui règne la paix, loin de la monotonie habituelle qui naît du simple fait de survivre. J'ai toujours aspiré à plus que ça. C'est la raison qui m'a poussée à intégrer les forces spéciales. Je n'y ai jamais pensé en termes sinistres, mais j'adore l'image de la Faux combattant le Mal.

— Je connais ce sentiment, répliqua-t-il d'un ton où se mêlaient étroitement tendresse et admiration. Nous formerions vraiment une équipe d'enfer, tous les deux.

Un coup frappé à la porte fit sursauter Kate.

Qui cela pouvait-il bien être à une heure pareille ? L'espace d'un instant, ils restèrent immobiles et silencieux. Troy avait déjà la main sur son arme, prêt à dégainer. Il mit un doigt sur sa bouche pour intimer silence à Kate puis se dirigea sans bruit vers la baie vitrée qui donnait sur le porche.

Il se glissa derrière le rideau en se déplaçant légèrement de manière à pouvoir distinguer qui se tenait devant la porte. Au moment où il l'aperçut, sa main s'écarta de son arme et son corps se relâcha.

— Ça a l'air d'être un de vos gars du Bureau, dit-il en haussant les épaules, comme pour lui signifier qu'il n'en était pas totalement sûr. Un type entre deux âges. Je dirais la cinquantaine. Il y a une Suburban garée de l'autre côté de la rue avec un autre type installé du côté passager. Ce qui est sûr, c'est qu'ils ne font pas dans la discrétion.

Ça ne pouvait pas être l'agent Hunt qui venait tout juste de fêter ses quarante ans.

Mais qui d'autre se permettrait de se présenter chez elle à l'improviste à une heure pareille ? Elle se rappela le coup de fil qu'elle avait ignoré… Zut ! Et si c'était Raft, l'agent spécial en charge de sa division qui avait cherché à la joindre ? Elle sentit un nœud de culpabilité se former au creux de son ventre. Elle allait faire signe à Troy de quitter la pièce et de rester hors de vue, mais il s'était déjà éclipsé.

Dieu merci, il avait compris qu'elle aussi jouait gros en enfreignant la règle comme elle le faisait.

Le cœur battant, elle ouvrit la porte. Sur le seuil se tenait… l'agent Peahen. Une rage sourde l'envahit.

— Peahen ? Qu'est-ce que vous fichez là ? Ne me dites pas que vous êtes venu tout spécialement de Billings pour me mettre la pression ?

Peahen fronça les sourcils et retroussa les lèvres dans une moue qui tenait plus d'un rictus que d'un sourire. Il n'y avait pas besoin de mots pour dire que l'aversion hostile qui les animait était réciproque.

— Merci pour cet accueil chaleureux, grogna-t-il.

— Que fichez-vous sur le pas de ma porte ? insista-t-elle sans relever la pique.

Où était le problème ? Car il devait bien y en avoir un si tout le monde débarquait chez elle, laissant supposer que son adresse était connue de tous. Si Peahen lui-même l'avait découverte, il était temps de lever le camp et de se trouver une nouvelle planque.

— Croyez bien que je ne serais pas venu jusqu'ici si je n'avais pas eu à le faire.

Sur ce, il marmonna quelques paroles inaudibles qu'elle ne chercha pas à décrypter.

— Je suis venu pour les fichiers que vous avez promis de m'envoyer, précisa-t-il. Vous y avez accès, n'est-ce pas ? Alors, je ne partirai pas d'ici tant que vous ne me les aurez pas tous transférés.

— Pourquoi vous intéressez-vous tant à un cambriolage qui a eu lieu il y a cinq ans ?

Elle prit sur elle pour ne pas paraître aussi agacée qu'elle l'était en réalité. Si elle ne lui avait pas encore envoyé ces dossiers, c'était d'une part parce qu'elle ne voulait pas lui donner l'impression de lui obéir au doigt et à l'œil ; d'autre part parce que son père soutenait ce crétin et qu'elle ne supportait pas cette idée.

— Qu'est-ce que ça peut vous faire ? Vous ne l'avez pas résolue, cette affaire, de toute façon.

Elle serra les dents en même temps qu'elle refoulait avec peine l'envie de lui coller un direct du gauche qui l'enverrait au tapis pour un bon moment. Pour sûr, il ferait moins le malin.

— Il y a eu un autre cambriolage, quelque chose qui serait lié à cette affaire ? s'enquit-elle d'un ton qu'elle s'appliqua à garder neutre. Ou bien rouvrez-vous l'enquête pour une autre raison ?

Il grommela dans sa barbe, comme si le simple fait qu'elle ose lui poser des questions sans lui remettre aveuglément ce qu'il réclamait était déplacé.

— Écoutez, je n'ai pas à vous répondre. Je ne suis pas venu pour me faire interroger. Alors, soit vous me donnez gentiment ce que je vous demande, soit j'en passerai par vos supérieurs. D'ailleurs, vous avez de la chance que je ne l'aie pas déjà fait.

Le fait qu'il se tienne là, devant sa porte, la menaçant

de se plaindre de son attitude auprès de sa hiérarchie sembla suspect à Kate. D'autant plus que ce n'était pas la première fois. Pourquoi n'avait-il pas mis ses menaces à exécution ? Billings se trouvait à un sacré bout de chemin de Missoula. Qu'est-ce qui pouvait bien se cacher derrière tout ça ?

— Peahen, je n'ai aucun problème avec ces fichiers. Je les ai avec moi. Mais, avant de faire quoi que ce soit, j'ai besoin de savoir pourquoi vous y tenez tant et ce que vous êtes réellement venu faire ici, à Missoula. Et ne me faites pas le coup du « je ne suis pas venu ici pour subir un interrogatoire », ajouta-t-elle en lui lançant un coup d'œil critique. Vous ne pouvez tout de même pas vous attendre à ce que je vous donne ces dossiers sans vous poser quelques questions au préalable. Nous ne nous aimons pas tous les deux, vous le savez bien. Je n'ai donc aucune raison de vous faciliter les choses.

Il ricana.

— Pour quelqu'un d'aussi incompétent que vous, vous posez beaucoup de questions, en effet. Dommage que vous ne traitiez pas vos suspects comme vous me traitez, moi. Vous résoudriez peut-être beaucoup plus de cas.

Elle serra les poings pour s'empêcher de le frapper. Après tout, peut-être que personne n'y trouverait à redire si elle le faisait.

— Je vous laisse seul juge de ce que vous dites, Peahen. Mais la dernière fois que j'ai vérifié, mon taux de réussite était bien plus élevé que le vôtre.

— Très bien. Vous allez regretter de vous montrer aussi peu… professionnelle. Et je ne vous parle pas de votre père. Quand il apprendra comment vous m'avez reçu, vous allez en subir les conséquences. Cela dit, je ne vais pas vous plaindre. Vous ne l'aurez pas volé. En outre, sachez que je trouve votre comportement déplorable car, que vous le vouliez ou non, nous sommes du même bord.

Sur ce, il lui tourna le dos, prêt à repartir.

— Attendez ! cria-t-elle en sortant à sa suite. Mon père m'a parlé de vous l'autre jour, et maintenant c'est vous qui me parlez de lui. C'est quoi le lien entre vous ? Vous avez quelque chose à voir avec la fusillade ? C'est pour ça que vous êtes ici ?

— En fait, ça ne vous regarde pas, mais j'avais une réunion en ville, lâcha-t-il. Je revenais de Salt Lake City où se trouve le siège régional. J'ai donc jugé plus simple de passer chez vous pour récupérer ces fichus dossiers en personne.

Elle ne sut trop si elle devait le croire ou non. Pourtant, quelque chose dans sa voix – un accent de sincérité, peut-être – la faisait penser qu'il disait la vérité. Il ne manifestait aucun des signes typiques du menteur de base, mais cela ne voulait rien dire. Il pouvait très bien être le roi des manipulateurs.

— Et qu'en est-il de votre *amitié* avec mon père ? demanda-t-elle encore.

Peahen renifla un peu, visiblement ennuyé.

— Votre père et moi, ça remonte à loin, bien avant que vous ne rejoigniez l'agence.

Elle n'en avait jamais rien su. En fait, son père n'avait même jamais mentionné un lien quelconque avec Peahen auparavant. Peahen avait-il quelque chose à voir avec son intégration au Bureau ? Cette idée la pétrifia. En ce qui concernait l'obtention de son certificat de sécurité, il ne faisait aucun doute qu'elle avait fait l'objet d'une enquête préalable serrée. Elle, mais également tous les gens qui la touchaient de près ou de loin. Peahen avait dû être interrogé à son sujet, et le fait même que sa candidature ait été validée peu de temps après signifiait qu'il avait dû parler en sa faveur.

En tout cas, cette hypothèse ne la faisait pas changer d'avis sur lui. C'était un abruti et le lui en avait donné la preuve à chaque fois qu'elle avait eu affaire à lui au cours des cinq dernières années.

Elle hésita un instant à le faire entrer avant de décider que c'était une mauvaise idée. S'il s'amusait à fouiner chez elle, il pouvait très bien tomber nez à nez avec Troy. Et, dans ce cas, elle se retrouverait vraiment dans de sales draps.

— Je vais chercher mon téléphone, dit-elle. Mais promettez-moi que vous me tiendrez au courant de l'avancée de votre enquête.

— OK, concéda-t-il de mauvaise grâce.

Elle courut dans le salon, attrapa son smartphone et revint très vite vers Peahen.

Il avait l'air moins renfrogné que lorsqu'il était arrivé. Enfin, juste un peu. Il avait quand même toujours cet air pincé, mais qui devait être naturel chez lui. Elle plaignit sa femme – si toutefois il en avait une.

Elle fit une recherche rapide dans ses dossiers puis procéda à l'envoi des fichiers.

— Voilà. Vous avez dû les recevoir.

— Super.

Sa bouche se tordit en un rictus qui devait être pour lui ce qui s'apparentait le plus à un sourire.

— Croyez-le ou non, mais votre père est quelqu'un de bien. Vous devriez être moins sévère avec lui… Et avec moi… de temps en temps.

Sur ces paroles énigmatiques, il tourna les talons et s'éloigna sans lui laisser le temps de rétorquer.

Le poids qui lui comprimait la poitrine depuis le début de cet entretien s'allégea pour disparaître tout à fait. Elle n'avait jamais cru aux discours oiseux de Peahen mais, maintenant, elle se disait que c'était peut-être parce qu'elle était aveuglée par la haine farouche qu'ils se portaient mutuellement. Qu'il lui ait conseillé de ne pas en vouloir à son père… Qu'il soit peut-être intervenu en sa faveur pour lui faire intégrer le Bureau… Cela changeait la donne.

Pour finir, elle n'était pas loin de lui être reconnaissante d'avoir laissé entendre que Solomon n'était pas le diable en personne, même s'il était loin d'être un saint.

Elle ne le laissait pas voir, mais elle aimait ses parents. Des parents qui l'avaient abreuvée d'un amour inconditionnel quand elle était enfant.

À l'adolescence, elle avait étudié le violon. Deux fois par an, pendant quinze ans, elle s'était produite sur scène. À cette époque, et jusqu'à son entrée à Vassar, elle faisait partie de l'orchestre symphonique de Missoula comme premier violon. Ses parents n'avaient jamais raté un seul de ses récitals, même quand on avait diagnostiqué un cancer du sein à sa mère et qu'elle avait été sous chimiothérapie.

C'était curieux mais, après ce qui s'était passé l'autre jour, ces souvenirs avaient commencé à perdre de leur texture, un peu comme si quelqu'un avait tiré les écheveaux de ce qui composait son âme. En substance, c'était comme si la possibilité que son père puisse être lié d'une manière ou d'une autre à cette fusillade avait tout remis en question – même qui elle était.

Et voilà que, à cause d'un homme qu'elle connaissait à peine et dont elle avait tout d'abord pensé qu'il était son ennemi, elle se retrouvait plongée dans cette même confusion.

Pensive, elle retourna à l'intérieur. Il faudrait qu'elle creuse un peu plus cette histoire de cambriolage. Puisque tout le monde semblait s'être remis sur le coup, c'était sans doute qu'il y avait quelque chose là-dedans qui lui avait échappé et qui devait être plus important que ce qu'elle avait cru.

Elle referma la porte derrière elle. La maison resta plongée dans un profond silence.

— C'est bon, Troy. Vous pouvez sortir.

Aucune réponse.

Elle fit le tour de chaque pièce. Personne.

Troy était parti, la laissant seule et désappointée.

10

Il n'aurait pas dû partir de chez Kate comme il l'avait fait, sans lui dire un mot. Mais, sur le coup, il n'avait pas su quoi faire. Sa seule certitude était qu'il ne fallait pas qu'on le voie chez elle, ni même qu'on l'aperçoive dans le voisinage. C'est pourquoi, après lui avoir signalé qu'une voiture du FBI était stationnée de l'autre côté de la rue, il s'était directement glissé dehors pour rejoindre sa vieille berline. La dernière chose qu'il avait vue, c'était Kate en grande discussion avec Peahen.

Troy avait travaillé une fois avec lui, sur une mission en dehors de Billings et il n'en avait pas gardé un très bon souvenir. Peahen s'était cru supérieur à lui – moralement et intellectuellement – et ne s'était pas gêné pour le lui faire sentir. Il aurait porté un uniforme de général sous sa veste que Troy n'en aurait pas été plus surpris que ça.

Avec ce crétin à l'affût de la moindre incartade, il avait préféré ne pas courir le risque d'être découvert chez Kate. Elle aurait pu en faire les frais. Prendre sur le fait une de ses collègues en train de mélanger travail et badinage, voilà qui aurait bien plu à Peahen !

Pourtant Kate et lui n'étaient vraiment pas allés très loin. Tout juste avaient-ils un peu flirté. D'accord, il y avait eu rapprochement physique : ils s'étaient tenu la main. La belle affaire !

Il jeta un coup d'œil à l'horloge numérique qui se trouvait sur sa table de chevet : 9 heures. Aucun bruit ne lui parvenait de l'extérieur de sa chambre au quartier général de STEALTH, situé à Widow Maker Ranch. Chacun devait vaquer à ses occupations. Il s'en voulut de s'être réveillé si tard. Zoey devait l'appeler dans vingt minutes mais, comme à son habitude, elle le ferait avant. Pour elle, être à l'heure c'était déjà être en retard.

Il n'avait pas été simple de s'habituer aux travers des uns et des autres quand il était revenu sur le sol américain. Les civils, et même les agents de la sécurité qui n'avaient jamais officié dans l'armée, fonctionnaient sur un tout autre état d'esprit que le sien.

Un de ses amis, Jesse, avait suivi le même entraînement que lui avant d'être affecté à la même unité. Jesse avait fini par se marier et avoir quatre enfants, mais aujourd'hui encore, quand ils se téléphonaient, ils s'avouaient que personne ne les comprenait mieux qu'ils ne se comprenaient, eux. Ils étaient comme des frères. Non, c'était plus fort que ça parce que même Mike ne le comprenait pas comme Jesse.

Jesse était présent au moment où Tiffany avait été tuée. Ce moment d'horreur avait renforcé un lien qui était déjà plus fort que les liens du sang.

Et s'il l'appelait ? Lui, au moins, saurait lui dire s'il se comportait comme un imbécile avec Kate. S'il le fallait, il lui remettrait les idées en place. Il n'avait pas ressenti un tel trouble pour une femme depuis… Depuis Tiff, en réalité. Mais son histoire avec Tiff était plus simple.

Il voyait la discussion d'ici :

— Salut, mec, je crois que je craque sur une femme

qui enquête sur une fusillade à laquelle j'ai assisté… Ouais… C'est Mike qui était visé… Ou elle… Ouais… Sa famille est à la tête de la société sur laquelle j'enquête…

À tous les coups, Jesse lui conseillerait de prendre ses cliques et ses claques et de se sortir de ce guêpier aussi vite que possible. Ce n'était même pas la peine de lui demander son avis. Jesse était si rationnel ! Le genre qui ne s'en remettait jamais à ce que lui dictait son cœur ou ses sens.

Peu importait ce que Troy ressentait, voulait ou brûlait d'avoir. Il devait se concentrer sur la tâche qu'il avait à accomplir. Cela ne l'empêcherait pas de présenter ses excuses à Kate pour son départ soudain. Elle n'était probablement pas du genre à s'inquiéter de son bien-être, mais ce qui était sûr, c'est qu'elle n'avait pas dû apprécier qu'il s'éclipse de chez elle comme un voleur.

Quand il avait servi le vin, il avait remarqué une photo accrochée au mur à côté du bar. Une photo où Kate posait entre ses parents et ce qui semblait être son petit ami. Ou plutôt, ex-petit ami. Parce que Troy avait eu beau faire des recherches fouillées sur Internet, il n'avait rien trouvé sur elle, sur sa vie publique ou personnelle. De toute évidence, elle n'était pas accro aux réseaux sociaux. Comme la plupart des agents, elle avait sa sécurité à cœur et c'était une bonne chose. S'il louait sa prudence, en revanche, cette prudence n'arrangeait pas son indiscrétion.

Son téléphone sonna. Zoey.

— Allô ?

— Tu es content ?

Zoey n'était pas du genre à s'embarrasser de formules de politesse.

— Content de quoi ? s'enquit Troy sans trop savoir sur quel pied danser.

Elle poussa un soupir exaspéré.

— Tu as fini de jouer les protecteurs auprès de ta petite amie ?

Ah.

— Qu'attends-tu de moi ? demanda-t-il, se rappelant que l'attaque était la meilleure des défenses.

— Je suis vraiment heureuse de constater que tu as décidé de te remettre au boulot. J'ai besoin que tu ailles faire un petit tour chez Conflux, ajouta-t-elle d'un ton moins acerbe. Débrouille-toi pour voir si tu peux pirater leur système via leur wi-fi. C'est leur point faible. Je m'occuperai du reste. Ensuite, j'aimerais que tu en profites pour voir si on peut se faufiler dans le bâtiment sans déclencher d'alarme. Tu ne manques pas de ressources. Ça devrait être dans tes cordes.

— Existe-t-il des preuves qui indiqueraient que quelqu'un infiltre leurs réseaux ?

— Pas à notre connaissance, dit Zoey, mais, en tout cas, il se passe quelque chose. Solomon se dit préoccupé par le fait que quelqu'un pourrait se procurer les codes de leurs serveurs pour pirater des documents top secret. Il est arrivé par le passé que des informations secrètes se soient retrouvées entre de mauvaises mains. Je lui ai demandé s'il avait eu vent de quelque chose, mais il m'a affirmé que non. Pour l'heure, il n'a que des soupçons.

Troy se rendit dans la cuisine où il se servit un café bien serré.

— Ce qui veut dire que nous n'aurions pas affaire à un hackeur, dit-il. Du moins, je ne le pense pas. Si des documents disparaissent de manière sporadique, je pencherai plutôt pour l'hypothèse d'une taupe. Quelqu'un qui travaillerait au département informatique. Mais c'est une possibilité que nous avons déjà évoquée, non ?

— Oui. Mais c'était avant la fusillade. C'est en partie pour cette raison que je tenais à te parler. Je viens juste d'avoir quelques infos sur notre tireur. Son identité n'a pas été confirmée, mais nous avons comparé les signaux des téléphones portables émettant dans la zone avec ceux des acheteurs de la marque et du modèle de fusil et de cartouches utilisés par le tireur. Il en ressort que nous avons trois suspects potentiels. Deux traînent toujours dans le secteur.

— Et le troisième ?

— Le troisième… Eh bien, c'est là où le bât blesse. Normalement, cette personne devrait être au-dessus de tout soupçon.

Troy entendit le bruit que faisait le stylo de Zoey quand elle le faisait cliqueter sur son bureau, signe chez elle d'une grande nervosité.

Elle devait tenir du lourd.

— Nous sommes probablement dans une impasse car il s'agit d'un agent du FBI. Un certain Aaron Peahen.

Il en recracha son café.

— Tu te fiches de moi ? Je ne trouve pas ça drôle.

— Je ne me fiche absolument pas de toi. Pourquoi ferais-je une chose pareille ? Tu connais ce type ?

— On peut le dire, oui. Je l'ai même vu pas plus tard qu'hier soir. Tu as dit que c'était le seul des trois suspects à ne pas avoir utilisé les antennes relais de Missoula, mais je peux t'affirmer qu'il était ici au cours des douze dernières heures.

Un bruit de touches sur le clavier puis :

— D'après ce que je vois là, il semblerait qu'il soit à Salt Lake City.

— Depuis quand ?

— Depuis la fusillade. En tout cas, d'après sa carte SIM.

Troy secoua la tête. Peahen était un abruti, mais c'était un agent du FBI. Et, comme tous les autres, il avait dû attendre de recevoir sa certification avant de pouvoir suivre l'entraînement de Quantico. Ce n'était pas leur homme. Il n'avait pas l'étoffe d'un sniper. Il était plutôt du genre bureaucrate pépère.

— En tout cas, cela a certainement quelque chose à voir avec ce qui se passe au FBI.

Il repensa à Kate. Il manquait des pièces au puzzle. Des pièces qui tournaient autour d'elle. Pour l'instant, il ne voyait pas quel était le lien qui les unissait entre elles.

— Il n'y a aucune chance pour que Peahen soit notre homme, affirma-t-il. C'est un mec coincé qui prend son pied à jouer les chefaillons. Pas du tout le genre à se déchaîner avec une arme. Et les deux autres ?

— Ils sont tous les deux employés à Conflux.

— Et tu ne penses pas qu'ils sont plus susceptibles d'être des snipers que ce bon père de famille de Peahen ? railla-t-il.

— Ce n'est pas moi qui t'apprendrai qu'il n'y a pas d'un côté les bons et de l'autre les méchants. C'est le propre de l'homme de commettre des erreurs, de faire du mal à son entourage. Il nous arrive à tous de prendre des décisions merdiques. Ce sont les aléas du métier.

— Certes. Mais que ces deux types travaillent dans la société sur laquelle nous sommes chargés d'enquêter… La coïncidence est extraordinaire. Ce sont eux les méchants. Ou du moins, l'un d'eux.

— C'est possible. C'est bien pour ça qu'ils figurent sur ma liste. Cependant, ils ne sont pas fichés et n'ont aucun antécédent de violence ou d'entraînement avec des armes à feu.

— Pourtant, ils ont acheté la même arme que celle utilisée par le tireur. C'est curieux, non ?

Décidément, tout était bancal dans cette histoire.

— Ce que je peux te dire c'est que l'un d'eux, Chris Michaels, est marié à une major de l'armée. C'est elle qui a acheté ce fusil. Il n'y a pas de numéro de série sur l'arme du tueur. J'ai demandé à une de mes équipes de vérifier s'il n'avait pas été rayé. Ça pourrait définitivement être son arme. Tu t'en occupes.

— Je m'en occupe. Je vais envoyer Mike faire un tour à leur adresse. Tant qu'ils n'ont pas de coffre-fort à verrouillage électronique, il devrait être capable de se débrouiller. Il saura alors nous dire si cette nouvelle acquisition est manquante. Si c'est le cas, alors il est possible que cette Mme Michaels ou son mari soient notre sniper.

Il prit une gorgée de café tout en réfléchissant à d'autres pistes.

— Il se peut aussi que nous ayons affaire à un expert en armurerie qui serait capable de fabriquer sa propre arme à feu. À la place du tireur, c'est ce que je ferais, sachant que je laisserai l'arme du crime derrière moi. J'aurais besoin de voir cette arme de plus près. Malheureusement, c'est le FBI qui l'a en sa possession.

Il fit défiler ses mails jusqu'à tomber sur celui que Zoey venait de lui envoyer. Il l'ouvrit. Il y trouva la photo de chacun des suspects, accompagnée de trois fichiers en PDF contenant des informations générales les concernant. Il commença par Peahen. Bonne tête de loser. Tout le contraire de Chris Michaels qui, lui, avait un physique à la Jack Reacher ; le genre à savoir se défendre sans l'aide de personne.

— Que sait-on du troisième type ? Ce Sal Baker ? Un homme d'une trentaine d'années, plutôt bien bâti, très propret dans son costume noir à fines rayures blanches.

— La possibilité qu'il soit impliqué dans cette affaire est minime, mais nous ne devons négliger aucune piste.

Zoey fit une pause, probablement pour chercher quelque chose.

— D'après les renseignements que j'ai sur lui, il est clean, reprit-elle. Pas le genre à faire des vagues. L'employé typique qui fait gentiment ses heures de bureau.

— L'employé typique a quand même un penchant pour les armes à feu.

Son smartphone l'avertit d'un double appel. Il baissa les yeux sur l'écran. Numéro masqué.

— Je dois y aller, dit-il. Je te tiendrai au courant du résultat de mes recherches.

— OK, acquiesça Zoey en raccrochant.

Il aimait ça chez elle. Cette faculté à ne pas perdre de temps en bavardages inutiles.

— Allô ? dit-il en prenant son nouvel appel.

— Je suis devant votre porte.

C'était Kate. Elle avait parlé d'une voix blanche qui l'alerta.

Il sortit de sa chambre et se pressa vers la porte. Aussitôt, Chuck, le labrador de la maison, courut vers lui en jappant.

— Salut, mon pote, dit-il en lui grattant la tête. Tu crois que je n'ai pas compris que tu te fichais bien de moi ? Tu as dû sentir qu'il y avait une super nana à notre porte. Mais je te comprends, je suis comme toi. Les jolies femmes ne me laissent pas indifférent.

Chuck lui répondit en lui léchant les doigts et en battant frénétiquement de la queue.

— Allez, pousse-toi un peu que je puisse ouvrir.

Kate se tenait immobile, dos à la porte, comme si elle avait oublié qu'elle venait de frapper pour lui rappeler qu'elle était là et qu'elle l'attendait. Était-elle aussi nerveuse que lui à l'idée de le retrouver ?

— Je vous demanderais bien comment vous m'avez trouvé, mais je crois que je le sais, dit-il en riant.

Elle se retourna vers lui. Il s'attendait à la voir souriante ou encore en colère après lui, mais certainement pas avec la mine défaite et les yeux rougis d'avoir trop pleuré. Elle donnait l'impression de ne pas avoir dormi depuis des lustres.

— Qu'est-ce qu'il se passe, bon sang !

Elle hocha la tête.

— Je viens d'apprendre une terrible nouvelle.

Sa voix était rauque. Elle paraissait vraiment choquée.

— Kate, parlez-moi. Que s'est-il passé ?

— C'est mon père, dit-elle entre deux sanglots.

Il s'approcha d'elle et la tint serrée entre ses bras. Son corps était secoué de spasmes tandis qu'elle s'abandonnait contre lui.

— Que s'est-il passé ?

— Quelqu'un… Quelqu'un lui a tiré dessus. Dans son bureau. Il… Il est mort.

11

Lorsque Kate arriva chez sa mère, un peu plus tard, celle-ci était occupée à appeler toutes les personnes de son entourage pour leur annoncer le décès de son mari. Elle terminait invariablement la discussion en leur demandant de garder pour eux ce qui était arrivé et de n'en parler ni aux officiels ni aux journalistes. Mais Kate connaissait la véritable raison qui poussait sa mère à s'agiter comme elle le faisait. Se concentrer sur une tâche à accomplir l'empêchait de s'écrouler.

Julie, la sœur de Kate, devait prendre un avion de Denver dans l'après-midi pour arriver en début de soirée. Elle s'était effondrée au téléphone quand elle avait appris la nouvelle.

Kate aussi était sous le choc. Elle avait ressenti un tel désespoir que, sans réfléchir, elle s'était rendue là où elle savait pouvoir trouver Troy.

Elle regarda celui-ci s'affairer à préparer du thé qu'il plaça ensuite sur un plateau avec un pot de lait, du sucre et un citron coupé en quartiers.

Il se comportait de manière vraiment remarquable. Il était incroyablement galant et étonnamment ouvert pour un homme qui se disait asocial. Elle ne lui en ferait pas la remarque car il se défendrait sans doute d'une pique narquoise. Cette pensée la fit sourire intérieurement.

Il sortit de la cuisine, chargé de son plateau qu'il alla poser sur la table basse en marbre ce que, étonnamment, sa mère remarqua à peine.

Jusque-là, cette dernière avait toujours fait extrêmement attention à cette table en marbre de Carrare, qu'elle avait fait importer tout spécialement d'Italie. C'était un meuble de prix, unique, et le fait qu'elle ne s'inquiète pas de voir Troy y déposer un plateau qui risquait d'en endommager irrémédiablement la surface, choqua Kate bien plus que le fait qu'elle alertait la planète entière du meurtre de son mari en exigeant d'eux la plus grande discrétion.

— Troy, cela vous ennuierait d'aller poser ce tableau sur la table à manger ? demanda-t-elle.

Il la suivit docilement, comme un membre obéissant du personnel de maison de sa mère.

— Vous croyez qu'elle va surmonter le choc ? s'enquit-il en pointant Deborah du menton.

Franchement, elle n'en savait rien. Sa mère avait déjà traversé une période difficile avec son cancer du sein puis au moment de la retraite forcée qui avait suivi, mais elle n'avait pas eu à affronter cette épreuve seule. Toute sa famille avait été là pour elle. Tous l'avaient entourée d'amour et de bienveillance. Kate avait même eu à cœur de la conduire à l'hôpital pour chacune de ses séances de chimiothérapie. Elle n'en avait récolté aucun remerciement ni aucune reconnaissance, mais venant de sa mère elle n'en avait pas été étonnée.

Une fois Deborah en rémission, Kate avait pensé qu'elle reprendrait sa place au sein de Conflux. Mais elle ne l'avait pas fait. Elle était devenue une femme oisive qui occupait son temps à faire du shopping et à déjeuner dehors avec ses amies.

C'était comme si sa mère avait décidé que l'entreprise familiale ne l'intéressait plus et qu'elle devait changer de vie. Pour autant que Kate le sache, les choses s'étaient faites sans avoir été clairement formulées. Comme une évidence que son père avait acceptée comme faisant partie du processus de guérison.

Les choses n'avaient pas été aussi simples pour sa sœur et elle quand elles avaient décliné l'offre de Solomon d'intégrer Conflux. Il n'avait pas été tendre avec elles. Au point que Julie avait coupé les ponts avec eux pendant deux ans. Ce n'est que quand elle avait appris qu'elle était enceinte qu'elle était revenue dans le giron familial.

Julie devait mal vivre le fait d'avoir perdu tout ce temps avec son père, juste parce que leurs avis divergeaient.

Qui allait reprendre la tête de la société maintenant que Solomon n'était plus là ? se demanda Kate. Héritière des parts de son mari, Deborah devenait actionnaire majoritaire. Cette réalité la replaçait au centre des affaires de Conflux. Qu'allait-elle décider ?

— Tenez, prenez un peu de thé, lui suggéra Troy. Ça vous fera du bien.

Le contraste était saisissant entre la virilité des grandes mains carrées de cet homme et la délicatesse de la porcelaine fine entre ses doigts.

Cette image la fit sourire. Le premier vrai sourire de la journée. Le fait que Troy soit à l'origine d'un tel exploit devait bien signifier quelque chose, non ?

Enfin, sa mère mit un terme à ses appels et vint les rejoindre dans la salle à manger. Elle était très élégante dans son tailleur Dior blanc et son chemisier Armani bleu. Une tenue qui n'avait pas été choisie au hasard mais pour être assortie à ses cheveux d'un blanc immaculé.

Cela était-il le signe qu'elle avait intégré – et accepté – le fait qu'elle était désormais à la tête de Conflux et qu'elle devait s'habiller en conséquence ?

— Ta tante Coraline arrivera vendredi par avion, annonça-t-elle. Comme toujours avec son affreux cabot. Mais qu'il ne s'avise pas à lever la patte sur mon tapis persan, comme la dernière fois ! Sinon, je vous garantis qu'il y aura deux enterrements.

— Maman ! Ne dis pas des horreurs pareilles, la pria Kate en jetant un coup d'œil à Troy pour voir sa réaction.

Courtois comme il l'était, il fit semblant de n'avoir rien entendu et commença à remplir les tasses.

— Je plaisantais, ma chérie. Si nous ne rions pas un peu, nous allons nous laisser submerger par nos émotions. La dernière chose que ton père aurait voulue, c'est nous voir pleurnicher en nous apitoyant sur nous-mêmes.

Elle avait parlé d'une voix aiguë qui trahissait une grande fébrilité.

— Pour l'instant, le mieux que nous puissions faire pour honorer sa mémoire est de surmonter notre douleur, poursuivit-elle.

Troy remplit une tasse de thé qu'il lui tendit.

— Tenez.

Deborah le regarda fixement, semblant remarquer sa présence pour la première fois depuis leur arrivée.

— Qui êtes-vous ? demanda-t-elle.

— Maman ! Je te l'ai déjà présenté. C'est Tr…

— Laisse, dit Troy. Ce n'est pas grave. Madame Scot, je m'appelle Troy Spade. Je suis un ami de votre fille.

— Un ami ? Vraiment ?

Elle prit la main qu'il lui tendait tout en le scrutant

attentivement. De toute évidence, elle cherchait à connaître la nature exacte de leur relation.

— Oui, maman. C'est un collègue. Il travaille avec moi sur une affaire en cours. Nous étions ensemble quand j'ai appris la mort de papa.

D'accord, elle s'arrangeait un peu avec la vérité. Mais c'était ça ou s'exposer à la curiosité de sa mère qui la presserait de questions auxquelles elle n'avait pas envie de répondre.

— J'apprécie beaucoup que vous soyez là pour ma fille dans un moment aussi douloureux.

Elle afficha son sourire de femme d'affaires pour ajouter :

— Si vous voulez bien m'excuser. Je dois encore appeler les pompes funèbres puis le bureau du médecin légiste pour savoir quand nous pourrons disposer du corps.

Sur ce, elle fit à Troy un signe de tête distant puis retourna dans le salon reprendre ses coups de fil.

— Excuse-la, dit Kate en adoptant tout naturellement le tutoiement. Dans les meilleurs moments elle est déjà insupportable ; mais, comme tu vois, elle peut être encore pire.

— Ne t'inquiète pas pour ça, répondit-il en l'imitant. Elle vient de perdre son mari dans des circonstances dramatiques. Elle a le droit d'être bouleversée, même si elle le manifeste de cette façon.

Il lui prit la main et lui fit quitter la pièce pour la conduire dans la cuisine. Là, il referma la porte sur eux. Ils entendirent retentir la sonnette de la porte d'entrée puis la voix de Deborah alors qu'elle ouvrait aux livreurs venus apporter toujours plus de fleurs. Cette agitation allait durer toute la journée, et avec elle le malaise ambiant. Kate éprouva soudain le besoin d'être seule, au calme, pour pouvoir digérer tout ça. Pourtant, à la place, elle allait rester et continuer à se faire l'esclave des désirs de sa mère.

— Que s'est-il passé ? s'enquit Troy. Je veux t'aider, Kate. Mais pour ça, je dois comprendre ce qu'il s'est passé exactement. Tu as appris quelque chose ?

Rien que d'imaginer le cadavre de son père lui donnait des sueurs froides. Il n'avait pas mérité de mourir de cette façon, abattu comme un chien. Pressée par la demande de Troy, elle chercha comment amorcer la discussion, mais rien ne lui venait. Elle était incapable de trouver les mots. Troy avait respecté son silence pendant tout le trajet jusqu'ici. Il l'avait conduite sans lui poser de questions. De toute façon, elle était dans un tel état de choc qu'elle n'aurait pas pu articuler le moindre mot sans éclater en sanglots.

— Prends ton temps, poursuivit-il d'un ton compréhensif. De toute façon, je n'irai nulle part. Je reste avec toi.

Tout en parlant, il l'avait attirée près de lui et avait passé un bras autour de ses épaules.

Elle aimait sentir son corps contre le sien et la chaleur qui s'en dégageait. Ce simple contact l'aida à se détendre. Elle se sentait prête à parler même si évoquer l'assassinat de son père n'était pas facile.

— Il reste encore beaucoup de zones d'ombre, dit-elle, mais d'après ce que m'a raconté maman, le corps de papa a été découvert ce matin, dans son bureau, à 7 heures. Il a été tué d'une balle dans la tête et de deux balles dans la poitrine. Il semblerait que le meurtrier se tenait à proximité quand il a fait feu.

Elle fit une pause durant laquelle elle cligna plusieurs fois des yeux pour chasser l'émotion qui menaçait de la submerger de nouveau.

— Donc, nous pouvons affirmer que le meurtre n'a pas été commis par un sniper. Il s'agirait plutôt d'une affaire personnelle.

— Selon le rapport des premiers policiers qui se sont rendus sur place, les vitres étaient intactes, ce qui prouve qu'on n'a pas tiré de l'extérieur.

Elle remarqua que retrouver sa faculté à raisonner de manière logique et linéaire lui permettait de garder ses émotions à distance. Tant mieux. C'était peut-être la solution qui allait l'aider à surmonter cette épreuve et à retrouver l'assassin de son père. Ce qu'il adviendrait alors de celui-ci, elle l'ignorait encore, mais il ne l'emporterait pas au paradis. Elle s'en faisait la promesse.

— Tu sais qui est chargé de l'enquête ?

— Étant donné que la victime est mon père, le FBI a proposé son aide à la police locale, mais pour le moment ils ont refusé.

Si besoin était, elle reviendrait à la charge, mais empiéter sur leurs plates-bandes pourrait froisser leur susceptibilité et ralentir l'enquête.

Troy hocha la tête.

— En tout cas, s'il te faut un coup de pouce de STEALTH, considère que c'est acquis. Zoey peut y travailler d'un point de vue technologique. Elle pourrait en tirer quelque chose, qui sait ?

Elle prit soudain conscience des sacrifices que Troy faisait pour elle. Sacrifices dont elle n'avait pas jusque-là mesuré toute l'ampleur.

— Ne te sens pas obligé de rester avec moi, dit-elle. Si tu dois partir, pars. Ton travail doit passer en priorité.

D'autant plus que les investigations qu'il menait au sein de Conflux pouvaient, par recoupements, conduire à l'assassin de son père.

Il la serra un peu plus fort contre lui et, de son autre main, lui caressa la joue du pouce. Elle ne s'attendait pas à trouver ce contact, pourtant bien anodin, d'une sensualité aussi extrême. Cette démesure lui fit prendre conscience avec acuité que cela faisait bien longtemps qu'un homme n'avait pas eu envie de poser ses mains sur elle.

— Ton père m'a payé pour faire un boulot, répondit-il. Mais j'ai l'intime conviction que les deux affaires se rejoignent.

Il fit une pause durant laquelle il laissa retomber son bras, libérant Kate de son étreinte.

— Je… Je me sens responsable, Kate. Si je n'avais pas été si focalisé sur ta protection, j'aurais considéré la situation dans son ensemble. J'aurais dû charger Mike de la protection de ta famille.

Elle secoua farouchement la tête.

— Ce n'est pas ta faute. Comment pouvais-tu savoir que quelqu'un en voulait à mon père au point de l'assassiner ?

— Je pressentais que cette histoire avec le sniper n'était pas terminée. J'aurais dû écouter mon instinct. D'une certaine façon, je l'ai fait… Je savais que quelque chose clochait. C'est pour ça que je me suis retrouvé devant chez toi, à surveiller ta maison. Là où j'ai échoué, c'est que je me suis laissé déconcentrer. J'ai laissé mes sentiments personnels pour toi prendre le dessus et occulter tout le reste. Il se pourrait bien que ce soit cette négligence qui ait coûté la vie à ton père.

Sa voix était chargée d'un mélange de douleur, de rage et de colère qu'il avait bien du mal à contenir. Sans doute pensait-il à son ex, Tiffany, qui avait été tuée alors qu'ils étaient en mission.

À ce moment précis, Troy était un homme en grande souffrance. Le temps était censé guérir les souffrances, mais, dans le cas de Troy, elle doutait que ce soit juste. Au contraire, même, peut-être que le temps qui passait ne faisait que les rendre plus aiguës.

— Je te le répète, tu n'y es pour rien, Troy. Ce n'est pas le service de sécurité qui manque à Conflux. Non, je commence à croire que mon père avait mis le nez dans une histoire qui en dérangeait certains.

La vérité qui venait de sortir de sa bouche lui comprima la poitrine, si fort qu'elle eut du mal à respirer normalement.

— Si quelqu'un est à blâmer, c'est moi, poursuivit-elle. Je n'aurais pas dû écouter mon père et ralentir l'enquête sur le sniper. Enfin… Je veux dire que je ne l'ai pas menée au même rythme que d'habitude. J'ai fait une erreur, et mon père en est mort.

Troy soupira.

— Nous avons tous notre part de responsabilité. Tout ce qu'il nous reste à faire maintenant, c'est d'empêcher que cela ne se reproduise. Parce que j'ai comme le pressentiment que le meurtrier sait déjà qui sera sa prochaine victime.

12

Troy se dirigea vers sa voiture et s'assit au volant. Dès qu'il eut refermé sa portière il appela Zoey.

Le téléphone sonna juste une fois, et elle décrocha.

— J'ai appris pour Solomon, dit-elle sans préambule.

Elle avait l'air essoufflée.

— Je n'ai pas encore tous les détails, les flics ne laissent pas filtrer grand-chose, mais je suis sûre que tu penses la même chose que moi.

Il serra les doigts autour de son volant puis appuya la nuque contre le cuir froid de l'appuie-tête. Il posa le regard sur la maison de style colonial de laquelle il venait de sortir. Kate se trouvait toujours à l'intérieur. De là où il était, il la voyait tenir une discussion animée avec sa mère. Sans doute étaient-elles en train de se chamailler au sujet d'une quelconque affaire de famille. Pas étonnant que Kate soit devenue la femme forte qu'elle était… Grandir auprès d'une mère comme la sienne, prompte à vous écraser, forgeait le caractère. Même si l'on tenait compte des circonstances douloureuses qu'elle traversait, cette femme était extrêmement déplaisante.

— C'est-à-dire ?

— Je crois que tu as mis le pied dans un sacré nid de vipères.

Il ouvrit la bouche pour répliquer, mais la referma aussitôt. À quoi bon argumenter ? Zoey avait cette capacité agaçante de toujours lire dans ses pensées.

— Plus que tu ne peux l'imaginer.

— Tu as pu avancer sur nos trois suspects ? demanda-t-elle, pour la forme sans doute puisqu'elle connaissait déjà la réponse.

— Pas encore, répondit-il, pour la forme aussi.

— Troy, je ne t'en veux pas, mais tu sembles débordé. Tu veux que je mette d'autres gars sur le coup ? Cela te laissera un peu de temps pour épauler Kate.

Derrière l'interrogation, Troy devina la volonté de savoir où il en était de sa relation avec Kate – tout comme l'avait fait Deborah Scot un peu plus tôt.

— Si tu tiens à le savoir, il n'y a rien d'autre que de l'amitié entre nous.

— Je ne t'ai rien demandé.

— C'est exact, mais je t'entends quand même le demander. Kate et moi ne sommes pas amants et ne le serons jamais. Nous sommes tous les deux très pris par nos fonctions respectives.

Zoey éclata d'un rire moqueur.

— Donc, tu y as pensé.

Il sentit le rouge lui monter aux joues. Il avait l'air fin à rougir comme un puceau ! Heureusement que Zoey ne pouvait pas le voir.

— Tu vas me casser les pieds encore longtemps avec ça ? Je n'ai pas besoin que tu remues le couteau dans la plaie. Et maintenant, j'aimerais bien qu'on passe à l'étape suivante.

Cet accès soudain de colère eut pour effet de faire rire Zoey encore plus.

— Tu as raison.

— Pour en revenir à ta proposition, je n'ai pas besoin qu'on m'aide. De toute façon, j'ai Mike. Il est toujours sur le coup, non ?

— Oui, mais je pourrais faire appel à votre sœur. Elle n'attend que ça.

— Elle ? Tu crois qu'une unité cynophile pourrait nous être utile ?

— Leurs chiens sont dressés à la traque. Ils pourraient trouver quelque chose que les forces de police locales ne peuvent pas trouver, comme l'odeur du sniper ou celle du meurtrier de Solomon, par exemple.

— Non, lâcha-t-il.

Il serra le volant plus fort, le regard fixé sur la marque de voiture qui y était inscrite.

— Pourquoi ne pas essayer de pénétrer les caméras de sécurité de Conflux pour voir les allées et venues des gens qui y sont entrés et sortis au cours des dernières vingt-quatre heures, avant la mort de Solomon ?

— Parce que tu t'imagines que je t'ai attendu pour le faire ? grommela Zoey. Malheureusement, je me suis heurtée à un mur de briques. Ces gars-là ont mis en place une sécurité physique et cybernétique étroite. Le chef de leur département informatique, Alexi Siegal, a dû penser qu'ils allaient être attaqués sur tous les fronts.

Ce qui n'allait pas lui faciliter la tâche. Si Zoey avait échoué à entrer dans leur système de sécurité, pénétrer dans le bâtiment pour tenter d'en déceler les points faibles allait s'avérer bien plus compliqué.

C'était peut-être ce qui expliquait la présence du sniper sur le toit, comme un moyen de sécurité supplémentaire. Et si Solomon n'était pas pour rien là-dedans ? Non. Il n'aurait pas fait une chose pareille. Il n'aurait pas fait prendre le moindre risque à sa fille.

Si au moins il avait le début d'une réponse à toutes ces fichues questions !

Il y eut un petit coup sur la vitre du côté passager. Kate.

— Je dois y aller, dit-il en mettant fin à l'appel à la manière de Zoey qui prenait congé de ses interlocuteurs en leur raccrochant au nez.

Il déverrouilla la portière pour permettre à Kate de s'installer à côté de lui.

— Je ne peux pas supporter de rester une minute de plus dans cette maison avec ma mère, dit-elle. C'est déjà assez dur de gérer la mort de papa. Tu sais qu'elle a viré sa femme de ménage et son jardinier aujourd'hui ? Je ne plaisante pas ! C'est peut-être pour ça qu'elle est sur les nerfs.

— Elle a quelqu'un à qui parler ? Du genre thérapeute ?

— Je n'en sais rien, mais je l'espère pour elle. Ça lui ferait le plus grand bien.

Elle frotta nerveusement ses mains l'une contre l'autre en même temps qu'elle levait les yeux au ciel.

— Est-ce que tu détestes tes parents parce qu'ils sont riches ?

À peine ces mots étaient-ils sortis de sa bouche que Troy regrettait amèrement de les avoir prononcés.

— Excuse-moi. Je n'aurais pas dû te poser une question pareille. Surtout aujourd'hui.

— Ne t'excuse pas. Tu peux me poser toutes les questions personnelles que tu veux, j'y répondrai. Mais pas tout de suite.

— Je sais que cela va te paraître bizarre, mais tu crois que tu pourrais me faire pénétrer dans les locaux de Conflux ?

— Probablement. Mais je ne comprends pas… Tu

n'y as pas accès alors que c'est mon père qui a engagé les services de STEALTH ?

— Ton père voulait savoir si on pouvait pirater leur système, pas qu'on y accède, répliqua-t-il avec un sourire moqueur.

— Si je peux te faire entrer dans le bâtiment, en revanche, je crains bien de ne pas pouvoir te faire entrer dans le bureau de mon père. Surtout avec l'enquête en cours.

Il s'approcha d'elle et prit dans la sienne sa main qu'il pressa légèrement.

— Nous tenons un début de piste sur l'identité du sniper. Et même si ce dernier n'est pas forcément lié à la mort de ton père, fouiner un peu dans les locaux de Conflux nous permettrait d'avancer dans nos recherches.

Kate porta la main de Troy à ses lèvres et l'effleura d'un baiser léger.

— Tout ce que tu veux…, murmura-t-elle.

Elle n'avait sans doute pas conscience de la voix suave avec laquelle elle avait parlé et qui avait allumé aussitôt en lui le feu d'un désir incandescent. Il lui ferait bien la démonstration de ce qu'il voulait juste à ce moment précis, mais il jugea que ce n'était pas une bonne idée. Et pourtant il ne pouvait empêcher son regard de glisser plus bas qu'il n'aurait dû. Kate avait des formes à damner un saint. Il aurait bien aimé sentir le contact de son téton durci sur sa langue. Il sentit son sexe à lui devenir dur.

Il se racla la gorge, piètre tentative pour essayer de chasser le désir qui le taraudait. Le moment n'était pas bien choisi pour céder au péché de luxure. Kate venait de perdre son père, et il avait une enquête à mener pour tenter de découvrir son meurtrier. Il mit le contact et prit la direction du centre de Missoula.

Quand ils arrivèrent, des voitures de police étaient rassemblées devant le bâtiment de Conflux. Il y avait aussi le fourgon noir du coroner, garé à cheval sur le trottoir, juste devant l'entrée, dans l'attente que le corps de la victime y soit transporté.

Troy s'assura de se garer assez loin pour se mettre à l'abri des regards indiscrets, mais assez près pour pouvoir prendre la fuite rapidement s'il le fallait.

Devoir lâcher la main de Kate était un véritable crève-cœur. Mais, avec la cohorte de flics qui battait le pavé, ils ne pouvaient pas prendre le risque d'être pris sur le fait. Aux yeux des flics, ils ne devaient être l'un pour l'autre que de simples collègues de travail. Lorsqu'il dégagea doucement sa main, les traits de Kate se crispèrent légèrement. Elle était effondrée. Au moment où il articula en silence « Je suis désolé », elle détourna la tête.

Alors qu'ils se dirigeaient vers l'entrée du bâtiment, les portes coulissantes s'ouvrirent. Quatre hommes les franchirent, portant le sac mortuaire qui renfermait la dépouille de Solomon.

— Stop ! cria-t-il aux hommes dans l'espoir de protéger Kate d'un spectacle qui pouvait s'avérer traumatisant.

Car l'image de son père embarqué dans un fourgon comme un vulgaire sac de pommes de terre pouvait la hanter jusqu'à la fin de ses jours. Elle vivait assez de drames dans sa vie professionnelle sans avoir à en vivre dans sa vie personnelle.

— Troy, dit-elle en le regardant dans les yeux, c'est bon. Ça va aller. Souviens-toi, je suis agent du FBI. J'ai été entraînée à affronter ce genre de situations.

— Ce n'est pas parce que tu as cette capacité que ton subconscient, lui, ne raisonne pas autrement.

Il en savait quelque chose !

— Troy, je sais que tu ne cherches qu'à me protéger. Mais, quoi que tu fasses, tu ne pourras pas m'empêcher de souffrir de la perte de mon père. C'est une blessure que j'aurai à vie. Tout ce dont j'ai besoin, c'est que tu restes à mes côtés, que tu m'aides à traverser cette période difficile et que, ensemble, nous fassions tomber celui qui a appuyé sur la gâchette.

Il aurait voulu la prendre dans ses bras et lui murmurer à l'oreille qu'il serait toujours là pour elle. Au lieu de cela, il hocha simplement la tête.

D'un pas assuré, elle lui ouvrit la voie vers l'entrée, regardant les hommes refermer les portes du fourgon, puis l'un d'eux s'asseoir au volant. Ils pénétrèrent dans le vaste hall d'entrée où des gens, que Troy supposa être des employés de Conflux, répondaient aux questions que leur posaient les policiers en place. Personne ne sembla les remarquer alors qu'ils passaient devant une fontaine gargouillante pour se diriger vers le bureau de réception derrière lequel officiaient un homme et une femme.

L'homme leva les yeux de l'écran de son ordinateur quand il les vit s'approcher.

— Bonjour, dit-il avec un sourire très professionnel. En quoi puis-je vous aider ?

— Bonjour, répondit Kate. Je suis Kate Scot, la fille de Solomon.

Le sourire de l'homme se dissipa d'un coup.

— Oh… Mademoiselle Scot. Je suis tellement désolé de ce qui est arrivé à votre père. Nous sommes tellement bouleversés ! Ils viennent juste de…

La fin de sa phrase mourut sur ses lèvres tandis qu'il agitait la main en direction du fourgon mortuaire.

Dire que sa mère parlait déjà de récupérer le corps

alors qu'il n'était même pas encore arrivé à la morgue pour y être examiné par un médecin légiste ! Elle allait mettre du temps à s'en remettre !

— Serait-il possible de monter ? demanda-t-elle.

— C'est que… Il est… Vous pouvez, mais…

Le pauvre homme bafouillait, ne sachant trop ce qu'il était autorisé à faire ou pas avec la fille du patron. Aucun ordre à ce sujet n'ayant été formulé, il prit le parti de s'incliner.

— Allez-y, dit-il avec un soupir. Il doit encore y avoir des policiers dans le bureau de M. Scot. Il y en aura bien un pour vous aider.

— Et les employés de Conflux ? Vont-ils rester travailler ou a-t-on prévu de tous les renvoyer chez eux ?

— La plupart sont déjà repartis.

Il appuya sur un bouton et ajouta :

— Si vous voulez bien passer sous le portique de sécurité.

Kate secoua la tête. Elle écarta un pan de sa veste pour montrer son badge à l'homme de réception.

— Ce ne sera pas nécessaire, déclara-t-elle.

Le pauvre homme en resta coi. Il blêmit mais hocha néanmoins la tête en signe d'acquiescement. Il appuya alors sur un autre bouton qui ouvrit une porte, à gauche du détecteur de métaux.

Le bruit de leur pas résonnait sur le sol marbré alors qu'ils contournaient la sécurité pour se diriger vers les ascenseurs. La cabine s'ouvrit au dixième et dernier étage dans un léger tintement.

Un groupe de policiers montait la garde dans le couloir. L'un des hommes les regarda puis, reconnaissant Kate, vint à leur rencontre, un sourire teinté de compassion aux lèvres.

— Pendant que tu lui parles, je vais jeter un coup d'œil de l'autre côté, lui dit Troy à voix basse. D'accord ?

Elle acquiesça avant de répondre tout aussi bas :

— Je connais ce type. Ce ne sera pas trop difficile de le retenir pour le faire parler. C'est une vraie concierge.

Troy pressa le pas dans la direction opposée. Il aurait préféré que Kate l'accompagne – familière des lieux, elle lui aurait fait gagner du temps –, mais finalement ça n'était pas plus mal. Il pourrait fouiner partout comme il l'entendrait.

Il se glissa dans le premier bureau vide qu'il trouva sur sa droite, regardant par-dessus son épaule pour s'assurer que personne ne lui prêtait attention. Il referma la porte derrière lui.

La pièce était exiguë et pleine de paperasse. Le genre de bureau qu'on attribuait aux stagiaires ou à ceux qui se trouvaient encore en bas de l'échelle. Il connaissait. Quand il s'était lancé dans la sécurité, lui aussi était passé par la case larbin à qui on demandait de faire les nuits, quand les chances de se prendre une balle étaient plus élevées que dans la journée.

Il avait dû faire ses preuves, mériter la place qu'il occupait aujourd'hui. Avec Kate, il n'était pas question de rivalité. Ils formaient une équipe soudée, portée par le même objectif et nourrie de la même colère.

Il passa en revue quelques papiers qui, pour la plupart, étaient des notes de service. Il trouva étrange qu'une société comme Conflux utilise encore un système aussi archaïque pour informer ses employés des événements à venir. De toute évidence, les vieilles habitudes perduraient. Mais peut-être que les moyens de sécurité les plus sûrs étaient ceux qu'on ne pouvait pas pirater. Quoique… Ce qui ne pouvait pas être piraté pouvait être volé.

Il balaya la pièce du regard. Aucune caméra en vue. Il se saisit de son smartphone et appela Zoey. Comme toujours, elle ne laissa pas au téléphone le temps de sonner.

— Tu as pu entrer dans les locaux de Conflux ? s'enquit-elle d'emblée.

— Ouais. Je me trouve dans le bureau d'un stagiaire, je pense.

— J'imagine qu'il y a un ordinateur.

Troy alla s'asseoir dans un vieux fauteuil à roulettes qui grinça sous son poids.

— Ça y est. Je suis devant l'écran.

— Parfait. Espérons que nous sommes tombés sur un Bob.

— Un Bob ? C'est quoi, au juste ?

— Dans chaque société, il y a un employé, un Bob, qui n'est pas conscient de l'importance de la sécurité, en particulier de la cybersécurité. En général, c'est lui qui, par mégarde, ouvre la voie aux hackeurs. Donc, il suffit que nous mettions la main dessus et nous pourrons entrer dans le système.

Il n'était pas sûr de comprendre totalement ce qu'elle voulait dire, mais en regardant autour de lui il était presque certain de se trouver au bon endroit.

L'ordinateur était un PC comme il en existe dans presque tous les bureaux. Un curseur clignotait sur l'écran, qui attendait pour disparaître que l'utilisateur insère le mot de passe.

— Zoey, j'ai un problème. Il me faut le code. Tu aurais une idée ?

— Sais-tu à qui nous avons affaire ? Peux-tu me donner des détails qui me mettraient sur la voie ?

Il n'avait pas vu de nom inscrit sur la porte. Il lança

un coup d'œil circulaire à la pièce, s'arrêta sur une photo qui représentait un couple au sourire rayonnant de bonheur qui tenait entre eux un nourrisson.

— Apparemment, il vient d'être papa.

— Bien, commenta Zoey.

Il entendit le bruit des touches sur le clavier de Zoey.

— Autre chose ?

À côté de l'ordinateur se trouvait un mug au nom de Daryl.

— Je crois bien qu'il s'appelle Daryl.

Un nouveau cliquetis de touches puis :

— Je l'ai. Essaye 0127.

Il tapa le numéro, et l'écran d'accueil s'ouvrit.

— Mince alors ! Zoey, comment as-tu fait ?

— Je pourrais te répondre que c'est un coup de chance ou encore la jouer moins humble et te dire qu'aucun code ne me résiste, mais je mentirais. En fait, j'ai juste fait des recoupements et je suis tombée sur la date de naissance du petit.

Cette femme était vraiment très forte. Avec des talents pareils, il n'était pas étonnant qu'elle soit en liens étroits avec les États-Unis et de nombreuses nations étrangères.

— Maintenant, je veux que tu ailles dans sa boîte de réception. Trouve-moi son adresse mail.

Il lui lut l'adresse associée au compte.

— Bien. Je vais envoyer un mail qui aura pour objet « Bagels pour la réunion d'aujourd'hui. » Tu l'ouvriras et tu le téléchargeras. Je m'occuperai du reste.

Sur ce, elle raccrocha.

Troy passa en revue quelques-uns des mails de Daryl mais, tout comme les mémos qu'il avait déjà inspectés, ils ne présentaient aucun intérêt. Sauf, peut-être celui qui émanait d'une employée de la compagnie. Manifestement,

M. « le-tout-nouveau-papa » avait quelques problèmes de couple.

Il ressentit pour cet homme infidèle une aversion tout à fait irrationnelle qui lui fit oublier le sentiment de culpabilité qui l'avait envahi au moment où il avait piraté son compte. Tant pis pour lui si on remontait jusqu'à lui et qu'on découvrait qu'il était le maillon faible. Il n'aurait que ce qu'il méritait !

Le mail de Zoey arriva. Selon les instructions de Zoey, il cliqua dessus et le téléchargea avec succès. L'exercice était d'une facilité déconcertante. Pas étonnant que Bob se soit fait avoir. Il ne devait même pas avoir conscience de l'existence de « maliciels », ces logiciels malveillants destinés à perturber ou même détruire tout un système informatique. C'était d'ailleurs la raison pour laquelle les banques et les compagnies d'assurances n'hésitaient pas à payer des milliards de dollars pour leur sécurité informatique chaque année.

On frappa à la porte. Il referma précipitamment l'ordinateur. *Ouf ! Mission accomplie*.

La suite était entre les mains de Zoey, maintenant.

Il s'éclaircit la voix.

— Oui ?

— C'est Kate. Je peux entrer ?

Il se leva et alla lui ouvrir. Elle était avec le policier en compagnie duquel il l'avait laissée. Il comprit à son regard qu'elle n'était pas à l'aise.

— Je vous remercie de m'avoir permis l'accès à mon bureau, déclara Troy avec un naturel parfait. J'avais vraiment besoin d'envoyer quelques mails qui ne pouvaient attendre. D'ailleurs, je sais que M. Scot n'aurait pas souffert que nous mettions entre parenthèses nos affaires en cours, même si les circonstances malheureuses nous l'auraient permis. Pauvre Solomon. C'était un homme si bon !

Il afficha un air de dévotion, espérant que l'enquêteur se laisserait prendre à ce jeu qu'il jugeait digne d'un grand comédien.

Puis il sortit du bureau et referma soigneusement la porte derrière lui. Il ne lui échappa pas que le policier le scrutait attentivement, cherchant sans doute à mettre en pratique les cours sur le langage corporel auxquels il avait dû avoir droit. Ce qu'ignorait cet homme, c'était que Troy avait passé une bonne partie de sa vie à tester l'art de rester invisible et, lorsqu'il ne l'était plus, à apprendre à se tirer de toutes les situations, même les plus épineuses.

13

Kate bouillonnait de rage alors que Troy la raccompagnait chez elle. Elle n'avait pas éprouvé une telle colère depuis la fois où elle était tombée en panne alors qu'elle devait passer le dernier entretien qui lui ouvrirait les portes du FBI.

Elle avait cru que les sacrifices consentis en valaient la peine. Jusqu'à maintenant. Jusqu'à ce que cet agent de police ose penser qu'il pouvait faire pression sur elle et la forcer à se retirer d'une enquête dans laquelle sa famille était impliquée. S'il était vrai que cette enquête ne dépendait pas de sa juridiction, il existait cependant ce qu'on appelait entre enquêteurs une « entraide professionnelle. »

Il aurait pu lui faire une fleur, comme elle l'avait fait déjà pour lui à plusieurs reprises. La dernière fois qu'ils avaient travaillé ensemble, elle l'avait aidé à résoudre une affaire criminelle. Elle avait tiré les ficelles pour obtenir des échantillons d'ADN en un temps record afin qu'il puisse charger le suspect avant qu'il ne s'évapore dans la nature. Ah, ça, il l'avait remerciée ! Mais, alors qu'elle avait besoin de lui aujourd'hui, il ne lui avait pas renvoyé l'ascenseur.

Qu'il ne compte plus sur elle, désormais, ce crétin !

Elle soupira profondément.

Elle se mentait à elle-même. Elle s'autorisait à être en colère, mais au fond elle savait que s'il venait lui demander de l'aide elle accepterait sans hésiter. Car c'était une vocation chez elle d'arrêter les coupables et de les faire payer. C'était ce qui la faisait avancer. C'était son moteur.

Troy gara sa voiture devant chez elle, sans chercher à se cacher. Elle ne lui en fit pas la remarque. Après tout, quel mal y avait-il à recevoir un collègue chez elle, en pleine journée en plus ! Et si quelqu'un trouvait à y redire, grand bien lui fasse ! Elle en avait fini avec toutes ces cachotteries !

— Tu sais, tu n'es pas obligée de me parler si tu n'en as pas envie, dit Troy. Je vois bien que tu es contrariée. J'espère juste que ce n'est pas par ma faute. J'ai essayé de faire du mieux que je pouvais, compte tenu de la situation et…

Elle le fixa, interloquée.

— Tu ne crois quand même pas que c'est contre toi que je suis furieuse ?

— J'aurais dû entrer et sortir de ce bureau avant même que ton ami ne s'interroge sur mon absence. Je t'ai mise dans une situation délicate, mais ce n'était pas mon intention. En fait, j'ai réagi à l'instinct.

À mesure qu'il parlait, les mots s'enchaînaient à un rythme soutenu qui trahissait une vive anxiété.

Cette agitation soudaine la fit fondre de tendresse. Il était si gentil ! Si attentionné !

— Ce n'est pas toi, Troy, dit-elle pour le rassurer. Et ne t'inquiète pas, ce policier ne s'est douté de rien. Même quand je suis venue te chercher. Tu as parfaitement joué ton rôle. Tes talents de comédien m'ont vraiment impressionnée !

Il posa sur elle un regard perplexe.

— Pourquoi es-tu si contrariée, alors ?

— Parce que j'ai été écartée de l'enquête. Je n'ai pas réussi à tirer quoi que ce soit de ce policier, que je connais bien pourtant. Ils ne m'ont pas autorisée à entrer dans le bureau de mon père, ni même à m'en approcher alors que c'est la scène du crime. Pourquoi ? demanda-t-elle après avoir marqué une courte pause.

Troy haussa les épaules.

— Je ne sais pas. Ce dont je suis sûr, en revanche, c'est qu'il se passe de drôles de choses. Et qu'il s'en passe beaucoup trop pour qu'elles soient dues au seul hasard.

Elle était d'accord avec ça.

— Tu m'as dit que vous aviez une piste concernant l'identité du sniper.

— C'est exact. Nous avons une liste de trois suspects potentiels. Un type du nom de Sal Baker ; puis un certain Chris Michaels ; quant au dernier… J'ai dit à Zoey de l'écarter d'emblée. Ce n'est pas possible que ce soit lui.

Il balaya cette hypothèse du revers de la main.

— Tu ne peux pas me faire ça, rétorqua-t-elle d'un ton plus tranchant qu'elle n'aurait voulu. Tu m'en as déjà trop dit, alors continue. Je te rappelle que nous sommes censés travailler main dans la main.

Il fronça les sourcils.

— Tu… Excuse-moi. Je ne cherche pas à t'agacer. J'ai vraiment envie que nous fassions équipe tous les deux. C'est juste que je ne pense pas l'agent Peahen capable de tirer sur un agent spécial de la sécurité ou sur l'une de ses collègues.

— Tu te fiches de moi ?

Elle secoua la tête, incrédule.

— Je te l'avais bien dit, répliqua Troy en haussant les épaules.

Peahen ? Un sniper ?

Non, en effet, c'était impossible.

Il était capable de beaucoup de choses. Et du genre à ne pas s'embarrasser de scrupules quand il voulait quelque chose. Mais de là à abattre quelqu'un de sang-froid. Non. Définitivement non.

— Tu as raison, dit-elle. Peahen ne peut pas être notre homme.

Imaginer ce crétin en sniper la fit même rire.

— D'ailleurs, il m'a dit qu'il était à Salt Lake City.

— Au moment de la fusillade ?

Elle ressentit soudain une profonde lassitude.

— Je ne sais pas. Quand Peahen s'est présenté sur le pas de ma porte, l'autre soir, il a juste dit qu'il était de passage ; qu'il avait un truc à voir au siège. Je ne le vois pas essayer de tuer quelqu'un puis passer gentiment me faire une petite visite.

— Ce n'est pas faux.

— Et puis, quel mobile aurait-il ? insista-t-elle, comme pour se convaincre qu'elle avait raison.

— Encore une fois…

Il s'interrompit pour descendre de la voiture et aller ouvrir sa portière à Kate.

— Je pense que nous devrions creuser du côté de Sal Baker, poursuivit-il en lui tendant la main pour l'aider à sortir. Voir s'il aurait un intérêt quelconque à vouloir éliminer les membres de STEALTH – en l'occurrence Mike et moi – chargés d'enquêter sur d'éventuelles fuites au sein de Conflux. Tu as déjà entendu parler de ce type ?

Tandis qu'ils se dirigeaient vers la maison, elle plongea la main dans son sac pour y prendre ses clés.

— Sal ? Non. Je ne connais que les hauts responsables de la société ; ceux que mon père emmenait jouer au golf dans tout le pays pour essayer d'influencer les représentants du gouvernement afin d'obtenir des contrats toujours plus juteux.

— Sal n'en faisait pas partie ?

Elle haussa les épaules.

— Je ne pense pas. Mais, tu sais, je ne suis invitée qu'aux fêtes de fin d'année et à quelques-uns des déjeuners importants, quand mon père veut – enfin… voulait – m'exhiber comme une bête de foire. Il aimait bien se vanter d'avoir une fille agent du FBI.

Une fois qu'ils furent à l'intérieur, elle posa son sac sur un guéridon près de la porte et retira sa veste qu'elle accrocha à la poignée d'un placard. Elle vit sur son chemisier une petite tache de café qu'elle n'avait pas remarquée jusque-là. Il faudrait qu'elle pense à se changer avant de ressortir.

— Si Sal fait partie des hauts dirigeants de la société, alors c'est nouveau.

— Enfin.

Troy semblait tout excité subitement. Il alla s'asseoir sur le canapé, sortit son téléphone de sa poche et commença à faire des recherches.

— Tu as trouvé quelque chose ?

— Ce Sal serait nouveau dans la société ; il a fait l'acquisition d'une arme similaire à celle qu'a utilisée le tireur. Il est donc possible qu'il se soit fait embaucher à Conflux pour jouer les espions pour le compte d'une nation étrangère. Comme les Russes, par exemple. Ils adorent ce type d'approche.

— Un peu trop genre guerre froide, non ?

— Un peu, je te l'accorde. Mais admets que c'est une éventualité qui tient la route. Les fuites ont toujours existé dans les sociétés comme Conflux. C'est la raison pour laquelle j'ai du travail, d'ailleurs. Le plus souvent, il y a un gouvernement étranger derrière ces infiltrations. Que ce soit au travers d'une personne physique – une taupe – ou à distance – un hackeur.

— Que comptes-tu faire ? Mettre Sal sur écoute pour voir s'il communique avec les Russes dans leur langue ? demanda-t-elle d'un ton sarcastique.

— Pourquoi pas ? C'est bien ce que font tes amis de la CIA, non ? Cela dit, la technologie a évolué depuis les années 1980. Je ne pense pas qu'ils aient recours à ce procédé aussi souvent qu'avant.

— C'est sûr qu'avec les téléphones portables, c'est plus simple. Aujourd'hui on peut voir, lire, écouter, consulter les historiques de recherche de n'importe qui. Les possibilités sont presque infinies.

— Et le morse ? dit-il en riant. Que penses-tu du morse ?

— J'en pense qu'il n'y a pas de mal à connaître un moyen de communication aussi archaïque, avoua-t-elle en rougissant un peu. Qui sait si ça ne pourrait pas nous servir, un jour.

Il lui lança un regard sceptique.

— Ne me dis pas que tu maîtrises ce code ?

— Eh bien, si, figure-toi, admit-elle avec une pointe de fierté.

— Je ne me moquais pas de toi. Moi aussi, je le connais. Je passais des heures à le potasser à une époque où j'avais plus de temps libre. Comme, enfant, je passais des heures à faire des origamis avec ma mère.

— Oh ! c'est trop mignon ! Que faisais-tu ?

— Des cygnes, répondit-il d'une voix teintée de nostalgie. Ces oiseaux m'ont toujours fasciné. Pendant que je m'échinais sur mes pliages, ma mère me racontait des histoires sur le règne animal. J'adorais ça. Elle me disait que si j'arrivais à fabriquer cent cygnes, mon vœu le plus cher se réaliserait.

— Quel vœu souhaiterais-tu voir exaucé, aujourd'hui ?

L'espace d'un court instant elle espéra qu'il allait lui répondre : « Toi. C'est toi que je veux. » Mais elle chassa très vite de son esprit cet espoir naïf.

Il y eut un long silence au terme duquel Troy se leva.

Allait-il venir vers elle et la prendre dans ses bras, comme elle en rêvait ?

Son cœur se mit à battre la chamade et ses paumes à devenir moites. Malheureusement, rien ne se passa comme elle l'avait espéré. Troy dévia de sa trajectoire pour se rendre dans la cuisine. Elle dut se contenter de respirer les effluves d'eau de toilette qu'il laissait dans son sillage.

Quelle idiote elle était !

De la cuisine, elle entendit le bruit du placard qu'il ouvrait puis celui du robinet. Il revint avec deux verres d'eau.

— Tiens.

Elle saisit le verre en prenant soin de ne pas toucher ses doigts.

Car elle le savait : le moindre contact physique lui ferait perdre le contrôle de ses émotions. En plus, elle courrait le risque de se voir rejetée et, pour l'heure, elle avait son compte d'émotions fortes. Elle venait de perdre son père ; on l'avait maintenue à l'écart de l'enquête sur son assassinat…

Elle ne devait pas baisser la garde face à Troy. Elle était bien trop vulnérable. Elle serait bien capable de tomber amoureuse de lui et de le lui avouer, en plus.

De toute façon, leur relation n'allait pas au-delà du cadre professionnel. Troy et elle ne faisaient que travailler sur la même affaire, et elle ferait mieux de garder ça en mémoire.

Finalement, c'était une bonne chose qu'il ait refusé ses avances timides. Ça lui évitait une peine de cœur supplémentaire.

Et puis, qui avait le temps de s'investir totalement dans une relation amoureuse de nos jours ?

Certainement pas elle. Pas avec la mort de son père. Pas avec l'enquête qu'elle avait à mener en marge de la police locale. Pas avec sa sœur qui allait débarquer sous peu. Pas avec sa mère qui, vu l'état dans lequel elle se trouvait déjà, allait avoir besoin de son aide pour gérer tout ça. Jusqu'au jour où la réalité la rattraperait et où elle sombrerait dans un chagrin immense dont elle aurait le plus grand mal à sortir. Et, là encore, Kate devrait être là pour elle.

Elle but son verre d'un trait, en évitant soigneusement le regard de Troy qui se tenait immobile à côté d'elle. Quand elle eut fini, il lui prit le verre des mains.

— Merci, dit-elle.

— Tu as faim ? demanda-t-il. Tu veux grignoter quelque chose ?

Elle n'avait encore rien avalé, mais manger n'était pas sa préoccupation immédiate. On lui aurait présenté un repas complet qu'elle n'était pas certaine qu'elle aurait pu en prendre une bouchée.

— Non, merci. C'est gentil. À moins que tu n'aies un sachet de réglisse sous la main.

Elle esquissa un faible sourire qui tomba vite à plat.

— Malheureusement non. En revanche, je peux te préparer une omelette si tu veux.

Il esquissa le geste de retourner vers la cuisine.

— Non, vraiment. Ça va.

— Tu en es bien sûre ? Parce que tu as l'air d'être ailleurs tout d'un coup. Tu es fatiguée ?

Elle acquiesça d'un hochement de tête. Oui, elle était fatiguée. Elle nageait en pleine confusion. Et elle n'était pas sûre que ce qu'elle voulait, Troy était prêt à le lui donner.

— Qu'as-tu sur Chris Michaels ?

— C'est bon si je pose nos verres sur cette table ? demanda-t-il pour toute réponse.

— Je ne suis pas ma mère, rétorqua-t-elle. Ma maison est meublée par Ikéa, pas par un architecte d'intérieur. Mon meuble le plus cher a dû me coûter cent dollars.

Sans qu'elle s'y attende le moins du monde, il prit ses deux mains entre les siennes et la regarda dans les yeux.

— Je sais ce que tu fais, Kate, dit-il. Je sais que sous tes airs désinvoltes tu es déçue que je n'aie pas répondu à ta question sur mon vœu le plus cher. Mais c'est parce que je ne voulais pas te blesser.

Ces mots qui étaient faits pour la rassurer ne firent qu'aggraver sa frustration.

— Je ne vois pas de quoi tu veux parler, dit-elle avec force.

— Tu peux faire avaler tes mensonges à qui tu veux, Kate. Mais pas à moi. J'ai été formé à les détecter.

Il prit son visage en coupe entre ses deux mains.

— Je sais ce que tu traverses en ce moment, poursuivit-il. Et, même si tu gères la situation avec une force de caractère peu commune, je vois bien que tu souffres. Je sais ce que tu ressens au plus profond de toi.

Le cœur de Kate se serra tandis que sa vue se brouillait de larmes. Non. Il ne pouvait pas l'amener à se rendre aussi facilement. Il venait de le lui dire. Elle était forte. Il ne la verrait pas pleurer.

— C'est normal de flancher, reprit-il. Tu es chez toi. Tu es en sécurité avec moi. Tu peux lâcher prise pour une fois. Au contraire, ne refoule pas tes émotions ; il faut que tu évacues tout ça. Crois-moi.

Il lui caressa la joue du bout des doigts, en un geste d'une infinie douceur.

— Laisse sortir ta souffrance. Laisse-moi t'aider à surmonter cette épreuve. Je suis ton ami, Kate. Quoi que tu dises, quels que soient tes besoins, tu peux t'ouvrir à moi.

Un nœud d'émotion lui étrangla la gorge que, malgré ses efforts, elle ne parvint pas à refouler. Troy se pencha un peu plus vers elle et pressa son front contre le sien.

— Kate, c'est normal de pleurer, ajouta-t-il tout bas.

Une larme roula sur sa joue. Était-ce la gentillesse de Troy, la douceur de sa voix, la force tranquille qui se dégageait de lui ? Quoi qu'il en soit, la carapace qu'elle s'était forgée vola en éclats, ouvrant les vannes de son chagrin.

Les larmes se mirent à ruisseler.

Son père était mort. Sa mère était ingérable. Un agent du FBI était peut-être un traître doublé d'un assassin, et Troy et elle n'étaient guère plus avancés que lorsqu'on leur avait annoncé la nouvelle du meurtre.

Un meurtre. Le mot résonna étrangement en elle. Elle l'avait pourtant prononcé ou entendu prononcer des dizaines de fois, mais c'était comme si elle l'entendait pour la première fois. Comme un pavé jeté dans la mare de ce qui constituait sa vie.

Le mieux était donc de faire comme Troy venait de le dire, évacuer sa peine puis mettre tout en œuvre pour retrouver l'assassin de son père.

Au moins, elle ne traversait pas cette épreuve complètement seule ou, pire, avec sa mère. Dans l'état où sa famille se trouvait, elle se devait de faire face dignement. D'afficher un calme et une sérénité feints pour pouvoir les épauler et les soutenir.

Troy s'évertuait à essuyer ses larmes qui, maintenant, coulaient en un flot continu qui semblait ne jamais pouvoir se tarir. Il l'enveloppa de ses bras et la tint serrée contre lui. Elle redoubla de sanglots. Troy resserra son étreinte. Il était son ancre dans la tempête.

Il lui apparut alors très clairement qu'elle l'aimait.

Et, tandis que cette prise de conscience la faisait pleurer de plus belle, un sonnet d'un poème de Pablo Neruda lui revint en mémoire :

Je t'aime comme l'on aime certaines choses obscures,

Secrètement, entre l'ombre et l'âme ;

Je t'aime sans savoir comment, ni quand, ni où ;

Je t'aime d'un amour discret et sans orgueil ;

Je t'aime ainsi car je ne sais pas comment aimer autrement.

Bien qu'elle ne se soit jamais sentie aussi mal, l'espoir de pouvoir un jour aimer Troy au grand jour calma un peu le maelström d'émotions qui bouillonnait en elle.

— Tu vas y arriver, lui murmura-t-il à l'oreille. Tu vas surmonter cette épreuve.

Elle acquiesça en silence.

— Merci, dit-elle dans un souffle.

Elle laissa sa tête aller contre son torse, là où pulsaient les battements de son cœur. Un rythme doux et régulier qui agit sur elle comme un baume lénifiant.

Elle n'en avait pas fini avec la tristesse. Loin de là.

Mais, pour l'heure, elle avait l'amour pour la consoler.

14

La dernière femme que Troy avait tenue dans ses bras pour la consoler, c'était sa sœur Elle, quand ils avaient perdu leurs parents. Depuis, même lorsqu'il avait rompu avec les quelques petites amies qu'il avait eues, il s'était toujours débrouillé pour partir avant de les voir pleurer. Les larmes d'une femme, c'étaient sa faiblesse. Son talon d'Achille. Avec Kate, pourtant, il n'avait pas envie de fuir.

Il repoussa doucement ses cheveux en arrière puis lui caressa le dos en un geste débordant de tendresse. Elle ne ressemblait à aucune des femmes qu'il avait connues. Elle n'était pas du genre à pleurer facilement, mais voilà qu'elle sanglotait contre lui, donnant libre cours au chagrin immense qui la submergeait. Il était heureux de ce qu'il considérait comme un témoignage de confiance.

Était-ce cela l'amour ? Le vrai ?

Ou était-ce de l'attendrissement ?

Ce qu'il savait avec certitude, c'est qu'il avait envie de vivre plus de choses avec elle. Il voulait la voir se réveiller le matin, bavarder avec elle en savourant leur premier café du jour, sentir ses pieds froids contre les siens quand ils se coucheraient le soir. Et puis, aussi, il rêvait de connaître ses goûts. Tous ses goûts. Ses chansons préférées, les plats dont elle raffolait. Il voulait tout savoir d'elle.

Peut-être qu'il était malade ou qu'il perdait la tête. D'habitude, le sexe opposé ne lui faisait pas cet effet. Certes, il aimait les femmes. Surtout quand elles étaient nues. Et il aimait les femmes qui l'aimaient.

Kate, elle, était tout habillée, mais elle éveillait en lui des sentiments que, jusque-là, il s'était appliqué à garder enfouis au plus profond de lui. Aussi étrange que cela puisse paraître, il se sentait plus nu que s'il l'avait réellement été.

Si lui aussi s'abandonnait alors qu'ils étaient tous les deux sous le coup d'émotions vives, ce serait un peu comme se téléphoner après une soirée bien arrosée. Des choses seraient dites, des confessions seraient faites qu'ils ne pourraient pas effacer le lendemain.

Kate s'écarta un peu, puis, de la manche, essuya ses joues trempées de larmes.

— Je suis désolée, dit-elle. Je ne sais pas pourquoi je…

— Tu n'as aucune raison de t'excuser, la coupa-t-il avec douceur.

Ils restèrent un long moment comme ça, immobiles et silencieux. Il pensa à prendre son visage entre ses mains et à embrasser sa bouche pleine et sensuelle aux lèvres parfaitement ourlées – et au goût fruité, il le parierait.

L'estomac de Kate gargouilla, le ramenant à une réalité plus prosaïque. Elle avait eu beau lui soutenir qu'elle n'avait pas faim, son corps venait de la trahir.

— Tu dois manger quelque chose, déclara-t-il en se précipitant dans la cuisine pour ne pas lui laisser le temps de protester.

Il passa en revue le contenu du frigo : un bout de

fromage, une brique de lait entamée, une boîte d'œufs, du ketchup, de la moutarde et des bananes.

— Des bananes dans le frigo ? Sérieusement ?

Il esquissa un sourire amusé puis tendit l'un des fruits à Kate. Pendant qu'elle mangeait – de bon cœur lui sembla-t-il –, il retourna prendre les œufs, le fromage et le lait.

— Tu as de la chance d'avoir trouvé quelque chose là-dedans, dit-elle. Comme tu peux le voir, je suis loin d'être un cordon-bleu. Mais il doit rester des pizzas dans le congélateur. Nous pourrions en faire réchauffer une ou deux au micro-ondes.

— Je ne prétends pas être un grand chef, mais je me débrouille pas mal en cuisine. Avec ce que j'ai là, je peux nous faire des œufs brouillés servis avec des toasts.

— Pas de soufflés ? le taquina-t-elle d'une voix qui n'avait pas encore recouvré toute son assurance.

— « Faute de grives, on mange des merles », mon lapin, déclama-t-il en riant.

Elle eut un petit rire de gorge qui l'enchanta.

— Je ne sais pas pourquoi, mais j'ai le sentiment que m'appeler « mon lapin » est pour toi ce qui se rapprocherait le plus d'une déclaration.

— Qu'entends-tu par « déclaration » ? s'enquit-il en attrapant un bol dans lequel il cassa un œuf.

— Tu sais… Que tu m'aimes bien.

Elle lui sourit d'un sourire angélique qui lui chavira le cœur. Ses yeux étaient rouges et bouffis d'avoir trop pleuré, mais elle restait la plus belle des femmes qu'il ait jamais connues.

— Tu veux que je « t'aime bien » ? répliqua-t-il avec des mines d'adolescent.

Elle se tordit les mains dans un geste nerveux, hésitant à répondre.

— Ça fait un bout de temps qu'un homme n'a pas franchi la porte de cette maison, finit-elle par dire.

Elle leva les yeux sur lui, semblant chercher à lire sur ses traits qu'il se fichait bien qu'elle ait eu une vie avant lui.

— Mon ex… Quand il m'a quittée, il est parti avec le chien. J'aurais pu en prendre un autre, mais rien que l'idée que je pourrais le perdre, lui aussi, me brisait le cœur.

— Un chien, tu veux dire ? demanda-t-il en souriant.

Elle le fixa, surprise qu'il lui pose une telle question.

— Pourquoi un type qui me traitait comme une moins que rien me manquerait-il ? Max, lui, m'aimait d'un amour inconditionnel. Je regrette vraiment de ne pas m'être battue pour en avoir la garde. Mon ex était gentil avec lui, mais je suis sûre qu'il ne l'aime pas autant que moi je l'aimais. Remarque, ce n'est pas difficile, ce mec n'aimait que lui, de toute façon.

— Aïe, dit Troy en riant. Je déteste quand deux personnes mettent fin à une relation sans rester amis. Je sais bien que ça demande un effort, mais j'ai toujours pensé que quand on a aimé quelqu'un, on l'aime pour la vie, même si on découvre que finalement ce n'était pas la personne qu'il nous fallait. Au minimum, on se doit un respect mutuel.

Elle grimaça, le visage pincé.

— Donc, tu es en train de dire que je suis une vilaine fille parce que j'ai dit du mal de mon ex ? C'est ça ?

Sa susceptibilité le fit rire.

— Je n'ai pas dit que j'étais resté en bons termes avec *toutes* mes ex. J'ai juste dit que je déteste quand les choses tournent mal entre deux personnes qui se sont aimées. Mais je peux comprendre que ce soit difficile si la relation elle-même était compliquée à vivre.

— Et celles avec qui tu n'es pas resté en bons termes, alors ?

— Je ne suis pas sorti avec tant de femmes que ça, mais je dirais que je me porterais quand même à leur secours si une rame de métro menaçait de leur rouler sur le corps. J'attendrais la dernière seconde, mais je le ferais.

Ce trait d'humour cynique la fit rire aux éclats.

Il adorait quand elle riait comme ça. Et il l'aimait, elle. Mais il ne voulait plus se frotter à l'amour. Il avait déjà vécu ça avec Tiff et il en avait trop souffert. Il ne voulait plus en passer par là.

Il prépara un repas pendant que Kate échangeait des SMS avec quelqu'un.

— D'après mes propres informations et ce que ma mère vient de me confirmer, finit-elle par dire, Sal Baker a été embauché récemment. Il occupe le poste de directeur d'ingénierie.

Avant le meurtre de Solomon, Troy s'était entretenu avec Zoey, qui avait passé la nuit à fouiller dans les données de Conflux. C'est comme ça qu'elle avait relevé le nom de Sal Baker.

— Tu n'as rien dit à ta mère au sujet des recherches que nous menons, au moins ?

Le grille-pain produisit le petit bruit sec caractéristique qui indiquait que les tartines étaient grillées, pourtant il ne se préoccupa pas de les sortir. Il était inquiet tout d'un coup.

— C'est bon, dit-elle pour le rassurer. En ce moment, ma mère n'a pas la tête à penser à quoi que ce soit. En plus, pour brouiller les pistes, je lui ai posé des questions sur plein de gens qui travaillent dans l'entreprise.

Elle eut un geste vague de la main visant à signifier qu'il faisait une histoire pour rien. Mais la nervosité de Troy ne fit que monter d'un cran.

Zoey serait hors d'elle si elle estimait qu'il avait compromis leur enquête, d'une manière ou d'une autre.

Il prit un toast qu'il beurra consciencieusement avant de le tendre à Kate.

— Kate, je ne pense pas que dire quoi que ce soit à ta mère ou même l'interroger soit une bonne idée.

Elle croqua une bouchée qu'elle mastiqua lentement, donnant l'impression qu'elle pesait les mots qu'elle s'apprêtait à dire.

— Troy, je comprends que tu sois inquiet, lâcha-t-elle enfin. Tu le sais. Mais ce n'est pas parce que je suis une femme que tu dois remettre en cause mes compétences. Je suis un bon agent et, en tant que tel, je sais comment obtenir les renseignements dont j'ai besoin sans éveiller le moindre soupçon.

— Ne te méprends pas, Kate. Je ne remets pas en question tes capacités. Tu n'as pas à me rappeler que tu fais du bon boulot. Je le sais. Mais ce n'est pas pour autant que je ne vais pas m'inquiéter pour toi, surtout dans un cas comme celui qui nous occupe. Parfois, quand des membres de notre famille ou des gens que nous aimons sont impliqués dans une affaire criminelle, nous pouvons manquer d'objectivité.

Et lui, à quel point manquait-il d'objectivité à son égard ?

Il grignota un morceau de pain en la regardant engloutir son assiette. Heureusement qu'elle n'avait pas faim ! songea-t-il en souriant intérieurement.

Une fois son assiette vide, Kate se cala contre le dossier de sa chaise et bâilla. Il jeta un coup d'œil par la fenêtre. La nuit était tombée. Il n'avait pas vu passer la journée. Il avait déjà remarqué que lorsqu'il était avec Kate le temps filait à toute allure. Même quand il avait monté la garde devant chez elle, il n'avait pas trouvé le temps long.

— Je sais que ça va te paraître étrange, dit-elle après s'être essuyé la bouche, mais… tu accepterais de dormir ici ? J'ai une chambre d'amis.

Elle pointa l'escalier du menton.

— Il n'y a pas de grand lit, juste des lits jumeaux, mais la chambre est confortable. Je… Je n'ai pas envie de rester seule ce soir.

Lui non plus n'avait pas envie de rester seul, mais dormir chez elle… dans des lits séparés… Cela dit, ce n'était pas qu'il voulait absolument coucher avec elle. Mais il aurait bien aimé vivre un moment d'intimité avec elle ; qu'elle s'endorme dans ses bras.

Dommage qu'ils ne partagent pas la même envie.

Il se consola en se disant qu'au moins il la verrait au réveil et qu'il serait là pour elle dès le matin.

— Mon lapin, demande-moi d'aller dormir sur la lune et je pars dans la seconde. Pour assurer ta sécurité je ferais n'importe quoi.

— Tu as de la chance, rétorqua-t-elle, un sourire taquin aux lèvres. La chambre d'amis n'est pas si loin.

Elle se leva dans un craquement de chaise et alla se placer derrière Troy qu'elle entoura de ses bras.

— Merci, dit-elle dans un souffle. Merci d'être toujours là pour moi.

L'air déserta soudain ses poumons. Il était si ému qu'il eut l'impression d'étouffer.

— De rien, mon lapin, parvint-il à dire d'un ton désinvolte destiné à ne rien montrer de son émotion.

Kate lui avait préparé tout ce dont il avait besoin pour prendre une douche. Lorsqu'il sortit de la salle de bains, commune aux deux chambres, sa porte était fermée et elle avait éteint les lumières. Il resta un moment immobile dans le couloir à écouter le son régulier de sa respiration.

Kate était son ange. Il donnerait sa vie pour elle, même si leur relation ne dépassait pas le cadre de l'amitié.

Une fois dans sa chambre, il s'allongea sur son lit et attendit longtemps avant de plonger dans un sommeil agité. Le grincement d'une porte le réveilla en sursaut, au bout d'un temps qui lui parut très court. Il saisit l'arme qu'il avait placée sous son oreiller puis s'exhorta à ne plus bouger. Ne pas donner à l'ennemi plus d'avantage sur lui qu'il n'en avait déjà.

Il entendit un bruit étouffé, comme un bruit de pas qu'une descente de lit amortirait. L'ennemi approchait dangereusement. Il était temps d'agir. Il resserra les doigts sur son revolver, se préparant à tirer. Puis il comprit. Personne n'allait prendre l'avantage sur lui.

Kate exhala un léger soupir. C'était un son doux et silencieux, un peu comme une caresse mais, pour Troy, il résonna aussi clairement que si elle avait crié son nom.

Il desserra les doigts de son arme. Pour l'instant, ils étaient à l'abri des dangers du monde extérieur. Pour ce qui était du danger qu'ils représentaient l'un pour l'autre, c'était une autre paire de manches.

Garder les yeux fermés. Faire semblant de dormir. Si Kate avait voulu le réveiller, elle l'aurait fait. Peut-être qu'elle ressentait juste le besoin de sentir la présence réconfortante de quelqu'un qui se souciait d'elle.

Elle se glissa entre les draps et, tout doucement, passa un bras autour de lui pour se blottir contre son corps. Ses seins étaient pressés contre son dos, mais il n'aurait su dire, à cause de la chemise et du caleçon qu'il n'avait pas pris la peine de retirer, si elle était nue ou pas. Il resta immobile pour ne pas rompre l'enchantement d'un tel moment.

— Je sais que tu ne dors pas, murmura-t-elle comme si le monde entier pouvait l'entendre.

Il hésitait à lui répondre. S'il ne voulait pas passer pour un imbécile ou, pire, pour un parfait goujat, il devait dire quelque chose. Mais quoi ? Il prit le parti d'émettre le grognement de celui qui vient de se réveiller mais n'est pas tout à fait sorti du sommeil profond dans lequel il est plongé.

— Excuse-moi, dit-elle plus haut, d'une voix saccadée qui laissait à penser qu'elle était tout à coup gênée de la liberté qu'elle avait prise. Je ne voulais pas te réveiller. Rendors-toi.

— Non, rétorqua-t-il en tournant la tête vers elle. Ne t'excuse pas.

Il lui prit la main et l'effleura de ses lèvres.

— Je suis heureux que tu sois là.

Il sentit les muscles de son corps se relâcher.

— J'avais froid, dit-elle pour se justifier.

Ce piètre mensonge le fit sourire. Son corps était délicieusement doux et chaud contre le sien.

— Viens plus près de moi, dit-il en se retournant vers elle et en lui ouvrant ses bras. Je vais te réchauffer.

— Ce n'était pas vraiment comme ça que je voyais les choses.

Elle avait parlé d'une voix qu'il ne lui connaissait pas mais qui lui fit beaucoup d'effet.

La raison lui criait d'arrêter tant qu'il en était encore temps, mais ce furent ses sens qui prirent le dessus. Car une pensée tournait en boucle dans sa tête : il aimait Kate. Il l'aimait comme un fou.

Elle leva son visage vers lui et lui offrit ses lèvres. Comment pourrait-il refuser ce cadeau qu'elle lui faisait ?

Tandis que leurs bouches se joignaient, il se sentit flotter. Il n'avait jamais connu ça, cette sensation qu'un simple baiser pouvait lui apporter autant de plaisir que n'importe quel acte sexuel.

Je dois rêver.

Si c'était un rêve, il ne voulait pas se réveiller. La terre pouvait bien s'écrouler, il mourrait heureux d'avoir connu une telle plénitude.

Elle piqueta son visage de baisers légers tandis qu'il laissait ses mains glisser sur les courbes de ses hanches puis sur le haut de ses cuisses. Rien ne pouvait plus empêcher la descente dans le tourbillon de volupté qu'il avait amorcée.

Kate n'avait pas la beauté des mannequins qu'on voyait dans les magazines féminins. Elle était bien mieux que ça. Imparfaite mais unique. Authentique.

Pour être franc, il trouvait la perfection ennuyeuse. À ses yeux, elle manquait de charme. Elle était une prison qui entravait le chemin du cœur et, par ses diktats, empêchait d'être totalement libre.

Être avec Kate, c'était être libre. Libre d'aimer. Libre de découvrir. Libre d'expérimenter tout ce qu'il voulait.

Dans un moment pareil, la tentation était grande

d'avouer à Kate ses sentiments. Mais une partie de lui s'y refusait. Cette liberté-là, il ne se l'accorderait plus. Il l'avait fait une fois et il l'avait payé trop cher.

Il se contenterait donc de lui donner son corps, de prendre le sien et de l'aimer en silence, de la façon qu'il estimerait être la meilleure pour elle. Pour lui épargner toute souffrance.

Fort de cette décision, il pouvait à présent jouir totalement de ce qu'ils étaient sur le point de s'octroyer.

Il embrassa ses lèvres puis chaque millimètre de peau qui s'offrait à lui jusqu'à enfouir sa tête entre ses cuisses. Il se laissa guider par les gémissements de plaisir qu'elle laissait échapper et qui au fil des secondes devinrent plus rauques.

— Troy… Oui…

Sentir son corps palpiter sous l'effet de ses caresses lui prodiguait un plaisir égal au sien.

La vague de plaisir qui déferla sur elle en ondes successives sembla ne jamais prendre fin. Souriant, il embrassa l'intérieur de ses cuisses, là où la peau était fine et douce comme de la soie, puis il posa sa tête sur sa jambe.

Elle abaissa sur lui un regard voilé de ce qui lui sembla être de l'extase.

— Je… Tu…

Son incapacité à parler fit s'élargir son sourire.

— Tu as perdu ta langue, mon lapin ? lança-t-il, taquin.

En guise de réponse, elle eut un petit hochement de tête.

— Tu crois que nous pourrions recommencer ? demanda-t-elle quand elle eut recouvré l'usage de la parole.

— Pendant des heures, même.

Encouragée par ces paroles, elle s'assit à califourchon sur lui.

— Cette fois, c'est moi qui mène la danse, dit-elle, un sourire coquin aux lèvres..

15

En amour, il y avait la première fois, la deuxième fois, la millionième fois. Tout dépendait du partenaire. Il y avait ceux d'une nuit, ceux d'une vie. Les fougueux, les pleins d'humour, ceux pour qui le plaisir de l'autre passait en premier, ou le contraire. Avec Troy, Kate avait vécu tout cela.

Elle ne s'était jamais sentie aussi bien.

Elle papillonnait dans la cuisine, reprenant un air populaire qui passait à la radio tout en préparant des pancakes qu'ils dégusteraient accompagnés de fines tranches de bacon grillées au four.

C'était si bon de cuisiner de nouveau pour un homme ! Elle n'avait pas le cœur de se mettre au fourneau quand elle était seule.

Troy entra dans la cuisine en se frottant les yeux. Quand il la vit, son visage se fendit d'un sourire heureux.

— Bonjour, mon lapin. Ça sent terriblement bon, dis-moi.

— J'ai fait du café, annonça-t-elle en pointa la cafetière du menton.

Il attrapa le mug qui se trouvait sur le comptoir et alla le remplir.

— Je te ressers ?

— Non, merci. J'en ai déjà pris deux.

Elle continuait à chantonner, gaie comme un pinson.

Troy prit une longue gorgée de café puis il alla se placer derrière elle et l'enveloppa de ses bras.

— C'était merveilleux, cette nuit, lui susurra-t-il à l'oreille. Merci.

— Je ne vois pas pourquoi tu me remercies. C'est toi qui as fait le plus gros du travail.

Elle gloussa comme une gamine en même temps qu'elle lui lançait un regard timide par-dessus son épaule.

Il la fit se retourner vers lui pour l'embrasser.

Ces moments volés à un quotidien pesant étaient pour elle comme autant de parenthèses aussi précieuses qu'enchantées. Pour la première fois depuis bien longtemps, elle était heureuse.

Elle se dégagea à regret de cette douce étreinte. L'heure était venue de passer à des choses plus prosaïques. Elle prit une des deux assiettes qu'elle avait sorties du buffet et y déposa des pancakes tout chauds qu'elle accompagna de tranches de bacon.

— Tu es parfaite, déclara-t-il, un sourire aux lèvres.

— Tu es parfait toi aussi, répliqua-t-elle en lui souriant également.

Dans cet échange banal de couple amoureux, elle entrevit la possibilité d'un avenir commun.

Elle en avait tellement envie !

Elle avait la seconde assiette en main quand, dans un fracas de verre brisé, une balle siffla à son oreille droite, si près qu'elle en ressentit la brûlure sur son lobe.

Comme au ralenti, elle pivota vers Troy qui se précipitait vers elle au moment où une deuxième balle se fichait dans le paquet de farine qui se trouvait encore près de la plaque de cuisson. De la poudre blanche se répandit partout dont une partie resta en suspension dans la pièce.

Les bras de Troy vinrent enserrer fermement sa taille tandis qu'il la faisait tomber au sol avec lui.

— Reste à terre, lui ordonna-t-il alors qu'il sortait son arme de la poche arrière de son pantalon.

Bon sang ! Que se passait-il encore ? Quelqu'un avait tiré sur elle. Quelqu'un avait voulu la tuer.

Pour quelle raison ?

Troy s'accroupit derrière l'îlot de la cuisine, face à l'endroit d'où les balles avaient été tirées. Le tireur devait être posté quelque part par là. Il y avait plusieurs maisons dans le voisinage. Certaines plus hautes que celle de Kate, d'autres du même niveau. Le tireur pouvait se trouver n'importe où.

L'idée lui vint, incongrue dans un moment pareil, qu'elle allait devoir investir dans des rideaux occultants, pour qu'on ne puisse plus la voir de l'extérieur.

Reste concentrée, s'ordonna-t-elle.

Elle rampa vers le salon en s'assurant de rester à couvert. À côté de la porte se trouvait le Glock 43X qu'elle avait acheté et rangé dans le garde-manger en prévision d'une occasion comme celle-ci ; une occasion dont elle n'aurait jamais pensé qu'elle se présenterait un jour.

Elle se saisit du semi-automatique et vérifia qu'il était bien chargé. C'était un chargeur simple. Elle disposait de dix balles, mais si elle avait le tireur dans sa ligne de mire une seule lui suffirait.

Malheureusement, il y avait de fortes chances pour que le sniper soit encore perché sur un toit, prêt à faire feu une nouvelle fois. C'était sans doute leur homme. Le même que celui qui avait tiré sur la fourgonnette de Troy.

Cette fois, il ne fallait pas qu'il leur échappe. Il en allait de sa sécurité mais aussi de sa tranquillité d'esprit. Elle ne se voyait pas passer le restant de ses jours à regarder par-dessus son épaule pour flairer un danger éventuel. Enfin, si, toutefois, elle survivait à cette nouvelle attaque.

Il y eut un autre sifflement puis un craquement sinistre quand la balle toucha la porte du garde-manger, à moins de quinze centimètres de sa tête.

— Il tire d'en haut, dit-elle après réflexion.

Sa voix était teintée d'une peur qu'elle s'appliqua à tempérer quand elle s'adressa à Troy.

— Je pense qu'il tire depuis le vieux manoir. C'est à une centaine de mètres d'ici, à 13 heures. Tu vois quelque chose ?

Troy se déplaça légèrement vers la gauche puis jeta un coup d'œil furtif mais exercé par-dessus le comptoir.

— Il faut que nous trouvions un moyen de faire diversion. Quelque chose qui va attirer l'attention de notre tireur pendant que je me rapprocherai de lui ou qui le poussera à sortir de sa cachette et à se mettre à découvert.

— En tout cas, on peut déjà en déduire que ce n'est pas un as de la gâchette, sinon il nous aurait déjà touchés.

— C'est vrai. En revanche, c'est le roi de la cavale. Il sait parfaitement comment nous filer entre les doigts.

— Alors ? Tu as une idée qui conduirait notre homme à commettre l'erreur fatale ? Tu veux que j'essaye de l'éblouir ?

— C'est sûr que si tu t'exposes, nue, je pourrais sortir tranquillement de cette maison sans qu'il s'en aperçoive, affirma-t-il, taquin. Ensuite, ce sera un jeu d'enfant de le cueillir.

— Et si c'est une femme ?

Cette remarque le fit rire de bon cœur.

— Je me mettrai torse nu et je ferai rouler mes muscles sous ma peau. Elles adorent ça.

— Ou pas. Si c'est une féministe, ça pourrait juste lui donner l'idée de viser plus bas. Quoi qu'il en soit, il n'y a rien de tel qu'un bon vieux stroboscope pour éblouir vraiment.

Joignant le geste à la parole, elle tâtonna dans un des tiroirs de l'îlot jusqu'à ce que sa main se heurte au métal froid de la lampe stroboscopique.

— Il est hors de question que tu te relèves, lui ordonna-t-il d'un ton ferme.

— Ne t'inquiète pas. Je ne compte pas prendre le moindre risque. Si nous demandons de l'aide, notre homme va encore nous échapper, comme la dernière fois. Non, crois-moi, le coup de l'éclair dans les yeux reste quand même notre meilleure option.

Il ne répondit pas tout de suite. Sans doute cherchait-il à évaluer le danger.

— Couvre-moi, finit-il par dire. À trois, ajouta-t-il. Un… Deux… Trois !

Elle se releva d'un bond et dirigea l'éclair aveuglant en direction du manoir puis elle se jeta précipitamment à terre.

Elle entendit la porte se refermer au moment même où une quatrième balle venait frapper le micro-ondes.

Cet abruti n'était décidément pas doué. Et tant mieux pour eux !

Elle rampa de nouveau jusqu'à l'îlot puis se releva à demi, ne laissant dépasser que sa tête et sa main armée. Elle visa une des fenêtres du manoir et tira trois coups successifs avant de se laisser derechef tomber au sol. Elle s'adossa au comptoir. La riposte n'allait pas tarder.

Elle attendit, le cœur battant, le souffle court, son semi-automatique plaqué sur sa poitrine, prête à faire feu encore une fois. Il fallait arrêter cet homme, en pleine folie meurtrière. Car, s'il arrivait quelque chose à Troy, elle ne reculerait devant rien pour le lui faire payer très cher.

16

Troy tourna à l'angle de la rue et courut vers le manoir qui avait des allures de gîte rural. De toute évidence, il n'était plus habité.

Les fenêtres du rez-de-chaussée étaient calfeutrées avec du papier journal – plus tout jeune lui sembla-t-il –, sauf une dont la vitre était cassée. Le fait qu'il n'y ait pas de débris par terre indiquait que le méfait ne datait pas de la veille.

L'endroit idéal pour des fêtes estudiantines, des trafics en tout genre ou pour servir d'abri aux nombreux sans-abri de la ville. Mais la proximité du voisinage avait sans doute dissuadé les uns comme les autres d'occuper les lieux trop longtemps.

Il vit un rideau bouger à la fenêtre d'un résident puis une silhouette s'immobiliser. Un curieux qui, alerté par tout ce vacarme, devait regarder au dehors. Il fut tenté de faire signe à cet inconscient de se mettre à couvert, mais le temps pressait. Alertée par l'un ou l'autre des habitants du quartier, la police n'allait pas tarder à débarquer.

En attendant, il fallait qu'il mette la main sur cette ordure. La seule question qui se poserait alors à lui serait de savoir s'il lui ferait la peau ou le livrerait vivant à la justice.

Il pénétra dans la maison sans faire de bruit. Une forte odeur de moisissure, de tabac froid et de bière bon marché flottait dans l'air.

Ça avait dû être une belle demeure autrefois. Aujourd'hui, il n'en restait que le papier peint à fleurs déchiré et tagué par endroits. En travers, une inscription en lettres orange fluo dégoulinantes proclamait :

DONNY AIME BECCA

La suspension en laiton de l'entrée pendait misérablement au bout du seul fil électrique restant. Entre de bonnes mains, l'endroit pouvait retrouver son lustre d'antan. Enfin… Il faudrait d'abord que le nouveau propriétaire nettoie les taches laissées par le sang qui n'allait pas manquer de couler.

Troy resserra la pression sur son arme en même temps qu'il balayait les lieux du regard avant de gagner la cage d'escalier. Il commença à monter les marches en bois en prenant garde à rester sur le bord afin de ne pas les faire craquer sous son poids. Le tireur ignorait qu'il était dans les lieux. Il avait cet avantage sur lui et comptait bien ne pas le perdre.

Arrivé en haut de l'escalier, il s'engagea dans le couloir qui desservait les chambres donnant sur l'arrière de la maison de Kate et sur la fenêtre de sa cuisine. Il y en avait deux. Autant commencer par la première. Dos au mur, il progressa lentement vers la porte qui était restée ouverte. Il prit une profonde inspiration puis entra, en position de tir.

Un homme, dos tourné, était assis à une petite table pliante, un fusil d'assaut sur un trépied placé devant lui sur des sacs de sable. Il était habillé tout en noir et portait une casquette de base-ball à l'envers. Il avait un shemagh gris et blanc enroulé autour du cou. De sa peau, on ne distinguait qu'une oreille et une partie de la joue gauche.

Toute la panoplie du tireur entraîné sauf qu'il ne savait pas tirer. À moins que ses tirs n'aient été que des coups de semonce, ce qui expliquerait pourquoi il avait raté des cibles aussi faciles à atteindre. À deux occasions différentes, en plus.

— Mets tes mains en l'air ou je te tire une balle dans la tête ! lui cria-t-il.

Troy se rapprocha de lui en le tenant en joue. Il s'arrêta à quelques centimètres.

L'homme n'esquissa pas le moindre geste. Il ne tressaillit même pas.

— Je t'ai dit de mettre les mains en l'air, gronda-t-il d'une voix sourde.

Toujours rien.

Il lui donna un coup sur l'épaule avec le canon de son pistolet. Le corps de l'homme glissa au sol comme une poupée de chiffon. C'est alors que Troy vit le trou à la base de la gorge.

Kate l'avait eu. Elle avait abattu l'homme qui avait cherché à la tuer.

Un tir à cent mètres dans une pièce obscure. Un tir d'une précision exceptionnelle.

Quelle femme !

Il s'agenouilla près du tireur pour vérifier son pouls. Pour la forme, parce que ses yeux écarquillés lui disaient déjà ce qu'il voulait savoir. Il était bel et bien mort.

À vrai dire, il l'avait bien cherché. Non, ce qui chagrinait Troy – qui le décevait, même –, c'est que ce n'était pas lui qui l'avait descendu. Mais ce sentiment négatif fit vite place à de la fierté à l'idée que c'était la femme qu'il aimait qui avait réussi cet exploit. Une femme forte, intelligente et courageuse.

Ils feraient une sacrée équipe s'ils se mariaient un jour.

Penser à un mariage hypothétique devant la dépouille d'un homme qui venait tout juste d'exhaler son dernier soupir lui arracha une pointe de culpabilité. Sans compter qu'il n'avait jamais envisagé de se marier. Jusque-là, ce n'était même pas une option. Et voilà qu'il en était à se dire qu'il épouserait bien Kate.

Il ne put retenir un sourire alors qu'il quittait le manoir.

De ce qu'il avait pu en voir, l'homme avait agi seul. Rien ne laissait supposer qu'il avait un complice.

Dehors, il entendit hurler les sirènes des voitures de police qui se dirigeaient vers le manoir.

Et voilà ! C'était reparti pour un tour !

Il envisagea de se faire discret mais, primo : un curieux l'avait repéré ; deuzio : il n'était pas certain de ne pas avoir laissé d'empreintes digitales derrière lui. Mieux valait affronter les forces de police et tenter de s'en débarrasser au plus vite. Quoique… En restant, il prenait le risque de faire un petit tour par la case prison en attendant d'être innocenté.

Avec un peu de chance il tomberait sur un flic sympa qui le laisserait en liberté. Non. Avec beaucoup de chance.

Pour le coup, il regrettait de ne pas avoir pris le temps de vérifier l'identité du tueur, même s'il avait sa petite idée là-dessus.

Il posa son arme sur le carrelage poussiéreux et sortit. Puis il s'assit sur la première marche du porche et attendit tranquillement que déboulent les voitures de police.

Lorsque le premier véhicule fut sur place, un officier en sortit, se servant de sa portière comme d'un bouclier.

— À terre ! hurla-t-il en braquant son arme sur lui.

Troy s'exécuta docilement. Il connaissait la chanson. Il s'allongea de tout son long et croisa les mains sur sa nuque.

Le policier se précipita sur lui au moment où les renforts arrivaient. Il le fouilla, trouva son holster vide.

— Où est votre arme ? lança-t-il.

Troy leva les yeux sur lui.

— À l'intérieur. Juste derrière la porte. Le chargeur est plein, mais je voulais riposter à une attaque contre ma petite amie.

L'officier le fixa d'un air sceptique.

— Où se trouve-t-elle, votre petite amie ?

— Je peux m'asseoir ? demanda Troy en prenant soin de ne pas paraître irrespectueux.

— Garde tes mains sur la tête, que je les vois. Compris ?

Troy acquiesça d'un hochement de tête.

— Ma petite amie est un agent du FBI, précisa-t-il. Elle s'appelle Kate Scot. Elle fait partie du bureau de Missoula. L'homme qui est là-haut a essayé de la tuer en lui tirant dessus d'une des fenêtres du premier.

L'officier soupira. Troy n'aurait su dire si c'était parce que tout cela l'ennuyait ou parce qu'il était agacé d'être arrivé trop tard pour pouvoir empêcher un meurtre.

— Et vous ? Comment vous appelez-vous ? Vous êtes du Bureau, vous aussi ?

— Non. Je m'appelle Troy Spade. Je suis un agent spécial de la sécurité. Je travaille avec la famille Scot.

Il s'arrangeait un peu avec la réalité, mais il ne mentait pas vraiment, finalement. Dans un premier temps, les flics devraient se contenter de ce qu'il voudrait bien leur révéler.

— L'homme, à l'étage… Il est mort, poursuivit-il. Je n'ai fait que vérifier son pouls. Ce n'est pas moi qui l'ai tué. Il était déjà mort quand je suis arrivé.

— Ça, ça reste à vérifier. C'est bon, vous pouvez baisser les bras, ajouta l'autre après avoir évalué les risques de se faire avoir. Vous avez une idée de la raison pour laquelle cet homme s'en est pris à votre petite amie ?

— Je pense que c'est le même homme qui a provoqué la fusillade en ville, la semaine dernière. Mais l'enquête n'a pas encore abouti. Cela dit, vous devez le savoir mieux que moi.

Le policier ne répondit pas. Il rengaina son arme tandis que plusieurs de ses collègues faisaient une descente dans la maison pour la passer au peigne fin.

— Qu'est-ce qui vous fait penser qu'il n'y a pas plusieurs tireurs ? s'enquit l'officier.

Troy secoua la tête tout en haussant les épaules.

— Parce que je n'ai rien trouvé qui irait dans ce sens, répondit-il. Après… Je peux me tromper. Vous pouvez appeler les secours ? Kate n'était pas touchée quand j'ai quitté la maison, mais il y a eu un autre échange de tirs pendant que je venais ici. Kate n'a fait que riposter. C'est un cas flagrant de légitime défense. Je peux en témoigner, conclut-il pour s'assurer de la protéger.

Il donna l'adresse de Kate à l'officier qui appela aussitôt les secours.

— En attendant qu'ils arrivent, je peux aller voir comment elle va ? demanda-t-il.

L'officier ricana.

— Bien sûr, monsieur Spade ! Et puis quoi encore ?

Le fait qu'il lui ait donné du « M. Spade » n'augurait

rien de bon. Autant la jouer profil bas s'il voulait se le mettre dans la poche.

— Vous la connaissez ? Je veux dire… Kate Scot.

— C'est un bon agent. Et une très jolie femme.

— Je l'aime.

Les mots lui étaient sortis de la bouche sans qu'il y ait réfléchi une seconde.

— C'est vrai. Je ne le lui ai pas encore dit, mais je l'aime vraiment. Vous comprenez maintenant pourquoi j'ai besoin d'aller m'assurer qu'elle va bien ? Vous avez déjà aimé comme ça ?

En guise de réponse, le policier haussa les épaules.

— Si c'est le cas, vous devez savoir que rien ne m'arrêtera, reprit Troy. Ni la menace des menottes ni la menace des barreaux. Kate a traversé beaucoup d'épreuves ; et si on la retrouve gisant par terre dans une mare de sang, je ne me pardonnerai jamais de ne pas être allé la rejoindre.

Troy sentit l'homme hésiter. Il fallait lui porter le coup fatal.

— Écoutez, poursuivit-il, la dernière femme que j'ai aimée est morte, tuée par un éclat d'obus. J'étais là, impuissant ; je n'ai rien pu faire pour la sauver. Je l'ai regardée mourir entre mes bras. Je ne supporte pas l'idée de perdre Kate. Il faut que j'aille voir si elle n'est pas blessée. Vous comprenez ?

Le visage de l'officier se radoucit.

— Je vous crois quand vous me dites que ce n'est pas vous qui avez tué ce type. Je crois à votre histoire de légitime défense. Mais vous n'ignorez pas que je dois suivre la procédure. Alors voici ce que nous allons faire : admettons que vous m'ayez dit qu'il y a quelque chose chez Kate Scot que je dois absolument aller vérifier sur-le-champ. Ça devrait le faire.

Troy se leva d'un bond, tout sourire.

— Je vous revaudrai ça, vous pouvez me croire.

— Je l'espère bien, rétorqua l'officier, un sourire aux lèvres. Quant à Kate, en effet, vous m'avez l'air sacrément mordu.

— J'espère juste qu'elle l'est tout autant de moi.

L'officier partit d'un grand éclat de rire qui, compte tenu des circonstances, parut totalement incongru.

— Nous nous apprêtions à prendre notre petit déjeuner, commença à raconter Troy, quand l'homme s'est mis à tirer. Vous avez bien appelé les secours, au moins ? Ils sont en route ?

— Ils sont en route, affirma l'officier qui devait accélérer le pas pour rester à la hauteur de Troy.

Tandis qu'ils tournaient à l'angle de la rue, ils virent deux voitures de police et une du FBI garées devant chez Kate. Troy reconnut tout de suite l'agent Hunt.

Il regretta de ne pas avoir pris le temps de mieux voir le visage du sniper. Il pensait l'avoir reconnu d'après le portrait que Zoey lui avait envoyé, mais il n'en était pas sûr à cent pour cent.

Qui en voulait aux membres de la famille Scot au point de vouloir les supprimer ? Et pourquoi ? Car si la première fusillade semblait les avoir pour cibles, Mike et lui-même, la deuxième visait clairement à éliminer Kate.

Quoi qu'il en soit, c'était peu de dire que ce tireur était vraiment mauvais. Le genre qui n'avait pas les moyens de ses ambitions. N'était pas sniper qui voulait.

Ce qui permettait d'éliminer Peahen de la liste des suspects potentiels. Un agent du FBI gagnait bien sa vie, mais pas suffisamment pour se payer le matériel utilisé par le sniper… En admettant qu'on l'ait approché pour effectuer ce sale boulot, il n'était pas assez stupide pour accepter de jouer les tueurs à gages. Trop risqué.

Les seules personnes ayant assez d'argent pour financer un tel projet et qui y avaient un intérêt quelconque – du moins celles auxquelles il pensait – avaient un lien, direct ou indirect, avec Conflux. Quelqu'un qui n'aurait pas intérêt à ce que Kate et lui viennent fouiner là-dedans et découvrent d'où provenaient les fuites soupçonnées par Solomon. Quelqu'un qui voulait les stopper dans leur enquête. Ce qui expliquerait pourquoi Solomon, Kate, Mike et lui étaient sur la sellette.

Restait à savoir lequel des deux autres suspects était le coupable.

Le fait que Sal venait d'être embauché le plaçait en tête de liste. Troy s'en voulait tellement de ne pas avoir pris de photo du tireur ! Certes, il ressemblait à Sal, mais il lui avait paru plus jeune. Peut-être était-ce un espion à la solde d'une nation étrangère ? Oui, ça pourrait coller.

C'est le cerveau encore en ébullition qu'il pénétra chez Kate. Mais ce débordement d'interrogations s'interrompit de lui-même aussitôt qu'il la vit. Elle avait l'air indemne, soumise docilement à l'agent Hunt qui lui tamponnait lui-même l'oreille à l'aide d'une compresse imbibée d'eau oxygénée.

— Kate ! s'écria-t-il en se précipitant vers elle. Tu vas bien ? Tu n'es pas blessée au moins ?

Et, tandis que les mots se bousculaient dans sa bouche, il la fit doucement tourner sur elle-même pour vérifier qu'elle ne souffrait d'aucune blessure.

Elle le laissa faire posément puis, lorsqu'elle vit qu'il était rassuré, elle noua ses bras autour de son cou.

— Ne t'inquiète pas, je vais bien.

Il la tint serrée contre lui, respirant l'odeur de shampoing qui se dégageait de ses cheveux. Mais, derrière cette fragrance fleurie, il reconnut l'odeur de la peur.

Kate avait beau s'appliquer à ne pas le montrer, elle avait craint pour sa vie.

17

Kate avait tué un homme. Il avait été identifié par la police fédérale comme étant Sal Baker, employé à Conflux. Bien qu'ils aient quelques éléments de réponse et que les balles aient été envoyées à la balistique, des zones d'ombre subsistaient. Mais, pour Kate, une seule pensée tournait en boucle dans sa tête : elle avait abattu un homme.

Quand elle avait intégré les bureaux du FBI, elle savait qu'elle pourrait se trouver un jour confrontée à une telle situation. Elle avait passé des centaines d'heures à s'entraîner au centre de tir, à tel point qu'il lui en était resté des callosités là où le pouce appuyait sur la crosse.

Certes, elle avait été formée à pouvoir riposter. À tuer plutôt qu'à être tuée. Pourtant, elle n'arrivait pas à s'enlever de la tête qu'elle avait visé une cible invisible, qu'elle avait appuyé sur la gâchette et qu'elle avait porté le coup fatal à son ennemi.

Ses pensées dérivèrent vers Troy. Elle reverrait longtemps son visage quand il l'avait découverte saine et sauve. Un mélange de peur panique et de soulagement était inscrit sur ses traits.

À ce moment-là, elle aurait vraiment voulu lui faire oublier le malheur qui l'avait frappé. Elle aurait voulu le soulager de la peine qui lui faisait encore voûter le dos sans qu'il s'en rende compte. À travers elle, juste avant qu'il ne constate qu'elle allait bien, il avait revécu l'horreur d'avoir perdu un être cher. Sa rupture amoureuse n'était rien en comparaison du deuil que Troy avait subi de manière si brutale.

Elle fixa le mur du fond de son bureau. L'agent Raft, chargé de l'enquête, lui avait recommandé de prendre sa journée pour s'occuper d'elle et de sa famille, mais elle avait refusé. C'était bien la dernière chose dont elle avait envie : rester chez elle à ruminer. Chaque fois qu'elle baissait les yeux sur l'écran de son téléphone, il affichait des appels ou des messages de sa mère et de sa sœur auxquels elle n'avait pas envie de répondre.

L'agent Hunt vint placer devant elle un sachet de graines de tournesol.

— Tenez, dit-il, c'est cadeau.

Elle rit.

— Merci.

— Ça va ?

Sa question la surprit. En règle générale, Hunt ne posait pas de questions d'ordre personnel. Ni elle, d'ailleurs. Ils avaient beau être amis, ils respectaient la ligne qu'il ne fallait pas franchir et au-delà de laquelle ils savaient plonger dans l'indiscrétion.

Elle acquiesça d'un hochement de tête, déchira le sachet et fourra dans sa bouche une poignée de graines qu'elle garda à l'intérieur de sa joue pour en libérer tout le sel.

— Ça va, répondit-elle sans plus de précisions.

Hunt hocha la tête, mais restait là, immobile, créant entre eux un silence gênant.

— Vous avez quelque chose à me dire, Hunt ? s'enquit-elle.

En guise de réponse, il alla s'asseoir à l'angle de son bureau. De n'importe qui d'autre, elle n'aurait pas supporté une telle familiarité. Mais lui, elle l'appréciait trop pour s'en soucier. Il inspira profondément, semblant hésiter à lui révéler ce qui le chiffonnait.

— Allez, crachez le morceau, lança-t-elle.

— Eh bien, voilà… Je sais que Troy et vous êtes… heu… proches.

Elle crispa les mâchoires. Depuis quand était-on au courant de la relation qu'elle entretenait avec Troy ? La réponse jaillit, évidente : depuis le début. L'attaque contre elle, puis la mort du sniper avaient fait la une de tous les médias de l'État au cours des dernières quarante-huit heures. Elle avait révélé leur histoire au grand jour, et ça ne risquait pas de s'arrêter. Tous ceux qui la connaissaient savaient ce qui se passait entre eux même s'ils feignaient de ne pas s'en être aperçus. En particulier Hunt, qui avait été témoin de l'attitude de Troy quand il l'avait retrouvée indemne après la fusillade. Ce regard avait tout dit à Kate des sentiments qu'il lui portait. Elle espérait qu'il avait vu l'effet miroir qu'il avait produit sur elle.

Tous deux ne s'étaient pas revus depuis. Elle avait eu beaucoup à faire, et lui de son côté lui avait envoyé plusieurs textos pour lui dire qu'elle avait sans doute besoin d'espace pour essayer de rassembler ses esprits.

— Seriez-vous jaloux, agent Hunt ? répliqua-t-elle en souriant.

— Même pas, répondit-il. Vous et moi sommes beaucoup de choses, mais nous n'avons aucun penchant romantique l'un pour l'autre. N'empêche pas que je prendrais une balle à votre place s'il le fallait.

— Si vous en veniez au fait ?

— Justement, dans le but de vous éviter de prendre une balle dans le dos, je voulais vous dire…

Elle sentit venir la mauvaise nouvelle. Celle qui allait l'anéantir pour un bon bout de temps. Un nœud d'angoisse se forma dans sa gorge alors qu'elle incitait Hunt à poursuivre :

— C'est au sujet de Troy, j'imagine ?

Hunt prit une bouffée d'air qu'il exhala lentement.

— Depuis la fusillade en ville, je me suis renseigné sur lui, lança-t-il enfin. Je sais que vous êtes très liés, tous les deux, mais vous a-t-il tout dit de son passé ?

Elle songea aussitôt à l'attentat qui avait coûté la vie à Tiffany, sa petite amie.

— Tout dépend de quoi vous voulez parler.

— Savez-vous qu'il travaille dans la sécurité privée ?

— Oui. En ce moment, il travaille pour STEALTH. Et… ?

— Vous a-t-il dit pour quelle organisation il travaillait avant STEALTH ?

Elle secoua la tête.

— Il bossait pour une compagnie qui s'appelle Rockwood. Vous en avez entendu parler ?

— Non. Pourquoi ?

Le nœud se resserra un peu plus.

— Rockwood est un groupe privé qui travaille sous l'égide des Nations unies et que peu de gens du secteur public connaissent.

Hunt croisa les bras et se redressa un peu avant de reprendre :

— Troy a travaillé pour eux pendant pas mal d'années. À quel titre, je n'ai pas trouvé, mais je suis certain qu'avec quelques coups de fil bien placés je pourrais le découvrir rapidement. Ce que je sais, en revanche, c'est que Sal Baker, le type que vous avez descendu, a lui aussi travaillé pour Rockwood. Alors, de deux choses l'une : soit Baker avait Troy dans le collimateur depuis le début, soit…

Il marqua une brève pause qui eut pour effet d'exaspérer Kate.

— … Soit Troy nous prend pour des imbéciles.

Elle éclata d'un rire nerveux.

— Vous ne parlez pas sérieusement ? C'est un peu gros, vous ne trouvez pas ?

Hunt fronça les sourcils.

— Je ne trouve pas que ce soit aussi absurde de penser que Baker et Spade étaient complices, insista-t-il.

Elle resta silencieuse, ne sachant quel argument solide lui opposer.

— Troy vous a-t-il demandé, oui ou non, de le faire entrer dans le bureau de votre père ? poursuivit Hunt, impitoyable.

Elle ne l'avait pas accompagné jusque-là, mais elle lui avait fait passer la sécurité. Qui sait ce qu'il avait fait une fois seul ? Entre le moment où il l'avait quittée et le moment où elle l'avait retrouvé dans le bureau du stagiaire ?

— OK, dit-elle. En admettant cette possibilité, pourquoi Sal nous aurait-il tiré dessus, dans ma cuisine ?

— « Nous » ? C'était peut-être vous et vous seule qui étiez visée. Pas Troy.

L'hypothèse de Hunt tenait la route, mais elle refusait d'admettre que Troy ait pu la manipuler de la sorte. C'était impossible. Pas après ce qu'il s'était passé entre eux. Pas après ce qu'elle avait dans le cœur.

Elle passa le doigt sur la brûlure qu'avait laissée la balle en lui effleurant l'oreille. Troy avait réussi à la convaincre que le sniper était un piètre tireur. Et elle avait abondé dans son sens. En effet, quel professionnel de la gâchette raterait une cible aussi facile à atteindre ? Même un amateur aurait réussi.

Sauf si le tireur avait fait exprès de la rater. S'il avait eu ordre de simplement l'égratigner. Si Troy l'avait traitée comme un agneau qu'on traîne à l'abattoir.

Elle sentit son sang se glacer dans ses veines, mais elle n'aurait su dire si c'était de terreur ou de rage.

— Il faut que j'y aille, dit-elle.

Elle se leva, négligeant de prendre sa veste.

— Au fait, appelez Peahen. J'ai besoin de lui parler. Je crois que je lui dois des excuses.

— Pourquoi ? Attendez… Vous voulez que je vous accompagne ?

— Non.

Elle n'avait pas besoin de témoin au cas où elle perdrait ses nerfs avec le seul homme en qui elle avait choisi de placer sa confiance.

Voilà qui lui apprendrait à ne plus se fier à personne ! Bon sang ! N'apprendrait-elle donc jamais de ses erreurs passées ? Tout était allé trop vite entre Troy et elle. Elle aurait dû le savoir ; se montrer plus prudente.

Tout en marchant vers sa voiture, elle l'appela.

Décroche, bon sang ! Décroche.

Elle tomba directement sur sa boîte vocale.

Elle se sentit devenir folle de rage, le peu de retenue qui lui restait encore se dissipant d'un coup. Il allait avoir de ses nouvelles !

Si, toutefois, elle parvenait à lui mettre la main dessus.

Comment se faisait-il que, alors qu'elle ne l'attendait pas, il apparaissait comme par enchantement et que, maintenant qu'elle avait besoin de le joindre, il restait introuvable ?

Aveuglée par la colère, elle en perdait de son efficacité. Par où commencer ? Par les locaux de STEALTH ? Si, comme l'avait évoqué Hunt, il s'était servi d'elle pour mener sa mission à bien, il y avait peu de chances pour qu'il y soit encore.

Encore que… Zoey n'aurait pas engagé quelqu'un sans avoir mené sa petite enquête au préalable. Mais, là aussi, Troy avait pu lui mentir en soutenant qu'il la connaissait. Car à part Troy, Kate n'avait parlé à aucun employé de STEALTH.

Et son père ? Lui aussi s'était porté garant pour Troy et son frère en leur confiant une mission de la plus haute importance pour son entreprise. Les deux hommes étaient-ils seulement frères ? Tiffany, la petite amie de Troy, était-elle vraiment morte dans les conditions tragiques qu'il lui avait décrites ? Quelle était la part de vérité et la part de mensonge dans tout cela ?

Plus elle y pensait, plus il lui apparaissait que Troy n'avait fait que la manipuler pour obtenir ce dont il avait besoin pour mener sa mission à bien ou pour tout autre objectif qu'il avait en tête.

Un frisson glacé la parcourut tout entière.

Non. Elle devait arrêter de se monter la tête. Hunt avait tort.

Mais elle avait beau faire, maintenant que ce dernier lui avait fait part de ses soupçons elle n'arrivait pas à dissiper le doute qu'il avait instillé en elle. Au contraire, même. Plus elle roulait vers Troy, plus le doute s'amplifiait.

Au moment où elle s'engageait sur le chemin de terre qui menait au Widow Maker Ranch abritant le quartier général de STEALTH, elle bouillonnait encore d'une rage aveugle. Elle se gara en trombe sur le parking puis, sans attendre, fonça jusqu'à la porte d'entrée.

Elle cogna violemment le heurtoir en forme de tête de lion contre la porte.

Le bruit résonna fort dans la quiétude du matin. Seul le beuglement lointain d'une vache lui répondit. Un bourdonnement au-dessus de sa tête lui indiqua que la caméra de surveillance pivotait pour faire la mise au point sur elle.

Elle frappa de nouveau.

— J'arrive ! cria une voix féminine.

Il y eut un bruit de pas suivi de celui du glissement métallique que fit la porte en s'ouvrant sur Zoey.

— Que faites-vous ici, agent Scot ? s'enquit celle-ci. Et surtout, que puis-je faire pour vous à une heure aussi matinale ?

Kate s'engouffra à l'intérieur sans attendre d'y avoir été invitée.

— Où est Troy ?

— Que lui voulez-vous ? Qu'a-t-il fait ?

Zoey claqua la porte et courut derrière Kate qui avait entrepris d'inspecter les lieux. Elle l'attrapa par le bras et la fit pivoter pour qu'elles se retrouvent face à face.

— Que s'est-il passé ?

— Vous saviez qu'il avait travaillé chez Rockwood ? glapit Kate.

Zoey fronça les sourcils d'incompréhension.

— Et alors ? Où est le problème ? Plusieurs de nos employés sont passés par Rockwood avant de venir travailler chez nous.

— Qui vous dit qu'ils ne jouent pas un double jeu ? Qui me dit que vous n'êtes pas dans le coup, vous aussi ?

— Qu'est-ce que vous racontez ?

Pour toute réponse, elle se dégagea d'un geste sec de l'emprise de Zoey et se précipita vers un couloir qui, semblait-il, desservait les chambres à coucher.

— Kate, dites-moi ce qu'il se passe.

— Et vous, dites-moi où est Troy. Il pourra nous raconter à toutes les deux ce qu'il manigance et pourquoi.

Zoey désigna la porte du fond. Kate s'y rua et entra en trombe dans la chambre sans prendre la peine de frapper.

Quand il la vit, Troy écarta sa main de son holster.

— Ne t'avise pas de mettre un doigt sur cette arme ou je t'enverrai rejoindre Sal en enfer, gronda-t-elle d'une voix menaçante.

La prenant par surprise, Zoey lui fit une clé de bras qui l'immobilisa net.

— Écoutez-moi bien, Kate Scot, lui dit-elle à l'oreille, d'une voix calme. Je ne sais pas ce qui vous prend, mais vous êtes ici chez moi et je ne vous laisserai pas menacer un de mes hommes comme vous le faites sans réagir.

Troy fixait Kate, éberlué autant que choqué.

— Kate, que se passe-t-il ? Que fais-tu ici ?

— Tu croyais vraiment pouvoir me cacher longtemps ton passé ? Combien de temps encore comptais-tu te servir de moi et me prendre pour une imbécile ?

Elle se tourna vers Zoey qui avait relâché son emprise.

— Vous saviez qu'il avait des liens avec le sniper qui a prétendument tenté de les tuer, Mike et lui ? Cette fusillade en ville était une mascarade faite pour éloigner les soupçons de lui. Et moi, pauvre idiote, je suis tombée dans le panneau !

Zoey ouvrit la bouche puis la referma sans avoir rien dit, semblant essayer de donner un sens à ce qu'elle venait d'entendre.

— Eh bien, vas-y ! Parle ! lui intima Kate.

— Tu veux que je te parle de Rockwood ? s'étonna Troy. J'ai travaillé pour eux, c'est vrai, mais il y a des années de ça.

— Tu ne travailles peut-être plus pour eux, mais c'est toi qui es derrière tout ça ! s'écria-t-elle. C'est toi qui as commandé à Sal de faire ce qu'il a fait.

Sa vue se brouilla de larmes qu'elle s'exhorta à contenir.

— Malheureusement, tu ne pensais pas que les choses tourneraient mal et que je le tuerais. À cause de toi, de STEALTH, j'ai tué un homme. Tout ça parce que vous vouliez mettre la main sur les dossiers top secret de Conflux.

— Quoi ! se récria Troy qui semblait plongé en pleine confusion.

La rage au ventre, Kate salua intérieurement sa performance d'acteur. Il ne pouvait pas ne pas savoir de quoi elle parlait. Ou alors, elle se trompait sur toute la ligne. Non. Elle ne se trompait pas. Tous les éléments convergeaient dans la même direction.

— Si tu n'es pour rien dans tout ça, reprit-elle, alors qui ?

Elle sentit tout à coup ses certitudes vaciller. Le stress lui avait fait dépasser les bornes. La douleur l'aveuglait au point qu'elle en avait perdu tout discernement.

Elle s'en voulait d'avoir négligé ce qu'une longue formation était censée lui avoir inculqué : derrière chaque acte, chaque agissement d'un individu se cachait une bonne dose d'égoïsme. Troy, lui, n'avait pas oublié. Il avait fait ce qu'il avait à faire pour obtenir les réponses dont il avait besoin. Sans état d'âme. Contrairement à elle qui s'était bercée d'illusions sur son compte et avait voulu croire qu'il se souciait vraiment d'elle.

Incapable de retenir ses larmes plus longtemps, elle quitta la pièce précipitamment. Elle ne ferait pas à Troy le plaisir de la voir pleurer de nouveau. Elle devait se ressaisir pour pouvoir mettre ses sentiments de côté.

Une fois dans sa voiture, elle pressa le front contre son volant et compta jusqu'à dix pour se laisser le temps de reprendre le contrôle de ses émotions.

Tout va bien se passer.

Tu vas t'en sortir.

Elle avait fait une erreur en s'engageant avec Troy dans une relation amoureuse. Mais, en réfléchissant bien, elle allait bien finir par découvrir le côté positif qui se dissimulait derrière chaque expérience malheureuse. Qu'est-ce que tout cela lui avait appris ?

Elle avait beau chercher, rien ne lui venait. Sa tête était comme vide, ses pensées seulement focalisées sur sa souffrance.

À Quantico, on lui avait appris qu'il y avait deux facteurs déterminants dans l'inconscient collectif : l'amour et la peur. C'était ce qui motivait chaque individu. Et si l'on considérait que la haine était très proche de l'amour, alors elle pouvait devenir une arme mortelle.

À l'époque, elle avait trouvé cet enseignement on ne peut plus limpide. Sauf que, aujourd'hui, cette vérité universelle la frappait de plein fouet et qu'elle ne savait pas y faire face.

C'était tellement plus simple d'être seule, protégée par des murs si hauts que personne ne pouvait atteindre votre cœur et vous faire du mal.

18

Kate n'était pas chez elle. Le ruban noir et jaune qui délimitait la scène du crime flottait dans la brise, donnant l'impression qu'il célébrait la profanation de leurs vies, à Kate et à lui. Troy fut frappé de voir à quel point ce bandeau sinistre était porteur d'une douleur immense.

Il devait trouver Kate. Quand il lui aurait parlé, les choses s'arrangeraient, c'était sûr.

Il allait partir quand le nom de Zoey s'afficha sur l'écran de son smartphone. Elle venait de lui envoyer un SMS. Elle avait localisé la voiture de Kate. Elle était stationnée en ville, près du bureau fédéral, devant une librairie qui s'appelait Fact & Fiction. Kate devait probablement être à l'intérieur.

Parfait. Il connaissait l'endroit. Il fit demi-tour et appuya sur la pédale d'accélérateur comme il le faisait quand il prenait un criminel en chasse. Se battre pour ne pas perdre l'amour de sa vie ne présentait-il pas bien des similitudes ?

La voiture de Kate était bien là où Zoey l'avait indiqué. Il se gara à côté, remerciant mentalement sa bonne étoile. Il se rua vers l'entrée mais se heurta au panneau « fermé ».

Évidemment. Cela aurait été trop simple.

Il regretta de ne pas connaître assez bien Kate pour savoir où elle allait se réfugier quand elle était bouleversée et qu'elle avait besoin de rester seule pour faire le point. Cette ignorance était-elle la preuve qu'il ne l'aimait pas vraiment ? Qu'il n'éprouvait pour elle qu'une attirance physique et que Kate ne serait qu'une passade dans sa vie ?

S'il ne s'agissait pas de véritable amour, pourquoi lui courait-il après alors qu'elle avait déboulé dans sa chambre pour l'accuser d'un crime qu'il n'avait pas commis ? De la même façon, pourquoi Kate se serait-elle mise dans un tel état s'il n'était pour elle qu'un passe-temps agréable ? Elle n'aurait pas foncé tête baissée jusqu'à STEALTH pour lui réclamer des comptes.

Leur intérêt l'un pour l'autre devait bien signifier quelque chose, non ? S'il osait aller au bout de son raisonnement, il dirait même qu'ils s'aimaient d'un amour égal et réciproque.

Kate était probablement juste en colère, ce qui l'empêchait d'avoir les idées claires. Mais là encore, cela ne lui ressemblait pas de se laisser submerger par ses émotions. Elle était un agent du FBI entraînée à analyser les situations de manière objective. Pour toutes ces raisons, il fallait qu'il la retrouve ; qu'il lui parle ; qu'elle comprenne qu'il n'était pas son pire ennemi mais son meilleur allié.

Si seulement il savait pourquoi Solomon avait été assassiné et si c'était vraiment Sal qui était derrière tout ça ! Avec l'aide de Zoey, il avait suivi quelques pistes mais qui ne les avaient conduits qu'à l'évidence, à savoir que c'était bien Sal qui piratait des dossiers top secret de Conflux. S'il en savait plus, il pourrait prouver à Kate que non seulement elle l'accusait à tort mais que, en plus, il n'avait pas joué avec ses sentiments.

La rue était calme et déserte à l'exception d'un homme qui collait des affiches sur les mâts des lampadaires et des feux tricolores.

Troy tourna à gauche et descendit la rue en jetant un coup d'œil à l'intérieur de chacun des commerces qui la jalonnaient. Arrivé au bout, il s'apprêtait à faire demi-tour pour retourner devant la librairie attendre Kate quand son attention fut attirée par une berline grise stationnée à l'ombre d'un bâtiment.

À l'intérieur se trouvait un couple enlacé. L'homme avait un bras passé autour du cou de la femme. Ils s'embrassaient. Même de là où il était, Troy pouvait voir la passion qui transparaissait dans ce baiser. Il se sentait horriblement gêné de regarder ce couple comme il le faisait, mais quelque chose le retenait de détourner la tête. Soudain, l'homme leva les yeux sur lui et, l'apercevant, s'écarta de sa partenaire dans un mouvement brusque. Lorsqu'il fit le geste de se recoiffer, Troy vit nettement la tache de naissance qui marquait sa tempe gauche.

Alertée par l'attitude pour le moins étrange de son compagnon, la femme tourna à demi la tête, cherchant ce qui pouvait bien être à l'origine d'un tel comportement.

Troy la reconnut tout de suite. Deborah Scot.

Il fit volte-face et pressa le pas, soucieux qu'elle ne le voie pas.

Deborah Scot avait un amant. Voilà qui changeait la donne. Peut-être tenait-il là le mobile du crime.

Il fallait qu'il prévienne Kate. Où se cachait-elle, bon sang ?

Il se saisit de son téléphone et entra dans le premier café qu'il trouva. Là, il appela Kate.

S'il te plaît, Kate, décroche. Il faut que tu décroches.

Il tomba sur sa messagerie. Il lui fallut trois autres tentatives pour que, enfin, elle prenne son appel.

— Qu'est-ce que tu veux ? aboya-t-elle.

De toute évidence, elle n'était toujours pas calmée.

— Je voudrais que tu viennes me rejoindre au Break, dit-il. C'est important. Très important.

Elle laissa échapper un rire moqueur.

— Tu te fiches de moi ? Il est hors de question que je…

— Je viens de surprendre ta mère avec un homme, la coupa-t-il. Ils s'embrassaient dans une voiture. Alors, rapplique.

Un silence pesant se fit à l'autre bout de la ligne.

— J'arrive, dit-elle d'une voix radoucie. J'arrive tout de suite.

Il resta immobile, dans une posture gauche. Une femme assise près d'une des fenêtres le fixait avec insistance. Il alla au comptoir commander un thé pour lui, et pour Kate un café auquel il ajouta du lait et du sucre. Ensuite, il se dirigea vers le fond de la salle où il choisit une table à l'écart. Pour tuer le temps, il prit une des serviettes en papier qui se trouvaient dans le distributeur et commença un pliage. Son cygne n'était pas terminé que Kate faisait son entrée.

Ses traits étaient tendus, et ses yeux pourtant clairs avaient viré au noir.

— Avant toute chose, dit-il en lui faisant signe de s'asseoir, je veux que tu saches que je comprends ton point de vue. Je ne peux pas t'en vouloir de te méfier de tout le monde. Même de moi. Mais je te jure sur ce que j'ai de plus cher que je ne suis pour rien dans le meurtre de ton père et dans ce qui t'est arrivé.

— Dans ce cas, pourquoi cet acharnement à vouloir

me protéger ? Tu n'étais pas censé savoir que j'étais en danger.

Son visage se détendit un peu. Il eut l'espoir qu'elle essayait de comprendre ses motivations réelles.

— Tu sais que ce n'est pas un comportement normal, poursuivit-elle. La plupart des gens ne se mettent pas en quatre pour les autres. L'altruisme n'est qu'un mythe. Il n'existe pas.

Sauf pour un homme amoureux qui ne supporte pas l'idée qu'il puisse arriver quelque chose à la femme qu'il aime.

Mais le moment était mal venu d'en débattre.

— Je comprends ce que tu veux dire. Et je comprends aussi que tu aies du mal à faire confiance à quelqu'un en ce moment. Mais si tu me laissais une chance, une seule, je saurais te prouver le contraire. Je veux juste…

T'aimer. T'épouser. Avoir un avenir avec toi. Te garder en sécurité…

Il y avait un million de choses qu'il voulait faire avec elle, mais il ne savait pas s'il ferait bien de le lui dire.

— Tu veux juste faire tes preuves ? lança-t-elle, loin de se douter des idées qui lui trottaient par la tête. C'est ça ?

— Absolument, acquiesça-t-il sobrement. C'est la raison pour laquelle je t'ai demandé de venir ici. Je dois te parler de ta mère, même si ce que j'ai à t'apprendre n'est pas agréable à entendre. Je vais te dire quelque chose qui va te faire du mal, c'est bien une preuve de confiance. Je me trompe ?

— Vu sous cet angle… Mais ça ne rendra pas la pilule plus facile à avaler.

— Je sais, Kate. Et je suis vraiment désolé d'être le porteur de cette mauvaise nouvelle. Mais je te promets de rester à tes côtés aussi longtemps que tu auras besoin de moi. Je serai avec toi pour retrouver l'assassin de ton père et pour tenter de comprendre le rôle que ta mère a pu jouer là-dedans.

— Ma mère ? Quel rapport avec elle ? Tu m'as juste dit l'avoir vue embrasser un homme.

Il brûlait de lui prendre la main et de l'effleurer de ses lèvres, mais il trouva plus sage de rester concentré sur la discussion qui les occupait.

— Connais-tu un type de l'âge de ta mère, cheveux grisonnants, tache de naissance sur la tempe gauche ?

— Oui, répondit-elle spontanément. Je crois qu'il s'appelle Alex ou Alexi ou quelque chose comme ça. Il travaille à Conflux comme chef du département informatique.

Bingo !

Il était sur la bonne piste.

Il se leva et fit signe à Kate de le suivre pendant qu'il appelait Zoey. Celle-ci lui répondit avant même qu'ils aient franchi la porte du café.

— Comment s'appelle le type qui gère le département informatique de Conflux ? demanda-t-il d'emblée.

— Alexi Siegal, répondit Zoey sans même y réfléchir. Pourquoi ?

— Je veux tout ce que tu pourras trouver sur lui. Vois s'il a entré un code non requis sur leurs serveurs.

L'esprit échauffé, Troy s'imagina à la place d'Alexi. Comment procéderait-il en pareille circonstance ? Quelle serait la prochaine étape ?

— Envoie des hommes de la sécurité surveiller les entrées des aéroports et les comptoirs de toutes les grandes compagnies aériennes, poursuivit-il. Si ce type se doute que nous sommes à ses trousses, il va vouloir prendre la tangente. Ce ne serait pas une mauvaise idée non plus que tu lances un avis de recherche sur lui.

— Tu penses qu'Alexi est notre homme ? s'enquit Zoey.

— Deborah Scot et lui ont une liaison. Ce qui pourrait être une explication.

— Je m'en occupe, dit Zoey en raccrochant.

Ah, Zoey, cette belle, belle âme, ironisa-t-il en son for intérieur.

— Où vas-tu ? demanda Kate qui était restée silencieuse jusque-là.

— Je ne sais pas, répondit-il alors qu'ils venaient d'arriver à leur voiture respective.

Maintenant que les deux amants savaient qu'ils avaient été repérés, il était presque certain qu'ils avaient pris la fuite.

— J'imagine que c'est ta mère qui va hériter de tout ?

— Il y a de fortes chances. Tu crois que c'est elle qui a commandité le meurtre de mon père ?

— Sans aller jusque-là, je pense qu'elle trempe dans cette affaire jusqu'au cou. Elle et ce type, cet Alexi. Il nous reste à le prouver. Tu crois que tu pourrais me faire rentrer de nouveau dans les locaux de Conflux ?

— Bien sûr, mais qu'espères-tu y trouver ? Jusqu'à présent aucune des personnes interrogées par la police n'a pu faire avancer l'enquête. Rien n'a filtré de… ma mère… Enfin, tu vois, ma mère… De la… *liaison* qu'elle entretenait avec cet homme.

Un profond dégoût s'était peint sur son visage quand elle avait prononcé le mot « liaison ».

— Tu es sûr d'avoir bien vu ? Tu ne t'es pas trompé ? C'était bien elle avec cet homme ?

— Aucun doute.

Il détestait la mettre face à une réalité aussi sordide, surtout si peu de temps après le décès de son père, mais tout valait mieux que des mensonges.

— Ta mère et toi êtes proches l'une de l'autre ?

Elle déglutit avec peine.

Il lui tendit la main, priant pour qu'elle la prenne. Ce serait la preuve qu'elle avait foi en lui et qu'elle ne nourrissait plus de soupçons à son égard.

Hélas ! Elle n'esquissa pas le moindre geste.

Il laissa retomber sa main, masquant sa déception du mieux qu'il le put.

— Ta mère et Alexi sont peut-être encore là-bas, dit-il.

C'était peu probable, mais ça valait le coup d'essayer. Si la voiture n'avait pas bougé, Kate verrait par elle-même qu'il n'avait pas menti.

Il l'entraîna à sa suite. Mais, comme il le craignait, la berline n'était plus là.

Zut !

Il avait pris un risque en ne les filant pas. Mais c'était un risque calculé, pour qu'ils ne sachent pas qu'il était à leurs trousses. Maintenant, chaque minute comptait. Il fallait les empêcher de passer dans un autre État, sans quoi il serait plus difficile de les traduire en justice.

— Ils étaient là ? s'enquit Kate, la voix teintée de colère.

— Oui. Ils n'ont pas dû aller bien loin. Et puis, entre les barrages de police et l'avis de recherche…

Il lui prit la main et la pressa doucement, dans un geste qui se voulait à la fois rassurant et réconfortant.

— Je sais que ce doit être très dur pour toi, mais je suis là, Kate. Je suis avec toi.

— Le plus important est de leur mettre la main dessus. C'est tout ce qui compte pour le moment.

Ils restèrent quelques secondes ainsi, dans un silence tendu. Troy n'osait pas le lui dire mais, à ses yeux, il y avait d'autres choses bien plus importantes. Il devrait se contenter du fait qu'elle n'avait pas cherché à dégager sa main. C'était peut-être le signe qu'elle commençait à se radoucir.

Il vivait comme une immense frustration de ne pas pouvoir lui dire qu'il l'aimait, mais le moment n'était pas opportun. Le jour où il lui ferait sa déclaration, il faudrait que tout soit parfait afin qu'elle se souvienne de ce moment comme de l'un des plus importants de sa vie.

— Allons-y, commanda-t-elle en se dirigeant vers la voiture de Troy. Avec un peu de chance, ils sont en route pour l'Idaho.

C'était bien vu. Il y avait là-bas de grandes villes où il était facile de se perdre et pas de frontière internationale à traverser pour s'y rendre. En revanche, à leur place, il éviterait les autoroutes pour emprunter plutôt les routes secondaires, voire les chemins forestiers qui traversaient l'État. Mais cela, c'était ce que *lui* ferait.

Pas certain qu'une bourgeoise comme Deborah et un geek comme Alexi soient du genre à raisonner comme l'officier des forces spéciales qu'il fut un jour.

Il ouvrit la portière, et Kate se glissa aussitôt sur le siège passager. Quelques minutes plus tard, ils quittaient Broadway pour prendre l'autoroute en direction de l'aéroport.

— Où vas-tu ? demanda-t-elle, étonnée.

— Je te parie vingt dollars qu'ils sont à l'aéroport. Ça ne m'étonnerait pas qu'ils aient dans l'idée de louer un jet privé. On pourrait commencer par ça.

Kate ouvrit la bouche sans doute pour protester, mais elle la referma sans avoir rien dit. Elle avait tenté de joindre sa mère sur son portable à plusieurs reprises mais, à chaque fois, elle était tombée directement sur sa boîte vocale.

— En plus, au cas où je me tromperais et où ils voudraient passer en Idaho, poursuivit-il, il n'y a qu'un seul endroit d'où ils peuvent le faire depuis cette autoroute.

Elle serra sa main plus fort, dans un geste qui exprimait une profonde frustration. De gros enjeux étaient liés à l'arrestation de Deborah. Si elle était reconnue coupable ou même complice du meurtre de son mari, il faudrait qu'elle en paye les conséquences. Qu'adviendrait-il alors de Conflux dont elle allait certainement hériter ?

Heureusement, l'aéroport n'était qu'à quelques minutes de Missoula. Lorsqu'ils arrivèrent, il s'arrêta devant les portes menant au terminal principal sans se soucier de savoir si la fourrière allait embarquer ou non son véhicule. Il avait la main sur la poignée quand il reçut un message de Zoey.

Ils viennent d'entrer dans l'aérogare.

— Ils vont essayer d'attraper un vol, annonça-t-il, heureux et soulagé de constater qu'il avait vu juste.

Tous deux se précipitèrent en même temps dans l'aérogare. Un agent des forces de police aéroportuaire se tenait près d'une borne d'enregistrement de cartes d'embarquement, les mains croisées sur le torse et la mine stoïque. Troy se précipita vers lui.

— Un avis de recherche a été lancé contre un couple, la soixantaine, cheveux gris pour lui, platine pour elle. Vous les avez vus ?

L'officier laissa ses bras retomber le long de son corps tout en ricanant.

— La moitié des gens qui passent ici correspond à cette description, rétorqua-t-il.

Kate lui exhiba son badge sous le nez.

— Il faut absolument que nous les arrêtions, dit-elle. Ils sont impliqués dans une affaire de meurtre.

Elle s'empara de son portable et lui montra une photo de sa mère.

— Voici la femme. L'homme a une tache de naissance sur la tempe gauche.

Le policier scruta attentivement le visage de Deborah puis, se détournant de Troy et Kate, il alerta les autres agents en service. Quelques minutes plus tard, il revenait près d'eux.

— D'après les vidéos de nos caméras de sécurité, ils étaient là il y a cinq minutes. Des images les montrent aussi dans le parking des stationnements de longue durée. Apparemment, ils n'en seraient pas encore ressortis.

Ils étaient encore dans les lieux. Parfait.

— Faites fermer toutes les issues, ordonna-t-il. Il faut nous assurer qu'ils ne peuvent pas s'enfuir. Appelez du renfort et faites-leur savoir ce qu'il se passe ici.

L'officier acquiesça d'un hochement de tête.

— Nous sommes déjà sur le coup. Vous pouvez compter sur nous.

— Je n'en doute pas, répliqua Kate. Nous nous occupons du reste.

Ils sortirent du terminal en courant et s'engouffrèrent dans la voiture de Troy qui, heureusement, était toujours là. Une poignée de secondes plus tard, ils pénétraient dans le parking indiqué. C'est alors qu'ils passaient devant l'avant-dernière rangée qu'ils repérèrent la berline. Dans un crissement de freins, Troy alla se placer devant elle pour lui bloquer le passage.

Kate bondit hors de la voiture, son arme de service pointée en direction du siège du conducteur. Alexi gesticulait en même temps qu'il invectivait Deborah. Cette dernière criait et pleurait tout à la fois. De toute évidence, le couple était en désaccord.

Troy dégaina son SIG-Sauer, se préparant à tirer au cas où les choses tourneraient mal. Normalement, le couple devait avoir conscience du fait qu'ils étaient faits comme des rats et que toute tentative de fuite serait vaine ; mais le désespoir pouvait vous conduire à faire de mauvais choix, des choix que vous ne feriez pas dans des circonstances normales.

Kate s'approcha avec précaution du côté d'Alexi et frappa à la vitre pour détourner son attention de Deborah. Il sursauta violemment, donnant l'impression qu'il n'avait rien remarqué de ce qui était en train de se produire.

Troy ne quittait pas des yeux sa main droite qui glissait doucement vers sa cheville tandis que la droite actionnait le bouton qui abaissa sa vitre.

— Vos mains. Mettez-les sur le volant pour que je les voie, lui ordonna-t-il en faisant reculer Kate de deux pas.

Alexi s'exécuta docilement.

— Eh ! du calme. J'avais envie de me gratter. Rien de plus. Et puis, c'est quoi tout ce cirque ?

— Kate… Que fais-tu ici ? demanda Deborah.

Deborah Scot avait perdu de sa superbe. Elle, d'ordinaire si impeccable, n'était que l'ombre d'elle-même. Ses cheveux étaient emmêlés, le rouge à lèvres flamboyant qu'elle portait habituellement aurait mérité d'être retouché et, en coulant, les larmes avaient laissé des traces noires de rimmel sur ses joues.

— Je te retourne la question, maman. Que fais-tu ici ?

Puis, sans attendre de réponse, elle s'adressa à Alexi.

— Sortez de cette voiture les mains en l'air, lui intima-t-elle.

Alexi obéit une nouvelle fois sans broncher tandis que Kate sortait les clés du contact et les fourrait dans la poche de son pantalon.

— Je sais que les apparences jouent contre nous, déclara Alexi, mais votre mère et moi étions en train de discuter. Elle traverse une période difficile et…

— Taisez-vous ! le coupa Kate de manière tranchante. Vous pouvez raconter vos salades à qui vous voulez mais pas à moi. Je sais exactement ce que vous projetiez de faire, alors ne croyez pas vous en tirer à bon compte. Maman, sors de cette voiture, toi aussi.

Deborah s'apprêtait à obéir à son tour quand Alexi tenta de l'en empêcher.

— Reste où tu es, lui enjoignit-il d'une voix forte. Ils n'ont pas le droit de nous ordonner de faire quoi que ce soit. Encore moins de nous traiter comme des fugitifs.

Kate éclata d'un rire mauvais.

— Vraiment ? Vous voulez jouer à ce petit jeu avec moi ? Vous n'avez pas compris qu'un avis de recherche a été lancé contre vous et que vous avez tous les flics du Montana aux trousses ?

À son tour, Alexi laissa échapper un rire rauque mais qui, chez lui, était lourd de cynisme.

— Et pour quelle raison, je vous prie ?

Il y avait des moments dans la vie que Troy détestait devoir vivre. Les pires étaient évidemment ceux où il devait faire face à la mort. Et puis, il y en avait d'autres, comme celui-ci, où deux personnes qui s'aiment sont forcées de voir l'autre tel qu'il est réellement. Décidément, l'être humain pouvait se révéler la créature la plus abjecte, la plus cruelle et la plus méprisable qui soit.

Deborah aimait sa fille. Cela ne faisait aucun doute. Mais elle était peut-être celle qui avait tué son mari, le père de Kate. Quant à Kate, en dépit de l'amour qu'elle portait à sa mère, elle allait devoir faire son travail de flic. Lui passer les menottes et l'envoyer en prison pour, peut-être, le restant de ses jours.

19

Kate en était malade.

Dire qu'elle avait soupçonné Troy du pire alors qu'il était son meilleur allié ; la seule personne en qui elle pouvait avoir totalement confiance. Même sa mère l'avait trahie en la privant à jamais d'un père qu'elle aimait et admirait.

Elle s'était imaginé que Deborah et Solomon s'entendaient bien même si, parfois, ils connaissaient des sujets de discorde. Leur mariage lui paraissait stable sinon harmonieux.

Mais de là à imaginer que sa mère ait un amant ! Qu'est-ce qui l'avait poussée à tromper son mari ? Pour Troy, il était clair qu'elle était derrière le meurtre de Solomon, mais elle-même n'en était pas si certaine. Pas encore. D'autres paramètres, qu'ils ne connaissaient pas encore, pouvaient entrer en ligne de compte. Ce qui était sûr, c'est que ce n'était pas sa mère qui avait appuyé sur la gâchette. Ils n'avaient pas encore reçu le résultat des analyses d'ADN et les analyses balistiques étaient encore en cours, mais Kate était presque certaine qu'ils ne trouveraient pas les empreintes digitales de Deborah sur les douilles.

— Maman, je te demande de ne pas écouter cet

homme et de sortir de cette voiture comme je te l'ai ordonné. Quant à vous, monsieur Siegal, ne me poussez pas à devenir méchante. Je sors de chez la manucure et je ne voudrais pas y laisser un ongle.

Alexi ouvrit la bouche pour rétorquer, mais Deborah la lui fit refermer aussitôt.

— S'il te plaît, Alexi, intervint-elle d'un ton étonnamment ferme. Ne complique pas la situation.

Son amant s'inclina en poussant un profond soupir.

Deborah sortit de la voiture et referma doucement la portière derrière elle.

Troy parut se détendre. Visiblement, il s'était imaginé que les choses allaient se gâter. Alors qu'elle aurait dû ressentir un immense désarroi – passer les menottes à l'auteur de vos jours avait de quoi vous déstabiliser –, Kate ne pensait qu'à la satisfaction de voir cette affaire bientôt bouclée.

Sa mère n'était pas parfaite. Loin de là. Elle n'était pas non plus un monstre. Elle était juste un être humain qui avait dû s'embarquer dans une situation qui, à un moment ou à un autre, avait dérapé et dont elle n'avait plus eu le contrôle. Peut-être s'était-elle retrouvée dans une spirale infernale dont elle pensait ne pouvoir sortir qu'en optant pour la pire des solutions. C'était souvent ainsi que se produisaient les crimes. Elle ne cherchait pas à excuser sa mère pour ce qu'elle avait fait. Elle essayait juste de comprendre le mécanisme qui avait pu la pousser à accepter l'inacceptable.

— Allez vous placer tous les deux devant le capot, mains sur la tête, leur intima-t-elle.

Elle devait se rappeler à elle-même qu'elle était en plein boulot même si elle vivait un drame familial.

Le couple fit ce qu'elle leur demandait sans chercher à se défiler.

— Tu veux que je procède à la fouille ? proposa Troy.

Elle acquiesça en silence. Elle se voyait mal aller fouiller sa mère et son amant pour voir s'ils avaient quelque arme cachée sur eux. Elle laissa Troy faire le boulot pendant qu'elle sortait son smartphone et le posait en mode enregistrement sur le toit du véhicule.

— Madame Scot, pouvez-vous vous retourner et écarter les jambes ? lança Troy. Je vais procéder à une fouille. Avez-vous en votre possession une arme ou quelque chose qui pourrait faire office d'arme ?

Deborah secoua la tête.

— Maman, peux-tu me dire quel rôle a joué Sal dans cette affaire ?

Elle tablait sur le fait que, compte tenu de la situation déjà critique dans laquelle elle se trouvait, sa mère allait passer aux aveux sans discuter.

— C'est mieux pour toi, ajouta-t-elle au cas où son instinct l'aurait trompée.

Deborah tressaillit tandis que Troy lui palpait les jambes par-dessus son pantalon.

— Vous pouvez vous retourner, s'il vous plaît ? poursuivit-il.

Tandis qu'elle obéissait docilement, Kate distingua les larmes qui lui brouillaient la vue.

— Ma chérie, bredouilla Deborah, je suis tellement désolée… Je ne voulais pas que les choses aillent aussi loin.

L'infime lueur d'espoir que, en dépit de tout, Kate avait nourri jusque-là de voir sa mère innocentée, s'éteignit d'un coup.

C'était Troy qui avait vu juste.

— Quel rôle a joué Sal dans cette affaire ? répéta-t-elle d'un ton qu'elle s'appliqua à garder neutre.

La réponse, elle la connaissait déjà, bien sûr, mais c'était comme si elle attendait l'aval de sa mère pour lui passer les menottes.

— Votre mère n'a rien fait, répondit Alexi à sa place. C'était mon idée et c'est moi qui ai mis Sal dans le coup. Cela dit, à aucun moment, Deborah et moi n'avions prévu d'éliminer votre père. Ça ne faisait pas partie du plan. Malheureusement, Sal a agi en solo.

Voilà. Cet aveu était suffisant pour arrêter Deborah et Alexi pour complicité de meurtre, pourtant elle n'arrivait pas à se faire à cette idée.

— Raconte-moi comment les choses se sont déroulées pour que vous en arriviez à tuer Solomon.

Là encore, ce fut Alexi qui prit la parole.

— Comme vous le savez sans doute, Sal était directeur de l'ingénierie au sein de Conflux. Au début, c'était juste de l'amitié entre nous. Et puis, il s'est mis à me confier des choses... Des choses sur des dossiers top secret que des sociétés étrangères seraient ravies de détenir.

Troy lui fit signe d'écarter les jambes à son tour.

— Quelles sociétés ? s'enquit-il sans interrompre sa tâche.

— Eh bien...

Alexi marqua une brève pause, semblant soudain réticent à poursuivre.

— Nous avons été approchés par un couple, mais nous n'avons pas su pour qui ils travaillaient, reprit-il finalement. Toujours est-il qu'ils nous ont proposé une somme d'argent faramineuse. Et même si je n'ai pas à me plaindre et que je gagne plutôt bien ma vie, je ne suis pas resté insensible à leurs arguments. En plus, tout ce qu'ils voulaient se limitait à des rapports de conception schématique. Rien qui n'aurait compromis un quelconque projet gouvernemental.

— Combien vous ont-ils offert ? demanda encore Troy.

— Quatorze millions en bitcoins, répondit Alexi avec une pointe de fierté. Ils avaient démarré l'offre à cinq millions et, franchement, j'aurais pu obtenir plus que les quatorze mais il faut bien s'arrêter à un moment donné, non ?

Kate sentit ses jambes flancher. Elle avait l'impression que le monde s'écroulait autour d'elle. Pourtant, elle se ressaisit très vite.

— Vous n'êtes pas sérieusement en train de vous réjouir de vous être fait de l'argent sur la mort de Solomon Scot ? s'écria Troy d'un ton menaçant.

Elle lui fut reconnaissante d'avoir parlé à sa place. C'était exactement ce qu'elle aurait dit si elle n'avait pas été dans l'incapacité de parler.

— Absolument pas, se défendit Alexi. Ce n'est pas du tout ce que j'ai voulu dire. Je voulais juste avoir assez d'argent pour démarrer une nouvelle vie et pouvoir offrir le meilleur à Deborah. Je voulais qu'elle continue à vivre la vie aisée à laquelle elle est habituée.

Il chercha alors le regard de Deborah. Il y avait dans le regard que sa mère renvoya à cet homme pitoyable une telle dévotion qu'elle eut envie de vomir.

— Tu t'apprêtais donc à t'enfuir avec lui, maman ? lança-t-elle en s'appliquant à cacher la colère et le dégoût que lui inspirait cette femme qui était sa mère.

Pour toute réponse, Deborah baissa les yeux au sol.

— Maman, je comprends que tu aies pu tomber amoureuse d'un autre homme que papa. Je comprends que tu te sois laissé guider par tes sens plutôt que par la raison. Mais pourquoi… ?

À présent, les larmes ruisselaient sur les joues de Deborah.

— Pourquoi quoi ? demanda cette dernière en reniflant.

— Pourquoi être allée jusqu'à couvrir le meurtre de mon père ? Était-il au courant de vos manigances ? Avait-il appris que Sal et Alexi complotaient ensemble pour vendre des dossiers secrets ?

— Je… Je te l'ai dit, répondit Deborah entre deux sanglots. Sa mort n'était pas prévue.

— Mais alors pourquoi, maman ? Pourquoi ?

— Les choses n'étaient pas censées se passer comme ça. Quand j'ai annoncé à ton père que je voulais le quitter, il m'a menacée de me spolier.

Elle s'interrompit pour sortir de sa poche un mouchoir en papier avec lequel elle se tamponna délicatement le bout du nez.

— Mais je m'en fichais, reprit-elle. J'étais prête à accepter de tout lui laisser puisque nos combines allaient nous rapporter assez d'argent pour vivre une vie de rêve. Je voulais juste recouvrer ma liberté et vivre comme je l'entendais. Je mentirais si je te disais que je ne l'aimais plus. Simplement, je n'étais plus amoureuse de lui.

Elle posa alors sur sa fille un regard implorant qui visait clairement à lui demander de la comprendre et de lui pardonner. Mais c'était trop exiger de Kate qui lui fit signe de poursuivre.

— Lequel de vous trois a appuyé sur la gâchette ? s'enquit-elle. C'est toi ?

— Non ! se récria sa mère en secouant vigoureusement la tête. C'est Sal. Quand il a appris que je voulais quitter ton père sans rien réclamer, ça lui a mis la puce à l'oreille. Il a voulu savoir pourquoi je renonçais si facilement à la part qui me revenait de droit. Je crois qu'il a commencé à soupçonner qu'Alex et moi…

— Deborah, ne dis plus rien, lui souffla Alexi. Ce n'est pas nous qui avons assassiné Solomon. C'est tout ce qu'ils ont besoin de savoir.

Deborah secoua la tête.

— Non, je ne me tairai plus. Kate est ma fille et, flic ou pas, elle mérite de connaître toute la vérité. C'est ma seule chance de lui donner ma version des faits avant que la presse ne s'empare de l'affaire et ne parle à ma place en déformant la réalité.

Kate eut soudain un goût amer dans la bouche. Alors qu'elle était menacée d'une lourde peine de prison, sa mère avait à cœur de tout lui dire pour lui faciliter la tâche. Ou, plus égoïstement, pour tenter de retrouver un peu de dignité ?

— Pourquoi Sal a-t-il tué Solomon ? demanda Troy qui avait sans doute deviné les pensées sinistres qui la tourmentaient.

— Sal savait que Solomon vous avait engagé et que vous finiriez par tout découvrir. Il a fini par nous convaincre que ce n'était qu'une question de jours avant qu'on ne se fasse prendre. Nous avions prévu de récupérer l'argent que nous avions aux îles Caïmans puis de disparaître. Malheureusement, nous n'en avons pas eu le temps. Solomon, qui devait se douter de quelque chose, a convoqué Sal dans son bureau. Les choses ont tourné au drame.

— Et moi, maman ? Pourquoi Sal a-t-il tenté de me tuer ?

Deborah éclata de nouveau en sanglots convulsifs.

— Je m'y suis opposée, bien sûr, se défendit-elle

lorsqu'elle se fut calmée. Je l'ai supplié de t'épargner ; je lui ai dit que je lui céderais ma part, mais il n'a rien voulu entendre. Il prétextait que, avec Troy et toi sur le dos, nous prenions le risque de passer le restant de nos jours derrière les barreaux. Je n'étais pas d'accord. Après ce qu'il s'était déjà passé, je voulais que nous nous rendions, mais…

— Pourquoi ne vous êtes-vous pas enfuis après la fusillade ? la coupa Kate qui essayait de donner un peu de sens à toutes ces révélations.

— Je ne pouvais pas, répondit Deborah. Je vous avais déjà fait assez de mal. Même si cela peut te paraître méprisable au vu de ce que tu sais, je voulais honorer la mémoire de ton père avant.

Kate poussa un long soupir. La tentative de rédemption de sa mère la laissait indifférente. Elle n'éprouvait pour elle plus rien qu'une profonde pitié.

— J'accepte le fait que ce ne soit pas complètement ta faute. Malheureusement, cela ne change rien au fait qu'à cette minute précise je vous place, Alexi Siegal et toi, en état d'arrestation.

Quelle étrange sensation que de passer les menottes aux poignets de sa mère, songea-t-elle. Une sensation qu'elle n'était pas près d'oublier.

Épilogue

Six mois plus tard, Troy aidait Kate à gravir les quatre marches qui menaient à la porte de chez elle. Il est vrai que les yeux bandés par un foulard, l'entreprise devenait plus périlleuse.

— Tu ne triches pas. Promis ?

Elle gloussa tout en acquiesçant d'un léger hochement de tête.

— Qu'est-ce que tu mijotes ?

— Je peux juste te dire que je t'ai réservé quelque chose de très spécial pour ton anniversaire.

Elle sautilla d'un pied sur l'autre dans un trépignement enfantin qui révélait le degré d'excitation dans lequel elle se trouvait.

— Qu'est-ce que c'est ?

— Un peu de patience. Tu vas le savoir très vite.

— S'il te plaît, dis-le-moi ! De toute façon, je sais que je ne serai pas déçue.

Arrivés devant la porte, il se saisit du heurtoir et tapa une succession de coups plus ou moins brefs.

— Mais… C'est un message codé, dit-elle en riant. Recommence, pour voir.

— Je croyais que tu parlais couramment le morse, répliqua-t-il, taquin.

— Parfaitement, rétorqua-t-elle en ôtant son bandeau. Mais c'est pour le plaisir de te l'entendre me le demander une seconde fois.

— Vas-tu me répondre, à la fin ? dit-il en mettant un genou à terre, devant elle.

— Oui, Troy. Je le veux. J'accepte de devenir ta femme.

Elle porta les deux mains à sa bouche quand il ouvrit l'écrin bleu qui révéla le solitaire qu'il avait choisi pour elle.

— Oh ! Troy ! Elle est magnifique !

Il sortit la bague de son écrin de velours et la fit doucement glisser le long de son annulaire gauche.

— Je t'aime, Kate Scot.

— Je t'aime aussi, Troy Spade.

Elle tendit la main devant elle pour faire étinceler de mille feux ce solitaire, porteur de promesses de bonheur infinies.

— Une autre surprise t'attend à l'intérieur, déclara-il. Si tu veux bien fermer de nouveau les yeux.

Il n'avait pas eu l'intention de faire sa demande sur le pas de la porte, mais la tentation avait été trop forte. Quelle importance après tout ? Cette demande en mariage était à leur image : parfaitement imparfaite.

Il prit Kate par la main et la conduisit à l'intérieur.

— C'est bon, dit-il. Tu peux regarder.

Elle ouvrit la bouche, mais aucun son n'en sortit tant elle était sous le charme de ce qu'elle venait de découvrir.

Suspendus en lignes parallèles se trouvaient cent petits cygnes blancs, dont le tout premier était celui qu'il avait commencé à plier pour elle alors qu'il l'attendait dans le café du quartier de Broadway.

Voilà. Le vœu qu'il avait formulé à ce moment-là tout en se faisant la promesse d'aller au bout des quatre-vingt-dix-neuf autres cygnes, ce vœu qu'il avait fait de s'unir pour la vie à Kate était sur le point de se réaliser.

Retrouvez prochainement, dans votre collection BLACK ROSE

Un improbable partenariat, de Carol Ericson - N°682

ENQUÊTES À LOS ANGELES – 1/4

Alors qu'à Los Angeles un tueur en série reproduit des crimes commis vingt ans plus tôt, Jake McAllister prend la tête des enquêteurs. Parmi eux une psychologue : Kyra Chase. Discrète, professionnelle, Kyra est un atout pour l'équipe. Pourtant Jake a du mal à cacher sa méfiance à son égard. D'autant qu'il devine chez elle une fêlure, un lien secret avec l'affaire…

Le sceau de la vengeance, de Julie Miller

Qui cherche à nuire à Corie McGuire et à son fils de huit ans ? Quel est l'inconnu malfaisant qui allume des incendies chez eux ? Intrigué par l'étrange acharnement dont est victime sa séduisante voisine, Matt Taylor, pompier à Kansas City, décide de mener l'enquête et découvre bientôt le secret que Corie gardait jalousement pour elle…

Dangereuse méprise, de Barb Han - N°683

Alors qu'elle enquête dans la ville où Autumn, sa jumelle, a disparu, Summer est abordée par deux inconnus menaçants. Au poste de police où elle s'est réfugiée, elle voit bientôt arriver un homme et comprend qu'il s'agit de Dawson, l'ex-mari de sa sœur. Dawson qu'elle n'a jamais rencontré mais qui, la prenant pour Autumn, veut la ramener chez lui pour la protéger…

Le poison de la peur, de Nichole Severn

Camille lit le désarroi dans le regard bleu de l'US marshal Finnick Reed et sent une peur glaciale l'envahir : le tueur en série auquel elle a échappé un an plus tôt vient de s'évader… Finie, l'illusoire sécurité de la planque où elle attendait pour témoigner au procès de son tortionnaire. Il la recherche, elle est sa prochaine proie, et seul Finnick peut encore la protéger…

Retrouvez prochainement,
dans votre collection

BLACK ROSE

Plus fort que le passé, de Cindy Dees - N°684

Stupéfait, Wes fixe Jessica. Que fait-elle dans son ranch ? Comment, après avoir brisé sa carrière militaire, a-t-elle le cran de se présenter chez lui ? Pourtant, au lieu de lui fermer sa porte, il reste là, envoûté par sa beauté... et troublé par la lueur d'inquiétude qu'il lit dans son regard. Une expression de peur profonde qui l'incite à l'accueillir chez lui et à la protéger en dépit du passé...

Un protecteur trop séduisant, de Rita Herron

Sûr de lui, athlétique, incroyablement sexy... Pour Kate, la directrice du nouveau lycée de Briar Ridge, Riggs Benford a tout du parfait garde du corps. Malheureusement, il a également tout du séducteur irrésistible. Y compris une réputation sulfureuse qui dérange Kate... Même si elle sait qu'elle est en danger. Même si elle a bien du mal à ne pas craquer quand Riggs lui jure qu'il la protégera...

Mission : garde rapprochée, de Lena Diaz - N°685

Tandis que Caroline Ashton s'assied face à lui, Luke peine à cacher sa surprise. Pourquoi cette femme élégante, connue de tous à Savannah pour former un couple modèle avec son richissime époux, est-elle venue trouver un simple garde du corps comme lui ? Quand elle le fixe, pourtant, il décèle dans ses yeux bleus une lueur qu'il ne connaît que trop bien, hélas : celle de la peur...

Irrésistible séduction, de Rachel Lee

Cassie est troublée. Dès son arrivée à Conrad, elle a été attirée par Lincoln Blair, mais il s'efforce de la tenir à distance... Une attitude qui change quand Cassie lui révèle que, depuis quelques jours, elle est victime de menaces. Plus touché qu'elle ne l'aurait cru, Lincoln se rapproche d'elle et lui jure de veiller sur elle. Jour et nuit s'il le faut...

Retrouvez prochainement,
dans votre collection

BLACK ROSE

Un ténébreux partenaire, de Marie Ferrarella - N°686

Beau. Brillant. Et, surtout, magnétique. Voilà comment Kari définirait l'inspecteur Esteban Fernandez, son nouveau coéquipier à la police d'Aurora. Un portrait qui s'assombrit bien vite quand Esteban lui jette au visage qu'il déteste travailler en équipe – et en particulier avec une femme...

L'instinct d'une mère, de Delores Fossen

Les malfaiteurs ont disparu et le bâtiment dans lequel ils détenaient les bébés volés est vide... Abattue, Rosalie fixe Austin Duran, l'agent du FBI qui vient de lui annoncer la terrible nouvelle. Ainsi, elle va devoir reprendre ses recherches. Mais, tandis que le découragement la gagne, elle sent l'espoir renaître. Car, cette fois, elle n'est plus seule. Austin est à ses côtés...